石枫

[illegible]

她和她妈的斗争史

石一枫——著

百花洲文艺出版社
BAIHUAZHOU LITERATURE AND ART PRESS

图书在版编目（CIP）数据

她和她妈的斗争史 / 石一枫著. — 南昌 : 百花洲文艺出版社, 2019.3
ISBN 978-7-5500-3056-5

Ⅰ. ①她… Ⅱ. ①石… Ⅲ. ①长篇小说—中国—当代
Ⅳ. ①I247.5

中国版本图书馆CIP数据核字（2018）第243461号

她和她妈的斗争史 TA HE TA MA DE DOUZHENGSHI
石一枫 著

出 版 人 姚雪雪
出 品 人 杨 颢 韩 薇
特约监制 高瑞贤
特约策划 高瑞贤
责任编辑 袁 蓉 刘玉芳
特约编辑 韩 薇
封面设计 壹诺设计
出版发行 百花洲文艺出版社
社　　址 南昌市红谷滩新区世贸路898号博能中心Ⅰ期A座20楼 邮编 330038
经　　销 全国新华书店
印　　刷 北京富达印务有限公司
开　　本 880mm × 1230mm 1/32
印　　张 12
字　　数 342千字
版　　次 2019年3月第1版第1次印刷
书　　号 ISBN 978-7-5500-3056-5
定　　价 49.80元

赣版权登字 05-2018-438

发行电话 0791-86895108 网址 http://www.bhzwy.com

目录

CONTENTS

第一章 · 一家人

part 1

节节最爱声光电，因为她是伴随着声、光和电出生的。

而时光的流逝，往往会把“因”和“果”给弄颠倒了。多少年后，人们又产生了一种幻觉：恰恰是节节她们这一代人的出生，才给这个国家带来了声光电。这样一来，节节的生命便天然地附上一层神奇的色彩了。

她也认为生活应该是神奇的。

节节出生的地方，位于北京西边。沿着长安街走上长安街的延长线，再从延长线走上延长线的延长线，不知在哪个路口一拐就到。那是一家部队医院。生下来半个月，爸爸便用一幅天鹅绒襁褓把她裹回了家。天鹅绒，这三个字，到现在念起来都有贵族的味道，让人想起歌剧里那些戴假发的男人和露乳沟的女人——中气充足，胖肚子胖腿，凡一开口必咏叹命运。而她爸爸的身份，也确实和那些男女沾着些关系，他是个歌剧团的美术工人。

对于一个婴儿来说，贵族的待遇其实并不舒服。天鹅绒并没有棉袄暖和，况且因为在舞台上拉拉扯扯了许多年，早已发硬褪毛了。因此回家的这一路上，节节被冻得扎得哇哇哭。她的哭声可真是响亮，一张嘴就穿透了北京冬天灰蒙蒙的雾气，引得路上的人停下来围观。那些人的表情，就像阴霾多日后，看到了清晨的第一柱太阳光，不由自主地泛上来一阵惊喜。

她爸爸则自嘲地对熟人感叹：“真是生机勃勃啊。”

然后节节就哭着看到了自己的家。那是一个当时还有几分名气，现在却早已消失了的剧团大院儿。大院儿大院儿，这里的“大”指的并不是面积，而是“一级机关一级组织”的意思——居民们既在此处上班，又在此处生活，所有的大人都是同事关系。而说起实际的面积来，节节她们这个“大院儿”在北京西边可真不算大的。附近还有几个兵种的司令部，那些院儿的操场都比她们整个院儿还要大呢。自然，她们的院儿就更没有大礼堂、没有挥手指方向的毛主席、没有在“畅游长江”的感召下修建的游泳池了。当年也不是不想修，只不过实在没地方。她们的院儿被几个司令部夹在腋下了。

院儿的历史也不够光彩。再往前上溯多少年，在节节的妈妈来北京之前，这个院儿不仅缺乏应有的政治图腾，而且还被批判为“帝王将相院儿”和“外国死人院儿”呢——上演的尽是些惹事儿的戏。后来帝王将相和外国死人就被扫荡一空了，几个领导也变成了牛鬼蛇神。是真的“牛鬼”和“蛇神”：那可是节节她爸爸一生中少有的杰作之一。他使用浓墨重彩，辅以塑料泡沫，把院长化妆成了一只牛，把书记化妆成了一条蛇。扮演牛的院长倒还容易，只需要一边游街，一边哞哞叫就可以了，而扮演蛇的书记则要艰难得多。作为一名小闯将，节节她爸爸表现出了难能可贵的科学精神，他坚决不同意蛇用两条腿走路：

“画蛇绝不可以添足，否则不就成壁虎了么？”

于是乎，书记的四肢便真的被蛇皮袋裹了起来，需要一颠一颠地蠕动着前进。更甚者，节节她爸爸还给书记的舌头上接了一根蛇信子，要求他一天到晚大张着嘴，让信子吐进吐出。

“什么叫现实主义？”她爸爸说，“我要教教你们这些反动艺术权威，什么叫真正的现实主义。”

因为这根蛇信子，书记的嘴张啊张啊就张松了，下巴从此落下了毛病。节节出生的这一年元旦，剧团买了两口联产承包责任制孕育的、远比过去肥硕的猪，又参照北方部队的传统，红烧了无数条黄花鱼，官复原职的书记吃得一高兴，就让鱼刺卡了嗓子，被送到医院的耳鼻喉科去拔刺。而张着嘴，没拔两分钟，“喀吧”一声，下巴就掉下来，再也合不上去了。只好再从耳鼻喉科转到骨科去接下巴。

书记托着嘴巴排队的时候，恰好看见她爸爸抱着天鹅绒襁褓，从产科兴致勃勃地走出来。也是一种缘分，书记一下想起了往事并不如烟。第二天，仍然不能说话的书记用笔宣布了人事调动：节节她爸爸从美工变成了一个拉幕的。

好在节节有个积极乐观的爸爸。作为一个北京胡同里穷人家的后代，她爸爸并不觉得从美工变成拉幕工有什么不好。美工不也只是个“工”吗？而且拉幕还有一大好处，就是更容易接近天鹅绒幕布了。为了给节节多做几幅襁褓，他索性抄起剪子，在原来剪过的地方继续咔嚓，把幕布变成了换牙期间的小朋友的嘴——赫然缺了一颗大门牙。

也就是在这段时期，剧团大院儿有了新气象。新气象就是像个剧团了。

在过去的许多年里，因为极少有演出，这里在外人看来，只是一些灰头土脸的小楼的无意义组合。居民呢，更是像极了一群无业游民。那时候，路灯就是最亮的光，没有政工干部的农村老婆骂街时，弹棉花则成了最大的声响。再不就是谁家难得买了一副腔骨，举起刀来，充满仇恨地剁下去，“嘭嘭嘭”，仿佛妄想从骨头里剁出肉来。电器倒也不是没有，收音机和电吹风之类，当年的名角家里还是趁几样的，只不过常常头发还没吹干，眉毛却因为电表上的数字拧上了。还有两次，有些人生理和心理都憋急了，索性拿出一副“豁出去”的架势，把屋里的电器全打开，电唱机里也放起了“郎啊我们俩是”——但等不到“一条心”，更等不到领导抓上门来，保险丝就蓦地瘪了下去。于是一切归于寂静和黑暗，声光电全消失了。

随着节节的出生，情况就大为改观了。“大为改观”是报纸上的套话，实际上人们的感觉更加激烈：几乎是换了新天。几个流落外地的“台柱子”又调了回来，书记捂着下巴小心翼翼地宣布，团里要恢复演出，还筹划着上一出新戏呢。新戏的主人公自然不能是帝王将相和外国死人，而是“新时代的标兵”。这些话把大家从冬眠里唤醒，却又让女演员们感到自己好像是刚刚结束冬眠的熊了。她们纷纷回到宿舍，脱了大衣在立柜的镜子里照：哪儿还像个演员啊，不该鼓的地方都鼓了，甚至还有的地方都耷拉了。按说，这些年也没吃着什么好的啊，都怪那些灰的蓝的绿的衣服。那些衣服让她们忘记了身体是革命的本钱。

更直观的变化还在视觉上。冬天要过去了春天不远了，先于花朵开放的却是灯泡。快过节的时候，附近几个司令部大院固然贴出了“欢度佳节”，挂上了一溜彩灯。但这一年，常年黑洞洞的剧团大门也亮起来了——而且还是专业人士布的景呢，效果自然不是那些当兵的能比。一到晚上，最不起眼的门脸反倒成了最夺目的。什么叫火树银花？什么叫雄鸡一唱？到这儿看看就知道了。这已经不只是彩灯了，几乎可以称得上霓虹——没有商标的霓虹，政治的霓虹。不仅是剧团大院儿的人，就连那些当兵的也拖家带口地来看。好几天晚上，门口挤满了人，那架势仿佛在举行自发的集会。而人们的表情，又像正在扎堆买什么“优质”的处理产品。孩子固然在笑在蹦，大人也傻乎乎地咧着嘴，忘我地荡漾在灯光里。如果剧团的领导再大方点，让大喇叭放上一段音乐，这里就要变成资产阶级的跳舞场了。

就像一幕喜气洋洋的默片，演了快一个月，声音终于配了进来。这年的爆竹不仅在庆祝一年一度的除夕，更在庆祝千载难逢的历史转折。节节她爸爸简直不像个做了爸爸的人，他把半个月的工资都买了炮，耳朵上夹着一只香烟，手上还夹着一只，每点燃一挂炮，都对观众们大喊：“兄弟们，共军来啦，快撤吧。”然后像舞台上的“匪兵甲”一样夸张地逃跑。而节节的妈妈则抱着天鹅绒襁褓在一边看他表演，母亲和女儿的脸都被映红一瞬，再一瞬。两张脸都很漂亮，充分地体现着南方血统的精致。

顺便说一下，因为是在元旦和春节两个节日之间起的名字，所以节节就叫节节了。

part 2

作为第一代吃牛奶长大的普通人家的孩子，节节长得特别快。三四岁的时候，她就眉毛是眉毛，眼睛是眼睛的，几乎焕发出一个美人胚子的光彩来了。因为妈妈坚定地表示，要“重新走上舞台”，所以她早早地就被送到了幼儿园。

关于幼儿园的记忆是这样的：每天吵吵闹闹的不知道在干什么，醒着也像睡觉；而等到老师要求睡觉的时候，偏又睡不着了。节节从小就比其他孩子精力旺盛，常常人家躺下了，她又坐起来，瞪着两只大眼睛俯瞰一排小棺材似的床。她要看看哪个小朋友正在流口水，哪个小朋友睡觉的时候还抱着一个苹果。

她这么一看，本来躺下了的小朋友也像被太阳照透了的种子，呼地一下，从被窝里冒出一个脑袋，呼地一下，又是一个脑袋。一时间，土地里长出好几颗错错落落的小苗儿。这些脑袋们你看看我，我看看你，面面相觑。别的脑袋都是一派懵懂，只有节节的眼睛亮闪闪的，仿佛在观察他们会做出什么反应。而静默片刻，脑袋们就转为哇哇大哭了，这下把没冒出来的脑袋也惊醒了，哭声更是越传越远，隔壁的寝室也开始哭。

然后，老师们便急匆匆地跑进来，安抚不知为什么惊恐的小女孩，训斥平常就调皮的小男孩。只有节节，仿佛印证了自己的某种能量似的，第一个钻到被窝里装睡去了。

等到下午，她爸爸便来接她。这个时候爸爸更成了个闲人，每天的主要任务是到食堂打饭、在传达室下棋、到幼儿园接节节。当然，他还是要干一件正经工作，就是在排练时把缺了门牙的天鹅绒幕布拉开，以示郑重。拉完了，他就可以跑了。

节节就拉着爸爸的手，走在北京风尘飞扬的大街上。大脚带着小脚，小脚格外积极地快跑，大脚则故意走快两步，然后慢下来，然后再突然走快。那年头的北京格外脏，就怕刮风，一刮风满天都是灰。更何况他们剧团的西边就是著名的首钢，大烟囱一冒烟，又在自然的灰之上罩了一层化学的雾。但饶是如此，空气里的灰蒙蒙却仍然是欣欣向荣的灰蒙蒙。好多老头老太太还幻想着"回到五十年代"呢，于是他们的脸上也挂着五十年代式的笑容：特阳光特澎湃，心理年龄仿佛和节节一边儿大。

而在一片灰蒙蒙的天地中，节节无疑是最亮眼的。熟人见了她都会感叹：

"哟，瞧这孩子，长得跟一大苹果似的！"

在那个仍然用"吃得好"来概括美好生活的年代，"大苹果"恐怕是对于一个小女孩的最高赞美了吧。"大苹果"可不是一般的苹果，不是国光和黄香蕉，而是从日本引进的"富士"呢——那才够甜够脆够多汁。别说小女孩了，就连十八九岁的姑娘家，被人称赞一句"大苹果"都会由衷地高兴，半害羞地扭过头去："您说什么呀。"

而节节却是一个活泼外向的大苹果，人家这么一说，她就来劲了：皱着鼻子咧着嘴"亮相"似的笑，小脸呈四十五度角上扬。人家就会进一步说："给我们表演个节目吧！"

节节就晃悠脑袋，响亮地唱："我在马路边，捡到一分钱——"

这时就不仅是一个两个熟人了，经过的人都要欣赏她一会儿。又有人说："唱得多好，长大了一准又是个演员！"

从那句"又是个演员"，节节可以推断出妈妈"也"是个演员。于是演员的光荣感更加充满了她，尽管她还不知道"演员"究竟是干什么的。而她爸爸的表现倒很谦虚：

“她哪儿是演员，她就是人来疯。”

上了小学以后，节节最喜欢的娱乐就是看演出。对于一个剧团的小朋友来说，这是再正常不过的了。

“上面”说到做到，果然恢复了演出，而且越演越多。刚开始是翻排部队那几个大团体的经典剧目，演不了全篇就演片断。上一幕还是“洪湖水，浪打浪”，下一幕就变成了一个江姐在唱“红梅花儿开，朵朵放光彩”了。整台节目冠之以“革命剧目大联展”的名义。

后来团里自己也排了新剧，讲的是一个“战地百灵鸟”的故事。可是百灵鸟并不是一只真的鸟，就连个漂亮女人也不是，而是一个五大三粗的男中音。他在老山前线被越南人打断了腿——节节她爸爸说，也许连鸟都打掉了——便坐着轮椅对战友们唱歌。一唱歌，那几个瘦得像猴子一样的越南人就逃窜了。他唱的简直不是歌，而是紧箍咒。

拜“新时期的文化政策”所赐，团里的小剧场每周有两三天都是满着的。观众全都是附近几个大单位的年轻人，票也是工会发的，不来白不来。反正晚上也没有其他事情可做。大家看戏的时候，节节和几个年龄相仿的孩子也挤在观众席的过道上，叽叽喳喳地看。把旁边人吵烦了，人家说一句“谁家的孩子”，他们就换到另外一条过道上去，继续叽叽喳喳。

而同一部戏反复看了很多遍以后，小朋友们就觉得坐在舞台下面没意思了。他们很快发现，后台才是真正好玩的地方。那里的功能就是把假的变成真的，多神奇。

艺术背后的东西往往比艺术本身还要有趣呢。每到彩排，几个小孩就像小老鼠一样钻到舞台后面，看演员化妆，听演员抱怨。而那些演员正是他们各自的家长。小朋友们常有这样的讨论：“你爸为什么当叛徒？”“都是你妈逼的。”

到了正式演出的时候，虽然要“严肃后台纪律”，却也难不倒他们，因为把守后台的正是节节的爸爸。她爸爸是那种最快活、最受小朋友欢迎的家长了。节节抱着爸爸的大腿，小小的腿和躯干一扭曲，他就会露出“匪兵甲”的表情，瞥一瞥坐在前排的领导同志，然后说：“兄弟们，共军上来啦——”

“快撤吧快撤吧——”孩子们众口一词地和他对着暗号，一窝蜂地钻到后台里去了。

这么在后台混久了，难免见到几个笑话。二十多年之后，节节长成一个女人了，但再想起来那时的笑话，还是会笑。

比如说，唱“江姐”的是个很矮很胖的阿姨，就住在节节家楼上。因为身材的原因，她即使站在台阶上，也看不出比刽子手高大。但是矬老婆高声，不是她唱还不行。听说她的嗓音条件已经逼近了空政那两个“正牌”的“江姐”呢。为了解决身高与声高的矛盾，团里就要给她想办法。最初是穿高跟鞋，可有一天，来了个空政的指导老师，一针见血地指出：“渣滓洞里也有高跟鞋吗？照你们这样搞下去，双枪老太婆干脆也不要双枪了，一手一只高跟鞋就够了。”

没办法，只好另找别的辙。最后的解决方法也是无奈之举：把“江姐”所站的台阶垫高，再垫高，一直高到“足够高”为止。但这样一来，又给演员提出了很大挑战，她不仅需要吊嗓子，还要练劈叉练腿劲。因为如果不能一脚迈上那个足有半人高的台阶，她就只能手脚并用地爬上去了——这无疑是有碍观瞻的。矮胖的阿姨也很争气，苦练了一个多月，终于把自己变成了一个善于“下劈”的跆拳道运动员。只不过到了演出的时候，还是出了乱子：人是达标了，衣服偏又不顶事，就在那一抬腿一使劲之间，“刺啦”一声，“五四”式的革命旗袍突然破了，“江姐”露出了一条棉布印花的蓝内裤。

台下登时欢呼成一片，几个青年还背诵起了《红岩》里最刺激的一段对白：“不招就扒光你的衣服！”

“扒光也不招！”

还有一次，几个孩子淘气，趁着乱就把化妆台上的一盒什么东西偷走了，钻到桌子底下互相乱抹起来。而桌子外面，“白毛女”戴上了白毛假发打上了白色粉底，却找不到腮红了。导演催得又急，她只好一团煞白地走上台去，灯光一打，彻底白成了一片。她还念白道：“旧社会把人变成鬼——”台下的观众又起哄：“真他娘的像鬼一样啊。”

再接着，后台不知谁一声喊，几个红彤彤的小鬼四散而逃，跑得满剧场都是。

而节节记得最清楚的，还是跟自己直接相关的一次演出事故。

当时的节节已经上小学了，但事故的成因，却可以追溯到她的出生：就是那块天鹅绒幕布。为了给节节做襁褓，爸爸把它剪成了一张漏风的嘴，那个大洞就一直晾在那儿，也没人去过问。大洞唯一的坏处，是演完闭幕后，时常会露出某个演员的腿，但这也无伤大雅，反正这时候观众都在离席了，没有人会注意到。再反正，他们团说到底不是什么重要的大团体，没有给领导人和外宾演出的任务，能将就的都可以将就。

可偏偏是那一天闭了幕，忽然就有一个观众喊道：“耍流氓了啊！”大家以为又出了公共场所里常见的摸屁股事件，登时兴奋起来，伸直了脖子。就连节节的爸爸也从舞台一侧跑出来，喜气洋洋地问观众：“谁耍流氓？耍了谁的流氓？”

首先发现情况的观众却指着台上：“那里那里！还在动呢！”

大家循着手指看上去，赫然看见幕布上的那个大方洞里，露出了一双女人的腿。腿们忸怩着晃动着，仿佛很不耐烦。洞里又露出一只男人的手，手径直抓向了腿。接着，一只女人的手也出现了，她把男人的手拿开。但男人的手锲而不舍，没过片刻又抓了上来——耍流氓的人太投入了，根本就没有听见台下群众的骚动。

众人兴致勃勃，仿佛在看一场妙趣横生的木偶剧：手把手拿开，手又扑向了腿，如此这般好几次。但节节她爸爸的脸却变了颜色：那女人的腿上穿着一条绿裤子。今天女演员里，哪个人穿绿裤子呢？不正是节节她妈妈吗？而且那绿裤子膝盖的地方，还有一左一右的两块脏痕呢，那是因为节节她妈妈要在大型舞蹈史诗《东方红》的片段里扮演一个被卖了的少女——“扑通”跪倒，用膝盖紧捣几步，抱住爷娘腿，泪飞顿作倾盆雨。

绿裤子登时让节节她爸爸想到了绿帽子，他爆发出一句“我操你妈”，然后便撸着袖子蹦上了舞台。没过一会儿，就看见他从幕后揪出一个男人，也不说话，只是照脸上狠打，一拳又一拳。

趁着那张脸还没被彻底打烂，大家认出挨打的那位正是剧团的书记。这下原委就清楚了：这家伙趁乱到后台去非礼女演员，恰好被人家的“本主儿”抓了个正着。熟人们还在感叹着另一层机缘巧合：暴露流氓行为的那个大洞，不正是节节的爸爸自己剪出来的吗？这时想来，他剪下一米二见方的天鹅绒，仿佛并不是为了给女儿做襁褓，而是为了今天的捉奸了。生活真他娘的奇妙啊。

更有喜剧效果的是，书记的下巴在这时又顺理成章地脱臼了，别说辩解，连叫都叫不出来了，只剩下含含糊糊的“呜呜”声。老演员们便又想起“牛鬼蛇神”的往事，于是节节爸爸的每一拳，都包含了更丰富的历史信息。台上台下鸦雀无声，只是看着节节她爸爸抡拳头，看着书记的脸开了油盐店，又开了绸缎店。

偏是这时，舞台上又多出了一个小女孩。她从天鹅绒幕布的缺口里伸出脑袋，往外探了一探，又探了一探，终于就走上来了。这个小女孩正是节节。就像每一个初登台的小演员，她怯生生地拉着裙角，一小步一小步地在台上挪着，往爸爸那边靠近一点，又挪开，仿佛拿不定主意要干什么。

三挪两挪，节节就走到舞台的中央，直面着台下的那许多观众了。偏巧剧团的灯光师又是一个酒鬼，此时正好喝多了，他迷迷瞪瞪的，居然把追光打开了。一道光柱射下来，把节节钉在舞台上，通身雪亮。她身旁是两个气喘吁吁的男人，一个满面乌黑，一个汁液横流——这三个人的组合，竟然展现出某种古怪的艺术效果。一部“革命文艺大联展”也变成多少年后才有的实验话剧了。

灯光下的节节比平时更可爱十倍。她用不着胭红和口红的帮忙，脸蛋和嘴唇也那么红润，胳膊、肩膀则是晶莹剔透的白。那年月的人正迫不及待地摄取一些外国概念，学会了将极其漂亮的小孩子比作小天使。于是不少人心里想：真是一个小天使啊。而这个小天使还在怯场呢，她抿着嘴，大眼睛里满是慌乱，忽闪忽闪地看着台下那许多乱蓬蓬的脑袋和焦黄的脸。

在某种特定的情况下，有一些还处于儿童期的小女孩，却也能焕发出艳惊四座的光彩。这种光彩让人心驰神荡地想象她十年二十年后的样子，但又因为眼前的小，而不带一丝猥亵的意味。节节就是这种小女孩，她的漂亮甚至让人们产生了这样的想法：我们正在做什么？兴致勃勃地观赏一场捉奸的闹剧吗？多庸俗。国家刚刚走进了一个朝气蓬勃的新时代，人人都应该追求美和积极的东西，可我们还是这么庸俗。这么一想，节节就让所有人面有愧色了。

就像中了魔法一样，顿时没人再关心那两个像狗一样滚在一起的男人了。节节的爸爸也叹了口气，慢慢站了起来。再过了一会儿，大张着嘴的书记被工作人员拖尸体一样拖下去了。一边拖，他还一边咳嗽，因为有颗牙齿滑进了嗓子。这也让剧团的人放了心：毕竟没有打出人命来。

而作为此刻的主角，节节在想什么呢？其实她在想一条花裙子。就在刚才，就在后台，她正和一个邻居家的女孩挤在化妆桌底下打赌呢。两个女孩都穿了花裙子，不免你看我的好，我看你的好；她们又一起幻想穿着花裙子，到近在咫尺的舞台上去演出。可一旦涉及这样的幻想，两个女孩的反应又是不同的了：节节是越说越兴奋，仿佛自己已经博了个满堂彩似的，邻居家的女孩却有些不忿了。她长得可不如节节漂亮，平常也没人说她像演员。

剧团的孩子都是善于表现神态的，那女孩故意做出轻蔑的样子，说：“说得热闹，等一会儿闭幕了，你敢上去加演一个吗？”

节节自然回了一句：“有什么不敢的。”

“你才不敢呢。”那女孩坚持说。

关于美丽的幻想变成了勇气的比拼。节节就有点儿生气了："我要是敢，你怎么样？"

那女孩也赌气了："那就把我的裙子也送给你好了吧？让你一人穿两条！"

"这可是你说的。"

就这么话赶话，一个大胆的计划就形成了。但其实节节还是有脑子的，她细心地考虑了一下事情的可行性：等到正式的演出结束，剧团的大人肯定会忙忙叨叨地收拾东西，观众们也会陆续离场，如果那时候跑到舞台上去，也不会惹多大事。顶多是再被叫一句"谁家的孩子"。再从爸爸的性格估计，他才不会严肃地惩罚她呢。

因为有了这番估量，节节才敢于接受挑战。她要用一次登台为自己换一条新裙子。而那女孩后悔也晚了，她只好和节节一起等到观众鼓完掌，等到大幕拉上，等到后台开始乱哄哄——然后节节就"刺溜"一声，从桌子底下钻出去，来到天鹅绒幕布下方的洞口。她探了一探，就走上台了。

到了舞台上，节节才傻了眼。她还以为观众们已经走得差不多了呢，没想到他们动也不动，仿佛都在等着自己。更奇怪的是，她爸爸竟然也在舞台上，身子底下还压着一个合不拢嘴的男人。爸爸正在干什么呢？就算她聪明伶俐，一到舞台上，脑子也成了一片空白——都说"神奇的舞台"，还真是没说错，人一上来就蒙了。

好在节节没有彻底慌。作为一个演员的孩子，她从小就稳得住，在女孩中算有大将风度的了。她鼓励自己：这没什么的，难道你不想多要一条裙子了吗？这个时候打退堂鼓，不仅到手的裙子要飞了，自己的裙子还要赔给人家呢。

而且她很快意识到了一件事：下面的人并没有生气，他们还是很喜欢看她的呢。有了这个想法打底，她就很容易进入角色了。

于是所有人都惊奇地看见这小姑娘开口唱歌了。唱的是什么呢？这个节节也设计好了。她才不要唱剧团里唱过的那些东西呢，要唱就唱个跟别人不一样的。邻居家的录音机里那些软绵绵的音调不是很好听吗？就是它了。

“小城故事多——”

节节的嗓音有几分奶声奶气，但她自己以为很好听。否则下面的人怎么会惊呼、大笑、一副欣喜若狂的神态呢？登时有人叫起来：

“好！”

剧团演出了这么多次，还没有过演员一开口就叫好的情况呢。什么叫满堂彩？这就叫满堂彩。在观众的欢呼中，剧团的人也目瞪口呆了，他们束手无策地听着节节把那首“靡靡之音”唱了一半——之所以没唱完，是因为节节忘词了。

后来还是节节她爸爸反应快，他三步并两步跑上去，一把抱起了节节。这个时候，他的政治觉悟又回来了，忙不迭地追着团长解释：“这可真不是我教的——咱们还是先处理流氓吧！”

而节节呢，却突然感到非常疲倦。她趴在爸爸肩膀上，看着那个越来越远离的舞台。追光消失了，那里登时黑了空了，仿佛在说明刚才的景象不是真的。但怎么会呢？就在一分钟以前，她还明明感到自己置身于声光电的包围之中呢。被别人聚焦的感觉是多么好啊，就好像自己也是一个由声、光和电打造的精灵一般。

此后的许多天晚上，她睡觉前都要想一想舞台上的那一瞬间。就连后来长大了，那景象还总会钻到她梦里。老话讲“台上一分钟台下十年功”，其实这只是往前推着说的，要是往后推着说，台上一分钟就是台下十年的回忆了——甚至一辈子都在回忆。自从经过了那一刻，一股回忆的味道就充斥了节节的脑袋。她还没开始长大呢，就已经学会把良辰美景压在心里，随时拿出来咀嚼了。

从这个角度来说，节节已经在学着做一个小女人了。

part 3

那天晚上的演出事故，还造成了两个现实的影响。

一是剧团演出的节目单有了变化。节节的那一出“小城故事多”仿佛是一把小钥匙，虽然开不了任何锁，却暗示人们“锁是可以打开的”。于是第二天的“革命剧目大联展”之后，就有些青年工人和学生在下面起哄：

“小城故事多呢？我们要听小城故事多！”

剧团置之不理了几天，观众的起哄非但没有消失，反而越来越强烈、越来越整齐划一了。他们像军队拉歌一样，手和脚“呱唧呱唧”，有节奏地呼唤：

“小城故事多！小城故事多！”

最初还是在“正剧”结束之后喊，后来竟成了每天演出之前的暖场仪式。这样一来，就算“江姐”和“李铁梅”上了台，演员自己也没心气了。人家要听“小城故事多”，你非要唱“我家的表叔”，这不是驴唇和马嘴的关系嘛。于是团里的人开始坐不住，找团长请示，团长也做不了主，就去找更高一层、两层的领导请示。到底是把联防队请来给演出压阵，还是向身穿喇叭裤、蝙蝠衫的家伙们屈服？这居然是一个需要讨论的问题了。可见时代真的变了。

又过了一阵，团里特别开了一个会，“传达精神”。团长夹着一颗香烟，三分潇洒三分笨拙地挥了一下说：“我们的胆子要大一点嘛！”这个姿态是很有说服力的，大家都看出，这不是团长在说话，而是某个主管文艺工作的领导人物在说话。夹着香烟潇洒而笨拙地一晃，正是那位领导的经典动作。演员出身的团长把这个动作照搬过来，来了一次小小的灵魂附体，则是要传达给大家，“胆子大一点”是有出处、有靠山的。

就这样，“小城故事多”获得了公演的权利。刚开始还是半遮半掩地跟在“江姐”和“李铁梅”后面，算是加演，也有狗尾续貂的意思——但从现实效果上来看，却是貂尾续狗了。后来胆子又大了一些，团里索性排了一台“通俗文艺大联展”，舞台上赫然摆了一副架子鼓，还让吹黑管的胖子改练了萨克斯。虽然唱“小城故事多”和“一见你就笑”的还是原来的那些演员，上得台来仍然忍不住要亮一个相，一副女民兵解放台湾的架势，但观众已经很满足了。他们不仅掌声雷动，还有热泪盈眶的呢。那时候的观众就是这么好打发。

当然，最初的冒险在后来一看，也如同小马过河——蹚一蹚才发现水流并不湍急，更没有大风大浪在前面等着。大风大浪是多少年前的情况了，这年头的主题是“胆子大一点”。其实早在节节刚出生时，李谷一就已经在唱《乡恋》了，虽然也有人“批”，可顶多是“批评”，而非“批判”和“批斗”。李谷一的走红更给剧团壮了胆。那两年，团长最喜欢说的一句话是：

“北京最叫座的剧团是哪家？不是总政和空政，是我们！”

从某个角度上来说，节节几乎可以被称为“儿童李谷一”呢。她们的不同之处只在于一个是女人，一个是孩子。但女人像孩子一样天真懵懂，孩子又像女人一样风情万种。

只不过，那时候的节节可想不到那么多，她更关心的是“演出事故”的第二个连锁反应。这个连锁反应不涉及文化路线，仅涉及家庭关系，因此对她来说要真实得多。

她还记得“小城故事多”的那天晚上，爸爸把她像个麻袋似的扛在肩上往回走，一句话也没说，只是一路气喘吁吁。按说干什么都兴致勃勃的爸爸不至于累的呀。而回到家，妈妈也不在。按说她也早就该回来烧一盆开水，认真地洗脸了啊。作为一个演员，妈妈深知舞台上的妆是不能留太久的，留久了就会伤皮肤，必须得从毛孔里清洗干净。

爸爸把节节放到小床上，简短地说："睡觉。"这还是他第一次命令节节睡觉呢。过去都是哄她睡的，睡前还要改编一段老电影："老班长，党费我揣好了，您怎么还不闭眼呀？"

节节固然是睡不着。她那天熬到很晚了，妈妈也没回来。后来爸爸开始烦躁地在外屋走动，可是五十平米的小两居又怎么够他转的。于是他出去走了一圈又回来，没过一会儿又出去。

后来又有人敲门。一个咋咋呼呼的傻大姐进门就叫："你怎么还在家里？你媳妇儿拖着箱子走啦。她说丢不起这个人，要回南方去。"

爸爸很无辜地说："真要走？"说完就跑了出去。跑到楼下，院儿里还有人对他赞道："今儿真他妈爷们儿！"这说的无疑是痛打流氓书记的事情。而爸爸则自嘲地说：

"爷们儿个屁，媳妇儿都跑了，还得我亲自追。"

然后又乱哄哄了几分钟，爸爸踹开了团里司机的门，要动用那台北京牌吉普车。好在司机也是爸爸的狐朋狗友，这种大事必须得帮忙。节节扒在窗台上往下看，看到爸爸像革命将领一样跨上吉普车，一摔门，手在窗外一挥："我们到火车站去包抄她！"

到了半夜，才把妈妈包抄回来。爸爸气喘吁吁地帮她拎着箱子，说："你看这又何必——早知道得回来，就别把箱子装这么满嘛。连暖水瓶都装进去了，你们南方没有暖水瓶吗？要装也要装暖气管子才对。"

但等妈妈有点破涕为笑的意思了，爸爸忽然又板下脸来说："今天的问题，我们得好好说一说。"

两个人便开始说一说。他们以为节节睡了，又以为自己的声音已经很小，殊不知小孩的耳朵是很灵敏的，剧团的宿舍楼墙又那么薄，于是谈话内容就被节节断断续续地听到了。当然，其中的许多意味则是多少年之后才琢磨出来的。

在谈话之初，爸爸的声音是狐疑的，狐疑里夹杂了几分害怕。他逼问妈妈，和书记是不是“有一腿”？如果没有，又怎么会让他摸她的腿？而妈妈则受了侮辱似的否认，她反驳道，狗屁“让他摸腿”，她不是三番五次把那只手打开了吗？如果他没看到，那就是瞎了狗眼。

妈妈甚而尖声叫起来：“真想跟谁有一腿，何必找这种老家伙？我当年——”

爸爸便仿佛舒了一口气。但是舒完了气，他还是觉得不甘心——再怎么说，也是自己吃了亏嘛。他得再说两句，以示眼里揉不得沙子：“别说当年别说当年，咱们说的就是今儿个——他摸你的时候你为什么不叫？为什么不让所有人知道他是流氓？你分明是替他遮掩！”

这样一说，就是高标准严要求了。他不仅要求妈妈当贞女，还要求她当一个勇斗流氓的烈女。爸爸进一步阐述，作为一个演员，难道她没演过烈女吗——舞台上被卖的那些个，人家都是怎么表现的？投井的投井撞墙的撞墙，白毛女还吃了几年斋呢。她为什么不学那些英雄人物，而要学一个逆来顺受的小媳妇儿？在大是大非的问题上，就应该有大无畏的斗争精神！如果做不到这一点，就是心里有鬼，就是姑息养奸，就是对“本主儿”的不负责任！

“我知道你脸皮薄，怕丢人。”爸爸稍微体谅了一句，但立刻又话锋一转，说回“斗争精神”上去了——不就是个狗屁书记吗？爷们儿揍了！过去揍得，今天仍然揍得。揍了就揍了，谁又看不起咱们了？哪斯敢？他进而又重述了自己是如何冲冠一怒为红颜，如何把书记重新踏上了一万只脚。这时他的言语之间，就全是炫耀的意思了。他的唾沫一定飞溅了，节节趴在被窝里想，爸爸一旦兴致勃勃，唾沫就会飞溅。他还问妈妈，你看见我是怎么“打丫的”了么？没看清楚？那不失为一种遗憾。

随着爸爸越说越起劲，妈妈的话越发少了下去。她仿佛无言以对地看着他发表演说。但慢慢地，妈妈的抽泣声就响了起来。节节心里一抽搐：妈妈在哭了。长这么大，她还真没见过妈妈哭呢。妈妈的哭泣听起来只是一吸一吸的，但节节却好像能看见她的眼泪唰唰地流下来。妈妈一定是那种轻易不哭，哭起来就止不住的人。

“咦，你哭了？”爸爸却好像过了好久，才留意到妈妈的眼泪。

这句之后很久，外屋都再没声息。节节下意识地认为妈妈正在整理仪容：她擦眼泪、拢头发、揉太阳穴。对于一个文艺兵出身的女演员来说，仪容永远是第一位的要事。而这一切工作都进行完了，妈妈才又开口。她的口气非常复杂，那里面有坦然、荣耀和苍凉，有心比天高、感时伤怀和破罐子破摔。这一系列的意味，节节也是随着自己的长大，才层层剥茧地体味出来的。

“你从来不体谅我。你把人都得罪了，让我几乎没有戏可上。”妈妈说，“我是演员，我想上戏。”

然后外面就彻底没有了话音。这次谈话就此结束。爸爸和妈妈铺床打水，一言不发地睡了。他们已经达成谅解了吗？或者仍然在闹矛盾，是气鼓鼓地上了床？节节就猜测不到了。随后，她的心就完全沉浸在自豪里了：妈妈把“上戏”说得那么郑重、那么严肃，仿佛“上戏”有多艰难似的，但今天晚上，节节自己登上舞台，却是如此轻而易举。一股小火苗在节节心里忘乎所以地燃烧，她想大声告诉妈妈，“上戏”很简单，没必要为了这事儿哭鼻子。而这么告诉的潜台词则是：我可比妈妈强多了。

从这天开始，家里的气氛就不一样了。或者说，从这天开始，节节就要学会体察家里的气氛了。这项任务说难也难，难也不难。难的是：她需要敏锐而警惕，准确地察觉到哪个话头会挑动家里哪个人的哪根神经。对于一个还在上小学的小姑娘来说，这常常是费尽心力的。所以当节节一旦感到累了、烦了、憋屈了自己的时候，她就会选择“不难”的解决方式——拿出独生子女的骄纵，浑不讲理地把父母的注意力都吸引到自己身上来。有时候她甚至会自己戕害自己一下：把膝盖照着床脚撞过去，或者故意摸一下还在滚烫的茶壶。这样的办法屡试不爽，无论父母是刚一沉下脸，还是话赶话地已经要吵起来，听到她的尖叫都会立刻转移开话题。于是全家都有了一种解脱的欣慰。

但孩子的力气毕竟是难以回天的，节节必须悲观地面对这个事实：父母的关系渐渐尴尬了下去。最具体的表现，就是妈妈开始抱怨，一发不可收拾。每次演出回来，她都要抱怨一番：自己明明是领舞，而且是剧团里唯一没把“功”荒废掉的领舞，为什么现在的戏份越来越少？化妆师为什么总是围着独唱演员转，而对舞蹈演员就草草了事，这不是看人下菜碟吗？团里已经排了一出歌剧，前两年不是说还要排一段新的舞蹈么？为什么说说就没了动静，该不是领导把上面拨的经费公款吃喝了吧？

通常抱怨时，妈妈还能保持一个演员的端庄，也就是说，“台风”很好。她只是话多，让句子们后浪追前浪，表情并无大起大落。但有时候就抑制不住了。比如说有一天晚上，她回来也不卸妆，只是胸脯一鼓一鼓地运气，运了好久，才开始说话。声音比平常大了两倍：“凭什么？凭什么？”

原来妈妈领舞的位置被拿掉了，这意味着她连在追光下转两个圈的机会都没有了。团长找她谈的时候，理由自然是冠冕堂皇的：“对那些年轻人，我们要扶上马送一程嘛！”

言下之意，就是把妈妈归入“老同志”了。而女演员最怕的就是变成老同志。妈妈悲愤得直哆嗦：“我年轻的时候，谁又把我扶上马送一程了？那时候舞台每年黑灯三百六十天，我能跳的时候就这么荒废过去了，现在终于有了机会，又让我送别人？为什么我只有当马夫的命，没有骑马的命？”

这么大的火气把爸爸也吓得够戗。他只好说：“都怪‘四人帮’，都怪‘四人帮’。你放心吧，他们丫的已经被关到‘秦城’里去啦。”

而别管是多么有追求的抱怨，一旦任其发展下去，势必会扩散到最无聊的鸡毛蒜皮上。很快，妈妈抱怨的就不仅限于舞台上了。衣服被老鼠咬了、厨房里有了蟑螂、立柜的腿松了、邻居家的大白菜占据了过多的面积，这些事情都逐步进入了抱怨的范畴。而且每一抱怨都停不住，从而再衍生出别的抱怨——抱怨的矛头，最后又会集中在爸爸身上。这不仅因为爸爸是她唯一的听众，还因为所有的问题都可以与爸爸有关。老鼠、蟑螂、立柜腿、大白菜这些问题的产生，都是因为爸爸太懒惰，所谓“油瓶子倒了都不扶”。而爸爸不做的家务事，她为什么也不能做呢？因为她是个演员，她要“搞业务”。这就又兜回到原来的出发点上了：妈妈认为自己在舞台上受到的不公待遇，也和爸爸间接有关。如果爸爸过去不是一个“小闯将”，没把剧团里的领导都得罪了，她又怎么会遭到连累呢？于是每一轮抱怨势必以批判爸爸“不会做人”结束，想躲都躲不开。

在一般情况下，爸爸都会让着妈妈。这一方面是因为妈妈抱怨得不无道理，另一方面还是习惯使然。北京那些吊儿郎当的男人，不论出身贵贱，多半都有点儿怜香惜玉的公子哥儿性格，对漂亮的女人总是让着。如果情绪好的时候，爸爸还会再扮一出匪兵甲：

“太君，我混蛋！”

一般情况下，爸爸也会尽量少插嘴地听她抱怨完。如果妈妈这天的情绪格外高，联想能力格外强，一时半会儿没有要完的意思，他就只好出门去，找狐朋狗友喝二锅头。作为一个早年间的“顽主”，他倒总也不缺酒喝。当年因为娶了节节她妈妈，他才戒掉了酒腻子的毛病，现在重出江湖，却还是因为老婆。

喝二锅头的时候，他会推心置腹地对那些人说：“这年头，当一个文艺界家属是很不容易的。你的媳妇儿如果不是个腕儿，那你干脆就不是个人啦。”

在他看来，坏就坏在文艺界变了天，演出有了，名利心也有了，于是争风吃醋和钩心斗角就都有了。更坏的是别人开始争的时候，节节她妈妈却又迟暮了——你见过几个舞蹈演员三十多了还在台上做“大翻”的？毕竟是孩子她妈了。这么一分析，抱怨也是难以避免的了。酒过三巡的爸爸宣布道：

“我表示理解——我就当她更年期提前了。”

但在抱怨的枪林弹雨中，饶是这么一个乐观的匪兵甲，也必然会被某句话打中心窝子。有一天，妈妈拎着菜篮子回家，蹙着眉头说：“小白菜涨到了一毛二！那些农民可算是学会大棚种菜了，冬天就这样趁火打劫！”

偏是那天爸爸情绪也不太好。他不想洗耳恭听一个下午，也不想这么早就出去喝二锅头。于是他明察秋毫地堵住了她的嘴：“大棚不是我推广的，菜价也不是我让涨的——你歇歇行么，过去冬天还吃不上小白菜呢。”

看到他主动反击，妈妈总算是找到了对手，立刻狠狠地回应了起来：“你以为我想在乎一毛二吗？你算算自己的工资才有几个一毛二？你也不看看人家，别说冰箱和电视了，就连吸尘器和录像机都有了。不是还有人招呼过你们一起看黄带吗？怎么光见你眼馋人家的黄带，没见你眼馋人家的录像机？出门上街，人家问我是哪儿的，我都不好意思说自己是剧团的。现在还有哪个演员会到菜市场砍价？还有谁家看黑白电视？你要是有本事，也让老婆孩子过一过现代化生活——”

自然又是一番喋喋不休。只不过这一次的抱怨有了新主题，从“自古美人多迟暮”变成了“贫贱夫妻百事哀”。从小白菜到电冰箱、电视机，从一毛二到赚外快，妈妈的联想进入了一个过去从没触及过的领域。而这个领域又有着如此之强的现实性和对比性，她忍不住扫视起屋里的摆设来：床和大立柜都是结婚的时候打的，“上个时代”的旧货了；沙发倒是新的，只不过是处理品，革面子已经破了，开膛破肚地露出一团海绵；最可笑的是餐桌餐椅，居然是从公家“顺”来的，上面还漆着“文字XX号”呢。她一边扫视着破家，嘴上说的却是最近剧团里的一些流言——某某现在出门都坐“皇冠”出租车了，某某在王府饭店摆宴请客了，某某出去走穴时居然嫌十块钱数起来不方便，痛感国家需要印制百元大钞了……她的意思，就算没有舞台上的风光，总得捞到生活的殷实吧。妈妈醍醐灌顶地发现，声光电的形式已经发生了变化。过去它只在舞台上，现在生活里居然也有了；过去只属于演员，现在也属于普通人了——当然也得是有出息的普通人。而在现实生活中拥抱声光电，那就是男人的任务了。

可是很遗憾，在妈妈看来，爸爸恰恰是个没出息的。有出息的人怎么会满足于天天拉大幕和剪大幕呢？就算他敢跟领导对着干，显得像个英雄好汉，可这恰恰说明了他实际是个傻帽儿。雷锋是革命的傻子，张志新是反革命的傻子，他连“革命”和“反革命”这些大字眼儿都沾不上边，就是个纯粹的傻子。偏这傻子总爱装得比人家聪明，多可笑。

妈妈滔滔不绝地说着，爸爸的脸则一点一点地黑下去。就连节节都发觉他的表情远比平时凝重，凝重里夹了几分激愤之意。他现在不像一个匪兵甲，而像被叛徒出卖的烈士了。但烈士还可以谴责、控诉、振臂一呼，爸爸却被出卖得无话可说。对于一个男人来说，四体不勤不是罪过，玩世不恭不是罪过——不仅不是，而且还可以被视为某种意义上的潇洒呢——但没出息就是罪过了。妈妈抱怨了无数个日子，这一次终于戳中要害了。

可戳中要害后应该点到为止啊，偏偏妈妈还要“宜将剩勇追穷寇”，深挖狠挖用力挖。

于是节节看到爸爸慢慢地站起身，走了出去。这时爸爸还只三十多岁，背影却也显得很颓唐。他好像被谁抽出了一根骨头，“咔嚓”一声，整个身体都垮下去一节。而妈妈却还像有惯性似的停不下来，所以爸爸是在语言的轰炸中走出去的。直到爸爸关了门，悄无声息地下了楼，妈妈才从节节的脸上看到了异样。节节的脸上已经满是惊恐，眼睛里随时要掉下泪来了。

这时，妈妈才陡然闭了嘴，意识到自己说过了界。她继而用细长的手指揉起了太阳穴，仿佛累到了极点。屋里静默了良久，才听见她自言自语地说：

“我已经那么招人讨厌了。”

看来妈妈也不是没有自省精神的。

爸爸那天一走，几乎是一个昼夜，天明了才带着酒气回来。这也没什么怪的，借酒浇愁嘛。没有愁的时候他还要浇一浇，何况有了借口呢。但接下来的几天，他仍然是一早就出门，中午晚上都不在家吃，而夜里回来的时候，却没有酒气了。这就怪了。

妈妈便有些惴惴的。但在这时候，她还保有着一个漂亮女人的特权——自省的话只说一句，并且不管对方听见没有。爸爸回来，她也不问他去哪儿了，爸爸也不主动交代。两个人就这样默默无言地睡了。

好在抱怨是停止了。

以爸爸和妈妈的性格，这时的沉默一定是孕育着变故的。就连节节也有预感：爸爸仿佛扣着一张什么底牌，正准备向大家翻出来。

果不其然，没过多久，又发生了一个演出事故。这个事故是爸爸一手造成的。为了这个事故，他策划了很久呢。

那天又是“革命文艺大联展”。从“江姐”开始，然后是“李铁梅”和“十八棵青松”，再然后是《东方红》的片段，一切如常。然而到了闭幕的时候，那缺了一颗门牙的天鹅绒幕布却没有拉上。灯光倒是熄了。若在平日，演员们本该在幕布的遮挡下，忙忙叨叨地往下走的，此时却将黑暗中的身影暴露在了观众面前，不由得被定了格：一棵青松佝偻着肩膀，“李铁梅”的假辫子已经摘了下来，垂在手里晃悠，远看如同拎着颗人头。台上的人就像一群鬼魂，刚被盗墓的人从坟里挖了出来。

台上台下都尴尬。台上问台下：“怎么了？”台下也问台上：“怎么了？”这时还是团长反应快，他提高了嗓门喊：“大幕！大幕！”

可是大幕还纹丝不动。团长就气急败坏地继续喊：“大幕！大幕！”这时候的“大幕”就不是幕本身了，而是拉大幕的人。

又喊了好几嗓子，“大幕”才出现了。只不过节节她爸爸不是从舞台的侧面，而是从剧场的入口处走进来的。他像一个姗姗而来的领导同志，脸上挂着矜持的微笑，顺着台阶稳健地下降，不时与面熟的人招手致意。

“你死到哪儿去啦？这是演出！演出怎么能吊儿郎当的？”团长是个苦口婆心的人，他训斥了一通仍不过瘾，还要当场进行业务素养教育。他要让节节她爸爸懂得，拉幕的任务虽然简单，但也容不得半点含糊：“你知不知道幕布相当于什么？我早就说过，相当于舞台的内衣！该拉的时候没拉上，不就相当于把一个人扒光了示众吗？”

他又指着舞台上乱七八糟的情形说：“你看，现在成了什么样子？多丑陋！”

这话激起了观众的大笑。思维活跃的人不免联想到，团长把台上的那些演员比作了内衣里露出的东西——他们仿佛就像一群阴毛、阴茎或者别的什么，正软塌塌地暴露在大庭广众之下。而沿着这个思路联想开去，正式的演出又是什么呢？不就变成了五光十色的露阴大联展了吗？他们甚至恍惚看到了一个无比巨大的流氓犯正劈着腿，横跨舞台两侧，拉开内衣说：“来看呐，来看呐。”那年头的文化青年是很时兴看弗洛伊德的，他们忍不住窃窃私语地交流起弗洛伊德来了。

而节节她爸爸却笑嘻嘻地问团长：“您说够了没有？”

团长反被他的气度压住了，嘴里溜出一句：“那你要说什么？”

“我不光要说，而且要对大家说。”说着，爸爸居然慢悠悠地上了台。他从学徒工开始，给剧团做了十年布景，拉了八年大幕，从未动过登台亮相的奢望，但最近这短短的几个月，他就登了两回台——第一次是武戏，这一次看起来是要唱文戏了。

爸爸气定神闲，简直像一个将舞台把玩于方寸之间的名角大腕儿。他潇洒地对空中打了个响指：“灯光！”一道追光居然就应声而亮了。那个酒鬼灯光师也是爸爸的狐朋狗友之一，这时候自然兴致勃勃地想看看他到底要唱哪一出。而且作为常年默默无闻的幕后人员，灯光师还有这样一种潜意识，就是盼着台上出点乱子。有了乱子，他的工作才不那么乏味。

有了朋友的捧场，爸爸就更是挥洒自如。他清了清喉咙，对同样兴致勃勃的观众说：“兄弟们，鄙人——”

这一开口，又是一番哄堂大笑。大家在笑匪兵甲升官了，变成了一个国民党师长。爸爸自然也察觉出了措辞不对头，于是又换了一种称呼：

“同志们——”

这下，台下简直笑得歇斯底里了。爸爸只好眨巴着眼睛，想了几秒钟。等他再开口时，就让大家耳目一新了。

他说："顾客们——"

大家不禁止住了笑。怎么还有管观众叫顾客的？这家伙的葫芦里卖的是什么药？

看到"顾客们"全神贯注地望着自己，爸爸的底气就更足啦。他继续说："借用革命舞台的一方宝地，我向顾客们郑重宣布，'外在美'服装进出口总公司日前隆重开业！"

这么说着，后台又挤上两个男人来，他们吆吆喝喝地搬着一只大箱子。这两位叔叔节节见过，都是爸爸过去住胡同时的"发小"，自然也是喝二锅头的主力军。男人喝高了都爱感慨人生，他们这些人就经常这么感慨：

"咱们哥儿几个都多少年的交情了？"

"交情倒是深，可自打青春期以来，咱们就基本没怎么凑齐过。"

"那是，不是你进去，就是我进去。反正老他妈有一人在炮儿局里。"

听他们的口风，简直像一窝逃犯凑在了一起。这么说来，倒是妈妈"挽救"了爸爸。因为和妈妈结了婚，爸爸才结束了三天两头"进去"一趟的生活。而现在，这几个地痞流氓不仅重新聚首，而且还风风火火地要"干点儿事儿"呢。只见爸爸把手伸到大箱子里一抓，抓出了两件蝙蝠衫：

"瞧一瞧，看一看，我们的服装都是香港设计的最新产品，不仅柔软贴身，而且造型别致。除了蝙蝠衫，我们还有牛仔裤、喇叭裤、花衬衫，都是资产阶级的生活方式，资产阶级的生活方式！"

他的口气像一个真正的推销员，但肢体语言却根本不搭调，仍然还是革命戏剧里的那些造型：忽而红灯记，忽而十八棵青松。而那两件蝙蝠衫呢，则忽而像战旗一样迎风招展，忽而像海浪一样波澜滚滚。相形之下，还是他的两个流氓兄弟比较务实，他们迅速在舞台上拉出了一条横幅，上面写道：开业大酬宾，一律半价。

观众们这时才恍然大悟，进而真的有人上来挑挑捡捡，很像那么回事地讨价还价起来了。买衣服倒还在其次，他们都被节节的爸爸卷进了一个游戏，就是戏谑“革命的舞台”。见到有人捧场，节节的爸爸算是彻底抽起了风，他放下蝙蝠衫，拿起两条胸罩喊道：“为了更贴心地服务女顾客，我们还特地引进了大量胸罩、内裤、连裤袜。我们的胸罩有蕾丝花边！蕾丝花边！”

说着，他便把胸罩举过头顶，在空中转了起来。那个架势，就好像胸罩是螺旋桨，而他自己则是一架直升飞机了。他又飞到演员们面前说：“你们也来挑挑啊，演职人员有特殊优惠。”

这个时候，团长才意识到了问题的严重性。他铁青着脸走到节节她爸爸面前，压着嗓子说：“你这样做，想过后果吗？”

“有什么后果？”节节她爸爸翻着白眼说，“扣工资吗？这个月的已经花完了，下个月您还真没地儿扣了——我他妈辞职了，下海了。不拉舞台的内衣了，卖真正的内衣去喽！”

此言一出，周围的人登时叫起好来。那个年头的人就是这样，为一切敢于“反抗体制”的人“鼓而呼”。那几乎是一种撺掇别人去耍流氓的心态——自己在旁边看一看也是好的。

而出人意料地，爸爸的表情此刻却又变了——不再是装疯卖傻，而是一脸悲壮。他把胸罩塞到团长手里，好像送给对方一件告别礼物，同时推心置腹地说：

“我一老爷们儿，我他妈得让老婆孩子过好日子吧——您也体谅体谅我。”

这话是对着团长说的，眼神却又瞥着演员队伍里的妻子。两个人一个在追光里亮堂堂的，一个则藏在暗处呆立着。但他们的表情都有些百感交集。

part 4

这次演出事故之后，节节她爸爸就不是一个拉幕的工人了。他变成了一个卖服装的个体户。假如个体户也要讲“辈分”的话，他还属于相当老资格的那一拨儿呢。比起晚生后辈们，老一代的北京个体户承受过许多额外的轻蔑，也保有着一份额外的尊严。就拿“名号”来说吧，节节她爸爸会分别用两个词来称呼自己。如果有人一口咬定他“发了”，他会谦虚地说：“不就是一练摊儿的么，能挣几个钱。”而要是真管他叫“练摊儿的”，他便会气呼呼地纠正对方：

“报纸上管我叫青年改革家。”

“改革家”听起来就配得上妈妈这个“艺术家”了。这个身份的变化颇让他扬眉吐气了几天，但日子长了也就觉得可笑了。“谁他妈见过蹬着板儿车上货的改革家啊？”连他自己都说。

但不管怎么样，妈妈的抱怨算是戛然而止了。倒也不是被钱堵住了嘴（爸爸的亲身经验证明，所谓“个体户都发了”的说法纯属谣言），而是不太好意思抱怨了。练摊儿实在是很累的，需要抱着蛇皮袋在火车上蹲两天两夜，需要早上六点就到西单劝业场支篷子码货，还要为了一块钱的利润管小姑娘叫“大姐”，管老太太也叫“大姐”。没有了工资的爸爸逐渐显出疲于奔命的架势，有时候回家连脸都没力气洗，直接歪在沙发上就流口水了。人家这么辛苦是为了什么呢？还不是为了老婆孩子。爸爸用态度堵住了妈妈的嘴。

当然，即使累坏了，爸爸仍然是狡猾的。比如说，有两次他正歪在沙发上打盹，妈妈就打了一盆热水过来，把他的脚放了进去。对于一个娶了“艺术家”的男人来说，这种享受实在是百年不遇，爸爸龇牙咧嘴地说：“暖到心里了，暖到心里了。”而此后的两天，他都是一回家就歪在沙发上，两只臭脚翘得高高的，等待洗脚水。妈妈屈尊纡贵地伺候了他几回，便不免生疑了：“真累到这个地步了吗？”

她转身去烧水的时候，爸爸突然就睁开眼睛，对节节嬉皮笑脸地说：“敌人又上当了。”

后来还是节节揭发了爸爸的诡计。有一天，妈妈又纳闷地说：“到底是真睡着了还是装睡？”节节突然叫了起来：“装睡！没流口水就是装睡！”

妈妈看看爸爸装模作样地咧着的嘴，这才恍然大悟。她捡起一根毛衣针，照着他的脚心扎过去。爸爸登时嗷嗷大叫，抹着嘴说：

“百密一疏，百密一疏。”

然后他又弯下腰，把节节的脸捏成一只小猪的样子：“真会观察生活啊。”

那个时候家里的气氛真是好啊，后来节节回想起那时，总会有种苦中作乐的感觉。其实乐是真乐，苦却不见得是真苦。毕竟生活正在迅速地改善。凭着几个起早贪黑的辛苦钱，爸爸还真的攒出了“东芝”电视机、“西铁城”手表、“理光”照相机和“健舞”录音机。后来他甚至推回来一辆“雅马哈”摩托车——之所以是推回来的，是因为还没学会骑呢。

那几天，他天天都要推着摩托车在剧团里走一圈，还把“健舞”录音机挂在车把上，走到哪里，哪里就是一曲歌来一片情。他对围观的群众说：“我要从掌握平衡练起。”

这样大张旗鼓地走街串巷，势必会吵到别人。如果有人抗议，爸爸的兴致就更高了：“被别人嫉妒的感觉真好啊。”

而等到他真的会骑摩托车的时候，又突发奇想地把发型给换了——梳了个大背头。这样一来，当别人问他“快不快”时，他就可以证据确凿地指着脑袋说：“真是风驰电掣啊，头发都吹到后面去了。”

然后又展开联想：“毛主席在中南海一定天天骑摩托车。”

节节正在长大。说来像个笑话，她衡量“长大”的参照物也和别的孩子不一样。有的孩子是比着脑袋的高度，在树上刻一道，过个一年半载再来比一比，就发现“我比小树长得快”了。而节节的衡量标准呢，则是几口锅。

这还要拜她卖服装的爸爸所赐。自从他干上这一行，节节就没缺过新衣服穿——据说还是货真价实的外国时装呢。但也恰恰因为是外国来的，穿之前就得先经过一道工序：用锅煮一煮。后来节节才知道，原来自己是穿着外国的旧衣服长大的。那些旧衣服的主人都是节节的同龄人，他们可能是美国小朋友、欧洲小朋友，也可能是日本小朋友。他们不知道有个中国小朋友正穿着旧衣服，享受新生活。

爸爸每次上完货，节节家里就打开煤气炉，开始煮衣服。为了避免红的绿的衣服们互相染色，还必须要分开煮，一次只煮一件。而为了节省煤气，锅的大小便要符合衣服的大小，也就是说，间接符合了节节身体的大小。最初用一只奶锅就可以煮一条连衣裙了；后来奶锅放不下了，就换成了炒菜的铁锅；等到节节上了初中，就非得要用蒸锅不可了。换锅就像一个庆祝长大的仪式，比过生日吹蜡烛还要重大呢。终于有一天，妈妈瞪了一下眼睛，欣喜地说：“完全像大人一样高了。”

穿着这些远比国内款式新颖的衣服，节节自然受人瞩目。作为一个漂亮的小姑娘，她也很习惯受人瞩目。同学们还在猜测她的“家庭背景”呢：她爸妈到底是干什么的？

就连隔壁班的时髦女孩也慕名而来，找她交流衣服。那女孩惺惺相惜地说：“你们家也有华侨吧？我姨也是华侨——印度尼西亚的。”

为了压倒对方，节节只能说出比“印度尼西亚”更炫目的国名来。于是她说：“我大姑在日本。”

没想到对方说：“是吗？那你的衣服上一定有日文商标喽。”

可惜节节身上那件衣服的商标不是日文的，连英文的也不像，而是曲里拐弯的不知什么文字。而且她每天穿的衣服显然来自不同的国家。于是她只好编下去：“我还有个二姑呢，二姑在墨西哥，三姑在加拿大……”

这样说下去，她就必须回家转一转地球仪，填补一下自己的地理知识了。在地球仪的帮助下，她一路向东地历数自己的“姑姑们”：西班牙、英国、德国……这样转啊转，转过伊朗和苏联（其实这个国家已经解体了，只不过节节家的地球仪还是旧的）之后，终于又回到了中国。她这才深刻地体会到了老师教过的知识：地球是圆的。而这个时候，她已经把自己的爷爷虚构成一个环游世界的播种机了——全球各地都有她的“姑姑”。

但是又有什么办法呢？节节很苦恼地想，她总不能承认爸爸是个练摊儿的吧。

好在这段时期爸爸也很争气。有一天，他趾高气扬地宣布：“我准备当厂长了。”

妈妈“嘁”一声：“反正都是自己提拔自己。你干嘛不直接当总理呀。”

这才知道，爸爸已经和两个流氓兄弟拆伙单飞，自己到河北办了一个“服装加工厂”，手底下还真雇了三两个人。只不过这样一来，人就更忙了，过去还是早出晚归，现在干脆连家也不怎么住了，一个月倒有二十天要待在那个叫做“白沟”的地方。

从此以后，家里竟像少了一个人。奇怪的是妈妈倒像无所谓似的，从来也不念叨他。

一旦女孩学会虚荣，就会长得更快了。节节越来越像个大姑娘了。

她的漂亮也和一般女孩不一样。一般女孩漂亮了，多半会有意识地娇弱下去，到后来就算没病，也让自己臆想得血贫气虚了——可见林黛玉几乎是全中国女人的心理暗示。节节则不然，她从小就是个充满能量的姑娘，总是蹦蹦跳跳的，嗓门也亮，说话时仿佛有意识地贯彻前几年对文艺工作者的要求：绝不故意夹杂“气声”。

但节节的能量又把握得恰到好处。有些女孩要是活力过度，又会变成假小子。假小子洗完脸还有脏的感觉、头发像乱草、不避讳说脏字；假小子的鼻子和嘴唇都比同龄人略薄，眼神目空一切却极其单纯。因此假小子不光处于男人和女人之间，还永远处于大人和小孩之间。而节节也不然。她的活力仍然是女孩的活力，是那种朝花带露的生机勃勃。东方的漂亮女孩，十个有九个是静若处子的美，只有一个半个才是脱如狡兔的。节节就是那一个半个。

这时节节和妈妈的关系也发生了变化。因为爸爸长时间地不在家，所以家庭关系，就集中表现为女儿和母亲的关系了。人家说女儿是妈妈的小棉袄，这指的一定是平庸的女儿和平庸的妈妈。漂亮的母女则要复杂得多——她们之间是既相互衬托，又互相竞争的格局；偏这衬托和竞争之间，又夹杂了一分“你中有我，我中有你”的渊源。妈妈看到女儿会想：再漂亮也是从我这儿得来的。女儿看到妈妈又会想：还想压我几年呢？

于是她们攀比之中有亲热，亲热之中又有提防。在穿衣打扮上，最能体现这种关系。女儿会仗着年轻，使出许多不合规范的“险招”：比如故意穿得过于艳或过于素，比如里面的衣服比外面的长，再比如把不同风格的服装胡乱放在一起“混搭”。但这一切在妈妈看来，又无疑是幼稚的了。妈妈固然知道穿衣服如同下棋，一盘里面总要有两步“险”的才能取胜，但哪儿有通盘都“险”的？那不就成了玩儿命了嘛。不只是玩儿命，简直是得有裸奔的勇气才能穿成那样。于是妈妈开始指摘女儿，女儿则反嘲妈妈，于是又开始斗嘴、气哼哼、两天之内谁也不理谁。最后，妈妈干脆拿出命令的口吻，强迫女儿“换过来”，到了这时女儿就输了，而妈妈也不算赢。在审美的趣味上，她们是两败俱伤的。

还不止穿衣服这么小的事呢。在很长一段时间里，节节觉得生活几乎只有一个主题，就是跟妈妈“较劲”。

那个时候，剧团又重新进入了一个萧条期：上面的拨款越来越少，演出的成本越来越高，观众则越来越稀落。别说“革命文艺大联展”了，就连“小城故事多”都吸引不了他们了。随着“资产阶级生活方式”的泛滥，“资产阶级文艺”却失去了魅力。演到后来，正式的演出都像是彩排，台下几乎彻底空了。团长摇头叹道：“观众都去唱卡拉OK了，结果我们这些专业的也成了卡拉OK。”卡拉OK就是没有观众的载歌载舞，只有拿着麦克风的人假装陶醉着。

演出终于停了，演员们忙活了几年，又回到了赋闲的状态里。只不过比起革命年代，这时的赋闲更让大家人心惶惶：上面一再表示“不养一个闲人”，而他们不都是“闲人”吗？听说外地已经有大批的工人下岗了。工人之后会轮到谁？很可能就是演员。偏偏还有一个臭不要脸的著名演员在春节晚会上喜气洋洋地喊：“咱不下岗谁下岗？”

妈妈总是忧心忡忡地嘀咕：“如果不当演员，我能去干什么呢？”

这话却让节节感到可笑。她想对妈妈说：难道您觉得自己这几年就算个“演员”么？就连扭秧歌的老太太，恐怕都比您的演出多。年纪越大，节节对妈妈的冷嘲热讽就越多，这些话冲到嘴边却又不敢说出来，让她憋得慌。后来她就学会了暗自窃笑，并从中品尝出了一种近乎阴险的快乐。

妈妈当然不可能注意不到节节的心理。节节憋得住话，也憋不住表情，憋得住表情，也憋不住眉眼间一闪而过的那道光。在控制神色方面，节节要修炼的还多着呢；而作为一个文艺兵出身的“演员”，妈妈却早就是察言观色的老手了。

妈妈明白自己生了一个过于自信、又渴望和人竞争的女儿——很不幸，在这个阶段，竞争的对象正是自己。该如何应对呢？她却发现自己完全没有经验。文艺兵都是八九岁就参军的，整个儿童期都不在父母身边。她过去没当过孩子，如今也不会做母亲。

但她必须学会和节节相处，这是一个母亲的责任嘛。剧团里那些“知识分子父母（编剧、作曲家什么的）”告诉她：十来岁可是孩子最容易出现“分化”的年龄，要是分化到好的那一拨儿里，则可以一劳永逸地好下去；万一分化到坏的那一拨儿里，这一辈子就都麻烦啦。而节节又长得漂亮，更容易吸引那些早熟的坏学生。这个妈妈自己也深有体会：记得早年间在外地当文艺兵的时候，常会有一些流里流气的半大小子朝她吹口哨。但那时候有一身军装作为屏障，寻常的“坏人”是不敢轻易上来搭讪的，相形之下，节节现在可要危险得多。

这时候，没有演出反而成了好处了，她有大把的时间来处理节节的“分化”问题——就好像节节是一列鸣着笛往前疾驰的小火车，谁也不知道她在哪个岔口就会改道，而妈妈甘愿当一个时刻保持警惕的扳道工，要保证她朝正确的方向行驶。

于是在节节眼里，妈妈就显得很烦了。极其烦，烦得要命。比如早上上学的时候，别的同学都是自己拎着书包上学，而妈妈却装模作样地拿出了一个旧菜篮子：“正好我也要买菜，咱们一块儿走，一块儿走！”说是买菜，中午回家却还是吃食堂。她只是想押送节节去上学，押送完了就拎着空篮子回家了。

难道怀疑我要逃学吗？节节气鼓鼓地想，真要想逃学，你防得住吗？课间铃一响照样可以走人。

再比如，别的孩子都是表现不好了才会被请家长，而妈妈则是唯一一个不请自来的。有时候节节正在上课，就在窗外看见了妈妈的身影——端庄地走进学校，脖子挺得格外直，亮一个相，再钻进班主任老师办公室。在那里，妈妈会向老师问些什么问题呢？还不是老几样：最近听课认真不认真？作业完成得怎么样？有两天怎么回家晚了半个小时，学校是不是真有兴趣小组的活动呢？

当然还少不了最重要的一条：在学校和什么样的孩子交朋友？有没有

什么不良的迹象？

到后来就连班主任都烦了：“您到底信任不信任我们？”

她还对别人这样议论节节的妈妈：成天不上班，还打扮得花里胡哨的，这人是干什么的？

于是有几个老师再看节节的时候，也带了异样的眼光了，这自然让节节感到屈辱。虽然不清楚班主任具体嘀咕了什么，但能肯定不是好话——“有什么妈就有什么孩子”之类的吧。把“漂亮”和“不正经”联系在一起，恐怕是丑女人特有的思维逻辑，节节气愤里带着点儿得意地想。班主任老师果然是很丑的，学生们给她起了个外号叫“龅牙梅”。

节节自然知道该怎么报复这丑女人。漂亮女孩也有她的思维逻辑，她明白自己只要假装亲热地递个眼风，然后再做出点儿忧愁的样子，自然就有人奋不顾身地来效劳了。因为在剧团长大，她才十几岁，眼风就已经飞得很有水平了——只不过这种眼风恰恰给丑女人留下了口实，自己证明自己“不太正经”了。这就有点悖论的意思了。

理所当然，漂亮女孩的效劳者是几个“坏男生”。其实说坏，他们也没多坏，只不过是香港片看多了，爱做两个白日梦而已：一个是黑道风云，一个是英雄救美。然而比起那些“好孩子”，他们无疑更有行动力，也更“浑不吝”。

在争相“效劳”的过程中，这些坏男孩自己却先打了几架：哪个家伙要是主动凑过来和节节套近乎，另外几个家伙就会虎视眈眈地盯着。而节节刚一扭脸，他们就像一群狗一样滚在一起了。群狗相咬的战斗持续了几天，最后，一个叫马金山的男生脱颖而出。他虽然是个大舌头，但却有着别人无法比拟的优势：留过两年级。仗着发育得比其他人充分，终于把兄弟们揍服了。

于是，大舌头却成了众人的发言代表。决定“拍”节节那天，他还特地换上了一身最体面的衣服——上身白衬衫，下身则配以一条肥大无比的西装裤。这种大肥裤子在“首钢”那片儿的流氓里风靡一时，颜色还都极其鲜艳，穿在身上简直不像裤子，而像是把腿插进了两只“欢度国庆”的大灯笼里。因为身穿着如此夺目的裤子，马金山也充满了自信。他虎虎生威地走到节节面前说：

“馍馍（妹妹），你为很（什）么忧球（愁）？”

节节不免一愣：他们自我选拔了好几天，居然选拔出这么一位带头大哥。愣完之后又想笑，可是又不能笑。她只好强憋着，欲言又止地说，班主任老是看她不顺眼，她该怎么办呢，怎么办呢?

不就是班主任嘛，自从下定决心当一个地痞流氓的那天起，我们就从来没怕过班主任！马金山豪迈地把手一挥，露出身后鼻青脸肿的一干兄弟，背诵着香港黑帮片的台词：

“馍（没）关系，我们的褐（社）团帮你搞尖（掂）！”

也就是说，马金山等人要把班主任老师当作献给节节的投名状。不过虽然说得豪情万丈，他们的行事方法又太下作了。

那阵子班主任刚生完孩子，但她为了课时费，刚下地就跑回来坚持上班了，中午和晚上才回家喂奶。只是乳房可不管她的作息制度，当她亢奋地朗诵“大堰河，我的保姆”的时候，奶水就喷出来了，呼啦啦湿了一大片。她浑然不觉，同学们可被这个奇观笑坏了。马金山等人更要把事态扩大化，他们拍着桌上，吱吱乱叫，好像一群刚被挖出来的小田鼠。

马金山还用课本挡住脑袋说：“可别溅我一捻（脸）。”

他又舔着嘴说：“真是囔（浪）费呀。”

于是在第二堂课，班主任回到讲台前，听到下面的笑声更澎湃了。她往下一看，讲台上摆了两只搪瓷杯子，一左一右，正对着她的两只乳房。马金山对同学们解释道：

“左蒙牛，右伊腻（利）。”

他甚至还朗诵起诗歌来：“面朝大奶，春暖花开。”

班主任“嗷”的一声就发飙了，她晃悠着湿漉漉的乳房冲下来，揪住马金山的头发扇嘴巴。殊不知，这可给了马金山还手的机会，他高喊一声：

“闹（老）师打嫩（人）了！”然后双拳出击，正好打在班主任的乳房上。毫无疑问，班主任老师变得更湿了，马金山则凝视自己的拳头，感叹道：

“真是宁（英）雄母亲啊。”

事件的结果，是班主任老师在家躺了一个礼拜没来上班。而且因为受到了马金山最后一击的惊吓，她从此断奶了。她的哺乳期刚开始就结束了。马金山固然也无法全身而退，他的脖子后来一直都是歪着的——他爸爸是个粗暴的“首钢”工人，接到校长的电话后，直接拎着一根钢筋来到学校，一家伙就把儿子打成了电影演员朱时茂。

节节这时却又后悔了：她的原意，只是想让马金山他们气气班主任就算了，谁想到会闹得这么沸反盈天、奶水四溅？而且说起来，相当于是自己间接剥夺了一个孩子吃人奶的权利。这个罪名对于节节来说，实在是太沉重了。

那段时间她很怕见到班主任老师。每当看到老师那干干净净的胸膛，她就会有负罪感。她想到大堰河已经干枯了，当不了奶妈了；她又想到老师的孩子正在挨饿，像非洲的小朋友一样瘫在地上无声地叫，连轰苍蝇的力气都没有。造孽啊，节节对自己说：你造了一个孽。这个孽不大不小，但也够你后悔几年的了。她甚至还想过，把自己的零花钱买成牛奶，偷偷放在讲台桌下——每天如此，直到孩子断奶为止。

这种自我谴责无疑让节节很累。但在她小小的脑袋开始发痛之际，不满的情绪却又转了向，集中到妈妈身上了：如果不是她三番五次地到学校来招人闲话，自己怎么会想出那个报复的法子，最后酿成“大错”呢？追根溯源，她才是罪魁祸首。这么一想，妈妈甚至是居心叵测的了——她就是想让节节出丑，逼孩子断奶！而且事情闹到这种地步，她仍然不知悔改，仍然会装模作样地拎着空菜篮子出门，仍然会仪态万方地钻进学校，缠着老师们说废话。是可忍，孰不可忍，她简直就是一个精神病。

节节最终按捺不住了。有一天正在上课，她从窗户里看见妈妈又以舞蹈演员那特有的八字步走进来，脑袋一下就被不知哪儿来的浪潮冲蒙了。同学们看见她“腾”地从椅子上站起来，表情凝重地走出了教室。她的样子就像一个漂亮的女烈士——秋瑾或赵一曼什么的。

这个女烈士出现在操场上，向着恶势力奋不顾身地冲了过去。妈妈看见节节，却是一愣，她还以为女儿哪儿不舒服，或者来例假需要换卫生巾了呢。她不由得问：

“怎么了？”

节节想也没想，话就泼出了口：“你烦不烦？”

妈妈仿佛没听懂，但她反应过来，节节并没有生病。于是她尴尬地挤出一个笑来说：“怎么了？”

“你烦不烦？”节节这时又认为妈妈正在装傻了。大人的狡猾，并不在于他们比孩子聪明，而在于他们懂得装傻。但越装傻也就越烦。可是节节想控诉的东西再多，千言万语冲到嘴边却只剩了一句话，那就是“你烦不烦”。她变成了一个只会说一句话的玩具娃娃，周而复始地重复着这四个字：“你烦不烦，你烦不烦，你烦不烦……”

当然，她比玩具娃娃还是要生动得多：紧绷着脸，两条眉毛之间的距离无限缩小，嘴唇抿得薄薄的，拳头都攥白了。看上去，她仿佛会随时扑上去咬妈妈一口。这样声情并茂地，尽管语言单一，妈妈也明白是怎么回事了。只不过这时候，妈妈仍然没有悔改的态度，她反而露出一种“莫名其妙”的表情，翻了个白眼，对节节说：

“你没事儿吧你？”

妈妈的语气竟然是娇嗔的。作为一个漂亮女人、一个舞蹈演员，她已经习惯了用娇嗔的腔调跟人说话了——就连跟女儿也不例外。听上去，这简直不像是妈妈在和女儿说话，而是一个聪明的姐姐在笑话笨头笨脑的妹妹了。

节节自然气疯了。她现在可是认真严肃的，她还想让妈妈明白，自己已经到了可以认真严肃的年龄了。然而妈妈却嬉皮笑脸地四两拨千斤。于是她的眼泪也下来了，接着身子就开始发抖。她觉得自己简直是被妈妈“调戏”了。

在没有办法之下，节节下意识的对策只能是：逃跑。她真的撒开腿跑了——跑出学校，跑上大街又拐了个弯，不知道跑到哪里去了。因为腿长，她的步子很大，并且不像一般女孩那样扭着跑，而是挥着胳膊，像田径运动员那样充满弹性地跑。只不过跑得太投入了，她险些撞到了一辆自行车，害得骑车的老头儿慌乱地扭着车把：“哦哦哦哦哦——”

而妈妈被晾在原地，表情仍然是莫名其妙的。她好像知道自己做错了什么，却不知道到底是哪儿做错了。

part 5

说是逃跑，但节节也跑不到哪儿去。她只是在附近的几个部队大院闲逛起来，而逛来逛去，其实也没什么好逛的。每个大院儿的格局都是一样的：半旧的红砖小楼、更旧的苏式小楼，楼体上缀满了爬山虎。操场的一边是“团结紧张，严肃活泼”，另一边则矗立着一个毛主席。毛主席扬起一只手，正在指引方向，但这个手势对于节节来说，却有别的意味了——好像正在把她轰出去。他老人家仿佛在说：“去去去，哪儿凉快哪儿待着去。”

节节便只好很沮丧地走开。她被通讯兵大院儿的毛主席轰到了工程兵，又被工程兵的毛主席轰到了铁道兵。好在铁道兵的毛主席倒是没有轰她，因为他老人家正忙于自己搬家——这里已经改制成了“中铁建公司”，需要盖一栋新的办公楼，为了给楼腾地方，毛主席的脚下就被捆上了无数根钢丝索，用牵引机拖到别处去了。节节坐在“团结紧张，严肃活泼”的下面，看着毛主席缓缓地向远方移动，移动。他老人家的腰杆依然那么笔直，可惜早就没有人需要他来挥手指方向了。就连一个小女孩的迷惘，他也解决不了。

好在过了一会儿，操场上就热闹一点了。学校放了学，一些男孩抱着篮球跑到这里来。节节便百无聊赖地看着他们打篮球，而因为注意到节节在看，男孩们也打得格外卖力。他们故意孟浪大笑或相互骂粗话，夸张地模仿美国职业球员——上篮的时候吐着舌头，仿佛一条被人踢到天上的狗。那时候人人都爱迈克尔-乔丹。

再过了一会儿，操场西边的半边天就变成橘红的了。电线杆上，大喇叭传出了中气不足的军号声，催促人们到食堂去打饭。然后大人们就端着不锈钢和搪瓷的饭盆出门了。节节好像睡醒了一觉，从发呆的状态里缓过来，心情却也好一点了。她现在的情绪，是轻松中带着两分寂寥。现在去哪儿呢？随便吧。就是回家也无所谓。于是她便插着兜站起来，缓缓地往回走了。而她一走，球场上的男孩子登时也泄了气。他们为仅有的一位观众表演了一下午，到头来人家却一点表示也没有。他们的心情也暗淡了下来，随即感到了饿，只好拎着书包回家去了。扫兴的节节扫了一群人的兴。

然而通过这一天的逃跑，节节却摸索出了对付妈妈的办法。

回到家以后，妈妈又开始了新一轮的喋喋不休，但说来说去也只有一句“到底去哪儿了”，语气固然是焦躁的。节节则轻松而又含混地回答“没去哪儿，就是随便逛逛”。她这时就像是故意在“逗”妈妈了——既让她放心又让她疑心，既在挑衅又让她抓不着把柄。这样一来，母女之间的对话形势就倒了个个儿，变成了节节占据主动权，反过来“调戏”她妈妈了。这就让节节高兴了起来。

于是节节的生活里就有了一个新内容：隔三岔五地“逃跑”一下。只要妈妈再唠叨，再到学校“侦查”她，她立刻就决定逃跑——不管到哪儿去，好歹逛到晚饭时间，妈妈开始着急了再回家。

这个策略就把妈妈推到了两难的境地。从常理上来说，她应该更对节节加强监控，但从实际效果上来说，她却又不敢这么做。这期间，正好有一件事在剧团的家长中引起了很大反响。一个乐队指挥的孩子和父母闹了点儿矛盾，被锁在房间里关了两天，刚关的时候，他还在里面摔、打、绝食，两天之后，却来了个一百八十度大转弯，变成卑躬屈膝地认错了。父母大获全胜，自然志得意满，谁想却中了诡计——刚一解除封锁，那男孩就偷钱买了一张车票，离家出走了。一时间，乐队指挥两口子都快疯了，所有的大人也都跟着浮想联翩：绑架、凶杀、卷入犯罪团伙……直到过了半个月，这男孩才一身鱼腥气地从威海被抓了回来。这件事情让做父母的感叹：现在的孩子太了不得了，他们不仅是一群混蛋，而且还是一群头脑冷静、心思狡猾的混蛋。

有了这个前车之鉴，妈妈实在没法对节节的逃跑等闲视之——逃跑几个小时和千里迢迢地离家出走，这中间难道不是只有“量”的区别吗？只要把时间延长一些，把空间拓展一些，节节不也就变成那个离家出走的“混蛋”了吗？而作为一个漂亮的女孩，一旦真到了那个地步，其可能导致的后果，比男孩要惨烈得多啊——报纸的法制专栏上一天到晚都在说这种事。在我们这个国家，仿佛每天都有无数个小家碧玉摇身一变，就成为了发廊小姐、女流氓和哪个偏僻农村的孩儿他娘。在妈妈看来，节节的每次逃跑，都是一场人间悲剧的彩排，可恰因如此，她反倒不敢做出太激烈的反应了——就怕真有一天逼急了，假的也变成了真的，法制专栏就在她们家上演了。管也不是，不管也不是，火候太微妙了，分寸太难拿捏了。而在进退两难之中，大人的种种优势就都没了。

于是许多天的生活变成了这样：早上，妈妈还憋不住对节节指指摘摘，晚上却只好换上了一种“回来就好”的欣慰表情。她因为担心节节而唠叨，却因为唠叨而加剧了担心——担心唠叨的后果。

其中矛盾的心情，比投鼠忌器还难受。

妈妈的短处，却让节节抓了个正着。她进而感到可笑：自己可从来没真动过“离家出走”的心思。她才没有那么傻呢。她想做的，只是在跟妈妈的“较劲”中占得上风，从而证明猫可以抓老鼠，老鼠也可以戏弄猫——而她的确做到了，可见那部动画片讲的其实是大人与孩子的关系。

不过妈妈也不是完全没有对策，在和节节的对抗中，她迅速给自己找到了一个援兵。这个援兵还不是节节她爸爸：一来因为他太忙，现在已经基本上变成了一个河北人，二来对于教育孩子这种事儿，妈妈也根本就没指望过他。

“一个做小买卖的怎么可能把孩子教好？”她学着院儿里那些“知识分子”的口气说。身为一个“艺术家”，妈妈仍然不忘记对爸爸保持优越感。

可是能给她充当援兵的，却也不是什么体面角色。居然是个刚从外地来的可怜虫。

那男孩自打刚一出现，就是一个可怜虫。多少年后，节节还能清楚地记得他那时的样子：看起来只有十三四岁，坐在一只体积比他身体还要大、上面印着“钾肥”二字的蛇皮袋上，瞪着剧团的大门口发呆。一眼就能看出来，到达这里之前，他已经赶了很久的路，没准有千里之远呢。他的解放鞋上还粘着不知哪块田里的泥土，脸上却罩着一层城里才有的脏东西——灰尘与尾气的混合物。一定有无数辆汽车对着他的脸放过屁，他也不知道躲一下。

节节撞见那男孩的时候，对方也看见了她。两个人的目光交会了一下之后，男孩的眼睛就自动躲开了，垂下去了。这种情形，让节节想起了那些流氓学生的一个术语，叫做“照眼儿”。在大多数情况里，两个同龄人一“照”之下，强弱也就立现了；当然也有两个都是硬茬儿的时候，于是便会当街目光炯炯地“照”将起来，而且越“照”越近，越“照”越要看到对方灵魂深处里去。那架势，就好像两个眼科大夫正在互相进行诊断——很多不必要的群殴事件都是这么引起的。可见墨镜对于一个流氓来说是多么重要啊。

可以说，节节刚刚赢得了一次“照眼儿”遭遇战的胜利。这让她小小地欣喜了一下，因为从来只有男的和男的“照”，还没见过哪个女的把男的给“照”赢了的呢。可是这种欣喜却也没有维持多久——这么一个对手，纵然赢了又有什么好光荣的。

于是她的心情又飞快地沮丧了下去。何止沮丧，本来就是气不顺——她刚刚因为穿衣服的事和妈妈拌了嘴，正气冲冲地从家里跑出来，准备再失踪个一天半天呢。自然而然，节节的气就都转到那男孩身上去了。她又仔细地打量了他一个周身：头发那么乱，衣服那么老土，而且脏，居然还带着一个化肥袋子，居然还坐在袋子上；脸呢，更是一副没长开的模样，鼻子和嘴巴都是扁平而细小的，眼睛倒是足够大，却不够黑，这种眼睛多少给人以呆傻的印象。

一边打量，节节一边扩而大之地想：怎么满街的人就没有一个看起来顺眼的？其实哪里看到满街人了，路上的自行车和行人来来往往的，她一直盯着的却只有这男孩。

再于是，她又生出来一种想欺负人的冲动。她这么大年纪的孩子，碰到比自己小、比自己羸弱的家伙，多少都会有点这种心理。偏偏这男孩看起来又是如此之小、如此之羸弱。不欺负一下，简直都是对不起他。

节节便响亮地吆喝道：“那孩子，你过来。”她故意学着流氓学生的口吻，就差在“你”后面加个“丫”了。

没想到那男孩还真听话，含混地“哎”了一声，瘦屁股便离开了蛇皮袋。失去了压力的袋子，形状却没发生多大的变化，可见这家伙的发育状况有多么不良。而他拖拖沓沓地跑过来时，倒让节节不知如何是好了：一般的“孩子”碰到这种情况，脸上本应该是一片惊恐啊，眼前这家伙呢，却是一片纯然的喜形于色，嘴巴咧得还那么单纯，简直像两岁小孩见了妈。

到底是自己的“大姐大”装得不像呢，还是这男孩天生有点傻？反正北京街头混子的那一套，一下就失效了。于是节节再开口时，就彻底索然无味了：

“你坐大门口干吗呢？成心影响交通吧？”

那男孩则认真地回答她：“我不是来影响交通的。我是来找工作的。”口音一听就是南方的，到底是南方哪儿却又分辨不出来了。总之不是杭州、南京这些体面地方吧。

而“找工作”的说法，又让节节忍不住比了比对方的个头。还不如她高呢，充其量一米六五。而他到底是十三四岁呢，还是十五六岁，抑或只有十一二岁？连年龄都是一团随和——怎么说都行。

节节问他：“你要找什么工作？弹棉花还是卖化肥？”

“不不。”男孩继续认真地说，“这里是剧团嘛，我可以做一个美……美术工作者。”

世界上怕就怕认真二字，而眼前这傻小子就最讲认真，已经认真到了连讽刺都听不出来的地步。节节摇摇头：欺负都欺负不出什么乐趣来。

她还怀疑自己碰上了一个精神错乱的家伙。剧团虽然衰败了，但好歹也是个剧团，隔三岔五地就会有一些奇异的“艺术爱好者”找上门来。以前她还见过一个胡子拉碴的老大爷，说话却是女腔，还捻着个兰花指：“请问团长在哪儿——你们这儿缺林黛玉吗？”

“幸亏您没想当演员。”她翻了个白眼，决定不理男孩了。她想起来，自己今天的主要任务不是逃跑吗？还是专心致志地逃跑吧。

节节便掉转身去，快步走开了。但和男孩的对话却让她的心情罩上了一层失落，逃跑都逃得没意思了。刚开始，她还支棱着肩膀，脸上恢复了“悲愤而坚强”的表情，可还没走完半条街，步子就软了下来。今天真没劲，她承认失败似的想。然后她又把这点感慨扩而大之，感到整个生活都没劲了。

但这时，她又恍惚发现背后有一个人影。具体地说不是人，而是一只大袋子，袋子上隐约写着两个大黑字。不会是“钾肥”吧？节节想着，回过头去，果然看见了“钾肥”。“钾肥”下面自然是那男孩的脸了。他把袋子扛在肩膀上，如此负重之下，却还能一团和气地笑。

这家伙居然在跟着自己呢——他打算干什么？节节自然不会害怕，但也莫名其妙起来。她便站住，叉着腰，对“钾肥”喊：“你有病吧？”

“我没病。”那男孩的口气仍旧是无比认真的，“我就是想跟你打听个事儿。”

“打听什么事儿——什么事儿也跟我没关系。”节节说，“你想找工作到剧团里面找去啊，我又不是团长。”

“我早上已经进去过了，他们把我轰出来了。只有你跟我说了两句话，当然要找你打听了。”

这是什么逻辑，要是有条狗朝你叫两声，你也要去找狗打听吗？节节的鼻子都快被气歪了。她对那男孩说：“你脑子里进水了吧？”

“没进水。”男孩说，“我也不是让你帮我找工作，我只是想打听一个人，找到这个人，他会帮我……”

“什么人？”节节禁不住问。

“许胜利。”

“许胜利是谁？”

“许胜利是……”

“等等。”节节忽然想起来，许胜利不就是剧团的灯光师嘛。想当年她懵懵懂懂地撞到舞台上，唱了半首“小城故事多”，还是那位叔叔给她打的追光呢。再以后，爸爸借用革命的舞台贩卖“资产阶级生活方式”的时候，人家也捧过场的。能给这些不靠谱的事情敲边鼓，可见许胜利也是个不靠谱的家伙。她的脑袋里浮现出那个灯光师的模样：也是瘦而小的身材，也是极端含糊的脸部轮廓——和这男孩倒真有几分相像。

“你是许胜利的什么人？”节节想起什么似的问。

男孩自豪地宣布：“许胜利是我爸！”

后来节节想起那天的偶遇，总有一种荒诞感：一个离家出走的女孩，却把一个千里寻父的男孩领回了家。离家出走是假装的，千里寻父却是认真的。她带着那个巨大的“钾肥”袋子，无可奈何地去敲许胜利的门，可是许胜利却恰到好处地不在家。她又想起来，这个许胜利还是个著名的酒鬼，剧团有演出的时候，就闹出过“座山雕扬手打灭三盏灯，杨子荣扬手脱了靶”的笑话，现在大家集体赋闲了，更是不知道成天去哪儿买醉了。

于是他们只好又去了小饭馆和小卖部。节节气急败坏地问：那个中年酒鬼他在哪里在哪里？卖酒的人则幸灾乐祸地回答，他刚离去刚离去——二锅头的空酒瓶里，还留着他的回音。

没有办法，节节只好把男孩带回了自己家。开门之后，妈妈先是欣喜地说：“咦，今天回来得倒早。”然后又对着“钾肥”愣了一下：“怎么又带回来一个？”

“这是许胜利的儿子，你给他洗洗吧。”节节对妈妈挥挥手说。跑了这么一圈，她也累了。

卫生间便传来了哗啦哗啦的声音。这么勤快地执行任务，妈妈一定是在讨好自己吧——或者是对“这么快就回来”的奖励？倒奖励到那个土包子头上去了。节节趴在床上，心里又生出一些鄙视来。既鄙视妈妈也鄙视那男孩。

而妈妈一边刷洗那孩子，一边还在问些没头脑的问题：“你是许胜利的亲儿子吗？”见到生人就兴奋，也是她这种无事可做的“艺术家”的一大特点。也不管见到的人值不值得她兴奋。

偏那孩子对这种问题也是一派认真。水龙头底下传出断断续续的说明：“那肯定是。我们那也有人问过这种问题。但在一九八零年的上半年，我妈的确从湖南来过北京，她说她一住就是一个多月……”

原来这家伙是湖南人。再一打听，离常德也不远的。妈妈这就为自己的兴奋找到了借口：“哎呀，咱们还是老乡呢，我也是湖南人，不过特别小就参军了……”

这两个人越聊越热络，倒把节节扔在一边了，这又让她有些不忿。她想到卫生间去看看那男孩落汤鸡似的狼狈样，但又赌气似的不肯“屈尊纡贵”。好在过了二十分钟，妈妈就把她的老乡带到节节面前，展示性地说：“瞧，咯吱咯吱洗干净，还是挺帅的。”

节节便斜着眼瞅了男孩一眼。妈妈说得倒也不是全无道理，这家伙称得上眉清目秀，尤其把脸清爽一番之后，更显得眼睛大。只不过清秀还是那种没长开的清秀，整个儿脸仍然是模糊的，而且虽然洗掉了灰尘露出了白，那白也是营养不良的苍白，底下仍然是一团菜色。节节固执己见地想，还是一个姥姥不疼舅舅不爱的德行嘛。

再看到那男孩逐渐自在起来的神色，她就更不满意了——才冲了冲脑袋，就舒服得直叹气了，这叫多大出息啊？仿佛为了打击对方刚刚冒上来的一点“气焰”，节节不阴不阳地说：

“那咱们再到派出所看看吧。你爸喝多了经常直接被送到那儿去的。”

没想到真让她说对了，他们果然在派出所找到了许胜利。这天许胜利也许心情不太好，也许心情太好，总之大清早的干掉了一瓶多二锅头，然后就在街上载歌载舞起来。正舞得尽兴，碰到了剧团的团长。团长正为没有演出而发愁，却看到这家伙在大搞无照演出，不免怒火中烧，呵斥了一句：“不准在这儿丢人！”

许胜利也是个好脾气，立刻说：“那就回家丢去。”然后就东倒西歪地回了家。可是掏出钥匙在锁里捅了半个钟头，门也不开，再一着急，“咯吱”一声，钥匙断了。正在懊恼之际，门里却冲出一个大婶儿来。大婶儿极度紧张地说：“你要干什么？你要干什么？”

许胜利这才意识到，可能走错门了。他喃喃地提醒自己：“对啊对啊，我家里是没有女人的……”

这么一说，大婶儿就更害怕了。这种大婶儿一害怕，就会捂住自己的胸：“没有女人你就到这儿来吗？你他娘的把我看成什么了？”

许胜利呢，他的注意力又转到钥匙上去了。他举起半截钥匙感叹道：“我把我的那什么捅进去，却被你的那什么夹断啦。”

这下大婶儿就真的按捺不住了。这种大婶儿一旦按捺不住，就会像消防车一样鸣叫起来。于是整个儿楼道都听到了喊声：“大白天的耍流氓啦！”

当节节和那男孩赶到派出所的时候，许胜利的酒已经醒了一半。他急赤白脸地对警察和受害人大婶儿解释说：“真是误会真是误会——我插进去的是钥匙，被夹断的也是钥匙。”

节节的心情却好了很多：找到许胜利，就意味着可以甩掉那个尾巴了。她喜气洋洋地指着流氓嫌疑犯，对那男孩说：“就是他，你看是不是你爸？”

“父子”两人却都愣了神。看到一个被打成了熊猫眼的爸爸，儿子固然是惶惑的；而许胜利也像白痴一样眨巴着眼睛，瞪着那男孩：“儿子？你怎么会是我的儿子？”

男孩喘了两口气，才恢复了认真的口气，说：“你是剧团的许胜利吗？”

“是呀——你是谁？”

男孩却放心地点点头：“我确实是你的儿子啊。”

许胜利则挠着脑袋说：“真的吗？”

不要说节节了，就连在场的别的人都莫名其妙了。那个大婶儿又愤怒地指责道：“喝得连儿子都不认识了，还有这样的爹！”

许胜利却被突发性的变故搞得烦躁起来，他对大婶儿摆摆手：“滚一边儿去，我他妈耍流氓也不找你啊。”

然后他也换上了极其认真的表情，凑近另一张极其认真的脸，两个认真的人互相研究起来。其实从表情来判断，节节已经相信他们的确是父子了：都是那种彻头彻尾的单纯和心无旁骛——简直像两个把自己幻想成精神病医生的智障，正在琢磨对方“到底病在哪儿了”。

研究了一会儿，许胜利又开始提问题了。在节节看来，那就像两个智障在对暗号：

问："你妈叫什么？"

答："你老婆叫严桂芳。"

问："你姥爷是村长吗？"

答："是支书，早死了。"

问："你家窗户底下还撂着一个水缸？"

答："水缸盖上刻着两只鲤鱼。"

……

一问一答，配合默契。良久，许胜利忽然叹了口气说："真是我儿子。"

然后他又问："你怎么找到这儿来了？"

"我妈说让你给我找工作。"

"我他娘的真是欠你们的。"

见到血缘关系确认无误，警察就走过来，递给那男孩一张表："签个字把你爸领回去吧。"

男孩一笔一画地写着自己名字的时候，节节才知道了他叫许洋。在北京，这只是一个平庸的名字，即不俗也不雅，而考虑到这家伙的尊容，也算难能可贵的了。她本以为他会叫"许富贵"或者"许旺财"呢。

从派出所往回走的路上，许洋对节节解释起自己的名字来："我妈说，当年我爸就是觉得她太土了，所以才不要她。她吃了土的亏，所以就管我叫洋了。"

本质上和"旺财"还是没有区别。许洋的名字是节节见过最"土"的"洋"派。

作为许胜利的儿子，许洋从此就在剧团住下了。过了一段时间，大家知道了这孩子的来龙去脉：原来又是一个"知青遗孤"。许胜利早年间在湖南插队，插啊插啊就把一个叫严桂芳的村姑给插上了。而那个时候，一插之下，只好结婚，看样子他就会永远在严桂芳那里插下去了。这倒也没什么，在回城遥遥无期的前景下，做一个鱼米之乡的上门女婿，许胜利好像还插得挺知足的。但是偏偏过了几年，知识青年政策发生了变化，他再想拔出来就难了——自己倒是可以回北京，老婆却由于没有接收单位，根本“办不过来”。

眼看就要错过回城的机会了，许胜利倒也想得开：“不回就不回了，反正北京也没亲戚。”但是严桂芳却是一个有雄心壮志的女人，她坚决命令许胜利先回去。留得一个人的户口在，就不愁自己进不了城。

于是许胜利自己回了北京，夫妻二人从此陷入了旷日持久的两地分居。“鞭长莫及啊，鞭长莫及。”熟人们既同情又幸灾乐祸地说。然而许胜利此时头疼的还不是鞭不鞭的事儿——在此期间，他自己的前途也受到了拖累。拖累他的不是别人，恰恰是严桂芳本人。

丈夫刚一进城，她就开始疑神疑鬼了。许胜利已经尝过了女人的好处，他怎么能憋得住呢？这个推论让她寝食难安。她还把“城市”想象成了一个女流氓横行的风月场，提到这两个字，她眼前浮现的不是粮票、不是楼房，而是女流氓们的波浪头和紧绷在喇叭裤里的屁股。这时严桂芳便后悔了，对于她来说，进不进城都是次要的了，最紧迫的是把丈夫抓紧抓牢。

在焦虑的情绪之中，严桂芳发动了数次声势浩大的远征。每当许胜利的信写得短了（作为一个半文盲，她只看重长短，对具体内容则基本忽略不计），或者村里又有谣言了，她便立刻收拾包袱，千里迢迢地打上门来，讨伐“陈世美”。而假如到了北京，偏巧又抓住许胜利正在和一位“女流氓”说话，那可就太热闹了：大家会看到严桂芳划地为席，像打地躺拳一样滚起来，一边滚，一边什么脏东西都往外喷。由于她的出现总是毫无征兆的，那段时间许胜利都快精神衰弱了——当他眼前看到一位美女，恍惚就会觉得身后滚着一个泼妇。

荒诞的是，这样几番大闹下来，单位领导居然也相信了许胜利是一个流氓、乱搞爱好者。主要证据恰恰还是严桂芳本人——下乡的知青多了，如果不是热衷于乱搞，怎么会弄到在农村结婚的地步呢？对于这个判断，许胜利大喊冤枉。按照他的说法，哪里是他搞上了严桂芳，而是他被严桂芳搞上了："胜利哥，帮我去背点草？"谁想到了草场，两只奶子露出来了："要了我吧，否则我就喊出去。"

许胜利说："为了不当流氓犯，我才耍了流氓——我就没见过这么奔放的女的。"

他又略显羞涩地说："都怪我当年长得皮白肉嫩。"

事情的真相已经无从可考。但每经过一次撒泼打滚的讨伐，许胜利都会在一个单位里混不下去了。他本来还是一个大厂里很被看好的技术骨干呢，随着名声越来越臭，最后只好调到剧团，成了一个毫无希望的灯光师。而严桂芳呢，也是自吞苦果：事业上毫无起色的许胜利，又怎么有能力完成带她进城的大业?

娶了这么一个老婆，自然也有人劝过许胜利离婚，他自己也不是没考虑过一了百了。党的十一届三中全会胜利召开的期间，也是许胜利离婚积极性最高的一个时期。他想：全国人民都过上新生活了，我为什么不能？偏巧这时严桂芳听说他调到了剧团，便又神兵天降地闹上门来，打算给他的新单位一个"下马威"。许胜利便一言不发地把她拽到了宿舍，关上门以后，他先"啪啪"抽了自己两个耳光，然后"扑通"一声跪倒在地：

"你就当我是一混蛋行么？我这儿还有点儿积蓄，过去抄家退回来的东西也卖了点儿钱，差不多够你当个养鸡专业户的了——党现在允许了。"

应该说，此时的许胜利，决心还是很坚定的。他甚至计划，假如严桂芳不为金钱所动，那干脆就到法院去解决问题。为了说服严桂芳，许胜利苦口婆心了一整天，说得满嘴起大泡。用严桂芳的话来说，这是因为缺德的话说多了。

然而严桂芳的应对之法，也是许胜利想象不到的。她一反常态，既没有哭，也没有闹，而是默默地听许胜利说完，便恰到好处地给他递上了一杯水："瞧这嘴干的。"然后，她就收拾了屋子，又做了一顿香喷喷的湖南农家饭。到了晚上，许胜利还在惶惑之间，她已经脱光衣服在被窝里等着他啦。

严桂芳是怎么想的呢？许胜利当时的判断是：她怕了，服软了。这让他心生了一丝得意——一切反动派和泼妇都是纸老虎。得意之余，又坚定自己的决心：不能被糖衣炮弹打倒，无论这炮弹来自于资产阶级还是贫下中农。可是坚定之余，却又生出了同情：这女人也不容易。

百感交集之下，许胜利此后的表现就让人费解了：他的思想和身体完全背道而驰。自打第一天起，他就和严桂芳睡在了一张床上。但睡在一起并不妨碍投奔自由的理想，第二天天一亮，他又开始一本正经地说服老婆离婚。严桂芳呢，仍然以既定战术对付他：倒水、做饭、脱光了等他。这种状况足足持续了一个月之久。

对于这段时期，严桂芳还有一个经典的概括：一般人是脱了裤子不是人，许胜利呢，穿上裤子比脱了裤子还不是人。但是只要糖衣炮弹或者肉体炮弹能够命中目标，她才不管许胜利嘴上那套“幸福啊束缚啊”之类的狗屁理论呢。想当年重庆谈判的时候，蒋介石对付毛主席的策略，是表面上亲密无间，私底下刀枪相见，而严桂芳对付许胜利却是反过来的，她是表面上刀枪相见，私底下却又亲密无间。但一正一反，严桂芳和毛主席（这对湖南老乡）都大获全胜了，许胜利却和蒋介石一样一败涂地了。当许胜利终于觉得这么拖着也不是个事儿，决定到法院去打一场离婚官司的时候，严桂芳却趾高气扬地呕吐了起来：她怀孕了。形势急转直下，许胜利不仅离婚失败，就连手里那笔小钱也保不住了，只能留给严桂芳作为抚养费用。

而这么上溯起来，节节和许洋的缘分，是早在受精卵时期就结下了呢。节节的妈妈到医院做孕检，长凳上一起排队的，正是高唱凯歌的严桂芳。此时的严桂芳计谋得逞，便又恢复了一个泼妇应有的气魄，尤其当着别人，她更要臭骂许胜利。骂得之脏之猛烈，让一旁的孕妇们纷纷捂住了肚子，仿佛在保护胎儿们未经污染的耳朵。只不过这时再骂，就不能伴随着打滚了，她明智地说：

“我得夹得紧一点儿，那个王八蛋正盼着它掉下来呢。”

同样作为准父亲，节节的爸爸那时穷极无聊，最喜欢和许胜利讨论和孩子有关的问题。讨论总是从“人生是从哪里开始”或者“我们为什么要繁殖”这类终极意义的话题开始，可是没说两句，就变成拿许胜利解闷儿了。节节的爸爸还会越俎代庖地替他分析：

“你是不是这么想的：反正也快离了，多搞几把也是好的？这说明，你这些年实在是憋得太狠了。早知如此，还不如当初就乱搞呢——如果泄干净了，又怎么会被一个农村妇女诱惑？”

对此，许胜利只有摇头叹气的份儿。节节的爸爸便又追问技术性的问题：“作为一个受过教育的人，你难道不知道性交会导致怀孕的吗？”

这时许胜利才终于挤出一句话来：“她刚一来，就抱怨说自己被强行上环了。”

“你被诱敌深入了。”节节的爸爸感慨道，“这就叫小不忍则乱大谋啊。”

必须得承认，节节的爸爸概括得很准确。许胜利的确是一个懦弱和糊涂的人。而严桂芳的性格则恰恰与他相反，她不仅顽强善战，而且深谋远虑。当节节被裹在天鹅绒襁褓里回家时，许洋也在千里之外的湖南呱呱坠地了。据说生他的时候，已经成为养鸡专业户的严桂芳正在撅着屁股摸鸡蛋呢。弯腰一抠，鸡生了，她也生了。而在随后，严桂芳又做出了一个重要决定，就是在湖南当地给许洋上了户口，坚决不让他到北京去。她明白，从此以后，许洋就是自己与丈夫之间的唯一纽带了。如果将来许胜利的离婚热情再高涨起来，许洋也是她唯一能指望的东西（这时候许洋还不能称为一个“人”呢）。

并且，她很快就体会到了许洋存在的直接好处。每逢月初，她都会挥舞着许胜利发来的汇款单在村里走来走去，对邻居们说：

“和在北京领工资一样。”

过了些年，严桂芳的心态就更好了。这还要感谢时代的巨变：进入九十年代之后，村里的男人大多出去打工了，真在外面乱搞的也不在少数。

和其他独守空闺的妇女们一比较，自己还算最实惠的呢——她完全可以把许胜利看成一个打工的先行者，比别人早打了十年之久。这么一想，她就完全心满意足了。进不进城和乱不乱搞都无所谓了，只要那每个月一张的汇款单不断就行，拖下去就是胜利。于是他们的婚姻就这么有名无实地拖了下去。

鉴于这样的家庭状况，许胜利变成一个酒鬼，也是顺理成章的了。当年严桂芳挺着大肚子刚走，他就买了一瓶二锅头，向大家宣布："我要借酒消愁了。"

这一消就消了十几年。到后来，他几乎要用二锅头来刷牙、用二锅头来解渴，就算感冒也要用二锅头来吃药了。看到他醉酒之后兴高采烈的样子，大家不免怀疑，这家伙天生就有酗酒的渴望，而所谓"家庭不幸"只是一个幌子。现实中的酒鬼，也让大家更加深刻地理解了侯宝林大师的几个著名段子——所谓"贴橡皮膏"和"爬手电筒"很可能并非夸张。许胜利的醉酒就是相声的现实版本。

最著名的一个故事，是有一次他到医务室去打针，医生刚装好药，低头一看酒精瓶子却空了，而许胜利正在心满意足地舔嘴巴呢。医生一怒之下，没消毒就给他打了，结果他的屁股果然发炎了，连着好几天疼得龇牙咧嘴，走路都是歪的。然而他毫无怨言，反倒借着酒劲，又和医生讨论起了一个问题："口服药为什么不如注射的效果好？"

"注射的更直接。"医生心不在焉地回答他。

"喝酒是不是也是同样的道理呢？我是说，把二锅头——注射进去？"许胜利立刻来精神了，"您能给我一针管儿么？"

医生被他认真的表情吓坏了："那可真出人命。"

应该说，在酒精的帮助下，许胜利这些年也不可谓不潇洒。他仿佛忘掉了一时糊涂造成的失败婚姻，也忘掉了一时糊涂造成的离婚失败，过出了难得糊涂的境界。只不过十几年后，许洋的突然出现，又逼着他把前尘往事都想起来了。那么严桂芳突然把儿子派过来，又是出于什么原因呢？是为许洋的前途着想？还是孩子一大事儿就多了，她不想负担照顾他的责任了？这完全是无法猜测的，而且许胜利也根本不想去问她了。长年以来，他早已找到了对付生活的办法，那就是逃避。在逃避之中，严桂芳这个名字也早已变成了一个符号。

逃避还让他养成了凡事能不费心就不费心的习惯。就连父子相见后的那一句感慨，也是当年节节的爸爸替他总结的："小不忍则乱大谋啊。"

这句话成了许胜利的口头禅。别人如果问他"听说你还有个儿子"时，他就会摇头叹气地说："小不忍则乱大谋。"有好事者对他打趣"给你介绍一合适的寡妇"时，他也会自嘲地说："小不忍则乱大谋。"甚至当他又醉酒回家，看见儿子许洋正在乖巧地收拾屋子时，他也会百感交集地来一句："小不忍则乱大谋。"

于是这话便在孩子们中间迅速流行了起来。每当看到许胜利和许洋同时出现，大家都会一二三，高声喊："小不忍则乱大谋！"

喊久了，孩子们还运用拆分法，把父子二人共同的外号分解成了他们各自的外号，许洋成了"小不忍"，许胜利呢，自然就成了"乱大谋"。拆分出来的意义，居然也是非常准确的——父子二人，一个是小不忍的产物，一个是乱大谋的结果。

因此混熟了以后，节节和许洋之间的对话就经常是这样的："小不忍，你怎么又到我们家蹭饭来了？"

"乱大谋又喝多啦。"

还有一个情况也让节节觉得荒诞。她明明已经帮许洋完成了千里寻父的心愿，按理说，这家伙也应该物归原主了吧，但是事情却不是这么发展的。那天感叹完"小不忍则乱大谋"，许胜利把许洋带回家，在一居室的客厅支起了一张行军床，连被子都不铺，就算把儿子安置好了——到了第二天，他仍然大白天出门喝酒，仿佛忘了家中多了一个人。屋里连包方便面都找不着，许洋只好饿了一天。

喝得烂醉的许胜利夜里回家，才想起没有管许洋吃饭。他进而看到屋子被收拾得干干净净，想到儿子是饿着肚子做家务的，不禁失声落泪："好儿子，头一天就这么亲。"

然而没过两天，仍然忍不住出去喝酒。他跑到小饭馆，对老板说："迅速给我来个'小二'，我过了瘾回去给儿子做饭。"没想到这一沾酒，便再也刹不住。好歹晚上记得带半斤饺子回家，进门却见许洋挺着一个鼓鼓的肚子，在床上哼哼。并不是吃饱了饭，而是为了解饿，喝了半脸盆凉水。因为人生地不熟，许洋甚至不敢出去找许胜利。

他认真地说："费尽力气找到的家门，万一再弄丢了呢？"

父亲是酒鬼，儿子窝囊废。于是刚来北京的头几天，许洋过的是半饥半饱的日子。而等到他终于适应了环境，许胜利也终于给他配了一把家门钥匙，到了中午和傍晚，就经常能看见他在院儿里乱晃。他低着头，一脸的饿相，饶是十米开外，也能听到他肚子咕咕叫的声音。邻居们问他："还没吃饭啊？"他也不答应。但节节的妈妈要是这么问一句，他立刻就跟着她进屋了。

然后他就坐在节节的旁边，也不敢在桌上正式占据一个方向，而是龟缩在某个角上。节节的妈妈把饭端上来的时候，他还不忘解释一句："我爸一喝多了，就把我给忘了。"

或者："今天倒是没喝多，不过出门办事去了。听说有个卡拉ok厅请他调试灯光——什么叫卡拉ok？"

总之饭是一定要吃的。刚开始也没觉得怎么样，节节她妈妈还对许胜利说："不麻烦不麻烦，他那么瘦小，能吃几口饭？"而许洋确实也表现得很秀气：如果大人不给他夹菜，他就绝不把筷子伸向大块的鸡或者排骨；吃完一碗之后，便会频频点头说"饱了"。连节节都说：

"简直就像养了一只猫。"

然而没过多久，大家就见识到了许洋真正的饭量。那天节节她爸爸本来说好了回来，临了却又"有事"了，因此饭从食堂打多了。节节的妈妈就鼓励许洋说："小伙子多帮我们消灭点，反正搁到明天也是个扔，节节不爱吃剩饭的。”

这一鼓励，就叹为观止了：许洋慢吞吞地吃啊吃，一碗接一碗。到底一共塞下去五碗还是六碗呢？节节都数不清了。而且整个吃的过程中，许洋还是非常文静、非常内敛的，除了农村人的吧唧嘴的坏毛病以外，丝毫没有失态之处。哇，节节实在是目瞪口呆了，她眼睁睁地看到许洋的肚子鼓起来，再鼓起来，到最后简直有怀胎三月的架势了。而他的脸还是不动声色的。

节节不由得问他：“是不是你妈养不起你了才把你送过来的？”

因为吃得尽兴，许洋也稍稍忘了一点客套。他意犹未尽地说：“我在老家都是吃一斤米的——煮熟了之前称一斤。”

节节的妈妈也因此歉意起来：“哎呀，这么说你以前在我们家都挨饿了。”

不过歉意之余，她不免出去对邻居们铺陈夸张：“吃饭要用盆的，怎么养得起？”

这个信息传递出去，许胜利都不相信：“他能吃那么多吗？”于是他亲自带着许洋，找了个成都小吃店检验了一下——他给自己要了一瓶二锅头，儿子面前则是十屉包子：“可劲儿吃，不要有后顾之忧。”

一顿饭吃下来，许胜利也叹服了。第二天，他非常过意不去地带着一叠饭票，交给节节的妈妈：“以后我还是按月交伙食费吧，他吃一顿够你们家吃两天的。”

邻居这么做，节节她妈妈也过意不去了：“真没嫌他吃得多，真没嫌他吃得多。”

两个人在门口推来推去的，节节和许洋也在屋里你看看我，我看看你。节节想：孩子吃饭就是吃饭，大人却在里面添了许多人情。然后她又想：怎么这么能吃，许洋还是一点也不长个儿呢？他不光辜负了这么多饭，也辜负了这么多人情。

最后她意识到：许胜利说是过意不去，缴纳饭票，实际上却相当于把许洋推到了她家。许洋有了地方吃饭，他就可以了无牵挂地酗酒去了。而这么一来，不就等于节节把许洋捡回了自己家，给自己平添了一位家庭成员吗？事情怎么会搞成这样？这个许胜利也太不懂事儿了。

果不其然，从此以后，许洋就名正言顺地在节节家吃下去了。

节节有时还会好奇，作为一个父亲，却能如此不负责任，许胜利又是怎么做到这一点的？她一直以为，做了父母的人，天经地义就该有责任心，摆脱责任比承担责任更难。比如她的父母吧：妈妈对自己虽然关心得不着调，但终归是关心；爸爸呢，虽然十天半个月的不回家，但更是为了一家人在奔忙啊——只不过奔忙的成果很有限，名为“企业家”好几年了，也没见自己家的生活比别人好。但那却是另外一回事了。

或许人一旦成了酒鬼，生活也就完全崩塌了，就可以做到六亲不认？或者是许胜利已经打定主意逃避一切，包括亲生儿子？总之许洋的突然出现，更衬托出了许胜利的日常生活是多么荒唐（或者说潇洒）。他是一片酒气冲天的闲云，他是一只晕头转向的野鹤。他拎着二锅头游荡在大街小巷，每当正派人对其“晓以大义”的时候，他的回答只有一句：

“你不明白——小不忍则乱大谋啊。”

可笑的是，这么一个神志不清的家伙，居然也有其为人民服务的价值。节节上中学的那几年，也是北京的“卡拉ok”和“恋歌房”如同雨后春笋般喷发出来的时期，因此许胜利往往正在醉醺醺，就被那些慕名而来的歌厅老板拽上车，像绑架一样抓走了。到了地方，有些人还保持着对艺术家的敬仰：“许老师，您给调调光。”有些则简单粗暴：“我要的就是那种最淫荡的气氛。”

许胜利虽然一天到晚醉着，业务还是很过硬的。或者说，他本来就是个心灵手巧的人。经过他的调试，那些歌厅的灯光总是能达到事半功倍的效果——明明只是几条寻常的大腿，镭射灯一照，却很有酒池肉林的意思了。事情搞定之后，老板们多少要给点报酬，要在以往，这方面的数字许胜利是懒得过问的，他甚至会径直从柜台上抓起两瓶洋酒，然后扬长而去。但是许洋来了以后，就不能这样了。节节她妈妈也劝他说：

“你现在是有儿子的人了。多少攒点儿，万一以后有事呢？”

听了这话，许胜利愣了一愣，然后默然走了。看起来，他好像颇受触动。而在此以后，他便颠三倒四地和人家讲起价钱来。好在那些买卖人多数都很痛快，他们塞给他一个信封：“亏待不了你。”当然也有个别鸡贼的。有一次，一个歌厅老板让他“等等”就出去了，没过一会儿，进来一个乡下妹子。许胜利问她：“你是来给我送钱的吗？”

妹子则直截了当地把裙子一撩：“妈咪说了，这个就是钱。”

没想到，一般人都是酒后乱性，许胜利却越喝胆子越小。他“嗷“地叫了一声，登时夺路而逃。一边跑，他还一边告诫自己：

“小不忍则乱大谋啊。”

由此可见，许胜利虽然被生活折腾成了一个荒唐的人，但他本质上还是老实的。荒唐和老实混合一起，有些想法就让人唏嘘了。过了几天，他又喝多了，居然一手拎着酒瓶子，一手握着一叠信封来到了节节家。进门就对节节的妈妈说：“拿着，拿着。”

“你这是干什么？”节节的妈妈看到信封里露出几张钞票来，不免有些紧张。

许胜利说：“你帮我收着好不好？”

“你的钱你自己拿好。”

这时许胜利却突然眼泪汪汪了，他的酒瓶子也颤抖了起来：“你帮我给许洋攒着。我这么下去，万一有个三长两短……”

节节她妈妈这才明白，原来他还想着自己早先那句“万一有什么事儿”呢。没想到他是这么理解的。而被许胜利一煽乎，她也不由得动了感情，一把把酒瓶子夺过来：“你戒了不就好了吗？”

许胜利却又陷入了歇斯底里：“你不明白，这么多年了，哪里扳得过来……小不忍，小不忍啊……”

这么一说，里屋的许洋也跑出来了。他瞪着毫无光彩的大眼睛问：

“你怎么也开始叫我的外号了？”

一个酒鬼，一个糊涂虫，让人又辛酸又好笑。但节节也有几分感动：看来许胜利也是在乎许洋的，也许他只是如自己所说的，“扳不过来”而已。而估摸着许胜利这个状态，劝也劝不明白，节节的妈妈只好说：“那改天再说，改天再说。”

“没有改天的事。”许胜利坚定地把信封拍到桌上，“今天就得拿着！”

“好，好，拿着拿着——你赶紧回家吧你。”

好歹打发走许胜利，节节的妈妈看了看许洋，又看了看信封，忽然笑了一笑。第二天，她便又去了学校，只不过这次就不是“监视”节节了，而是带着许洋。下午在院儿里碰到许胜利，她掏出了一张表格：

“该交的都交了，表儿你得自己填——填完给学校送过去。”

这下轮到许胜利丈二金刚了：“交什么？这是什么表儿？”

“交借读费，填入学表。”节节她妈妈清脆地说，“孩子才多大，总不能成天晃悠着吧？他说来找工作，能干什么工作？你能真让他工作去吗？他妈是混蛋，难道你也是混蛋不成？我自作主张，给他报名了。”

这话又让许胜利触动了很久。如果在喝高了的状态下，他一定会热泪盈眶，但此时却是难得的清醒。他摸着裤腿，喃喃地说：“你看我这爸爸当的——还要麻烦无亲无故的人……”

“知道无亲无故就好。”节节她妈妈说，“以后多管管孩子。”

因为这件事，许洋对节节的妈妈一直是感恩戴德的。他觉得如果没有节节的妈妈，自己就连受教育的机会都没有了——由此也可见，他对许胜利其人是多么的不信任。又过了一些年，许洋成了一个大学生，还总是对节节说：“在我心里，你妈就像我的亲妈一样。”

节节则翻着白眼说：“占什么便宜呀？要不是知道你傻早抽你了。”

总之自此以后，节节和许洋就是同学了。再后来的几年里，他们也一直都是同学。

part 6

和许洋做同学，又让节节有了新的不适应。

要是光在家吃饭倒还好，那感觉，只不过是桌上多了一个自动垃圾桶，只要节节不喜欢吃的东西，都可以倒进去。比如妈妈非让她“多吃一点青菜”的时候，节节就可以向许洋使一个眼神。等到妈妈一转头，青菜就会一股脑地塞到那家伙的嘴巴里去了。许洋的嘴鼓得像猪嘴一样，汁液横流地奋力咀嚼。别的地方，他也很知道眉眼高低，赶上妈妈有心思炖鸭子（她和许洋共同的家乡大菜）的日子，他虽然眼中也默默地放着光，但吃饭时却绝不碰鸭子大腿。这点算数能力他还是有的：一只禽类只有两条腿，分配起来自然是两个美女一人一条。要怪就怪没有三条腿的鸭子吧。而节节呢，往往又动了恶作剧的心思，她故意不吃属于自己的那条大腿，为的就是馋他。她假装端着碗，打量打量许洋，再打量打量大腿。可是这时候许洋的表现未免让她有些失望：他依然木讷地吞着饭，嚼着青菜，不仅对大腿，连对整只鸭子仿佛都视而不见了，就像一个定力超群的和尚。

也许他已经做到了眼中无鸭子，心中有大腿。

节节便又赌气起来：我就不信你不馋，看谁能坚持到最后。于是她更不去动那条腿，同时为了缓解自己的馋，也像许洋那样奋力地扒起饭来。两个孩子对着一条大腿较了半天劲，直到妈妈“咦”了一声说：“怎么不吃肉呀？谁要这条腿？”

许洋自然谦逊地说："我不吃，我不吃。"

节节倒是不必谦逊，可是她扒了半天饭，这时早已撑着了。眼睛气鼓鼓地盯着大腿，肚子里却一点余力也没有。她恼怒地把碗一放："怎么吃得下？"

于是那条腿到头来还是归了许洋了。许洋获胜的秘诀有两条：定力和饭量。两者缺一不可。好好的一条大腿，就被节节给玩儿丢了。

不管怎么说，光是同桌吃饭的话，倒也不失为一种乐趣。但同窗共读就不一样了。决定她心情的既不是许洋的表现，也不是自己的意志，而是别人的眼光。毋庸置疑，班上的同学也是互相攀比的，活泼漂亮的看不起相貌平庸的，学习好的看不起成绩差的，干部家庭的看不起工人家庭的。而一旦沦为"被看不起"的那类人，就要努力寻找突破口，发现自己可以看不起别人的地方。比如马金山那种长得寒碜、学习也差、家境也不好的货色，就在拳脚上找到了自信，他的信条是：如果当不好一个学生，那就当好一个流氓吧，流氓也能体现人生的价值。

但不管在哪方面竞争，许洋都注定要充当"被看不起"的角色。说长相，他刚一进教室，立刻就有人说："初中教室不在这儿。"然后全班就哄堂大笑起来。而许洋还茫然无知地申辩："我明年就十七了！"说学习，老师问他"课程能不能跟上"时，他的回答是"我听不太懂您说话。"老师则说："我也听不太懂你说话。"家境就更别提了（归根结底，这可能是最重要的一方面），就连最不体面的、郊区农民的孩子，都可以看不起外地来的借读生。对于学校里原先公认的几个"土包子"来说，许洋的出现无异于一道福音，他们格外热衷在他面前大声说：

"咱们北京人……"

偏偏这个"种族歧视"的受害者是和节节联系在一起的。许洋刚一出现，立刻有人揭发：他和节节一起上学下学。他们还住在一起。他们一定是亲戚。而节节可从来都是女生中的佼佼者啊，一直只有她看不起别人的份儿，这下却被许洋给拖累了。有时候她正跟同学聊天呢，许洋傻乎乎地凑上来，大家就都不说话了，变成了审视地看着他们。在别人的眼里，节节跟许洋成了“一道儿”的。还有两个过去就对她不服气的女生可算找到了机会，她们问节节：“你跟他是一个老家的？”

口气当然是别有用心的，她们旨在说明：不要看你光鲜亮丽，恐怕也是刚洗掉出水的两腿泥——刚把后脚跟的那只蚂蟥给摘下去吧。

被一个土包子拖后腿的感觉总是不太好。节节不免有些犹豫：要不要和许洋“划清界限”呢？她甚至想：不如也和那些人一起挤对他好了。但是再看看许洋可怜巴巴的模样，看看他极大又极没有内容的大眼睛，她又心软了。

可是许洋偏不懂得节节的难处。都已经来北京几个月了，他却仍然好像一个捡来的孩子，无条件地亲近把自己捡到的那个人。每天早上节节刚一出门，就看见他已经拎着帆布购物袋在门口等着了。许胜利居然没给他买一只书包，而是拿买酒时赠送的购物袋代替了，袋子上还写着“全兴大曲”呢。当然，“全兴大曲”总是强过“钾肥”的。到了学校呢，许洋仍然黏着她，每下一堂课，他都会抱着课本找节节说“还有一些没听懂”，自由活动也不出去玩儿，愣愣地侍立在节节身后。放学就更别提了，他会当着大家请示一句：“走不走？你妈都做好饭啦。”

因此许洋在学校又有了新的外号，不叫“小不忍”，而叫做“童养夫”了。而且所有人都可以“童养夫童养夫”地叫他，只有节节不能——谁的“童养夫”？还不是她的。“童”和“养”尚算基本属实，而“夫”就纯粹是恶毒攻击了：难道她现在就怕自己嫁不出去，所以早早捡来个许洋备着吗？节节好气又好笑。

另一个情况就更让节节不解了：自己的妈妈对于许洋倒是格外亲近。要是哪天许胜利心血来潮，带着儿子出去吃饭，她就会明显地表现出失落：“哎呀，少了一个人的感觉呐。”就连当初节节她爸爸“在外地办厂”时，她也没这么感叹过。而第二天许洋照常来吃饭了，她就眉开眼笑的，又是摸脑袋又是拍肩膀，有时甚至会带着娇声，夸张地说：“乖儿子，抱一个！”

其亲昵和热情，让节节浑身直起鸡皮疙瘩。许洋呢，赶上节节她妈妈这般“抽风”，仍然像白痴一样眨巴眼，然而通红的一张脸又证明他不是一个完全的白痴。

更不能忍受的是，这两个人之间竟然像有说不完的话。节节她妈妈在厨房炖鸭子，许洋就靠在门框上，一里一外地嘀嘀咕咕；出去买点儿什么东西她也要带上许洋，一路上嘀嘀咕咕；要从大衣柜顶端往下取什么东西的时候，也特地要把许洋喊到里屋去，一取就是半个小时，因为都在嘀嘀咕咕——而这一条是最荒唐的，因为许洋的个子还不如节节高呢。节节她妈妈却一边给他搬椅子，一边喜悦地说：“家里有个小伙子就是好！”

那么他们到底在嘀咕什么呢？节节从来没听清楚过。因为他们说的是湖南话，声音又小。许洋的出现让妈妈把久违的乡音给想起来了，他们共同的乡音又把节节隔离在外。每当节节气不过，故意闯到他们面前时，两个人又不约而同地闭了嘴：一个装得像没事人，一个继续作白痴状。

但就算听不清，节节猜也能猜到：妈妈怎么可能真喜欢许洋这样的家伙？她好歹也是演员，怎么会分辨不出人的美和丑、优雅和猥琐？无非是想把许洋培养成一个眼线，监视自己罢了。有了眼线，她就没必要送节节上学，到学校打听情况，甚至也不用害怕节节逃跑了——只要许洋跟着，就能获得第一手情报。而且许洋看起来又是那么“老实可靠”，就连他的不招人待见，也成了优点——若是一个风流种子，又怎么敢让他成天耗在女儿身边？那样不成引狼入室了吗？许洋太适合做眼线了。

由此也就能解释为什么自打一见到许洋，妈妈就是那么热情了——当时她正对节节的逃跑战术一筹莫展呢。现在可好了，就在妈妈迫切地需要拉党羽、抓壮丁时，节节自己却把许洋领上门来了。想到这里，节节心里实在懊恼：妈妈是如此狡猾，但又是如此幼稚，总之是如此不着调；而自己呢，更是个大傻瓜。

她转而又泄愤于许洋，心里骂：走狗！叛徒！跟屁虫！

但懊恼和骂都没用，一座大山就这么变成了两座大山。难道要任由妈妈和许洋联手，把自己逼疯了么？节节又想：不行，得琢磨个办法。她盘算，如果直接找许洋“谈一谈”，让他“滚得远远的”，倒也不是说不出口，但是起不到实质性的作用。就算滚远了，同学们依然会记着他和她的紧密联系。妈妈也会主动上门，把他再请回来，继续吃鸭子。妈妈和许洋的关系，已经像老佛爷离不开小李子了。

那么像对付班主任老师一样，请马金山之流来替她解决呢？这个念头一动，节节又忍不住摇了摇头。马金山会做什么？无非是打。唆使流氓学生去欺负一个可怜虫，这个行径太卑劣了。而且许洋终归那么弱小，她又怎么痛下得了杀手？

想来想去，节节的策略只能是：惹不起还躲不起嘛。躲也不是示弱，而是“臊着他”，也许这么一来，许洋就会看出自己对他是个什么态度。想来吃鸭子时那么懂得眉眼高低的人，必定不是真傻的。

打定主意之后，节节就开始行动了。首先，她故意早起，天还没亮，就一个人出门到学校去了。这样一来，许洋要像往常一样在楼下等她，便会扑个空。头两天，节节坐在教室里，看着许洋空着的座位，心里充满了得逞的快乐：这傻小子还在她家门口呆站着吧——而且他是一定不敢上去敲门问问的。但是杀敌一万，自损三千，节节自己的消耗也很大。睡眠时间凭空少了两个小时，她一天到晚都哈欠连天的，而且那么早到学校来做什么呢？迎接她的只有无聊。她在空无一人的学校里晃悠来晃悠去，最后只好搞起卫生来：擦地、擦窗户、摆桌椅。更不巧的是，这个举动很快被学校里的老师发现了，没过几天，广播里居然念起了表扬稿：

“每当清晨，她就来到了学校，默默无闻地为同学们搞起了卫生……这是一种什么样的精神……”

同学们纷纷用莫名其妙的眼神打量着她。还有几个人明显带了鄙夷，就像节节一贯鄙夷团干部一样，表情中带着不言而喻的三个字：假积极。节节无可奈何地打着哈欠想：你们哪里知道我的苦衷。

到校以后，要躲开许洋，难度就更大了。不管是课间休息还是自由活动，一有空他就凑过来，她该往哪儿去躲呢？节节只好使用起了小学女生被坏小子欺负急了的办法：躲到女厕所去。每当下课铃一响，她就火急火燎地往厕所跑，而到了厕所又只能干站着，身边来来往往的，都是前来排泄的姑娘家。待满一个课间再回教室，节节觉得自己身上都是臭的。他娘的，这是什么日子啊？又有一个不巧的是，自从她成为匿名打扫卫生的积极分子之后，就变成了班主任关心的对象，或者说，成了一个“好学生”的苗子——跑厕所也被老师看在眼里了。于是有一天，班主任很隐秘地把节节叫到办公室说：

“你最近在学校里的表现，那真是没的说……我以前有点看错你了，现在知道了你也是一个好强、有追求的女生……不过对于有追求的女生，我们更应该格外地关心嘛……我是说，你最近的例假是不是——不要害羞，我们要用科学的态度来面对！”

节节当时七窍生烟，一句话几乎脱口而出：“您还是关心关心自己的奶吧。”

好歹哼哼哈哈几句，表示了对老师的感谢，她气冲冲地从办公室出来，正好看见许洋正缩在门口呢。不管是女厕所还是办公室，只要是节节去了“非请勿入”的地方，他都是如此这般，慌里慌张地在门口等待。如果是办公室的话，他就像一个等着打小报告的猥琐之徒，要是女厕所的话，就变成寻找机会偷窥的猥琐之徒了。想到“猥琐之徒”这个词，节节对许洋就产生了前所未有的憎恶，就连他的空洞的大眼睛，仿佛也变得贼溜溜的了。

那家伙却一脸笑容地迎了上来呢：“没批评你吧？”

就像当初和妈妈置气一样，节节的脑袋又是“腾”的一声，血全涌上来了。原本计划把这家伙“冷处理”掉，但执行起来，她却发现自己还是定力不够。她此时想：我哪儿有工夫跟你玩儿猫和老鼠？你配跟我玩儿吗？这么一想就发飙了。但一发飙，却还是千言万语说不出来，最后只剩下四个字：“你烦不烦？”

许洋的反应呢，果然是茫然无知的：“我怎么了？”

“你烦不烦你烦不烦你烦不——烦！”

像机关枪一样喊了半分钟，节节戛然收声，掉头就走。她越走越快，最后终于跑起来、冲向了校门。每当被人弄得心烦意乱到了极点，喊完“你烦不烦”，她都会立刻产生逃学的冲动。逃到可以平心静气的地方去，逃到可以怅然若失的地方去。上次逼得她逃跑的是妈妈，这次则换成了许洋。

但是没跑两步，她却又突然站住了。她想：许洋可不是妈妈，再怎么说也是个男生，不穿高跟鞋，要是现在就跑，他有能力追上她——而且他是肯定会追的。所以，跑肯定还是要跑——不跑不足以平民愤，不跑不足以让许洋明白自己很讨厌他——但是要选好跑的时机。经过和老师、妈妈、许洋的斗争，节节已经变得有策略多了。

于是节节便又强压住怒火，默默地走回了教室，开始等待时机。许洋呢，也舒了一口气似的跟回来了。而再开始上课后，节节就开始偷偷地观察许洋了：观察他面对黑板发呆，观察他若有所思地歪着脑袋咧着嘴，观察他被别人笑话了之后，局促地捏着衣角。有时正在观察，却发现许洋也在鬼鬼祟祟地观察她呢，两个人明亮地对了一下眼神，节节自然是倨傲地扭头，许洋则毫无保留地露出谄媚的笑，完全不像刚被她呵斥了的样子。再想到这情形也算一种“眉来眼去”，节节就更气恼了，于是更坚定了逃跑的信念。

这样耗了两节课，终于等来了机会。上完体育课之后，许洋捧着一只搪瓷杯子，大口大口地喝白开水。这种喝法是肯定要上厕所的。果不其然，到了上午的课程快结束时，他急匆匆地上厕所去了。节节正和别人有一搭没一搭地闲聊呢，这时也忽地站起来，往外就跑。机不可失，时不再来，投奔自由的时机，就像一泡尿一样短暂。

两分钟以后，节节已经飞快地跑到了街上。学校传达室的老头看到她争分夺秒的架势，自然露出了惊愕的表情，然而还不等问话，节节已经闯关成功了。跑过了两个路口，她才把脚步放慢下来，但是两条腿仍然充满了弹性——它们还没跑够呢。

那么接下来去哪儿呢？这是她面临的新问题了。像过去一样到部队大院去闲逛吗？节节立刻否定了这个念头。那种地方看似无比庄重，但实质上却是千篇一律的。大到挥手指方向的毛主席，小到夹着马扎去“拉歌儿”的警卫连战士，人人都有既定的表情、动作和行为方式，就像一些周而复始地运转的机器。在那里，不会有什么人或者事与她发生联系，她唯一能做的也只是坐在毛主席脚下，等着院儿里的孩子们放学，看他们打篮球。那样的话，她简直就像一个瞪着大眼睛的失学少女，而非主动挣脱束缚的逃学少女了。但在她们居住的这片地方，长安街沿线的往西再往西，除了部队大院之外又没有什么可去的地方了。街上、市场和居民区还全然是一派“城乡结合部”的氛围，透着自惭形秽，透着不体面。这片地方最大的特点就是单调，虽然庄重的单调和市侩的单调之间泾渭分明，但对于节节，归根结底是单调。

于是她下定决心，到远一点的地方去。反正逃学也逃了，为什么不逃得丰富多彩一点？地铁站就在不远的长安街延长线两侧，向西是石景山和“首钢”，向东则是军事博物馆、木樨地和西单。向西还是向东呢？这个问题是连想都不用想的。“首钢”能有什么乐趣可言？那里有的只是更彻底的单调，而且单调得全无庄重可言，只剩下脏乱差。对于节节来说，流氓学生马金山就是“首钢”的代表。听听这两个字，金山，什么样的环境才能孕育出这样俗气的名字？在鄙视人家的时候，节节就忘了自己的爸爸曾经也是个练摊儿的了。

带着离城乡结合部和“首钢”越远越好的念头，节节坐上了东去的地铁。这个时候她所逃离的，就不完全是学校里的烦心事了，还包括所有杂乱、土气、庸俗的东西。姑娘家独处的时候，心思总是格外绵长，而且充满联想，因此这么一次简简单单的坐车，竟然被节节赋予“抛弃一种生活、投奔另一种生活”的象征意义了。为了给这种“象征”配上它应有的“味道”，节节还把地铁想象成了一列火车：窗外不是一片黑咕隆咚，而是千山万水；前面不只是一个西单，而是一个未知的新世界。

这样的自我催眠居然真的有效，等到从地铁出来，节节几乎是陶醉着的了。西单也的确和以前大不一样了。过去她爸爸“练摊儿”的时候，“摊儿”就设在西单劝业场，但那时给人的印象是人多、土多、乱糟糟。而现在爸爸转战到更乱糟糟的河北白沟去了，劝业场却变成了堂而皇之的一座大楼，门口悬挂着“国际品牌”的巨幅广告。看这个意思，倒好像是西单把爸爸给淘汰出去了。再比如说人，过去街上满是一些“进北京见世面”的外地人，他们扛着大包小包，像蚂蚁一样乱撞，现在呢，起码在商场里，新兴的人物也陡然多了起来。这些人的脸和脖子一样雪白，剪着精致的发型，手上拎的购物袋上写着外国商标。这些都是什么人呢？节节不禁好奇地想，现在是逃学时间啊，难道他们不用去上班吗？他们是报纸上所谓“自由职业者”，还是溜出来解闷的公司职员？

总之一个人走在繁华的街上，节节的心里也繁华一片了。路过一家奶茶店，她特地给自己要了一杯最贵的，用以庆祝“逃离许洋”的胜利。而走过那些很昂贵的商店、美容院和酒吧时，她刚开始还放慢脚步，往里张望张望，但后来就不那样做了。一来是那有“露怯”之嫌，二来她心想，只要自己顺利地长大一点，再长大一点，这些东西也便会自然而然地属于她了。现在不必少见多怪，只需轻松路过，知道它们的存在就够了——这是自信的表现。节节这样的姑娘，最应该有自信。

就这样步子迈着，心思也一刻不停地转，节节直逛到天色暗下来。她走得浑身发热，脖子上浅浅地浸了一层汗，然后就感到了腿酸，然后就感到了饿，然后她就想：可以回家去了。昨天妈妈又在菜市场买到了一只湖鸭，今天估计就要炖的。盘算着自己成功地度过了没有许洋的一天，又即将享用一顿没有许洋的晚饭，节节有理由感到心满意足。

于是她略略回过头去，向身后的大街又望了一眼，仿佛在做个道别似的——她没有朋友，城市的繁华景色就是她的朋友。然而就在这一瞥之下，她的心情却骤然阴暗了下来。

她仿佛看到了一个熟悉的身影：瘦、矮，缩在别人的腋下；头发像乱草，眼睛则像草丛中暴露出来的两枚鸽子蛋。节节心里“咯噔”一声：难道自己并没有摆脱许洋，最终还是让他给跟踪了？

她猜疑着，不禁向人群深处凝视起来。但在这种大街上，十米之外的身影都会转瞬即逝，一眨眼之间，那个瘦小枯干的“幽灵”就不见了。倒是身旁的两个路人瞥了她一眼，他们一定好奇这个小姑娘为什么会这样紧张。

意识到自己的表现很“傻”之后，节节也只好掉转身去，继续走向地铁站。

上了地铁，她安慰自己：或许是看花眼了吧，大街上那么多人，那副德行的土包子又不只许洋一个。在这个城市，每天都会有无数多个“许洋”背着蛇皮袋钻进来的。不过要真是看花了，那么凭空会把相似的人认作许洋，又说明了什么？她有那么“怕”他吗？他在她心里怎么可能留下如此深刻的印象？

回去的一路，她的心都是惶惑的。不管是真看到还是假看到，好不容易获得的好心情就这样被破坏了。这笔账还是要算到许洋头上。

进了屋，妈妈果然在炖鸭子。她先说：“最后一节是体育课吗？脑门都湿了。”然后又问：“许洋没一起回来吗？他爸爸又出去干活儿了。”

节节往里屋的饭桌望了一眼，许洋的板凳果然是空的。这样一来，就更说明她被跟踪了。节节不禁担心：他会不会把自己逃学的事汇报给妈妈呢？

好在许洋没有“出卖”她。没过一会儿，他敲门进来，也是湿着脑门，一脖子汗。妈妈问他：“最后一节是体育课吗？”他便含含糊糊地点头。到了妈妈盛鸭子，他打下手端盘子端碗时，两人照例又开始嘀咕。不过嘀咕出来，妈妈仍然是和颜悦色的，节节便放下心来。再看一眼许洋，这家伙仍然是怯生生的神情，不免又让她可怜起来。此时的许洋就不像个“猥琐之徒”，而像个掩护革命战士的老乡了。人家毕竟替她保守了秘密嘛。

节节也基本可以确认，自己被许洋跟踪了。最后一节哪是什么体育课，男生们放学后倒是会打篮球、打乒乓球，可是谁又愿意带他玩儿呢？那么那一身大汗是哪儿来的？一定是长途跋涉出来的、在地铁上挤出来的、为了跟踪她而紧张出来的。

但许洋又是在什么时候跟上她的呢？她明明是趁他上厕所的时候跑掉的呀。难道他一边小便，还一边跳跃着从窗户里往外观望？要是敬业到这个地步，固然可钦可佩，但是尿也会甩到脸上去的。再或者许洋上厕所也是假装的，他看出了节节要逃跑，就故意卖个破绽？要是如此，那他就实在太狡猾了。知人知面不知心啊。

不管怎么说，自己在与许洋的“斗法”中，还是输了一招。输给这么一个土包子，节节不禁沮丧了。但沮丧之后又生出好奇：既然不是为了向妈妈汇报，又何必那样兢兢业业地跟踪自己？他图什么？

有了这层好奇，节节的兴致便又高涨起来。现在眼线啊叛徒啊都被扔到脑后去了，她只想跟许洋玩儿一个游戏——明天就可以开始。把游戏的内容设计好后，节节眯起眼，看看压抑着饿和馋，苦等着鸭子上桌的许洋。她心里说：这家伙还是很好玩儿的嘛，倒是个解闷儿的好材料。

而在明天的游戏开始之前，她又决定先玩儿一个热身的小游戏，就是接着“欲擒故纵”那只鸭子腿。这次把腿留下来馋许洋，自己可不能傻乎乎地吃那么多饭了——但又要装作使劲吃，让他满以为她又提前吃饱了。等到他自以为那条腿已经是囊中之物了，她再大摇大摆地把它夹起来，吃下去，馋得他口水横流。这才是最佳效果。哈哈哈，节节像一朵花一样，几乎绽开眉眼笑了。

第二天，正式的游戏开始了。其实就是跟踪和反跟踪。昨天，是她在不知情的情况下被跟踪了，而今天重演一遍，她能不能成功地甩掉许洋呢？这是很有挑战性的。

而许洋是如何发现她逃跑，又是如何做到潜行尾随而不暴露的？这也是节节很想弄明白的事情。总之，这个游戏的前提，是参与的双方必须拥有旗鼓相当的警惕、毅力和智力。只有这样，才能玩儿出侦探电影的效果，否则就会很无聊了。此刻节节仍然有点怀疑，许洋究竟有没有资格和自己“玩儿”。或许他昨天只是碰运气？抑或他其实根本就没跟住自己，是她多心了?

今天的游戏仍然是被搪瓷缸子揭开的序幕。许洋上完体育课，口渴，捧着它“咕咚咕咚”喝水，再下一节课必然要上厕所。他刚一夹着屁股出去，早已等候多时的节节立刻“腾”地站起来，往外就跑。好在今天班主任的课又是第一节就上完了，后面的老师发现她的座位空着，多半会以为她请过假了。

而跑过男厕所的时候，她的心情是矛盾的：既怕被许洋发现，又怕许洋发现不了。如果他刚开始就跟丢了，那么不就一切都没得玩儿了吗？这么想着，她已经从传达室老头儿的眼皮底下闯了过去，跑出了半条街。然后她便假装累了，停下来喘口气，借机往回瞥了一眼，这时奇迹便出现了：许洋真的跟上来了。她分明捕捉到了一个瘦小、佝偻着的身影，正鬼鬼祟祟地贴着墙根走。

看来这家伙还真有一手。节节放下心来，随即斗志昂扬：再接下来，我可要全力甩掉你了。于是她的脚步也轻快起来，三拐两拐来到地铁站，下台阶，买票，再下台阶，上车。

又走在西单人头攒动的大街上，节节才体会到游戏的微妙之处。首先，这里人多车多店多，无论是跟踪者还是被跟踪者，都能找到形形色色的隐蔽场所。其次就是双方角色的复杂性了——说来是她在明处，许洋在暗处，但实际上又是她发现了许洋，许洋却没发现“自己被发现”。这样一来，“明”和“暗”也就掉了个个儿，就像小时候在后台，发现“真”和“假”也能掉个个儿。这个状态就很值得玩味了，多有趣。

而且节节还有一个娱乐自己的办法，就是尽情地展开联想，甚至将联想升级为幻想。她可以将这条大街想象成一部外国谍战电影的场景：自己是一个女间谍（盟军的还是纳粹的都无所谓，只要漂亮时髦就行，她此刻只恨自己没有掐腰风衣和墨镜了），许洋则是一个敌对方面的特工（姑且算是那种“大智若愚”型的吧，反正这副长相是不够当男一号的）。如果再配上一段紧张而不失优美的音乐，这个场景就完美了。

但真正让节节觉得奇妙的，还是这样一种感受：茫茫人海之中，有一个人正盯着自己看呢。以前也有别人看她，但那只不过是见到了个漂亮的小姑娘，惊艳地瞪瞪眼睛。而这次不同，是目不转睛地看、费尽心力地看、“那人却在灯火阑珊处”地看。她发现，这才是最让自己满意的一种“看”。原来，电影里那些被跟踪的女间谍也是很快乐的。

几年以后，节节上了大学，听一个“女权主义”老师讲“电影细读”，说什么“谍战片的流行，是因为现代人缺乏身份认同”。那时她就想，故弄玄虚，跟身份认同有什么关系？只不过是一种时时刻刻都被人看着的感觉罢了。这种感觉任何人都会享受。

整整一个白天，节节都看似无所用心地游荡，实际上心里忙乱得很。她不时故意蹲下来系鞋带、在柜台上看东西、到冷饮店买一支冰棒。做这些的时候，眼睛却偷偷往身后的方向看，寻找许洋，而一旦看见了那个孱弱的身影，立刻就迈开快步，再把他甩开。他们之间拴着一根猴皮筋，但松紧的程度则要靠她来掌握。就这样又逛到了太阳偏西，她才觉得累，不光腿脚累，脑袋也累了。于是坐上地铁回家。虽然身心俱疲，但是节节感到很过瘾。

因为玩儿得尽兴，她还要和许洋交流经验呢。晚上吃饭的时候，她问他：“好玩不好玩？”

“什么好玩不好玩？”许洋像狗一样喘着气说，舌头都快吐出来了。到底是“底子薄”，经过两天的长途跋涉，他已经快要虚脱了。

这副样子很让节节得意，她更加大胆地逗他：“学校组织的远足呀。”

这时妈妈倒在外屋听见了：“远足了？远足去哪儿了？也不早说，说了给你们熬点绿豆汤带上。”

许洋的话就成了同时回答她们两个了：“好玩倒是好玩，就是西单太远了，走得太久脚受不了。”

妈妈诧异：“远足去那么多人的地方干吗？”

节节赶紧把话说圆了："只是从灵境胡同那边穿了一下，其实去的是玉渊潭。他没进过城，就以为那片儿都是西单。"

妈妈则很"妇女"地感叹起"乡下人进城"这个永恒的母题："哎呀，哎呀，西单都没有去过。这个许胜利怎么当爸爸的——回家再管他要两个信封，我带你去买两件运动服，别老穿他剩下的了。"

虽然差点露相，但也证明，许洋确实不会出卖自己。这让节节心情大好：妈妈再怎么拉拢也没用，孩子和孩子之间，毕竟存在着看不见的"统一战线"。进而对许洋非但不讨厌，简直有几分亲近了。这天的肉菜是食堂买回来的两份排骨，节节破天荒地指指最大的一块，对许洋说："你吃你吃，你比较累。"

排骨不能白吃，第二天，游戏继续进行。节节就是这样的性格：好玩的事情好像跟她有仇，非要赶尽杀绝地玩儿个够，直到腻歪了为止。而且从这天开始，她又把游戏的范围扩大了一圈，不仅限于西单的大街上，还包括了高楼大厦后面那一片胡同。虽然都是紧邻繁华街区的小平房，但北京城里的胡同比"三环路"外面的城中村要体面多了，城西城北的更比"前三门子"强。首先是干净，建筑质量上也绝不敷衍了事，有些门脸甚至还镶着门钉、站着石狮子，门上贴着繁体的"私人宅邸，谢绝参观"，一派深宅大院的倨傲。更神奇的是，明明离商业区近在咫尺，汽车就在百米之外的地方穿流，但巷子里面却格外地安静，就连大树上的鸟叫都能听清楚。完全是两个世界的感觉。乍一走进胡同深处，节节觉得自己都幻听了。

这种地形下的跟踪，就更加妙趣横生了。正所谓小胡同赶猪直来直去，两只猪之间全没有遮挡，这就给后面那只猪的隐蔽增加了难度。而且对于不住胡同的人而言，这里有时相当于迷宫，前面的人一拐弯，后面的人就很可能彻底断线。但通过两天的交锋，节节对许洋已经很有信心了：深藏不露也好，歪打误撞也好，反正他总是能够化险为夷。她很想看看许洋能否经受住新的考验。

不过一考验，许洋就黔驴技穷了。节节在胡同里还是照常快走着，到了转角处，想往哪儿拐往哪儿拐，但许洋却无法像过去那样匀速跟着她，因为掩护设施太少了。他只能缩在一个墙角，看着节节把一整条胡同都走完了，才以百米冲刺的速度飞奔过去，到下一个墙角躲起来。频繁地做百米冲刺，对于许洋来说自然辛苦，更何况这百米冲刺比体育场上更累——冲时要做到脚步没有声音，到达目标也不能大口喘气，还得憋着。

再甚者，有的时候冲早了，节节却突然在胡同的半截停下来，做出马上就要回头的样子，许洋就必须立刻掉头，再跑回原来的地方躲好。这种折返跑就更令人疲于奔命了。

于是，在反复的百米冲刺和折返跑的折磨之下，许洋难免会出差错。有一次节节走到胡同中间，听到后面似乎有风声，便故意停下，作四处打量状。这一打量，却听到身后“当啷”一声，好像是一个垃圾桶被碰了一下。她憋着笑想：一定是许洋体力不支，折返跑折不回去了，便躲到垃圾桶后面去了。他甚至还可能一个鱼跃，就跳进了垃圾桶呢——如果电影走的是喜剧风格，一定会用这样的桥段。

还有一次，节节正在前面走，就听到后面一个老太太的声音：“这孩子，你哪儿的？”这一定是龟缩在墙角的许洋被胡同居民看见了，引起了人家的怀疑。北京有两种东西警惕性特别高，一个是警犬，还有一个就是胡同里的老太太。

接着，那老太太果然高喊了起来：“跑什么——抓小偷！”幸亏许洋龟缩的地方只是一般的墙角，而非女厕所，否则“抓小偷”就要变成“抓流氓”了。

这时节节想：如果自己回头，许洋一定就会暴露了吧。那么他就算输了，那么游戏也就结束了。可是她还没有玩儿够呢。于是节节就故意不回头，若无其事地走远，心里揣着一种“高抬贵手”的傲慢。

就这样又到了日头偏西，节节才决定回家。看到自己往地铁站走去，许洋一定有获得大赦的感觉吧。殊不知她的兴致还没有消耗干净，明天还要继续呢。就和与妈妈的斗争一样，在和许洋的斗争中，节节仍然能够后来居上，成为优势的一方——看来只要她认真应付，就没有战胜不了的对手。这个想法让节节自我膨胀，她又想，和妈妈之间的游戏像是猫和老鼠，和许洋呢，就像老鼠追猫了。世界上竟然还有这么愚蠢的老鼠。

两人又是前脚后脚地回了家。这天许洋自然比前两天累多了，不过他的累不在脸上，而是腿在桌子底下不住地哆嗦。当腿挨到桌子腿的时候，整张桌子也跟着哆嗦起来，于是汤里荡起涟漪。节节看得好笑，便对他说："男抖穷，女抖贱！"

许洋已经顾不上穷和贱的问题了，只是用力吃饭，吃饱了也就不抖了。而晚上走时，节节还格外强调地对他说："明天再——见啊！"

许洋终于无法不动声色了。他哭丧着脸，眉毛好像八点二十分。这是一副摇尾乞怜的姿态。但是节节想：不是你先要玩儿的吗？既然开了头，就由不得你了。在"玩儿"这件事上，她对许洋就没有同情心了。

果不其然，第二天刚下第二节课，节节就抓个空档跑掉了。她驾轻就熟地走在前往地铁的路上，心里想着许洋会如何叫苦不迭。她还在计划着，今天再开拓一个什么样的新战场呢？不如到月坛附近那一片新修建的写字楼去试试看。在二十世纪九十年代中期，对于长安街往西再往西的孩子来说，"商务区"还是一个完全陌生的所在——怎么也无法想像，那些大楼的外壳上居然能镶着那么多的玻璃，而且这些玻璃大楼还不是商场和酒店，只是用来办公的。办公需要这么奢华的环境吗？那里面的人办的是什么公？难道比甘家口那些部委大院所办的公还要重要？但总之，玻璃多就意味着现代化和国际化，玻璃也亮得足以照出北京市民们京腔下藏着的"土"。而远观写字楼里的人们，也的确前所未有：从外国招牌的公司里走出来，互相叫着对方的外国名字，都穿着板儿亮的西服，男的也喷香水。并且一群中国人里，还真的会混杂着几个外国人呢。外国人的存在更加证明了现代化和国际化。

那么，在如此洋派和高雅的人群之中玩儿跟踪，一定能玩儿出007的效果吧。对于节节他们那代人，007就是那个"特绅士范儿"的皮尔斯-布鲁斯南——总是伴随着宝马车、欧米茄手表出现在类似于写字楼的场合。皮尔斯-布鲁斯南简直是中国早期白领形象代言。

但节节正在想象，忽然却被打断了。她听到身后的远处有人喊她："节节！节节！"

她皱起眉头：这个时候还能有谁喊自己？肯定是许洋了。这几天玩儿下来，他都是默默地跟在她后面，虽辛苦而无怨言，但现在这么一叫，就打破"默契"了。为什么突然变得这么不敬业？他是跟烦了还是感到了无法承受之累？

但随后，节节心里就只剩不满了：不管出于什么原因，许洋是没有资格叫停的。他们之间的关系——既然已经很让人不情愿地有了"关系"——主动权在她手里。跟踪不跟踪，到哪儿去跟踪，都应该她说了算。这种想法当然很霸道，但节节觉得自己在许洋面前有资本霸道。

于是节节又气哼哼的了。她一气哼哼，就会产生把许洋抛到脑后的冲动——你爱跟不跟，不跟拉倒，不跟我一个人也要逛街。然后她迈快了步子，到最后又跑起来了。

而一边跑一边回头望时，她又看见许洋的身影也晃动起来，在奔跑了。而且看他跑着的那个架势，已经不在乎暴露不暴露了，完全就是想追上她，结束这个游戏。这使节节不由得跑得更快了，还碰掉了一个水果摊上的两只橘子。

跟踪就这么变成了赛跑。然而远远地看见地铁站的时候，节节却忽然沮丧了：这不又成了逃跑了吗？一个人就算跑掉，终归还是空虚与无聊。这么一想，她就泄了气，随即又生起了更大的气：都是许洋害的。他不是要叫停吗？那好，她也不玩儿了，但不玩儿之前，她还要质问一下他——质问些什么呢？好像也没什么质问的。不过总得当面发一下脾气才可以。

这么打定主意，节节猛地转了个弯，跑进一个居民区旁边的小巷子，找了个墙角藏好。还没等她把气息喘匀，就听见巷子口"啪啪"响，许洋跟进来了。这家伙满头大汗，两眼慌里慌张的，正在焦急地寻找她，但越焦急越没用，他反而没发现躲在墙角的节节，眼看就要跑过去了。

此时节节使了个坏，她把腿伸出去一勾，许洋就“啪唧”一声，摔了个狗吃屎。他翻过身来，正好仰视叉着腰、怒目而视的节节。

“你干吗跟着我？”节节义正词严地问。欲加之罪嘛，就把自己参与游戏的这一层给忽略了。

没想到许洋却说：“不是我跟你……”

“还说没跟？”节节踢了一下许洋的解放鞋，“你以为我背后没长眼就不知道你干什么了？”

“不是这样，不是这样。”许洋的表情居然还是那么认真，而且带着焦急。一焦急，就更加气喘吁吁：“不是我跟你，是别人在跟你，我看到别人在跟，才跟出来……”

别人跟？节节被他说糊涂了。明明是他自己被抓了个现行，怎么又冒出了别人？就算想栽赃陷害，也没有这么睁着眼说瞎话的吧？她弯下腰，抓住许洋的袖子，把他拽起来，揪到巷子口：“你说，哪儿有别人？”

让许洋指的时候，她也对着大街扫了一圈：人来人往，但是没有一个熟面孔。接着，她又揭露性地侧目许洋：“你说呀，你说呀。”

许洋仍然伸着脖子，踮着脚往远处张望。那副样子就像一只疑惑着太阳为什么还不出来的瘦公鸡。都这时候了，还这么煞有介事，节节不由得冷笑了：

“装吧你就——”

听她这么说，许洋就更显得百口莫辩。他嘟囔着：“明明有，明明有，这两天都有的……”嘟囔了一会儿，又发起急来，嗓子深处吭叽吭叽。这又让节节好笑：许洋竟然也会发急。但她更没想到，几秒钟以后，许洋做出了一个更加让人吃惊的举动——他忽地转身，抓住节节的胳膊，往巷子里就跑。

节节被扯了一个踉跄，脑袋一下晕了。过去许洋别说碰她了，就连拿眼睛盯个几秒钟都不敢的，现在怎么突然狂暴起来？她不禁大叫一声：

“啊！”

这一叫，许洋就回过头来：“别出声。”

“什么？”

“我说别出声。”

许洋也从未用这种命令式的口吻对她说过话。再配上他那焦急而认真的表情，节节就有点乱想了：他不会丧心病狂了，要对自己做什么事吧？在美国电影里，很多丧心病狂的家伙恰恰都是平日懦弱而木讷的人，压抑到一定地步也就疯了。

这么一想，节节不由得张大嘴，对着许洋圆溜溜的眼睛再次大叫：“啊——”

喊声充满了她自己的耳膜，而声音一停，周围又出奇的安静。那两秒钟，好像两个人陷在死水里，大眼瞪小眼。瞪完眼，许洋却又“咳”了一声，放开节节，转身回到巷子口往外张望。然后，他又回头说：“你看啊，你看啊。说了让你不要喊的。”

难道误会了他？节节不由自主地跟过去，和许洋一上一下两个脑袋，从墙脚探出去——哇，许洋没有说谎，果然来了别人。她看到远处晃晃悠悠地蹬过来一辆自行车，车轮上方迎风招展着两只绿色的大灯笼。其实也不是灯笼，而是过于肥大和鲜艳的裤腿；再往上看，骑车人的脖子是向一边歪着的，这给他的平衡都造成了障碍，因此车轮一拐一拐的，好像在划龙。

这不正是流氓学生马金山吗？

以节节的聪明，她迅速就猜到了是怎么回事：原来许洋说的“还有别人”，指的就是这位马金山。也怪节节当初用人失误，利用马金山对付了一下班主任，这一对付，不光她自己后悔，马金山也受到了很大伤害。脖子被打歪了倒无所谓，作为一个以香港流氓为理想蓝图的本地流氓，为了爱情不就应该无怨无悔吗？脖子歪也不是普通的歪，而是一往情深的写照。但事后节节就不理他了，这才是令马金山心痛之处。当初如此楚楚可怜，如今却又冷若冰霜，这是什么原因？难道她有着难言的苦衷？马金山按照香港电影的情节思前想后，想得头痛欲裂，却从来没想到，自己在人家眼里就是一个可笑的蠢货。

有好几次，他带着一脸沉痛，想找节节“问个究竟”，但刚一开口：“馍馍（妹妹）——”人家就轻松地跑开了，好像他是一团空气一样。于是马金山开始悲情，开始愤恨，他在男厕所里偷着抽烟的时候，开始哀号一首歌：

“坠（最）心爱的驴（女）人，却伤害我坠（最）痕（深）……”

但是节节在他眼中又是那么美丽，他连怨恨她都不忍心。这个蠢汉柔肠的流氓，便开始在暗中观察她的一颦一笑，一举一动（节节却全没发现，因为她正忙于和许洋斗智斗勇呢）。而发现节节开始逃学之后，他自然而然地尾随了出去。这一尾随，又给马金山带来了新的幻想：或许她在学校外面就能超越陈规，对他真心相待了呢？或许他还有机会再上演一次英雄救美，从而彻底打动她呢？“跟踪与被跟踪”的确是一个充满幻想的游戏，节节在幻想，马金山也在幻想。正因为过分沉溺于幻想，马金山才能够耐心地跟踪了好几天，而没有追上她“把话挑明”。幻想让他迷醉，但也让他更加踌躇。

反倒只有许洋一个人，是没有幻想的。他得以跟上节节而不被甩掉，也不全是自己的功劳，而是因为马金山无意中的帮助。就拿第一天来说，节节已经跑到街上了，许洋还在撒尿呢，如果他回到教室发现她不见了才开始追，又怎么追得上？偏是刚从厕所出来，就撞见了急匆匆的马金山。气急败坏之下，马金山还踹了许洋一脚：“白（别）挡道！”被踹了屁股的许洋自然好奇对方要去干嘛，顺着背影一望，却看见了更远处节节在跑动的身影。

许洋便条件反射地跟了上来。跟踪游戏也就变成了螳螂捕蝉，黄雀在后。只不过节节只发现了作为黄雀的许洋，却没发现中间还夹着一只螳螂马金山。这是由于在盯梢这方面，马金山无疑有着更丰富的技巧和经验——流氓嘛，无论是堵仇家还是截小孩，都需要经常盯梢的。即使穿着非常容易暴露目标的大肥裤子，但他仍然能在人群中辗转腾挪，从容地藏在节节视线的盲区中。只是他没想到，大肥裤子却成了许洋前进中的灯塔；节节发现许洋的时候，还以为他在搜寻的是自己，实则不然，许洋正在费劲巴拉地找着大肥裤子呢。要是没有大肥裤子，他早跟丢了。

当然，饶是以职业流氓为人生目标的马金山，一连跟下这么多天来，还是差点出岔子。在西单附近胡同里的时候，百米冲刺和折返跑也把他累得够戗。节节听到垃圾桶“当啷”一声和老太太大喊抓小偷，其实也不是许洋，而是马金山。

而每天跟踪结束，看着节节走进剧团大院以后，马金山都会懊丧——这一整天算干什么了？一点实质性的进展都没有，就连话都没敢上去说一句。真没用。这懊丧又激发了他的暴戾：在爱情上蒙受的耻辱，要用拳脚弥补回来！他便在路边截住几个小孩儿，不交钱就抽嘴巴，交钱呢，还是要抽嘴巴。越抽越愤怒，抽出了无数眼泪汪汪的小猪头。

有一次，偏巧碰上一个硬气的主儿。那孩子像革命烈士一样昂首挺胸，宁死不掏钱。换在平时，马金山也许会拍着他的肩膀说：“像条杭（汉）子，以后更（跟）我混吧！”但这时候，他才没心情当仁义之师呢，他想要的只是撒气筒，如果撒气筒都堵上了，岂不把人憋爆炸了？于是马金山彻底丧失理智，“苍啷”一声，从兜里掏出一柄弹簧刀，照着那孩子的大腿扎进半厘米：“服不服？”不服？再进去半厘米。这样层层递进，也许都快捅到骨头了，那条硬汉终于哇哇大哭：“大哥，这钱是给我奶奶买饭的，我奶奶住院了！”

那也无济于事。现在马金山只想着自己的痛苦，别人的痛苦都是装的。而这一幕恰好又被附近潜伏着的许洋看得一清二楚。如此一个灭绝人性的家伙跟踪节节，谁知会做出什么事来？这么担心着，许洋抓耳挠腮。吃晚饭的时候，他就想劝节节别再逃跑了：外面风大浪大，危险得很。但是因为节节她妈妈在旁边，他又不敢说了。一说不就成了出卖吗？他只好打算次日追上节节，把她劝回去。

今天这一追，却又逼得节节跑得更快，但如此也有个好处，就是暂时甩开了马金山。许洋看到两只大灯笼沿着一个路口乱转，心里便鼓励自己：快点再快点，赶在马金山之前追上节节。没想到追是追上了，却先来了一招狗吃屎，吃得方寸大乱，话也说不利落了。而且节节又一叫，倒把马金山引来了。

现在，节节和许洋看着晃晃悠悠而来的大肥裤子和歪脖子，便都不知所措了。这时要是有谁叫一声“跑”，两个人都会撒丫子就跑，但是偏偏谁都忘了作声。他们就只好愣着，干等着马金山越骑越近。许洋固然面带惊恐，而节节却感到了一种荒唐：一个许洋还不够吗？结果又出来一个马金山。为什么跟自己搅在一起的就没有正常人？

更让节节感觉荒唐的，是马金山的表情：他先是一副欢天喜地的模样，随后急转直下，欢天喜地变成了目瞪口呆；目瞪口呆了两秒，又开始欢天喜地；可是没过两秒，却又显得十分失望了——这么转了一圈，最后终于回到了欢天喜地。短短几秒钟，他的脸就在波峰和波谷之间翻腾了好几趟，简直像喜剧演员对着镜子练表情。节节更加确认了这人的脑袋是有毛病的。

殊不知万事万物皆有本，马金山的表情也是源于心理活动。刚开始的欢天喜地，自然是因为本来跟丢了的节节又出现了。目瞪口呆呢，是由于没想到节节身边还有另外一个男生。再欢天喜地呢，则是他联想到了香港电影的情节——意中人遇到了流氓，这可是英雄救美的大好时机。随后的十分失望呢，却是由于看清了那“流氓”原来是许洋，这么不对等的敌人，完全不足以衬托自己的英雄形象。他想，对方要是和自己一个类型的流氓多好。那样的话，经过一番殊死搏斗，他就可以满脸是血地对意中人说“都是为了你”了——当然前提得是自己打得过对方，否则就该轮到人家说“都是为了你”了。

而最后再回到欢天喜地，是因为他又一转念：不管怎么说，节节明明在尖叫了，这就意味着，自己终于获得了一个为她奉献、向她表白的机会——跟了好几天才等到现在，就别挑肥拣瘦了。一切都合乎逻辑。只不过以马金山的脑袋，一旦心理活动太频繁，就会管得住心思管不住脸，不由自主地喜怒皆形于色，因此看起来就有点像神经错乱了；要是在考试的时候观察他，还会发现他一直都在龇牙咧嘴，毫无保留地暴露着对世界的仇恨——单以“脸上藏不住事儿”的标准衡量，马金山倒真是难得一见的厚道人。

“厚道人”马金山飞车赶到，“刺啦”一声将车停在节节和许洋中间。这才终于换上了与“英雄救美”配套的表情——眉宇间满是严峻——对节节低沉地说：

“馍馍（妹妹），不要怕！”

“馍馍”却一脸莫名其妙，仿佛兔子突然发现窝里多了一条小狗。她直愣愣地问他：“你——来干吗？”

马金山继续坚毅地说：“我耐（来）保护你！”说完盯着许洋。可是由于他的脖子是歪的，转换方向时无法将脑袋扭过去，所以就变成一个斜眼了。

坚毅的斜眼让节节又想笑，但却没笑出来。在学校里，她是不怕马金山的，可现在情况不同了，他们毕竟来到了街头。街头是属于街头流氓的地盘。她有点不安了。

果不其然，马金山随即发号施令了。他对许洋说：“广（滚）蛋！”

许洋仍然一脸茫然，毫无内容的大眼睛眨巴眨巴。这副痴呆模样自然让马金山恼火了，他虽然脖子转不过去，手上却很有准头，“啪”的一声抽了许洋一个嘴巴：“你他妈农（聋）了？”

这个嘴巴的响声让节节一惊。而接下来，她又看到许洋真的掉转头，乖乖地滚蛋了。看他的背影，走得如此顺其自然，这便让她怒其不争了：许洋这家伙，辛辛苦苦地跟踪了好几天，难道不是想来保护她吗？他刚才不是很认真、很焦急的吗？怎么一个嘴巴就给抽跑了，把她留给马金山来“保护”了？看来这几天对他的“刮目相看”都是白费了，到了关键时刻，许洋终究是个没种的乡巴佬。

节节便感到失落。这时她觉得游戏一点也不好玩了。

而马金山如此轻易就立了威，不免得意洋洋。他继续对节节念台词：

“我不软（允）许嫩（任）何人杭（伤）害你！”

节节撇撇嘴，了无兴致地说：“哦，谢谢你——那我回家了。”

说完也拔腿就走。不过她故意走的是和许洋相反的方向，她才不要再和这个没用的家伙一路同行。但没走多远，她又后悔了：这不更给了马金山纠缠自己的机会吗？果不其然，她的身后响起了嘎吱嘎吱的链条声。

经过臆想中的“英雄救美”，马金山已经酝酿起了“表白”的勇气。他歪着脖子保持着平衡，仿佛因为短短十几米的骑行，就气喘吁吁了。但压抑了许久的一句话也脱口而出：

“我们能交个崩（朋）友吗？”

什么？节节没想到这土流氓会如此开诚布公。更没想到自己如花似玉地长了十几年，第一个对她表示好感的男生竟然是这么个货色。难不成人生真是荒诞的，充满了对一切美好事物恶意的嘲讽？

于是她脚步没停，头也不歪一下地说：“你说的是什么意思，我听不不明白啊。”

这话也是女孩子面对示爱时常用的说辞。但一般的女孩这么说，是在装傻充愣，口气也是娇羞的，而节节却是冷冰冰的——她是在提醒马金山找个镜子照照自己。

但马金山可辨别不出同一句话的不同含义。他还以为节节正在“娇羞”呢，因此更受到了鼓励。再加上刚才已经开了个头，往下就一发不可收拾了——他喋喋不休了起来，向节节诉说着他有多么喜欢她，因为不能和她接近而经受了多大的折磨。他还倾诉着自己虽然贵为学校里的大哥，但谁又知道他有着一颗“和你一样寂谋（寞）的心”？他进而展望起了未来：“让我们携吼（手）奔向明天的太阳吧！”言情电视剧、黑帮电影和中学生演讲比赛的语言在他嘴里混杂成一片，把他变成了一个深情的大舌头、亢奋的大舌头、天花乱坠的大舌头。说着说着，就连他自己都惊讶了——我的天呀，这就是爱情的力量吗？

这种语言的轰炸终于让节节受不了了。她猛地停下来，还是那句话：

“你烦不烦？”

马金山的滔滔不绝顿时被噎了回去。他不可置信一般说：“恨（什）么？”

“我是说，你——烦——不——烦？”节节像尖嘴小兽一样回瞪着他。事到如今也没什么怕不怕了，她只想让这家伙赶紧滚开。

当头一盆冷水，就把马金山给泼傻了。他又开始作怪相：哀怨、委屈、不解，然后是愤恨。每个表情都做得非常足，表情和表情之间的转换也毫无过渡。几年后，节节在一家饭店看过现场的川剧“变脸”表演，当时就想到了马金山，而那也是她少有的几次回忆起这个人。

对于自己肯定会被节节遗忘，马金山自然毫不知情。在那一瞬间，他觉得节节就是他的全部，他也必须成为她的全部。所以表情转了一个圈，又回到了一往情深。而且这次，他还做出了一个惊世骇俗的举动：蹁腿下车，“扑通”一声，单腿跪在节节面前。

这一来，他模仿的就不是香港流氓，而是欧洲贵族了。假如以“老外说中文”的标准来衡量，他的大舌头也就显得自然多了：

“请接后（受）我的爱！”

节节肯定被吓了一跳。她看看肚脐附近的马金山，感到事情已经荒诞得无以复加了。于是她掉转方向，绕过马金山，想要夺路而逃。

但哪里跑得了。她还没走两步，眼前就是一花，肚脐眼附近仍然多了一个人。不愧是拳脚出众的马金山，在短短的一瞬间，就完成了起立、跟上、再跪下的全套动作。干净利索，一气呵成。只不过因为过于忘情，单腿跪地变成了双腿跪地，其效果也就不像欧洲贵族了，倒像个犯了错误的孙悟空，正在龇牙咧嘴地恳求唐僧留下他。

嘴上仍然是那句话：“请接后（受）我的爱！”

还是因为过于忘情，他进而做出了一个不该做的动作：两臂一张，搂住了节节的腿，手就搭在她的膝盖正后方。这突如其来的身体接触让马金山哆嗦了一下：连膝盖都是这么美妙。殊不知节节也恶心得直哆嗦了。她再也压抑不住，变成了被腌臜婆子近身的贾探春，扬手就给了马金山一个嘴巴。

说的话也是贾探春式的：“你以为你是个什么东西！”

这个嘴巴抽下去，两人随即静默，气氛也变了。节节固然心悸：抽的可不是别人，而是马金山啊。马金山也终于从幻想之中被抽了出来，他又开始变脸——先是升起一股绝望，然后就转为了暴怒——自己的满腔热情，换来的竟然是赤裸裸的鄙视，这是什么样的奇耻大辱！一个嘴巴，也让所谓“爱情”烟消云散了，现在他的脑子里只剩下报仇雪恨的冲动。

有一种孩子，面对世界的底牌就是暴虐。对待想要而注定得不到的东西，他们的本能就是毁掉它：小时候要和小猫小狗玩，人家不理他，就会杀之而后快；长大了想交朋友，人家看不起他，也想着杀之而后快；再长大点，面对感情的失败，仍然是杀之而后快——终其一生，不知要在现实中杀掉多少猫狗，在想象里杀掉多少人——马金山就是这种孩子。此刻在他眼里，节节就不是风情万种的梦中情人了，一瞬间变成了十恶不赦的仇人。

于是他腾地起立，目眦欲裂地盯着节节，胸膛在起伏，手也丧失了控制——竟然揪住节节的头发，把她往墙上按。节节不禁大叫着，护着自己的头，身体也蜷下去。这时她真的害怕了，因为她看出马金山已经不是个有理性的人了。而她平常所自得的聪明和漂亮，对一只动物终究是没有效果的。

她甚至看到马金山在流着口水，这就更像一只动物了。这只动物会对她干什么？打她、踢她甚或是咬她？她的眼前闪过一幅幅画面，都是自己被残害后的样子，其中许多形象竟然是从“南京大屠杀”之类的历史教育图片中化用出来的——尸首被随意抛在街头，弯着两条赤裸而苍白的腿。这么一联想，节节的眼泪就下来了，她模糊地仰视着马金山，声音却小了：

“你要干什么——”

因此她没看清，此时的马金山又发生了一次变脸——变成了极度惊愕。他突然听到“当”的一声，接着脑袋就是一晕，但以他的智力，竟然反应不过来发生了什么事，所以便僵住了身体，愣在那里琢磨。还没琢磨明白，又是“当”的一声。

挨了两下，马金山才回过头去。节节的头一松，顺势蹲到地下，便也看清了——马金山的背后站着个人，正是许洋。许洋来救她了。

那么许洋是“广（滚）蛋”之后又后悔了，便鼓足勇气追回来了？还是压根就没走远，仍然在背后跟踪着他们呢？稍微松了一口气的节节又开始琢磨。她又想，许洋这个人还真有点意思，看起来是个白痴，但却总能在恰当的时候出现在恰当的地方。她抹了一把眼泪，仿佛想重新认识一下许洋的英雄形象——但结果是让人失望的。许洋拎着一只“燕京”啤酒瓶子，姿势倒像握着一把剑，但却完全没有荆轲刺秦王的豪气。他的腿都在哆嗦呢。

马金山“嗷”地一吼，啤酒瓶子就自动落到地上去了。许洋连抓牢武器的胆子都没有。

接下来的形势就容不得节节琢磨了：人影一晃，马金山已经轻而易举地把许洋压在了身下。许洋又怎么会是他的对手？就拿刚才来说，酒瓶子硬碰硬地敲脑袋，敲了两下，瓶子和脑袋却都完好无损，可见许洋的力气还不如女生大。

而马金山却拿出了与对手不相称的劲头。他压根儿不是为了对付许洋而打，而是为了打而打。只有抡起拳头，才能让他忘掉失恋，忘掉自己是被姑娘看不起的。于是许多流氓斗殴都用不出来的狠招，也宣泄在许洋身上了。再后来索性没了章法，完全是狗咬狗似的撕咬。

再再后来呢，连狗咬狗都不像了，简直像狗在咬一只破旧的布娃娃。许洋连自我保护的本能都忘了，他摊开四肢，无动于衷地被马金山打。他和布娃娃唯一的区别，就是眼圈会瘀黑，嘴巴会流血，身体内部会发出断裂的声音。

一边挨着揍，许洋还一边歪过头对节节说：“快跑，快跑！”

这时，节节对许洋的感觉居然是怨恨的：你这么没用，又逞什么强呢？她两次三番地爬过去拽马金山的胳膊，还掐他，还拿口水吐他，但每次都是一阵天旋地转，就被甩到一边去了。最后一次四仰八叉地坐到地上，她的手就触到了一个硬邦邦的冷东西。原来是刚才许洋掉下的瓶子。

于是节节自然而然地抄起了那只墨绿色的瓶子，站起来，对着马金山的后脑勺比画了两下，然后才抡圆了胳膊打下去。她的动作冷静、连贯，而且也许是凑巧，竟然和标准的网球“底线抽杀”技术如出一辙——有限的力气也被发挥到了最大。

因为这个无师自通的巧合，后来她真的开始学习打网球的时候，也会想起马金山。她在红土场上挥拍，恍惚中，仿佛看到了一个歪斜着的后脑勺，再对着这个后脑勺一记猛击，球便飞过去了。

网球俱乐部的教练由衷地赞叹：“您真是有天赋！”

节节却想告诉他：“不就是流氓甩酒瓶子嘛。”

但现在，网球拍时代离节节还很远，还得说回酒瓶子时代。节节一家伙下去，马金山的脑袋上便长出了一团绿叶——是酒瓶子碎了——然后缓慢地绽放出了一朵红花，越开越大。许洋跳起来连敲两下都没有效果，但节节只用了一次，酒瓶子和脑袋就都破裂了。

然后马金山的脖子就更夸张地歪下去，歪下去，一直歪到地上去。他抱着脑袋，嗷嗷乱叫地打滚。节节趁机把许洋拉起来：

“快跑，快跑！”

两个人就一前一后地跑。跑了一会儿，节节却又忍不住回头张望。她在担心两件事情，一是经过刚才的肆虐，许洋的骨头可能已经断了几根，根本跑不快了；二就是自己那一记痛击，会不会打出人命来？要是因为一个大舌头、歪脑袋的蠢货坐牢，那可就太不值了。

一望之下，她也放了心。许洋的骨头固然没有那么软，尽管被揍得鼻青脸肿的，但仍然健步如飞；而马金山的脑袋也真够硬的，酒瓶子都打碎了，他还能歪歪斜斜地站起来。

但接下来，马金山的举动就更骇人了：他抄起了只剩下一半的酒瓶子，满脸是血地追了上来。他拖着哭腔呼号着：

“我更（跟）你们宾（拼）啦！”

节节便对许洋喊：“再快点，再快点！”自己更是快马加鞭。小巷的出口并不远，只要跑到大街上，总会有人帮助他们的。最后的几步，她干脆进行了一次三级跳——几个踮步，然后腾空一跃，挺胸、展腹，竟然飞跃了自行车道——赶紧抱住了一棵小树，才没钻到汽车轮子底下去。她是如此的身轻如燕。

哈哈，这下安全了。她甚至想对许洋做一个“v”字的手势。然而还没来得及转身，她便听到了身后一连串的巨响：什么东西撞上了什么东西，什么东西滚落在地上，什么东西泼洒了出来。

回过头来，她才意识到了问题的严重性：自己造成了一次不大不小的交通事故。就在刚才，一辆运泔水的“三蹦子”正“突突突”地沿着自行车道跑过来，猛然发现旁边飞出一个跳远健将，司机自然会吓一跳，一边骂脏话一边刹车。但是这种机动车十辆有九辆是刹车不灵的，而且十辆有九辆是超载的，于是吱吱怪叫，失去平衡，一头顶到了路旁的电线杆上。车斗上载着的满满两桶泔水也滚落地上，酸臭的味道一发洋溢开来。我们的城市又一次把大便拉到了它自己的身上。

看到这一景，节节自然后怕：从位置判断，她刚才恰好是从泔水车的车头凌空飞过呢，如果再慢那么一秒半秒，就有可能直接跳到泔水桶里去了。也怪不得三级跳的时候，闻到了一股酸臭味。但是她马上为更重大的事情担忧起来：许洋呢？马金山已经拎着半截酒瓶子愣在了路边，而许洋怎么不见了？

然后，她就听到泔水车的司机用河北口音对路人喊叫：“你们可看见了，是他自己撞上来的——”

节节心惊胆战地绕到泔水车的另一侧，看到了许洋的两条腿——正在抽动着——而再往上看，身子却不见了。他被一只盛满泔水的大铁桶压在了底下。

纵使司机跳下车来，把大铁桶推开，仍然看不到许洋的上半身。他完全被既厚又黏稠的泔水淹没了，米饭、菜汤和咬了一半的馒头把他包裹成了一只琥珀里的虫子。就连马金山也吓傻了：

“他不会屎（死）了吧？”

“放屁！”节节对马金山清脆地骂，“死了就让你偿命，把你也塞到泔水桶里去！”

骂完了，她便跑过去拖住许洋的一条腿，又对马金山叫：“还不过来帮忙！”

两个人齐心合力，把许洋从半凝固的泔水小山里拉出来。司机倒也好心，他戴上橡胶手套，粗枝大叶地把许洋身上的脏东西抹掉，好歹露出了一张模糊的脸——嘴里还衔着半根鸡翅膀。

这下许洋总算能喘气了。他“噗”的一声吐掉了鸡翅膀，而后便仰面朝天地呕吐起来。最初吐出来的几口都是别人的剩饭剩菜，再往后才是自己肚子里的东西。呕吐物和泔水连成一片，就给节节一种幻觉，好像街上这一吨以上的脏东西都是他吐出来的了。

看到许洋还活着，节节才放下了心，然后便感到了恶心。她也找了个树坑，干呕了几下。

part 7

节节用保温瓶盛上半锅鸭汤，到医院去看许洋。

出了这样的事情，且不说自己心里过意不去，光是妈妈的唠叨也让她好受了：“叫你乱跑！我一说你你就跑，不说你你也跑，不高兴就跑，高兴了也跑——你怎么那么爱跑？外面有那么好玩吗？去疯去野心里就痛快了？现在招流氓了吧？出事儿了吧？把人家也连累了吧？胳膊都被泔水桶压断了，接不接得上都不好说呢……”

妈妈数落节节的时候，连看也不看她，就在厨房里摔摔打打。节节本来还想顶嘴：你以为自己没责任？要不是你培养他当奸细，他能撞到泔水车上？但是又一想，许洋跟踪自己，好像也并不是为了效忠妈妈。他就是愿意跟着她。这么说来又好像是节节的责任了。

这笔账该算在谁的头上呢？节节好像被绕进去了。想不清楚就不想了。

医院就是节节出生的那家医院。也是她和许洋作为受精卵“隔腹相逢”的医院。经过几次改建和翻修，这里的规模比当年大了许多，而且还开辟了“拳头专业”，专治不孕不育。林荫道旁坐满了慕名前来的患者。都是两口子，他们有的需要“调理”，有的需要“疏通”。节节拎着保温桶走过的时候，听到一个老患者诚恳地鼓励新病号：

“这事儿，只要上了一亿都好说。”

作为一个十七岁的小姑娘，节节对他们所讨论的话题自然还不熟悉，乍一听，还不明白“这事儿”是“哪事儿”。但是她又很好奇，于是竖起耳朵用力听，这才反应过来原来是“那事儿”。而且她又不像一般女孩那样忸怩作态，而是“扑哧”一声就笑出来了。

那几个“不到一亿”的男人就愤怒地瞪着她。

节节便几乎哈哈大笑地奔跑起来，去找骨科病房。路上连鸭汤都差点洒了。

到了病房门口，她才想起许洋的胳膊都折了，自己这么兴高采烈的恐怕不太好。于是憋住笑，换上一副追悼会的表情才推门。然后她就发觉屋里的气氛的确很沉痛，真的像追悼会。

原来是马金山一家来“道歉”了。马金山低着头站在许洋的床前，阴沉着脸一声不吭，好像在给一具遗体默哀；而许洋呢，也只有“间或一轮”

的大眼睛证明自己并不是遗体。马金山的身旁还站着一个高大、头发花白的中年男人，这一定就是他的父亲了；与其肃然相对的另一个男人，则是许胜利。许胜利的手上还捏着一只扁瓶二锅头。

马金山的父亲沉痛地自我检讨："……您不想跟我们说话，我也明白，这事儿都怪这个混蛋……归根结底还是怪我，我当初就应该把他甩到墙上。甩到墙上也就是招苍蝇，比让他长成个人样强，长成个人样一天到晚祸害别人……"

许胜利摆摆手："不要这样讲，不要这样讲。"

马金山的父亲坚持说："我是个工人，也知道自己说话不好听，可是话糙理不糙。"

"话糙也不行。"许胜利指指他身后，"这儿还有个姑娘家呢。"

马金山的父亲回头看看节节，双方都闹了个红脸，也不知是"说错了"还是"听错了"。节节赶紧躲开众人的眼光，把鸭汤放到床头柜上。她心里又暗想：这两个男人倒都"过了一亿"，可是"过了一亿"也不是多么幸福的事情嘛，一个成天"小不忍则乱大谋"，一个干脆后悔没"甩到墙上招苍蝇"——让外面那些不孕不育的患者来看看这一幕，也许他们就该庆幸自己"没到一亿"了。

而马金山的父亲则在继续道歉。他从身后拿出一个装满水果的塑料袋说："我是个工人，也买不起什么像样的营养品。"

把水果放到窗台上，又从兜里掏出一只信封："我是个工人，也赔不起多少钱……但是医药费我们肯定出，肯定出……"

许胜利喷着酒气打断他："咳，胳膊都折了，说这个也没用——咱们该怎么办就怎么办好了。"

马金山的父亲却激动起来："我就怕您说这个，我就怕您说这个——我要怎样您才能原谅我呢？"

他忽然转身命令马金山："抬起脸！"

马金山就悲怆地抬起脸，然后他父亲就开始抽嘴巴。他果然是个货真价实的工人，手劲儿实在太大了，抽得又响又重，左右开弓了几个来回，马金山的脸便肿了起来，阳光一照亮堂堂的。

一边抽一边说："还不认错，还不认错！"

马金山原来就是个大舌头，此时嘴肿得老高，牙齿没准也掉了两颗，就更口齿不清了。但他仍然坚韧地服从命令："我辍（错）了，我辍（错）了——"

许胜利都看不下去了，他上前拽住马金山的父亲："你觉得这样就能解决问题吗？"

"不能解决？"马金山的父亲红着眼睛说，"那好，我们赔给你一条胳膊好了！"

说完就抓起马金山的胳膊，按到墙上，然后从工装裤里掏出了一只扳手，眼看就要行刑。如此义薄云天，真把大家都吓坏了，许胜利抓住扳手说："你这不就成了逼我了吗？而且我也没不原谅你们呀。我到现在还不明白，怎么才算原谅你们啊？"

马金山父亲的表情却突然复杂了起来，那里面又有惭愧又有伤感。他躲着许胜利的眼光说："您知道，我是个工人。"

许胜利说："我已经知道你是个工人了——其实我也不是干部。"

马金山的父亲说："我是说，我们家孩子已经留了两年级了，再出了这档子事儿，学校一准儿得给他开除，我又没路子给他再找一个学校……您要是反映到学校，他就没学上了……老师都跟我说过，高中不是义务教育……"

一个凶神恶煞的汉子，转眼就变得如此可怜，比许洋还要可怜。

而许胜利没想到对方担心的是这件事，他一下就愕然了。愕然之后也百感交集："咳，咳，做父母的都不容易……"

马金山的父亲重复："都不容易……"

许胜利又说："您放心，您放心，这么点儿事，您又这个态度，我也不能毁了孩子的前程对吧？"

马金山的父亲感动得无以复加："谢谢您，谢谢您！"

回手又抽了一个嘴巴："你也得谢！"

马金山就说："我也黑（谢），我也黑（谢）。"

节节心里却又要笑了。她想，许胜利这个糊涂虫，也许从一开始就没想起来"反映到学校"这档子事呢。这时候他倒来感慨"做父母都不容易"，其实他这个父亲可比人家都容易。

而经过"都不容易"，两个男人倒像好朋友一样了。许胜利拍着马金山父亲的背，把那对父子送出去，到门口竟然举起了酒瓶子："您不来两口？"

"我就不来了，怕喝完站不稳——您知道，我是个工人，工作岗位离炼钢炉很近。"

等他们都出去，房间里就只剩下了节节和许洋。此外还有一个下楼梯摔断了腿的老头子，但他一直闭着眼睛不出声，不知道脑袋是不是也摔坏了。

阳光从窗子外扑洒进来，照得节节的脸都发热了，但许洋却还是一片煞白。节节心里不知怎么的，就泛上来一股子柔情。她过去摸摸许洋的脑袋说："小不忍，你不疼了吧？"

"疼倒是不疼。"许洋说，"打麻药了。"

但他说话的时候，却不看节节，而是斜着眼睛，愣愣地凝视着窗外。几根白杨树的枝叶很写意地从玻璃上划过，一架来自"西郊机场"的军用运输机正在盘旋上升。天气甚是晴好，鸟鸣声声入耳，本是一派欣欣向荣，许洋脸上却露出悲怆之色。节节想：就连他也在怪我吗？他也认为是"我的责任"？这么一想，她又有点负气了。

然而再一转眼，她却看见许洋在哭了。他哭也不出声，眼泪顺着瘦脸缓慢地滑下来。节节赶紧问：

"小不忍，你怎么了？"

许洋艰难地侧过身，把脸藏到床角。节节凑近了才听清他的声音。

他说："我想我妈了。"

"小不忍"在城里受了欺负，便开始思念农村的妈了。节节又想起第一次和许洋见面时，他的样子：脏脸、解放鞋上的泥土、"钾肥"。她的负气转瞬就消失了，隐隐地也承认许洋的受伤是"自己的责任"了。更意想不到的是，那股子柔情竟然荡漾开来，让节节也有哭鼻子的冲动。节节又怨自己不争气：他想他的妈，我跟着伤哪门子心啊？

嘴上却安慰许洋："想的话，暑假回去看看就好。"

可是许洋更伤感了："也许看不到了。"

然后许洋就碎碎叨叨地向她讲起自己的妈来。除了大人们的只言片语，这还是节节第一次了解那个女人的信息。原来许洋的妈，严桂芳，已经和人家跑了。随着农村与城市交往得越来越密切，"资产阶级思想"也强劲地灌输到了乡下人的大脑之中。假如说当年的大喇叭强迫他们接受了"革命"或者"改革"的概念，那么后来的电视剧则教会了他们什么叫"爱情"。小村妞儿们还没学会普通话呢，却先树立起了台湾人的爱情观，就连严桂芳这样的中年妇女，也一把鼻涕一把眼泪地看起了《几度夕阳红》《豪门风云》和《青青河边草》。

看完之后，她自然而然地产生了触及灵魂的疑问：我的自由呢？我的幸福呢？我的——爱情——呢？

只可惜这个启蒙来得太晚了，比城市足足晚了十几年。否则当年许胜利追求自由、幸福和爱情的时候，她很可能就会像电视剧里那些女主人公一样，悲情而高傲地放他一马了。当然如果那样的话，她也就不会做饭、铺床、光屁股在被窝里等着了，许洋也就不会出生了。从更高的意义上来说，许洋这个孩子并不是"小不忍则乱大谋"的产物，而是"城乡发展不均衡"的产物。

然而严桂芳也像大多数中国人一样，在考虑"自由""幸福""爱情"这些伟大的字眼儿时，前面会毫无例外地加上一个前缀："我的"。她只追求"我的"自由、幸福和爱情。至于"别人的"呢，她是这么处理的：

“去他娘的不管了。”

不光许胜利可以“去他娘的不管了”，就连许洋也可以“去他娘的不管了”。当严桂芳和一个广东来的鸡蛋贩子勾搭上之后，她恍惚间看到牛郎织女、上帝天使、琼瑶阿姨正在云端向她招手呢。感谢好时代，不仅在这个年纪让她懂得了爱情，而且还赐给了她一次爱情。青春的尾巴已经比兔子还短了，再不抓就只剩下屁眼了。于是她果断地卖掉了鸡、鸡笼和养鸡大棚，把许洋叫过来开了个会：

“为娘为你操劳了这么多年，也要为自己考虑一下了。我看你也追求理想去吧——到北京让你爸给你找个工作。”

因为投奔光明的脚步太过匆忙，她甚至连离婚都懒得向许胜利通报了。留得真情在，那张纸也“去他娘的不管了”吧。

然而就是这么一个妈，许洋难过的时候却还想她。节节想，也许他想念的不是严桂芳，而是一个理念中的“妈妈”吧。但无论是严桂芳，还是“理念中的妈妈”，许洋都见不到面了。也许他还把节节的妈妈幻想成了自己的另一个妈妈，因此才会对她那么亲。

也合着是伤感的时候，节节从许洋又想到了自己。自己虽然有妈妈，但是一天到晚在怄气；自己虽然有爸爸，但是爸爸在哪儿呢？在河北白沟呢。算一算一年也回不了几次家。每次爸爸回来，她都要重新去熟悉他，而刚刚熟悉起来，爸爸便又走了。尤其是最近，竟然两三个月没影儿了，只是每个星期例行公事地打两次电话而已。有那么忙么？忙怎么也没见发财呀？

一直以来，节节的心理就有个毛病，就是什么都要和人“比一比”。这时候，竟然连“可怜”也想和许洋比一比了。不比还不想爸爸呢，一比竟然也想得不行。她进而回忆起了小时候看的《咪咪流浪记》的主题歌：我要我要找我爸爸——于是她也叹了口气，幽幽地说：

“谁不是这样，我也想我爸爸呀。”

而且女孩的眼泪终归来得快些，一言既出，泪水已经滚到脸颊上了。在这阳光明媚的房间里，两个孩子暖玉生香地哭着——旁边躺着一个不知死活的老头子。

节节没想到，自己这一哭，反倒起了安慰许洋的作用。他的表情又开始局促、慌乱，用没断的那只手抹自己的眼泪，忙不迭地劝节节：

“你别难过，你别难过——我们好歹知道你爸爸在哪儿，不像我妈都不知跑哪儿去了——我们回头去看他好不好？”

“看谁？”节节泪眼婆娑地问。

“看你爸爸。”

“那敢情好。”两个人就约定下来了。而且节节发现，许洋对她的伤心，看得比他自己的伤心要更重一些呢。这个发现让她有了种莫名的欣慰。

在这样的心情下，她又想重新打量一下许洋。还是那个狗见了都忍不住咬一口的可怜相。然而节节却又看到他的枕头下压着一叠纸，还是“礼品专卖店”里卖的那种香喷喷、极厚极白的“艺术信纸”。这种纸当然不是用来写作业的，而是女学生用来抒发“青春情怀”的。比如节节班上有个特别丑的女生，上课的时候就老爱拿出这么一摞纸，写啊写，密密麻麻的却只有一句：刘德华，你千万不能结婚。难道许洋也有这样的癖好？

节节就是这样：上一秒钟还在难过、感伤，下一秒钟立刻就被好奇心和恶作剧的冲动占据了。她脸上还挂着泪呢，突然就像猫一样舔了舔嘴唇，飞快地伸出手去，把许洋的信纸从枕头下抽走了。

“让我瞧瞧！”

许洋自然叫：“不行不行！”然后情不自禁地来抢，但是少了一只手，只能眼巴巴地看着节节轻巧地跳开。看他红着脸、那副急吼吼的样子，节节就更要非看不可了。

翻开之前，她还对他飞了个眼风：“我可看了啊。”

然而刚翻了两页，却呆了一呆。不是因为许洋的秘密，而是因为许洋的技艺。那一张一张的纸上都是画，而且是线条极繁复的那种铅笔素描。虽然节节并不懂美术，但是也能看得出来“练过”和“没练过”的区别，许洋的画明显是那种用心学习过、非一日之功的功底。她的第一感觉是，几乎像是从美术课本上拓下来的了。没想到许洋还有这么一手，这才是真正的人不可貌相呢。她忽然又想起，第一次见到许洋的时候，他就说“想当个美术工作者”。看来并不是空穴来风。

她问许洋：“你跟谁学的？”

许洋被揭露似的回答她。原来他在农村上初中的时候，学校分来了个老师，说是哪个师专的美术专业的。乡下的学校开不了美术课，美术专业的也只好教语文。但是有一天，这老师忽然发现许洋喜欢在作业纸上涂涂画画，便一口咬定他有天赋，硬要教他——现在想来，所谓“天赋”之说，很可能是夸大其词的。一个三流院校的毕业生，又怎么有资格充当伯乐呢？无非是闲得实在无聊，找个解闷儿的由头罢了。然而也要感谢无聊，两个人一个教，一个学，竟然坚持下来了。

后来伯乐也终于受不了乡村教师的生活，干脆拍屁股走人，到广东干装修去了。他临行之前，倒也对许洋依依惜别，把一摞美术教材塞到他手里，很郑重地说：

“搞艺术，贵在坚持！”

随后口气却轻松无比：“不过我已经放弃艺术啦！”

据许洋说，那个老师也像所有郁郁不得志的艺术家一样，长发、邋遢、目空一切。就连最后宣布“放弃艺术”，都很有艺术家的风范。许洋就这样自学了下来。所谓“搞艺术”“不搞艺术”的，他大概也没有明确的意识吧，画画对于他，只是一种排遣无聊和屈辱的途径。也正因为如此，许洋才没有像城里的小孩一样，有点什么本事就恨不得天下人都知道，他觉得画画是他的私事。

那么许洋画的是什么内容呢？节节一篇一篇地翻下去。这一本信纸，一定是他进城以后画的：北京的街道、大楼、塞满了人的公共汽车。所有能代表“城市”的东西都被格外夸大，说是写实的素描，到了纸上却有奇观的效果。此外还有节节所熟悉的内容：剧团大院、她家的摆设、桌上的一盆鸭汤——那条大腿算是没有白吃。

越往后翻，人物的画像就越多了，都是一个女孩，或静坐或走路，一派青春洋溢的气息。但不知为什么，画这女孩的时候，许洋总是刻意回避着她的脸——有时捧着本书，只露出一个脑门；有时侧着头，眉眼就和树影混合在一起，模糊一片了。

到了最后一张，干脆就是背影了：女孩正在大街上奔跑。而在这幅画里，许洋也第一次用上了超现实的手法，他让她跑过的那些楼上都盛开出了花朵。因为女孩的奔跑，北京就变成了一个满天花雨的城市了。

而这女孩是谁，节节自然是知道的。就算那开满花朵的街道不是最后一天玩儿“跟踪游戏”所跑过的那条街，节节也能猜出来。她还猜测，许洋一定是用断了的手撑着画板，完成的这幅画。

她心里一悸，耳朵里满是自己的心跳声。然而旋即，她就变回了没事人的心态，把画纸往枕头底下一塞：“小不忍，你干脆报考‘美院’好啦。”

许洋也保持着掩耳盗铃的镇定，配合着她顾左右而言他：“哪里考得上，我其实都不算专业学过的。”

“我们去和乱大谋商量一下，很多地方都开美术辅导班的。”节节说。为了把“什么东西”再遮掩得深一点，她夸张地跑到床头柜旁边，打开那个保温瓶：“现在你来吃鸭汤吧。”

然而刚用筷子夹起鸭子翅膀，许洋就“哇”的一声，险些吐出来。节节登时想起，他从泔水里被扒出来的时候，嘴里恰好叼了一根鸡翅膀。

她毫不同情地大笑起来，递给许洋一卷手纸：“联想不要太丰富。”

这么一闹，两人之间的气氛又是嘻嘻哈哈的了。但从此以后，许洋就再也没有吃过禽类翅膀。他无福消受了。

part 8

好在许洋受的不是什么大伤，在病床上躺了两天就出院了。当然出院之后，脖子上仍然挂着一条绷带，把胳膊吊在胸前。因为这个形象，他在院儿里又多了一个外号：

“匪兵甲！匪兵甲！”

这个外号也在提醒两个孩子，他们曾有一个约定。老一代“匪兵甲”不正是节节她爸爸吗？说好了许洋陪节节去看爸爸的呀。

许洋一副言出必行的架势：“我们什么时候出发？”

节节却开始装傻了：“什么事？我答应过你什么事？”

许洋认真地闪着眼睛：“看你爸爸呀。”

节节故意搪塞：“再等等，不急的。你的胳膊还没好。”

她的搪塞不是没有原因的，只是这原因不能向许洋说明——看爸爸这事儿，光是说说、抒抒情，那还没什么，可一旦提上日程，她心里居然慌得厉害。这种慌张，她在很小的时候也曾体验过一次，就是“小城故事多”的那个晚上。

而现在，随着岁数长大，她发觉父母的关系已经变得很奇怪了。

就拿“两地分居”这事儿来说，爸爸回家的次数越来越少，间隔也越来越长，怎么妈妈自始至终都像个没事儿人似的？从没见她起过思念，就更别提亲自去探望丈夫了。回想一家人过去在一起的时候，不也成天有说有笑，舌头赶着舌头地互相“逗”吗？一朝分开，转眼竟像一对路人了。有这样的夫妻吗？

她也问过妈妈：“你怎么不去看爸爸呀？”妈妈轻描淡写地回答说：“舞蹈演员要练功呀，功不能废。”接着就开始重弹“一天不练自己知道，两天不练同行知道，三天不练观众都知道”的老调。也不知是在教育女儿，还是在鼓励自己。但是节节全不信服这套说辞：什么“观众都知道”啊？您现在还有观众吗？剧团都多长时间没演出了？

节节一度理解，妈妈对爸爸的淡然处之，是一种姿态。这种姿态，你可以说是“矜持”，也可以说是“傲”，总之是漂亮女人的特权，甚至还称得上“艺术家”的素养之一。过去在一起的时候，妈妈永远充当强势的一方，两个人闹了别扭，也从来都是爸爸对她低三下四，“匪兵甲”必须投降，“女烈士”才决不会低头呢。日子久了，姿态就成了常态，妈妈傲到了骨子里——她绝对不会迁就爸爸，就算想迁就也不允许自己迁就。

基于这个认识，节节还曾经暗笑妈妈装模作样。用北京土著的话说：您拿什么范儿呀？把自个儿老公踩脚底下，您就真是艺术家了？恃宠而骄罢了。但节节还有一层理解：就算装模作样，也是温情脉脉地装模作样。这是他们家庭关系的特有表现形式。节节能理解，甚至觉得有趣。

可是随着分居的日子越来越长，节节却怀疑自己理解错了。她渐渐怀疑，妈妈对爸爸可能不是“傲”。妈妈就是纯粹的淡漠。视若无睹，多一个少一个无所谓——再傲能傲到几年之久都没想起去看一看的地步吗？再拿范儿能拿到连丈夫到底过得怎么样都不关心的份儿上吗？

爸爸回来了，多做点儿饭，爸爸又走了，少买些米。多做一口饭和少做一口饭，就是他们夫妻关系的全部意义。节节进而发现，爸爸对妈妈的态度也变了——过去是既宠又怕，这一年多来呢，他却学会了和妻子一样的淡漠。偶尔回家来，他也不和妈妈“逗”了。过去好也沸反盈天、坏也沸反盈天的一对夫妻，如今居然相敬如宾，简直像一个纯正的知识分子家庭了。

为什么会这样呢？一切都毫无预兆啊，怎么就变了？节节产生了一个直觉：在自己这个家里，存在着某个秘密。也许所有的家庭都有这样的秘密——大人心照不宣，只对孩子遮蔽着。

顺着这个思路，节节又想：秘密一旦揭开，会不会有很可怕的后果呢？恰因为此，她才不敢去触碰它。她自己绝不会主动去看爸爸，甚至爸爸回来了，她也不愿和他深聊了。不知不觉，她也被卷入淡漠的气氛里了。

但是又是这个白痴一样的许洋，追着赶着逼迫她直视心里的慌乱。他身残志坚地表态："我没问题的！反正断的又不是腿。再过一段日子就要考试了，该没时间了。"

不如索性借这个机会，去探查一下那对夫妻关系的究竟？节节的天性是不喜欢躲着闪着的，她要求自己勇敢。勇敢一下，再勇敢一下，她就注定比别人强——在各方面。

于是她故作无所谓地说："那就去吧去吧。就当玩儿一趟也是好的。"

到了动身的那个周六，她的心绪固然是好奇而又害怕的，对许洋也是感激和怨恨混合在一起。她也知道许洋为什么如此积极地和她同行——他渴望单独与她待在一起。那么这算是一次约会么？怎么可能？节节还没有与男生约会过呢，第一次更是万万不会和许洋。她只当作对他的报答就好了——他毕竟为她泡在了泔水里。

他们一块儿向妈妈撒了个谎，说学校组织学雷锋，去擦公共汽车。走时还装模作样地一人拿了条抹布。一登上9字头的长途车，节节就把抹布扔到座位底下去了。

那个时候，别说河北了，就连昌平和大兴，在她印象中都是蛮荒的所在。北京虽然已经开始"摊大饼"，但是饼的边缘仍然很稀薄，郊区的地里还种着玉米和小麦——几年后才开始种楼。还没出北京，节节就对车窗外的景致不适应了：荒山野地里点缀着几幢低矮的平房，砖墙上涂着关于"石棉瓦"或者"尖锐湿疣"的广告。柏油路两侧连路灯都没有，如果夜幕降临，这里将会多么可怕啊。这里代表着声光电以外的广阔无垠的黑暗。

而一路上，许洋都在没话找话说。一旦出了城市，他好像就获得了发言权，滔滔不绝地对比起北方和南方农村的不同来。北方的农村是灰的，南方的农村是绿的。北方的农村像版画，南方的农村才像水墨画。北方的农村主要养鸡，南方的农村不仅养鸡，还可以养鸭和鹅。

节节突然狠狠剜他一眼："没少帮你妈抠鸡屁股吧？现在妈都跑了，提鸡有什么用？"

许洋的神采立刻遭了霜打，回复到了可怜的模样。他也许再次认清了节节是亲近不得的，也许是想到了自己的妈。而节节话一出口，也后悔了：干嘛这么对许洋？就算凶他，也没必要提他妈呀。刚才那话说的，已经称得上恶毒了。

她随即想：是不是因为自己对这次的出门远行有着不好的预感，生怕发现什么不愿面对的东西，所以才故意刺激许洋的痛处呢？她是想事先找个比自己惨的来垫背啊。她隐隐地怕着这件事情：自己的痛处和许洋一样。

意识到这一点，她就后悔出这次门了。

但车轮子已经转了无数圈，箭已离弦。节节有点魂不守舍地随着车子晃悠了好久，在远郊一个县城又倒了趟车，继续晃悠，终于出了北京。这时车上的外地人已经占了多半，许多人拎着大包小包，是去"白沟"上货的。

又在荒野中行驶了许久，待到汽车进了白沟的地界，却是一派想象不到的繁华。满街都是三个轮子和四个轮子的车，满天满地都是服装、打火机、皮带箱包、管制刀具和钓鱼用具。都号称世界名牌，都是用不了三天就会坏掉的。在北京人眼里，"白沟"就是粗制滥造的商品的集散地，因此这里的繁华也是粗制滥造的。

两个孩子晕头转向地寻找节节她爸爸开的门脸。"外在美"商贸有限公司，他用的还是在"革命的舞台"上宣布的名号。但是招牌和广告太多了，"外在美"也和"内在美"一样，肉眼根本发现不了了。许洋比节节还积极，他一条胳膊挂在脖子上，坠得脑袋都歪了，逢人就问：

"知不知道'外在美'服装公司？"

本地商贩傲慢地回答他："什么'外在美'，这儿光'华伦天奴'就有二十多家。"

后来还是节节想起，爸爸曾提过，他在一个新修的批发大楼里租了个门脸。两人便摸索到一栋连玻璃窗都没配好的建筑物门前，走进去，楼上楼下转了两遍，终于找到了"外在美"。原来只是二楼角落里的一个小摊位。

看摊儿的是一个面目蜡黄、塌鼻子的姑娘，反应也和长相匹配的迟钝，节节解释了好几遍，她才弄明白他们的来意。在此之前，她一直把他们当成了顾客，重复着一句"不要看我们的门脸小，我们都是进口货"。

最后，她递给节节一张名片，上面写着她爸爸的名字和工厂的地址："老板不看摊子的，老板在厂里抓生产。"

节节他们出了批发大楼，按照名片上的地址又是一通好找。最后才知道，所谓的"工厂"压根儿不在集市上，而是隐藏在几站车以外的村子里。说是村子也不是村子了，原先的民居都变成了"厂房"和"仓库"，堆积着无数货物、半成品和下脚料。空气里弥布着化学的味道。

爸爸的"厂子"也藏在深处的角落里，却是一个独门独户的小院儿。院儿里有五六间大瓦房，种着棵营养不良的槐树，树下还摆着一套桌椅，晾着一壶茶。在偌大一片熬着有毒胶水、飘着脏土和烂布头的棚户区中，这里算是最"生活"的一个角落了。茶壶嘴儿里溢出的茉莉花香甚至显得奢靡，在向来访者宣布："老板"是个有闲情逸致的城市人，绝不混同于那些有口饭就能活着的淘金者。

节节走进院子，先被门后的黄狗吓了一跳。那狗龇牙咧嘴地跳跃着，拖动脖子上的铁链，闹得满院儿都是金属的声响。然后侧面的屋里飞快地扭出一个女人来，安慰她：

"拴着呢，拴着呢！"

这自然是一句废话。节节打量那女人，周正倒也周正，只不过黑脸，并且面目开阔，大嘴大眼，毫无妩媚可言。气派也是典型的"北方县城"：家常、粗落、土气。倒让人奇怪，这么一个童叟无欺的长相，最适合站那种粗制滥造的柜台了，怎么不让她到批发大楼去值班？

这女人的脑袋也比那个蜡黄脸灵光不少，一下就看出了节节的来路：“是小妹妹吧？老板出去上货，一会儿就回来。”

一个“小妹妹”激起了节节的嫌恶。她想：第一，你算哪门子亲戚啊，张嘴就这么不见外；第二，看你那岁数，充什么年轻啊？洋葱头和水仙花套近乎。她撇撇嘴，不理那女人，反而做出只对黄狗感兴趣的样子，从槐树上揪了根树枝捅它的鼻子。

许洋却很享受那女人的热络，人家给他倒茉莉花茶时，他连串儿地点头说谢谢。节节斜眼瞥得清楚，断喝一声：“许洋！”

“干吗？”

“过来看狗！”

许洋只好放下茶杯过来，无聊地看狗。那女人肯定是看出了好歹，讪讪地走开了。

而那女人一走，节节却立刻失去了玩兴，甩手便把树枝扔到门外面去了。弄得许洋和黄狗都很莫名其妙，一齐呆看着她在院儿里乱转。

节节是在“探查情况”。她迅速搞清了那些房间里哪个是干活的，哪个是放货的，哪个是住人的。除了黑脸女人，一间屋里还坐着个五十多岁的老头子，正充耳不闻地抽烟，身边摊放着几本《故事会》杂志。此外就再没其他人了。节节皱皱眉头：这哪儿像个“工厂”啊？别说不“血汗”了，连繁忙也看不出来。流水线呢？打工妹呢？爸爸就是守着这堆破烂做发财梦吗？

唯一像是“车间”的屋子里，摆放的也不是缝纫、剪裁的工具，更没有半成品服装，而是五六台洗衣机。所有洗衣机的电源线都汇总在一个无比巨大的插线板上，居然还有两只蟑螂在插孔里钻进钻出——它们并不知道自己的处境像极了掉到地铁站台下面去的人。要这么多的洗衣机有什么用呢？难道爸爸开的不是服装厂，而是洗衣房吗？

节节兀自纳着闷，院门口却又传来汽车声和人的叫声。爸爸的京腔在这地方很容易辨别，他在喊：“黑白铁，黑白铁，出来下货啦！”

“黑白铁”是谁呢？是那硬邦邦的老头子吗？或许他以前干过铁匠？节节猜测着从槐树后绕出来，却看见黑脸女人扭了出去，帮爸爸把一堆鼓鼓囊囊的麻袋从小卡车上拖下来。

一边拖，她还一边嘀咕：“你看你又瞎叫——都来客人啦。”

小地方的人声音大，所以那女人自以为在嘀咕，却也被节节听得真切。节节又涌起新一轮的嫌恶，鸡皮疙瘩都出来了——“又瞎叫”，这是工人对老板说话的语气吗？还有“客人”，谁是客人？谁的客人？

因此节节是带着气鼓鼓的表情和爸爸见的面。她的突然出现也让爸爸一愣，弯在车斗里的身体僵住了。两人对视了两秒钟，爸爸才恢复了喜气洋洋的神色：

“女儿来看我啦！今天多做几个菜！到老农家买一只柴鸡！”

另一边，许洋也吊着绷带过来，想用一只手帮忙。被称为“黑白铁”的女人夸张地心疼他：“那怎么行，他还是伤员呢。再说他这么瘦，麻袋都比他重！”

许洋像八辈子没人疼似的，满脸喜悦地涨红：“没关系，我在老家总是干重活的。”

硬邦邦的老头子也放下《故事会》，出来干活。几个人乱糟糟地忙活了一会儿，把麻袋们拖到洗衣机中间，堆好。一只麻袋破了个洞，露出半条肮脏的牛仔裤腿，让节节明白了爸爸的“工厂”究竟是怎么回事。原来这么多年过去，他的生意一点也没有长进，还是贩卖那些被称为“洋垃圾”的外国旧衣服。北京的市场已经开始严查此类勾当，想必因此，他才把据点从城里搬到了白沟，销路也变成了更广阔的祖国大地——那些远比北京贫瘠的地方。

而所谓“工厂”的工序，也不过是对洋垃圾再加工，以旧变新。爸爸解开两个麻袋，立刻就将节节熏了出去——五大洲四大洋的狐臭、脚气和尿渍已经在密闭的环境中混合发酵，成几何级数浓郁了无数倍，突然喷发出来，让人连眼睛都睁不开。

干熟了的人就浑然不惧了：爸爸把破衣烂衫一件一件地抓出来，抖开，粗略地检查一下有无残缺；老头子打开洗衣机，蓄好水，大把撒洗衣粉，将衣服囫囵放进去搅拌；“黑白铁”则抄起一把生锈的大铁剪，麻利地把上衣领口的标签剪掉。他们一定准备好了新的商标，甚至还有塑料包装袋。有了这两样东西，洋垃圾就可以冒充广东或浙江的成衣了。也就是说，尽管干的是卖破烂的买卖，爸爸的品味还是比同行高那么一点点，他懂得“增加产品的附加价值”。

节节躲到外面，像在躲着某种羞辱——她想起了过去父母生火架锅，给她煮出来的一条一条裙子。直到现在，她的衣柜里还存着一摞这种来路的衣服呢——而“黑白铁”是一定知道她的底细的。

节节自虐地替那女人奚落自己：摆什么臭架子，一个穿剩衣服的。她进而感到自己的漂亮和娇贵是如此廉价。

但屋里的人出来后，节节发现自己多虑了。爸爸还没说什么，“黑白铁”就大张旗鼓地代为道歉起来，说要货的人催得急，明天就要拿走两包，所以今天白天得连轴转把衣服洗好、烘干，夜里还有许多工序要做，不过洗衣机一转起来，手也就空了，她马上去给大家买鸡做饭。她的模样虽然土，说话却很利索，而且是纯然的一派热忱。

节节本来还担心“黑白铁”会揭露性地瞟一眼自己的衣服，结果人家根本就没有那样做，一直都是笑眯眯的。都说“皮笑肉不笑”，其实皮和肉是连在一起的，人脸上最难伪装的还是眼睛。而“黑白铁”眼里的笑意可是实实在在的，因此节节就相信对方是个厚道人了。她暗中舒了一口气，又有些不好意思：刚才那样对人家。

“黑白铁”显然没有看出节节在动心眼，她噼里啪啦地说完话，转身就扭出了院门，买鸡买菜去了。爸爸这才洗了手过来，问节节怎么突然就跑来了，接着问家里一切可还好。

节节说：“没事就不能来侦察一下你吗？”

“我有什么好侦察的？”爸爸夸张地摊开手，指头上还挂着几根烂线头。也不知是极其无辜还是极其做贼心虚。

节节又问他：“刚才那女的是你厂里的？”

“是呀。干活儿挺勤快，还会做饭。”

“还会沏茶倒水吧？够享福的呀你。”

“我享什么福？”爸爸故作严肃地板脸，转瞬又笑，“别胡说八道啊，人家还没结婚呢——你不会回家跟你妈瞎矫情去吧？”

“那得看侦察结果。”

一来一去，节节好像又回到了几年之前，父女二人没大没小地逗嘴的状态。也不知在这么一个脏乱差的环境里，爸爸的心情为什么如此之好，他见许洋蹲在一旁发呆、看狗，突然挤出一个鬼脸，捡起块石头掷狗脑袋：

“金镖黄天霸！”

那狗惊吓中“嗷”地一扑，唬得许洋一个屁墩坐到地上，挂着绷带的胳膊高举在空中。爸爸过去拍他的脑袋：“就你这样，还给我女儿当保镖呢。”

闹了一会儿，就见“黑白铁”拎着一只鸡和几只塑料袋进来，对大家笑笑，扭到厨房里。节节一边有一搭没一搭地说话，一边忍不住观察她。小地方的热情大姐除了手脚利索，多半还有一股子蛮气，那鸡在她手里嘶鸣一声，脖子便断了。再过片刻，她就端着一盆混合了羽毛和血的热水，到院门口声势浩大地泼掉。节节又想起妈妈是怎么买鸭子的：用抱歉的眼神和某一只交流一下，然后才对摊主说，就这只吧，选好之后绝不自己杀，得让人家代为动手，甚至杀的时候连看都不敢看，利用这段时间去买别的东西——而拎着开膛去毛的鸭子回去时，却又怀疑摊主耍滑，用不好的一只来顶替了。

又听到外面有人对“黑白铁”说：“又吃鸡？你们伙食真好。”

“黑白铁”简直是振臂高呼：“我们老板仁义！”

爸爸就很满足地笑，头往后仰，把茶杯端在嘴边吹一吹。

高压锅炖肉快，没过一会儿，菜就上席了：除了红烧鸡块，还有炒鸡蛋、香椿苗、肉丝韭菜、小油菜。主食是烙饼。“黑白铁”又从屋里搬出几只破旧凳子，唯一一把带扶手的藤椅，自然是爸爸坐，又给节节的凳子单独垫了张报纸：“别脏了衣服。”

然后两手在衣襟上抹抹，宣布：“开饭啦！”

硬邦邦的老头并不上桌，他用烙饼卷了几筷子菜，就到屋里继续看《故事会》去了。爸爸呢，好像主要精力也不在于吃饭，而在于说话。其实过去在家吃饭，他话就多，但节节发现，他在这里的话多却有了另一种风格。过去是没正形，爱开无聊玩笑，妈妈就对他翻白眼：“一点内涵也没有。”他也自甘堕落地说：“我就是没内涵，内涵多少钱一斤？”那时他仿佛在用废话连篇掩饰自己的微不足道——实际恰恰证明了微不足道。而现在就不同了，他的滔滔不绝都围绕着一个主要内容和中心思想，那就是：我不是一凡人。他讲他是怎样联系的“业务”，“做业务”的时候遇到了怎样的困难，而他又是怎样利用“熟人”，或者怎样把不熟的人变成了“熟人”——最终解决问题的。此外还有如何和上家砍价，如何和下家砍价，压价和抬价各有什么样的秘诀……口沫横飞之间，他仿佛变成了一个无所不能的人——起码在倒卖“洋垃圾”的行当中，他是无所不能的。

而且节节发现，爸爸的话痨还多了一个特点，就是爱总结。常常眉飞色舞地说到一半，他就忽然停下来，皱眉沉吟，或以伟大导师的姿态点上一根烟，缓缓地说出一句“至理名言”：

“所以我常说，多个朋友多条路啊……”

或者：“所以我常说，要做买卖先做人啊……”

有时更是带着深沉的忧思：“所以我常说，这个行业需要规范，需要规范……”弄得节节很想提醒他一句：您这行业需要的不是规范，而是取缔。但她看到爸爸陶醉的样子，就不好意思插话了。她发现爸爸如今不仅渴望做一个有能力的人，还渴望做一个有思想的人——这个状态又让节节惶惑：是什么促使她爸爸如此自我膨胀呢？

当她转而看“黑白铁”的时候，就找到原因了。我的天啊，节节从来没有见过这么好的听众：她凝神屏气，无比专注地盯着爸爸，生怕漏掉他说的每一个字。当爸爸吟出某句“至理名言”，她会歪着脑袋深思，尽力体味“其中深意”，当爸爸描述某个可笑的细节时，她会忘乎所以地手舞足蹈，筷子险些戳到许洋的太阳穴，而有两次爸爸故意卖个关子，像说书人一样来一句“你猜怎么着”，她干脆连咀嚼都忘了，张着嘴应道：“啊？”嘴里的一团半成品几乎掉出来。

那张脸上，明明白白地写着“五体投地”。

节节又气哼哼了：不管这女人是装傻还是真傻，她对爸爸的关注有点过头了。她冷冷地盯过去，希望对方自己知道点分寸。但这一盯，又发现了一个秘密：因为吃得发热，“黑白铁”将衬衫的扣子解开了两个，领口下露出的皮肉竟然是一片白晃晃的，与脸上的黑形成了鲜明的对比。节节立刻明白了反差的由来——这女人常年干风吹日晒的活儿，却又珍惜自己的皮肉，因此大太阳底下也要穿密密实实的厚衣服，捂不住脸也要保护身上——和外国电影明星的全身黑、比基尼下面的部位却格外白是一个道理。可见她是一个“有追求”的农村妇女。

“黑白铁”这个外号也是由此得名的吧。节节又想：这一定是爸爸给她起的。想到爸爸留心那女人的皮肉——也许不只是“留心”呢——她登时胆战心惊，然后是一轮反胃的感觉。

偏巧这时爸爸中断了侃侃而谈，吃了两口菜，“黑白铁”便将殷勤挪到节节这边来：“哎呀，吃鸡，吃鸡。做得不好，就当是农家饭！”说着夹起一只鸡翅膀，送到节节面前。

这时，鸡也让节节恶心了。她又意识到，也许那女人杀鸡用的剪刀，正是刚才从“洋垃圾”上剪标签的那一把呢。这下，连方才吃下去的几块都让她后悔了。她决然地扭过脸去，压抑着呕吐的冲动。

“黑白铁”自然又是一阵尴尬，但她大概早已练就了不把尴尬当回事儿的本领，就小心地把鸡翅膀放到节节面前的菜盘子里，又夹起另外一只送到许洋碗里：“小老爷们儿吃！”

许洋断了一只胳膊，饭碗只好搁在桌上，因此没法躲闪那只翅膀。他哭丧着脸，真诚地说："我真不吃这东西——一口都吃不进去。"

节节把脸埋在碗里，仇恨地观察着"黑白铁"，观察着她与爸爸的默契和互动。假如以硬性的标准衡量，这两个人之间其实并不存在什么"越界"迹象。她还沿袭电影的思路，偷偷观察了一下桌子下的腿——都老老实实的，"黑白铁"那双裂了口的猪皮鞋规矩地蜷在椅子底下。但是节节明确地感觉到，他们的"气场"不对劲。再对照一下爸爸回北京时那副失落、百无聊赖的样子，她更相信了自己的直觉没有错。

节节又想起妈妈，这让她感到愧疚——为她一度对"黑白铁"的愧疚而愧疚——仅仅因为那女人"放过"了她穿洋垃圾的事实，她就觉得对方是个淳朴的好人了。虚荣心让她差点站错了立场，好险好险。然而节节也奇怪：爸爸的异样，难道妈妈是看不出来的吗？如果说女人的特异功能是直觉，那么妈妈可是比节节女人得多的女人啊。她是一个以揣摩人的心思、再现人的表情为生的演员啊。

爸爸又开始了新的一轮高谈阔论，"黑白铁"又开始了新一轮的五体投地，许洋又开始了新一轮的消耗粮食。只有节节"想事情"想累了，就愣在那里发呆。

饭都快吃完了，爸爸才从演说家的状态中恢复正常，关心起两个孩子的饮食健康问题。他先对许洋吐吐舌头："都说你能吃，真是名不虚传啊。"

然后又问节节："你的饭量怎么变得这么小？"

"黑白铁"一副"很理解城里姑娘"的神态："她一定是在减肥——其实一点也不胖。哪像我们，生下来腰就像水桶。"

节节郑重地撂下碗，把筷子也整齐地架在碗上，一字一顿地宣布：

"因为不——好——吃。"

又是尴尬。节节为自己制造了几十秒钟的冷场而快意。爸爸还想打圆场："怎么不好吃了，是你挑嘴，你看别人吃得很干净呀……"

"黑白铁"忍受尴尬的能力却远超出大家的想象，很快，她的脸上就堆满了抱歉："从小就没见过什么好的，也就知道个熬炒咕嘟炖……我都老骂自己，手怎么那么笨？"

但这一套对于节节已经不起作用了。在节节眼里，这女人彻底变成了一个愚蠢与狡猾的混合体。

更让节节难以忍受的是，"黑白铁"把锅碗收拾进厨房的时候，爸爸居然涎着脸进去"帮忙"。帮忙的时候会发生什么？她没法设想四条腿在那肮脏的小环境里拥挤碰撞的场面，而那龌龊的想象在她脑袋里坐实，让她觉得自己都龌龊了。

"许洋！"节节咬着牙，尖厉地叫了一声。

许洋仍是痴呆的脸："干吗？"

"我们走！"

"走哪儿？"

"回——北——京！"

节节奋不顾身地冲出院门，在一地泥泞和垃圾里拼命地走。她又想逃跑了。路上的人都侧目打量着她，偶尔有几张脸坦露出不怀好意的笑。许洋吊着一条胳膊，追赶她一定很困难，但她也顾不了了。

然而即将走到巷口时，身边多了一个人影，远比许洋高大、壮实。是爸爸。节节心里混合着气愤与欣慰，仍咬着牙一言不发，但脚步却不由自主地顺从了爸爸的节奏，逐渐慢了下来。她又回想起特别小的时候，爸爸从幼儿园把她接回家时，小脚追着大脚的情形。当年她对爸爸比对妈妈要亲昵得多呢。妈妈为了"跳舞"，小时候就没怎么管过她。

巷子外面风大，他们在破烂飞扬的公路上走了好一会儿，爸爸才说话："说来就来，说走就走呀。"

节节说："让我自己回去好了。"

爸爸说："这边比北京乱多了，我怎么能让你自己到车站。"

节节仍在负气："来时也是自己来的。再说还有小不忍——许洋。"

"这叫什么外号？"爸爸哈哈大笑，并没意识到许洋的外号正是来源于自己。节节也不知道爸爸的笑是爽朗还是故作爽朗，但她明白，爸爸正在努力恢复他们之间的气氛——那种父亲讨好漂亮女儿的气氛。果然，爸爸带着点儿小心伺候的语气说：

“节节的脾气越变越奇怪了呀。”

节节说：“是你自己觉得吧——我可没觉得奇怪。”

爸爸又哈哈大笑：“是呀是呀，正常现象。姑娘长大了都这样——以前你妈的脾气更大呢。”

换作刚跑出来的时候，节节一定会在心里这样回答他：你还好意思提以前？但这时，她就不忍心这样想了。她留恋起此时的气氛了。

然而走到车站的时候，节节又暗中祈求爸爸：你可以讨好我，但千万不要收买我——因为一旦收买，你的心虚和我的担心就会彻底被证实了。你收买我，我就不会把“你的事儿”告诉妈妈吗？

然而令她绝望的是，爸爸嗫嚅了两声，突然从兜里掏出一卷钱，塞到节节的手里：“饭也没吃好，回北京再吃顿麦当劳吧。”

而那卷钱远比一顿麦当劳要多，比往常爸爸给她的零用钱也多不少。爸爸竟然是如此的愚笨，笨到了用做买卖的方式来堵女儿的嘴。

或者是节节的这一跑，才让他猛然意识到“被发现了”，因此乱了方寸？

总之他从始至终都轻视了节节——刚开始轻视她的洞察力，后来又轻视她的“气节”。也许因为他长久不回家，所以没发觉节节已经不是一个好哄好骗的“小姑娘”了。

车来的时候，节节甩开爸爸上了车，坐在窗边的座位，也不往外看。她紧闭着双眼，生怕眼泪滑出来。好像在黑暗里藏了很久，身子底下才是一震，然后有人对她说：

“你迷了眼睛吗？”

节节睁开眼，泪光模糊地看见许洋的绷带。她揉揉脸说：

“风太大。”

part 9

告诉不告诉妈妈？这是一个问题。从白沟回来后的几天里，节节因为这个问题沉默寡言。假如告诉的话，告诉些什么呢？节节又回想整个儿经过：从跨进院门时“黑白铁”的语气，到上车时爸爸塞给自己的一卷钱，其实都算不得板上钉钉的证据。所有和“不好的事”相关联的意象，都是她想象的内容。硬说成捕风捉影也可以。

节节甚至怀疑，她从决定去看爸爸，就怀了疑人偷斧的心思。

但是不告诉呢？算不算是对妈妈的背叛？那些若隐若现的“迹象”，毕竟如同令人寝食难安的异物，硌在她的家庭最敏感的地方。人人都爱美好的家庭，从小学写作文就开始歌颂“我的家庭”，但这时节节却发现，所谓“家庭”的概念，就像童话里的小公主，越完美也就越娇嫩，到最后几颗豆子也能引发钻心的痛。

那种痛她已经感觉到了，如果缄口不言的话，又算不算掩耳盗铃呢？

这是迄今为止节节所面对的最严重、也最残酷的矛盾。她不仅沉默，而且魂不守舍，甚至开始失眠。在万籁俱寂的夜晚，她瞪着大眼睛看天花板，像给人绑住一样动弹不得。她很希望有一个全知全能的人，突然出现在她面前，向她宣布：爸爸没有问题，其实是你多心了。听说《圣经》里的末日审判就是由这么一位全知全能的伟人进行的——既然一切隐藏着的恶行都会被揭露，那么被冤枉的自然也能恢复清白喽。失眠到无法忍受时，节节并不介意来上这么一次审判。

她甚至羡慕许洋有那么一个混蛋的妈——人家多痛快，做了就做了。不像她，落得个钝刀子割肉。

然而钝刀子割了她半个月，也终于见血了。

那是一场突然事件。那些藏着掖着的真相，所谓“大人的秘密”，也都在节节面前昭然若揭。

但完成“揭露”的人却不是节节，更不是妈妈，甚至不是爸爸自己。事件反而起因于很远很远的地方，起因于那些和他们八竿子打不着的人身上：在某个比北京落后十几年的小城市里，某个学生忽然感到大腿发痒，于是他上课时隔着裤子挠啊挠，还不过瘾，就窜到厕所里，脱了裤子挠啊挠；还有一个姑娘新买的裙子莫名其妙地脏了，屁股上污黄的一大块，像油脂又像什么颜料，洗也洗不掉，这块脏让她在街上狠狠出了一次丑，人家都笑她“大便失禁”了，羞愤难当之下，她几乎想到了自杀；又有一对中年夫妻，丈夫的下身忽然长了几个红疙瘩，原先不当回事，后来竟然越长越多，连成一片了，于是他的老婆开始骂街、砸东西、回娘家，她义正词严地质问他：

“你从哪个骚货那儿得上的脏病？”

这些人的痒、脏、羞愧和愤怒汇聚在一起，经过有关部门的重视，变成了另一种力量。这力量又经过有些人有些事的传递，再传到节节心里的时候，就成了难以言喻的痛。就像煤变成电，电变成光，人的感觉其实也可以像物理学的“能量”一样转换、传递的。等到后来，节节能以“全知全能者”的眼光看待那个突发事件的前因后果时，却又感到世界真奇妙，奇妙得好笑。

而事件爆发的时候可绝不好笑。那是一个寻常的夜晚，妈妈在看电视，节节在自己屋里看闲书。又不只是看电视和看闲书：妈妈同时还在进行舞蹈演员必修的压腿功课，节节则在矛盾，胡思乱想，绝望地预料今天晚上又要失眠。

门突然响了。节节跑去开，一边抱怨："小不忍，你爸又喝多了吗？"

但是门外却不是"小不忍"，而是一个女人的黑影。不高，壮实，水桶腰。节节脑袋里轰隆一声，脚狠狠地跺了一下，声控灯照亮了"黑白铁"的大眼大嘴。

她的第一个反应，是想照那张脸抽上一个嘴巴。但抽的目的不是为了表示愤怒，而是为了验证"这是不是真的"。然而灯灭了，再跺脚又亮了时，"黑白铁"还站在她面前。看来的确是真的。

节节梗着嗓子，憋出一句话："你到这儿来干吗？"

不只问她来"干吗"，而且是问她为什么"居然"到这儿来了。抢上门来了吗？豁出去了向节节向妈妈挑衅来了吗？你也不看看你那张脸和身段。我妈妈都四十了每天晚上还压腿呢。

而"黑白铁"脸上的第一个信息却是示弱——那种丑女人面对漂亮女人，乡下人跨进城市家门的示弱。这是条件反射。条件反射之后则是焦急和慌张。她问节节：

"大姐在吗？"

又是这种愣愣磕磕的不见外。节节只恨家里没养一条狗，否则就可以把她给咬出去。

而说话时还是如鲠在喉："你到底来干吗？"

"我得跟大姐说。""黑白铁"低垂着眼，躲着节节。两人僵了几秒钟，卧室门开了，妈妈走出来。

还没等妈妈问话，"黑白铁"的眼睛就越过节节的肩膀，迎上去了："大姐，我知道来得不是时候……"

妈妈扫了眼这女人，目光随即了无兴趣地离开，仿佛一瞥之下就了然于胸。接着，半是淡然半是嘲讽的微笑挂上了嘴角。妈妈的功夫可比节节深厚多了。

说的话也是半真半假："谁家保姆——你是？家里缺盐了还是缺

醋了？”

而“黑白铁”却扭进屋来——缩着肚子从节节身旁蹭过去——站到妈妈面前，拖出了哭腔：“大姐，出事了。老板出事了！”

这话让节节和妈妈都是一悚。妈妈迅速看了眼节节，然后对“黑白铁”说：“到里面去说。”

但是避开节节又有什么意义呢？“黑白铁”的嗓门那么大，她不需要扒门缝也能听得清清楚楚。爸爸真的出事了。就在今天下午，“厂子”里来了两个工商，嘻嘻哈哈地说要进行例行检查，爸爸便嘻嘻哈哈地应付他们，又很老练地拿了两条烟出来。别管什么检查，两条烟总是免不了的。和那些“土老冒”相比，爸爸很为自己“知道规矩”而光荣，他也觉得自己有资格和穿制服的人嘻嘻哈哈。北京人天生都是外场人嘛。

但是正在嘻嘻哈哈，忽然又进来几个警察。爸爸还没缓过神来，已经被按倒在地，接着四周便“叮叮当当”了起来：屋子门被撬开，洗衣机都被掀开盖，床底下、柜子里、犄角旮旯，没有一个地方不被翻了个底儿朝天。几麻袋没来得及洗的“洋垃圾”被扔到院子中央。人赃俱获。

刚才警察没有先行进门，想来是怕“犯罪嫌疑人”狗急跳墙，从窗户里翻到别的院儿里去。这边地形复杂，警力又不充足，真跑起来未见得追得上。先让工商进来呢，一来可以让对方放松警惕，二来也能够明确抓捕对象（老板而非雇工），实在是一举两得。

而完成了配合任务的两个工商仍然是嘻嘻哈哈的。他们像狗熊掰棒子一样，把烟往腋下一夹，对爸爸宣布：贩卖洋垃圾是违法行为，您还得负担刑事责任呐。恭喜恭喜。

爸爸被屁股朝天地按在地上，还在激烈抗辩：这里卖洋垃圾的多了，半条街都是干这行的，为什么只抓我一个？还不是因为那些河北人都是你们的亲戚和老乡，还不是因为那些浙江人、福建人给你们塞过钱……

执法人员则毫不心虚，拎起一袋洋垃圾，就扣到了他的脑袋上。这样做也是一举两得：一来可以把他的声音捂住，否则传出去影响多不好，二来则是让他明白，咬别人是没用的，有本事你别犯事呀，还是先认识一下自己的错误吧。老师经常这样教育小学生。

接着爸爸就被押走拘留了。接着蜡黄脸的小姑娘和硬邦邦的老头就大难临头各自飞了；蜡黄脸的小姑娘卷走了摊儿上的存货，硬邦邦的老头只带走了《故事会》杂志。接着“黑白铁”就坐上长途车，倒车、问路、被人涮了走错路，最后终于摸到了“老板”家里，对“大姐”失声恸哭：

“您救救老板吧！”

这一哭，就把一切都暴露了。节节愣在门外，骨头里往外冒着恐惧。妈妈是一定会生疑的。不，妈妈肯定把什么都看穿了。她不敢想象妈妈会有什么反应。

而“黑白铁”这么反客为主地大哭，是无法自控还是早有预谋的？她到底是过分忠厚还是过分狡猾？节节真是恨死她了。

里屋，妈妈在沉默，“黑白铁”像被这沉默慑住了一样停止了哭，只剩下断续的几声抽泣。节节的呼吸也不由自主地屏住，她被自己憋得天旋地转。

直到妈妈开口，节节才恢复了喘气。但妈妈的语气却让她感到费解，甚至荒诞。

妈妈淡淡地、居高临下地说：“你别担心，能救我们肯定会救的。”

在救爸爸这件事情上，妈妈不是“第一责任人”吗？怎么就变成了“外人”在求“内人”了？前面居然还有一句“你别担心”。妈妈到底是怎么了？这个家庭到底是怎么了？这个世界到底是怎么了？节节再看这套从小住到大的房子时，竟然感到无比陌生。

“黑白铁”回答的那句话，就更像得了便宜还卖乖了。她说：“谢谢大姐。”

陡然间，节节的蛮劲儿又上来了。她的漂亮和心思都不见得比妈妈多，但是在这年纪不缺的是蛮劲儿。她的脑子里又是“腾”的一声，声音响过之后，人已经到了里屋——下巴昂然地向上翘着，尖尖的如同即将射出去的箭，手指着门：

“你算个屁！滚出去！”

“黑白铁”又低下头，缩起来。她总是这样面对节节的发威。宽厚和死皮赖脸居然是一对同义词。而妈妈呢，节节这才想起来看妈妈：她以舞蹈演员的姿态端坐着，脊背挺直；肩上盖着件大红披肩，手里端着一杯茶。

妈妈仍平心静气地对“黑白铁”说：

“滚还是不至于——但是我们家真没收留你的地方，今天你就住招待所吧。”

这一夜自然又是辗转反侧。第二天早晨，节节就着牛奶吃了半袋饼干，然后坐在餐桌旁等妈妈。事已至此，应该怎么办就得由妈妈说了算了。

而今天妈妈起得比平日晚，也是可以预料的。她脸绷得紧紧的，面容倒也清爽，眼睛仿佛比平日都大。节节看不出她是否也一夜未眠。

但妈妈看见节节坐在那里，却说：“你怎么还不去上学呀？”

节节盯着妈妈。她的态度不言而喻：都什么时候了，还上什么学呀。她还想着自己那顶棒球帽放在哪里了，并且想提醒妈妈也找一顶帽子或者纱巾戴上。“白沟”那地方风大，又脏，晃一圈头发就打结了。她又想象着自己和妈妈戴着帽子、围着纱巾走在破烂飞扬的泥土路上。

妈妈却全没看见节节的心思。她又说：“上学去，上学去。我和你一块儿去。”

因为无法把“不去上学”的理由说出口，节节只好被妈妈押送到了学校。在校门口碰到许洋，妈妈对他说：“晚上到家来吃饭啊。”

到了学校当然也听不进去课。节节想：爸爸现在会怎么样呢？妈妈会怎么样呢？还有“黑白铁”会怎么样呢？这几个问题分解成无数个问题，充满了脑袋，到头来还是没头绪，并且又让她疲惫了。于是她便停止想，呆看着窗外的杨树枝上，一只麻雀落上来，两只麻雀落上来，麻雀们打起来，最后“呼”的一声四散飞走，只剩下空荡荡枝头在那里颤动。再往后她便困了。积攒了多少天的失眠一发算起总账，像只大手把她小小的脑袋一按，就再也抬不起来了。

她趴在课桌上，无声无息地睡了好几节课。但对于一个成绩很好的女生，老师也懒得去管。何必凭白伤她的面子呢？大多数同学也不打搅她，只是惊奇地指指戳戳：太能睡了。也有几个调皮的男生好奇于“睡美人是否也会流口水”，但许洋吊着绷带守在节节旁边，不让那些家伙上前。另外还有一个站岗的是马金山，他歪着脖子，揪着某个人的脖子说：“我要为她富（护）法！”因为许胜利“没有反映到学校来”，他现在对许洋充满了义气，对节节的那份仰慕呢，则被深深地埋在了心底——这让他更加觉得自己侠骨柔肠，觉得自己是一个很有思想深度的流氓了。

就这样混过去一个上午，下午固然也是昏昏沉沉的。终于放了学，节节和许洋一起回家，却见屋子空着。冰箱上用小猫形状的吸铁石贴了一张纸条：饭已做好，拿出来热一下，最好自己刷碗。从盘子里凝结一片的油渣，可以判断出这菜已经放了很久了。节节明白，妈妈一定上午就出门了。也许现在她已经人在河北了。

许洋自告奋勇地端盘子：“我会热饭！我爸晚上喝多了，我还给他下挂面呢。”

节节幽幽地叹了口气：“算了吧你，就一条胳膊。”

然而她把饭菜拿到厨房，却又停住了手。她只是看着那两盘很家常的“萝卜干炒腊肉”和“蚝油生菜”发呆。她又想，也许应该掉下两滴眼泪来。但是白天那一觉却仿佛把眼泪都蒸发干了。

而正发呆，外面又有人敲门。许洋开了门，“哎呀”一声：“怎么是你？”

节节扭头看见“黑白铁”在外面愣愣地站着。这也很好理解，妈妈连节节都不带，就更不屑于与“黑白铁”一起去了。妈妈独自上路了，她孤身孑影而又仪态万方地走在一片杂乱之间，去看一个背叛了自己的男人。

妈妈的行事方法让节节感到了一股悲凉之气，但同时又有一丝快意。

对于妈妈昨天晚上的冷傲和淡然，她也佩服起来。这难道不是妈妈最应该有的态度吗？

节节不禁模仿起妈妈来。她想象着妈妈的魂儿附了自己的体，也挂上了一脸平静，脖子和腰挺得直直的，走到“黑白铁”面前说：

“对不起，没你的饭了。”

然后她就把门关上了。

妈妈这一走就是三天。节节看着太阳升起来又落下去，若无其事地轮回。第一个晚上她自然是慌乱的：早已和许洋吃完了饭，做完了作业，就不知道该做什么了。她手忙脚乱地在屋里乱翻，最后找出一套小时候玩儿的军棋来：“小不忍，我们下棋好了。”

许洋就忠诚地坐在对面，陪她消磨时间。到他哈欠连天时，壁钟也指向十二点了。妈妈还没回来。

许洋终于说话了：“下完这盘就不要下了吧，明天还要上学。”

节节把正在进行的战局一胡撸：“那现在就不下了。不下就不下。”

许洋眨巴眨巴眼睛：“你妈妈怎么还不回来？”

节节却装作若无其事地说：“今天没告诉你么？她有个战友来北京汇演，请她去作指导。”然后就干净利索地把许洋推出去。

许洋走后，节节就要独自面对不知如何是好的局面了。她后悔在学校睡了一白天，现在精神好得很，想逃到梦乡里也不成了。妈妈找到爸爸了没有？他们会谈些什么呢？无论是爸爸被抓起来，还是他与“黑白铁”的关系，都是重大的事情。对于重大的事情，是一定要慎重讨论、深入讨论的。因此对于妈妈的不归，节节是能够理解的。

但恰恰因为理解了事关重大，她才更慌张。猛地，她又回忆起小时候，“小城故事多”的那个晚上。当时妈妈受了气，收拾东西就走，要回南方老家去——就连暖水瓶都塞到皮箱里去了，可见态度之决绝。那么现在呢？妈妈该不会故伎重施了吧？要是这样爸爸可没法把她追回来了，他在拘留所里关着呢。

节节猛地站起来，开始了一场大搜查。在这个夜深人静的时分，剧团家属院里只有一间屋子还亮着，一个小女孩正在灯下翻箱倒柜。她面色苍白，手脚机械地忙碌。而过了一会儿，窗外又响起呜哩哇啦的歌声，是那个著名的酒鬼许胜利回来了。夜归的人在给无眠的人伴奏。

随着某个邻居一声愤怒的喝骂："你他妈又抽什么风啊！"酒鬼许胜利的歌声戛然而止，节节也不由自主地停止了动作。她已经把衣柜、鞋柜、首饰匣子都翻了个遍。妈妈那件咬了几次牙才买的羊绒大衣还在，最喜欢的两双鞋子和珍珠耳环也原封不动地躺在那里。更主要的是，跳"大型舞蹈史诗"《东方红》时的那一套演出服还在。演员的演出服相当于战士的枪，是绝对不能丢弃的啊。

也就是说，妈妈没打算不辞而别。他们这个家还在。

明确了这一点以后，节节的心便安然了。

从第二天起，她就得自己解决吃饭问题了。厨房里还存着点儿土豆和生菜，虽然蔫了点儿，但也够她拌两回沙拉的了，主食和肉菜则从食堂买。到了第三天，她竟然有了像模像样的过小日子的感觉——她已经学会了把一切安排得很好，从早上的牛奶到晚上的宵夜。她甚至还洗了一条牛仔裤，再和许洋一人一头地旋转，把水挤出去。

在自己动手丰衣足食的自豪感中，节节忍不住想：都走都走，全都不回来才好，我一个人还不是个过。

但是再一转念：如果真的"全都不回来"呢，她一个人又该如何"过"？这个"过"就不光是吃饭穿衣的问题了啊。

这么一想，她便又心慌了，抓着牛仔裤的手也僵住。好在这时，妈妈回来了。门"啪嗒"一响，她鼻子立刻一酸，但却不敢回身去看。

而妈妈走失了三天，回家来的第一句话却是："哎呀脏死了。"节节便顺着那熟悉的声音，打量了一下房间，然后换上赌气的面孔：

"不比你在的时候脏。我自己也能吃、穿、睡。我还替你交了楼道的卫生费。要是抽屉里多留点儿饭票……”

妈妈打断她：“哎呀别抱怨了，我又不是玩儿去了。让我先洗个澡吧。”

原来妈妈是在说她自己脏。这个澡洗得格外长，大概因为这几天都没时间没条件清洁自己。而听着卫生间的水声，节节又开始瞎琢磨了：怎么还像没事儿人似的？她是不是看爸爸去了？他们都讨论了什么？

总不可能什么都不讨论吧。

一开始琢磨，节节便放下手里的牛仔裤，去翻妈妈的包。许洋晾在那里就晾在那里吧，她早习惯于把他当空气了。而且只要不涉及男女之防，干什么事儿多他一个都不嫌别扭。包里有旅行装的护肤品、牙刷牙膏、一本显然在路上买的《读者》杂志，还有几件内衣裤，单独装在一个塑料袋里。这都是平常无奇的，而两样特殊的东西则放在夹层中间：一张存折和一只印有剧团名称字样的信封。节节翻开存折，看到最近的一次支取就在昨天，数目相当之大——这也能够想见，爸爸犯的那种事儿一定要被课以重罚的。而信封用胶水封了口，里面薄薄的似乎只有一张纸，这又是什么呢？可是正在琢磨，妈妈就推门出来了。节节赶紧把包里的东西塞好，推到一边。

屋子里溢满了洗发水和沐浴液的香气，妈妈用毛巾包了头发，更绷出一张紧致的脸。她走到厨房，对许洋说了一句：

“先回家去好不好？”

口吻仍是漫不经心的，但却不容置疑，完全是大人在命令孩子。节节心一抽，随即绞痛了一下：这是开诚布公的前兆。没想到她这么快就要对自己开诚布公了，而自己其实还没有准备好呢。

果不其然，许洋出去以后，妈妈坐到沙发上，招招手让节节过去。她揉了揉自己的太阳穴才说话：

“节节，你以后可能得过另外一种生活了。”

节节低头说：“我知道。”

妈妈仍不缓不慢地说：“你知道，你爸爸犯的这个错误……”

节节却仰起脸来说："我知道。"

她目光炯炯地盯着妈妈。既然到了这一步了那就别掖着藏着了吧。她想得到解释的不是贩卖洋垃圾的"这个错误"，而是"另一个错误"。她想知道爸爸错得有多大，错到了妈妈要如何处理他，从而判断自己的"另外一种生活"究竟是什么样的。

节节默默地鼓励自己：勇敢点，别让真相再不明不白地滑过去，长痛不如短痛，一次知道了倒也爽快。

她听到自己说："谈谈你们之间的事儿吧。"语气和妈妈一样的平静、不容置疑。

妈妈倒吸了一口凉气。她一定没想到节节会主动追问上来。但是节节就是这样一个姑娘：该惶惑也惶惑，该胡思乱想也胡思乱想，但真到了关键时刻，她会本能地迎上去披荆斩棘——她豁得出去。

而妈妈原本还盘算着如何委婉地告诉节节、安慰节节呢。她甚至还考虑向女儿扯个谎。但从刚才这一刻起，妈妈相信节节如果被蛇咬了，肯定忍心自己把胳膊斩下去的。不仅壮士能断腕啊。

于是妈妈便对节节一五一十了。她的口气仍是淡然的，但其中的内涵却变了——是一个女人对另一个女人的平等和坦诚——以及尊重。

妈妈和爸爸都同意离婚了，就在这三天的时间里。刚才节节翻出来的那个信封里，正是他们的离婚协议书。

妈妈坦白了来龙去脉。不仅包括她自己是怎么想的，爸爸又是怎么想的，还包括了很多没必要向节节交代的细枝末节。

节节问："你看出爸爸和那女人有事了？"

那当然。自打"黑白铁"刚一进门，妈妈就看出不对劲了。过去当文艺兵的时候，老师总是这样教她们："要揣摩人物的表情下面还有什么！"揣摩表情成了那群军装美女的必修课，她们不仅自我揣摩，还要互相揣摩。当然，在大多数情况下，从"横眉冷对"底下揣摩出来的，不是"建军节"

的排骨肉太少，就是晾在外面的尼龙丝袜被谁偷走了一条。还有一次，大家从一个岁数最大的女兵的表情下揣摩出了很不寻常的痛苦，便都跟着学起来，老师看了说："怎么一个个都像怀胎三月一样？"

后来那女兵果然提前复员了。她们居然揣摩出了一个婴儿。

而前两天，火眼金睛的妈妈脸上却不动声色。她比孙猴子可有涵养得多，她认为这时候奋起千钧棒，那太失身份了。而且就"黑白铁"那个德行，配当妖精吗？妈妈要让对方知道，自己都不屑跟她较劲。她要找唐僧（何止肉眼凡胎，简直是瞎了狗眼）问个清楚。

节节问："他就坦白——招认了？"

这就是妈妈也没料到的了。她收拾好衣服和洗漱用品，又拿上家里的存折，踏上了兴师问罪的寻夫之路。第一站自然是"白沟"，在这里，市场管理人员告诉了她拘留所的地址，但赶到地方时，探监时间已经快结束了。妈妈这时又占了漂亮女人的便宜，拘留所的人给她开了个绿灯。她冷静而淡漠地把一些日用品和两条香烟交给爸爸，询问了他在里面过得可好，然后找到管理人员，上了一节普法教育课。得知需要交纳罚款后，她马上赶到银行，取钱。

这一天，她住在拘留所旁边的小旅馆里。这个旅馆生意兴隆，客人全都是来探监的，而且以女性为多：母亲、妻子、女儿，当然还有相当比例的"家庭编外人员"。比如一个有情有义的妓女就在旅馆门口里拉起客来："大哥，我今天打折，急着给我爷们儿打点打点……"

旅馆老板竖起大拇指："堪比当年的小凤仙呀。"只可惜这个"小凤仙"模样不济，只值一百块钱。她要打折出售多少次，才能完成"打点打点"的大业呢？要知道，拘留所里的饭都比外面贵好几倍的。

被臭虫、老鼠和妓女嫖客吵闹了一夜，妈妈第二天再去看守所的时候，就显得精力不济了。但她仍然保持着姿态，告诉爸爸，该办的手续已经办完，人事尽了就只能听天命了。爸爸在里面垂头丧气地哼哼两声。然后两人就隔着铁丝网静坐，好像夫妻之间只有那么点话好说了。

坐了很久，妈妈才叹了口气，说：“我知道这时候说这事不合适，但来一趟也不容易，还是一并说了吧。”

爸爸没反应过来似的：“还有什么可说的？”

“做都做了，这么快就忘了？”妈妈扬扬眉毛，好像在调侃爸爸，“你太没情义了——对人家。”

这话让爸爸一激灵，然后狐疑，然后又恢复了颓然。他掏出一根烟来，管教立刻在旁呵斥：“这里不准抽烟！”

爸爸只好把烟放下。但这时妈妈却优雅地伸出两根指头，示意爸爸透过铁丝网把烟和火柴递出来。她像外国电影里的女人那样点上烟，挑衅地看了眼管教，让那年轻的男孩子憋了个大红脸。然后妈妈盯了盯自己的丈夫，仿佛在鼓励他坦诚点儿，再坦诚点儿。

爸爸问她：“节节——告诉你了？”

妈妈颇感意外地沉默了几秒，然后说：“这事儿跟孩子没关系。都找上门了，我是瞎子吗？”

也许由于妈妈的鼓励，爸爸忽然拿出了北京男人所特有的“浑不吝”。换句话说，是死猪不怕开水烫——头也抬起来了，腰也挺直了。他像领导讲话一样，先咳嗽了一下，然后开始竹筒倒豆子。

爸爸告诉妈妈，他和“黑白铁”确实“有一腿”。但有一腿的原因不是女的风骚或者男的好色，他还没“不开眼”到那份儿上。甚至“两地分居”也不是原因，白沟离北京这么近，还不是什么时候想回去就回去嘛。而这两年他越来越不爱回去的原因是，在“厂子里”，具体说是在“黑白铁”那儿，他体验到了一种全新的生活——或云人生状态。

这个状态就是被人崇拜，知道自己比别人强——而且是命中注定比别人强、毫无理由地比别人强。在“黑白铁”眼中，他简直就是刘德华、毛主席和关二哥的合体。他是那么帅气文雅，那么挥斥方遒、用兵如神，而且还是那么义薄云天。可以想见，“黑白铁”一定没见过什么像样的男人，因此节节爸爸的举手投足、高谈阔论都让她着迷，他的按时发放工资和关心员工又让她感激涕零。从那女人的眼神里，他当然看出了崇拜，而这崇拜又成了激励他的力量，让他去获取更大的崇拜。有一次，“黑白铁”被洋垃圾里的铁丝划了手，他二话不说就把她“强行”送到了医院，像抢险救灾的领导干部一样高呼：

“生命高于一切！”

还顺便痛斥白沟的其他老板：“他们就是没有一点人道主义！”

“生命”和“人道主义”之类的大词儿强劲地贯穿了“黑白铁”的心扉，让她的眼睛也迷离了，先是哭得像两朵桃花，然后又肿得像两个桃子。当桃子逐渐萎缩下去之后，露出的是不加掩饰的迷恋。她也不是没有衡量过自己的条件：来自内蒙农村，相貌的年龄比实际要大十岁，刚二十多岁就长得像三十多了，并且愚笨而粗鲁。但自卑到了尽头，反倒横下心来：就是爱上他了，怎么着吧？丢人就丢人了。反正在“尊严”这方面，她本来就是一无所有。

而爸爸这边也有了新的感悟：他发现“崇拜”不仅让人享受，而且还能让人上瘾。他蓦然发现，自己也越来越离不开“黑白铁”了。只要她不在，他就像歌唱家失去了听众，像“逗哏”的相声演员失去了“捧哏”的，像红花失去了绿叶。他不免对比起和妈妈在一起的时光来：这几十年，都是他在“崇拜”她，她的漂亮和“艺术家”的身份把他压抑了。他获得了一个让人羡慕的妻子，却失去了被人崇拜的权利。他的一种虚荣被过分满足的同时，另一种虚荣却常年空白。

就连刚才妈妈优雅地点上一支烟，优雅地反击看守的姿态，在他看来都是一种极度的炫耀，也是对他的压抑。而且，难道她不知道看守要是记仇的话，是会对他抽嘴巴、甩皮带的吗？他们甚至会借口牢房紧张，把他转移到关押抢劫犯和强奸犯的房间。苦头还是他一个人来担，而妈妈因为美丽而任性，从来不考虑他的感受——多少年了都这样。

因此，“黑白铁”简直可以说滋润了他的饥渴。这种饥渴比当年对美丽女人的饥渴还要强烈。

他甚至生发出一种很本质、也很唯心主义的感慨来：人啊，其实无所谓美丑贵贱，甚至"真实的人"本身都是虚无的，存在的只有他（或她）带给旁人的一种感觉、一种气氛。在"黑白铁"面前背诵了无数拾人牙慧的"至理名言"之后，他总算有了一点独特的心得。

两个"有心人"朝夕相处在一起，某一天干柴烈火，也是顺理成章了。那天在一圈洗衣机中间，他们都忘记了是谁先抱住了谁。总之是一次无心的身体接触引爆了闷热天的炸雷。他们一边撕咬搏斗，"黑白铁"还一边说：

"脏！脏！"

她跑回自己房间，拽了条干净的床单回来，铺到满地的洋垃圾上面，然后才颇为悲壮地倒下，奉献，完成"崇拜"的最终仪式。

完事之后，爸爸才如梦方醒地说："哎呀，我有老婆孩子。"

在拘留所，他对妈妈说："我也不是没有负罪感。"但却带着很无赖的"豁了出去"的表情。

听到这儿，妈妈再也忍受不住："你别说了。"

听到这儿，节节也对妈妈说："你别说了。"

母女两人都觉得恶心，恶心死了。哼，什么崇拜和奉献，到头来还不是在垃圾堆上打滚。他竟然有脸全说了出来。她们在不同的时间和地点同仇敌忾。

她们对爸爸的鄙夷都是一样的：这就是典型的骨子里很"贱"的男人，没有虚荣的资本却迷恋于虚荣，老天给他一步好运也不知道惜福。北京南城的胡同里盛产这种男人。

就连拘留所里那个年轻的看守，目睹了这个美丽女人被"赖骨头"男人伤害的故事，都为之动容了。刚才那一支香烟的挑衅，非但没有让他记恨，反而让他心痛与敬重。来探监的家属多了，大多数都是哭天抢地或贼眉鼠眼地寻找机会行贿的，他从没见过这样把悲哀压在平静之下的女人。一瞬间，他幻想自己也有这样一个高贵的姐姐，而这个姐姐被一个混蛋欺骗了。这天刚把爸爸押出探监室的铁门，他就狠踹了一脚："走直了！"

这一脚又会让爸爸怎么想呢？他一定想：你看，她在哪里都不缺崇拜的。她就是被崇拜惯了。而我四十多年来只得到过一回。

节节又问妈妈："那么你们后来就——"

"是啊。"妈妈轻轻点点头。虽然"黑白铁"曾经甘愿牺牲地对她所崇拜的男人说："我绝不破坏你的家庭！什么时候不要我了你就直说。"但在这个游戏里，她的意见并不重要。她就像咬翻了供桌的耗子，供品稀里哗啦地碎了一地，却还是没人理会耗子的吱吱叫。爸爸妈妈已经按他们自己的游戏逻辑玩儿下去了。

第三天的探监时间，妈妈径直拿出了"离婚协议书"，没做任何铺垫。就连这张纸本身都是她在家就起草完毕、带在身上的。昨天晚上她会不会把它拿出来，看上无数遍呢？不得而知。

而爸爸只看了最上面一行，就默默在结尾处签了字。他一笔一画地写完，才"波"的一声，鼻子里冒出一个泡儿，然后趴在铁丝网上失声痛哭。

他说："我怎么会想到闹成这样……我对不起你……我对不起节节……"

二十年夫妻走到头，妈妈却仍然能够"保持台风"。她的伤感是节制的、超然物外的，就像陪着某个不相干的人掉几滴眼泪。而自始至终，爸爸也只是"舍不得"，并没有乞求过妈妈的原谅。他们似乎早已达成了共识：以妈妈的性格，事已不能回头了。

妈妈拿着离婚协议书从拘留所出来，就已经是一个实质上的单身女人了。她走到门口，正碰见"黑白铁"等在那里。看到妈妈，那女人欲言又止地迎上来。假如是一个"心胸开阔"的女人，也许会叹一口气，交代一下"他"吃什么不吃什么、有什么不为外人道的隐疾吧，但妈妈却视若无睹地走了过去。她对爸爸出奇的大度，但对"黑白铁"却仍然刻薄而傲慢。她认为对方没资格与自己进行交接仪式——就像二战结束后，一部分降军拒绝向游击队缴枪。

然后她就坐车回家了。过两天就到法院去办手续，妈妈这么告诉节节。

但是节节仍是不明白。如果说妈妈“坚决不原谅”爸爸，是她的高傲使然，那么她长久以来对爸爸的淡漠呢？这又该怎么解释？还有，在整桩事情里，她怎么也看不出妈妈流露过“真正的悲痛”。“真正的悲痛”越压抑，就越显得更深厚，作为演员的孩子，节节也明白哭不能号啕大哭，而要抿着嘴噙泪——但妈妈却并没有“压抑”什么，她的平静和淡然几乎是纯粹的平静和淡然——下面顶多藏了两份感慨，却绝无悲痛。

也就是说，妈妈骨子里渗出一股“无所谓”的态度。因为“无所谓”，她才能在面对爸爸和“黑白铁”时轻松地占据上风。

节节甚至对妈妈生出怨恨：这是你咎由自取的。如果你对爸爸不那么傲慢和冷漠，他又怎么会被“黑白铁”那种货色乘虚而入呢？你也要负责任！但她心里一惊，立刻让这念头飞快地滑过去。她承认，这个反应是极其势利的：爸爸已经从这个家庭被“开除”出去了，自己还能依靠谁呢？只有妈妈了。

看到节节在发愣，妈妈却突然叫了一声：“哎呀，你的裤子还没拧干，别泡一晚上沤烂了。”说完就跑到厨房，收拾起许洋留下的那条牛仔裤。她一边拧，又一边说：

“节节都会自己洗衣服了——过来帮把手。”

听到妈妈的口气一下子就“日常”了，节节又是一阵恍惚：妈妈这婚离的，竟然有如释重负的意味。她脑袋空空地跟过去，抓住裤腿沿着妈妈的反方向拧。而她的态度也是和妈妈“拧巴”的，无声地咧开了嘴。她已经陪着大人“坚强”了那么久，现在想使用孩子的特权了。但咧了很久的嘴，肩头一抽一抽的，却也哭不出声来。

妈妈的眼睛便暗了一下，轻轻说：“最对不起的还是你。我们都对不起节节。”

然后她低下头，自言自语地打了个机锋：“覆水难收啊，早知这样，当初何必盛满水呢？”

节节就再也忍不住，“哇”的一声长号。她甩下裤子，跑出了门，泪流满面地走在院儿里。还好夜已深了，除了野猫伴着她哭，并没有人看见。她就那么大口地喘着气，哭，像一个就要窒息的人。她真的快要不能呼吸了，她被命运扼住喉咙了。

她在院儿里一圈一圈地走，不知走了多久，才觉得脑袋里有了氧气。四周的景物也清晰了起来：竟是个晴天，月朗星稀。这时她才觉出脚痛，原来出门时穿的是一双拖鞋，两个脚趾都被塑料襻儿磨破了。节节就找了个花坛，坐下，在夜色里风干自己的脸。心里满满的痛楚已经哭出去了，留下的是更加荒凉的一片空。

这时路灯把一个影子送过来了。不是妈妈，而是许洋。他穿着件脏兮兮的大背心，在节节旁边站住，仍像痴呆一样没有表情。节节躲着他的目光，在暗处擦了擦脸，才说：“小不忍，你跑出来干吗？”

许洋说：“我爸不知又跑到哪儿去了。我等他。”

也许他在无数个深夜出来等过酒鬼爸爸，而节节以前全没发现。现在她心里的痛处又被狠狠地捅了一下：他还有爸爸可等。她便又扭过头去，等着眼泪掉下来，但却发现眼泪已经流干了。

于是她叹了口气，拍拍身旁的水泥砖：“过来坐一坐。”

许洋便听话地过来，离她一拳的距离坐好。两人无话地看了会儿星星。

天在逐渐变冷，沉默的局面愈发显得凄然。节节又叹了口气，才悠悠地开了口：“小不忍啊……”

“啊？”

“我爸妈也离婚了。”听着自己的语气如此“意味深长”，节节陡然觉得陌生。这么一会儿工夫，她就老了十岁吗？

许洋却像从没年轻过，因此也就不会变老，只是无可表示地回应了一声“啊”。但这个态度却让节节觉得亲近，胜过一切安慰。她又说：“肩膀借我用一用。”

许洋仍然没说话，她就把脑袋靠到他的肩上。他也一动不动的，突兀的骨头硌得她太阳穴疼。但节节的心却神奇地恢复了踏实、安然。

现在，她已经能够平静地面对这件事情了：她的家庭分崩离析了。一家人已经不是一家人了。

当然，还有许多不懂的事情，等着她以后再去明白。

第二章 · 两个人

part 1

节节从很旧很旧的楼道上挪下来，拖着一只巨大的皮箱，磕在台阶上“咚咚咚”的，好像在发狠砸着什么东西。周围破烂的景象也使她不满：墙壁斑驳、脱皮；窗子半开半合地在风中晃荡，而且就算关上也形同虚设，因为玻璃早被打碎了；谁家的破烂都堆在过道里，多少年前的缺腿家具和烂鞋子也像宝贝似的舍不得扔，和大白菜一起散发出混杂的霉味儿。

满目疮痍的楼和放眼皆是的破烂，恰恰象征了它们主人的心境：早已被撂到一边，却还觉得自己是宝呢。别说人了，就连这个剧团都是如此：多少年没正经八百地演一台戏了，却还为了不被“取消编制”而隔三岔五地向上面汇报“排演计划”。就算要到拨款，也是象征性的仨瓜俩枣，把拖欠的医药费一报销就所剩无几了。

节节才不管这些，她还有她的事去做。她带着满腔怨恨去上大学。

就在几个月前，她和妈妈吵了有史以来的最大一架。不同于那些吃饭穿衣早起晚睡等等问题引发的拌嘴，也远比和男生飞眼儿、打闹造成的后果严重。那仅仅是常规战争。这次节节吵得极其认真、暴烈，几乎把心肝肺都吵出来了。事关前途啊。

当时正是高考冲刺的“关键阶段”，所有高三学生都被关押在一幢僻静的小楼里，披星戴月地做卷子。音体美的课程都取消了，甚至连“主科”

之间的界限也被打散了，数学老师刚收了卷子离开，英语老师就抱着卷子进来了。做吧，题海战术，天道酬勤。请珍惜每天伏案十几个小时而不会得颈椎病的好时光。因为所有同学都在埋头写啊写，节节有怨言也没处发泄，她只好也埋着头，写啊写。作为一个不缺“小聪明”的姑娘，她的成绩还是很好的，每次做卷子都会比其他人快许多。因此她就获得了一段时间来休息、望着窗外发呆。

而这天正在发呆，却发现校门口的方向有了异样。那里停了一辆“依维柯”面包车，几个戴棒球帽、穿马甲的男人正转来转去，肩上扛着或在地上立起什么机械。周围围了一大群学生。一看就知道是摄制组——这所中学是建国初期由部队创立的，地方大、绿化好，楼舍也是堂皇而笨重的苏式风格，因此常有拍电影电视的工作人员来采景。

节节的心思在暮春的天气里一痒，然后上纲上线地给自己找理由：学校凭什么允许低年级的学生看热闹，还美其名曰“接受艺术熏陶”，而毕业班的就得闷在屋里？何必差别对待？既然学校一定收了摄制组的“采景费”，那么看艺术热闹的权利人人都有。想着老师会被自己反诘得目瞪口呆，她就得意地当众跑出去了。

她本来计划的也就是透透气，没想到今天的摄制组却有些特殊。不光是来采景的，而且还顺带挑人：一部反映“青春题材”的电影已经找好了主角，尚缺几个群众演员。制片主任把这消息一宣布，学生们立刻沸腾了，几乎每个班自认为长得有姿色的女孩都过来排队，战战兢兢地到摄像机前做几个动作，朗诵两句诗歌。各个年级的坏学生自然也闻风而动，前来看“婆子”、打匪哨，鼓励姑娘们：“妹妹不要怕！导演不要你，我们要！”

摄像机旁还站着几个服饰艳丽的同龄人，是艺术学校的学生，真正的演员。因为一只脚已经踏入了“影视圈”，他们便带着内行的冷漠，不留情面地指摘外行的做作、虚假、“太过了”。有一个已经演过两出戏的女孩甚至提前戴上了墨镜。

当然，决定权还在导演手里。那人像一切导演一样，脏，留大胡子，表情专注，也比演员们更加刻薄——一个脸颊丰满的女生正在唱“这就是爱的代价”，他便厉声打断：“下一个。”

女生像犯了错似的：“我怎么了？”

“没什么。”导演面无表情地说，“就是脸太大了，摄像机都装不下了。”

“我没觉得大。”

“镜头里的效果不一样，我们要的是camera face。你的脸在我看来已经不是脸了，是脸盆。”

旁人一片哄笑，那女孩立刻哭了，捂着她的脸盆跑了。

而就在这时，导演看到了队伍外的节节。她也正因为“脸盆”发笑呢，那笑容让他心里颤了一下。

“那女孩儿，你过来。”

节节见导演向自己这边喊，不由得往左右两边看看。她想，自己穿的可是高三的校服，难道他不知道毕业班的学生连来到这里都是违纪的吗？而导演确实早忘了“不要打搅毕业班”的要求。

“就是你。”导演又重复一遍。

大家便都向节节这里看过来。因为导演的青眼有加，节节的形象在众人眼里，便好像已经装在镜头中了：果然是青春片式的青春洋溢。

没想到节节却不忿了：你让我过去我就过去吗？你是哪根儿葱啊，仗着须子多就这样把人吆来喝去的。她翻了个白眼，撇撇嘴，故意不动，仿佛在为所有参加选拔的学生，尤其是哭着跑掉的那女生出气。

但导演却偏偏来了情绪，他兴奋地对身旁一个小演员说：“你要是有这个表情，性格就出来了。”

那小演员便阴郁地瞪节节一眼。

这时导演已经改正了态度，用大人对小孩的道歉口吻说：“小姑娘，对不起，可不可以给我们表演一个节目呀？”

节节这才笑了笑，弹性十足地走过去，站在摄像机前。刚开始，她只是觉得好玩儿，但导演郑重地喊声“action”，一种奇妙的感觉就来了。那是被聚焦的感觉，多年以前站在舞台中央唱“小城故事多”的感觉。被声光电包围的感觉。

于是节节就开口唱：“北京的金山上光芒照四方……”同时比画了几个藏族舞蹈的动作。这两手自然是从妈妈那儿学来的。而故意选这个“节目”，也是节节的性格使然：她就要唱和别人不一样的。当年“革命歌舞大联展”是主流的时候，她要“小城故事多”，现在男欢女爱成了主流，她偏要“北京的金山上”。

和当年在“革命舞台”上一样，她这次也只唱了一半。但不是因为忘词了，而是被打断了。班主任老师正抱着一摞卷子走过，看到一个高三学生正在那么多人面前载歌载舞，便条件反射地吼一声：

“疯什么疯！”

哗啦一声，“北京的金山”崩塌成一地碎琼乱玉。班主任威严地等着节节从摄像机前挪开，和她一起回教室去。她根本不看大胡子导演和摄制组的人，一副井水不犯河水的架势。

往回走的路上，节节才从陶醉里回过魂儿，嬉皮笑脸地对班主任说：“卷子已经做完啦。”

“那就有资格浪费时间了？”班主任横了节节一眼。但成绩好的学生多少有点恃宠而骄的特权，因此批评的口气已经软了下来，“再说这样会对学习不好的同学造成什么影响？都跟着跑出来怎么办？他们可耽误不起。”

但是到了下午，她就要换个角度考虑这个问题了。摄制组的“副主任”，一个头发比男人还短的女人找上门来，以郑重而礼貌的态度与她“交换意见”。导演让她转达的意见是：那小姑娘是个不可多得的“好苗子”，如果愿意参演，他愿意换掉一个重要配角的人选，让她顶上去。他还要求副主任向老师强调，他们可不是影视公司的草台班子，而是“北影厂”的正规部队。他们对演员不会用用就算了，更不会“往邪道儿上领”，如果是他们看上的孩子，将来是会“用心培养”的。

果不其然，导演的名片上比同行多了一个括号，里面写着“正处级”。

副主任又用男人大大咧咧的口气说：“不就是考大学吗？电影学院也是大学吧？还是重点呢！你知道，如果真成了小明星，十有八九都会被那儿录取的……”

作为一个一心替学生着想、喷着奶都要站在讲台上的教育工作者，班主任这时的心思就替节节活泛了起来：她当初反感学生围着摄制组转，是因为认为“文艺界”太遥远了，与其对遥远的事情幻想，不如对现实的事情努力，但现在对于节节来说，遥远的事情突然无限接近现实了，这未见得不是一条“出路”啊。就算她对副主任的信誓旦旦仍然存疑，也知道文艺工作者的长项就是满嘴跑火车，但轻率地堵了学生的出路，难道不也是造孽吗？

万一这条路真走得通呢？班主任又替自己畅想：她培养过博士、外企职员、报社副主编，但还没培养过一个明星呢。试想多少年后的校庆典礼上，节节的照片挂在“杰出校友”的光荣榜上，下面写着“著名青年表演艺术家”——这个成就感，不是每个老师都有机会享受的呀。

不管怎么说，摆在眼前的机会，不试试总是说不过去。但老师的口气仍是倨傲的，带着小知识分子的过分尊严：

“我们教书育人，但也尊重学生的自由选择。而且这事儿，你们总得征求家长的意见吧？我要提醒你们，未见得每个家长都愿意孩子走这条路。”

其实她心里想，别的家长“未见得”，节节的家长却肯定是巴不得。又不是没见过她妈妈，那副轻佻样子，听说女儿被挑上演员了，还不美得像鸡一样乱叫？哼，透着肤浅。

制片副主任说：“那肯定——能把她家的地址给我吗？我们亲自上门去说。”

老师从登记表找出节节住在“几号院几号楼”，副主任惊奇地说：“咦，这不是我以前待的那个剧团吗？也许她妈妈还是我过去的同事呢。”

班主任这才知道那个院儿是个“文艺单位”。那么节节的天分呢，八成是家传的了。再想到她妈妈很可能是个“艺术家”，记忆中的花枝招展居然就不显得肤浅了。

下午，节节一头雾水地回家。她还在纳闷今天班主任是怎么了——她抽什么风啊？放学后突然诡秘地向自己招手：“来，来，我给你指导指导。”

指导什么？加班加点还不够吗？节节又烦躁地撇嘴。来到办公室，老师却递给她一本语文书：“下一个节目，诗朗诵啊——开始吧。”然后双手环抱，若有所思似的等待。

节节接过书，看翻开的那页是《大堰河，我的保姆》，几乎笑出声来。但她也只好念起来：“大堰河，我的保姆——”

老师微微颔首，手指又跑到膝盖上轻轻地敲着，仿佛打拍子。在节节看来，这是一副吃饱了撑着的样子。她又略微不安：为什么偏要挑这篇让自己念？难道老师早已知道当初马金山是被自己“教唆”的，因此要在毕业之前来个大清算？

等她拖拖沓沓地念完，老师却像内行人士一样沉吟，点头，然后语重心长：“果然是个好苗子——只不过有些地方处理得浅了，没把作者深厚的感情表达到位。当然这也和你的年龄和阅历有关嘛，不能强求。不过还是要提一点能够纠正的问题，就是咬字可以再清晰一点，表情可以再端庄一点，我最看不上台湾演员那种满脸跑嘴的台词风格，真不知道她们为什么会走红，比‘人艺’的基本功差远了……”

节节茫然地看着老师。这时她的猜测是：高三生活太无聊了，学生无聊，老师也无聊，而且老师还是几年一个周期的循环式无聊。无聊一旦透顶，排遣无聊的方式便也跟着古怪了起来——听学生朗读，大概是她们这位老师在这个特定时期的癖好。

出门时，老师还拍拍她的肩膀：“我能帮助你的也就是这些了……”

而到家以后，节节才知道老师可不是无的放矢——她是在“指导文艺工作”呢。过了把江青同志的瘾。节节前脚进门，后脚就有人敲门，打开一看，外面站着个留男人“板寸”发型的女人，不是白天那个摄制组的人吗？

“你妈呢？叫出来。”说话风格也是男人式的。

妈妈迎出门来，和那位副主任面对面看了一会儿，好像在互相辨认。

片刻爆发出硬着头皮的热情劲儿：“你不是那谁……那谁……吗？”

“对对对，你还住在团里啊——以前就住这个楼吗？”

原来她们过去还真是同事，只不过当年就不熟，并且男人般的副主任因为业务不好，很快就被“分流”到制片厂去了。观察着气质迥异的“文艺界老战士”，节节感到女演员真是有意思的一种人，她们身上的“女人味”或者被充分放大，或者被一笔抹杀，总之一定要走极端。她又想，制片副主任过去也许是跳男性角色的吧。

而虽然记不起节节妈妈的全名，副主任却毫不见外。她不脱鞋就踱到客厅里，嘴也不停：“这个团都多少年没演出了？清闲好啊，哪儿像我，一天到晚让片子赶得团团转。不过咱们当年演戏，靠的可都是真功夫……我还记得那时候有个美工——其实就是一胡同串子——死不要脸地追你，是吧？你没让他得逞吧？哈哈，一猜就没得逞，否则怎么会有这么棒的女儿……”

这么一说，不光妈妈，连节节的脸都暗淡下来。妈妈嗓子干涩地说：“你来这儿——是回团里看看？”

“何止是看看！”副主任丝毫不在意对方的不悦，“是为工作——小姑娘的老师还没跟她说？我是代表摄制组来下通知的，跟学校也谈好了。你看，多大的缘分，挑了一圈儿演员，最后挑的是咱们老同事自己的孩子！”

这话一说，妈妈就有些缓不过神来似的。而节节却电光石火般把一切都串起来了：从导演点名让她试镜，到班主任穷极无聊的消遣。但她随即也产生了恍惚的感觉：她要当演员了？这么无心插柳、一不留神、说来就来？她此后的生活就是处处充满声光电的了？

她的眼神也是梦幻的了，那一刻她真是目眩神迷。

但妈妈却冷静下来了。她盯了节节一眼，冷冷的，仿佛看穿了女儿那份浅薄的狂喜。随后，妈妈压低声音说："你先进去看书。"

"啊？"

"我说你先看书去。"妈妈说，"高三了不是应该争分夺秒吗？"

屋里一下冷了场。妈妈的反应让节节有些意外，但人逢喜事，总会把情况往好的方面揣测，她立刻为妈妈找借口：有一些具体的事宜，她一个孩子总是不便和摄制组直接谈的吧，比如如何请假、上多少戏份、酬劳多少等等——总得家长代劳。要不报纸的娱乐版除了报道明星，也总忘不了那些"星妈"呢。进入角色比自己还快，真不愧是文艺界出来的妈妈。

这么一想，节节就放心大胆地回到房间里，继续她的梦幻去了：空气仿佛变成了水，屋里的摆设都漂浮游动起来，而她感到自己是一条小小的美人鱼——住在水族馆的橱窗里展览，供人惊艳——不不不，她才不要当那种"花瓶"式的演员，她可不是芭比娃娃。要当她就当那种因为头脑而美丽的女演员：朱丽叶·比诺什、王菲、张曼玉……周迅也凑合。"有气质"才是真正过瘾的事。

这么一想，她的心里又充满雄心壮志了。

外屋嘀嘀咕咕的，节节的梦也不知做了多久，直到被一声男人似的粗嗓门打破。她打了个激灵，看看闹钟，妈妈她们已经"谈"了半个多小时了。

而那制片副主任竟然在吼叫："你是怎么了你，这不是耽误孩子吗？"

妈妈的声音也提高了一个八度："我的孩子我会耽误吗？我看你们才想耽误她！"

节节登时心里一凉：谈崩了吗？她一摔手里的书本，开门冲到客厅。果然，外面的两个女人正在剑拔弩张。制片副主任站着，挥到一半的手僵住了，妈妈则直直地绷在椅子上，攥膝盖攥得指甲惨白。

节节想问：怎么了？有什么谈不拢的？但张口说话却是冲着妈妈的：

“你要干吗？”

副主任赶紧借上节节的势：“就是，你要干吗？你没看出孩子自己想演戏吗？别人做梦都梦不着的机会！怎么会有你这么古板的家长？”

妈妈的声音低下来，但仍是一副不容置疑的姿态：“孩子想演那是因为她不懂事，你们要是撺掇她，那就是教唆，就是诱拐！”

这么重的词儿，不免让副主任莫名其妙：“你是觉得我专门上门来害她吗？咱们过去可没有仇呀。”

看到对方先软下来，妈妈似乎也不好意思了。她僵硬地笑笑：“当然没这个意思——怎么搞的，一下就激动了。”

“也怪我，也怪我。”副主任也检讨，同时看看表，“要不这样，你冷静冷静，再想想，想好了给我打个电话？片子过半个月才开拍，还可以等的。”

妈妈起身送客，走时还拉了拉副主任的手：“不管怎么说，谢谢你们看得起我们家节节。”

副主任一走，节节就对妈妈发火了：“你不让我当演员？”

“没答应他们。”妈妈揉着太阳穴，但不回避节节的眼光，表示自己很累了但还强打精神谈话，“我不同意。”

“你凭什么你？”节节耸着肩膀叫起来，“你凭什么干涉我的自由？”

妈妈却没有朝她叫回去。节节已经发现，妈妈越是激动的时候，就越是要保持平铺直叙的腔调——这就是一个老演员的“台风”。

但说出的话却是振振有词的：“等你大学毕业以后，自己挣钱养活自己了，再跟我谈自由。当演员有那么好吗？当演员不等于当明星你知道不知道？他们要是把一张重点大学的文凭拍在这儿说：别担心，将来当不了演员了也有饭吃——我二话不说就让你拍戏去！可实际呢，什么北影厂的剧组，什么宣传部重点推广的工程，还不是下午两点播播就过去的口水剧。你跟着他们闲晃半年多，为了个配角把学习荒废了，你说值不值？”

节节仍然嘴硬："林青霞和吴倩莲都是从配角演起的！你怎么就知道我肯定不红？"

"你怎么就知道自己肯定红？"妈妈往厨房走去，顺利地把一场针锋相对的论战变成了家常唠叨，"真没想到你这么能做白日梦，都是看港台电影看的，把什么事儿都看得那么简单。我知道你比别人漂亮，漂亮就肯定能当明星呀？放在演员堆儿里也就是普通人嘛……"

"你不让我当演员，你当年干吗去跳舞？"

"我那时候有几个上得了大学的？我出身又不好，考上也是'不宜录取'。幸亏腿脚匀称点儿，让部队挑上文艺兵了——就图一身军装，就图吃饭管够、一个月八块五毛钱津贴——我当演员，就是这么庸俗的目的。你犯得着吗？"

"你以为现在还是你那时候？你什么都不懂。"

"我怎么不懂——大明星一场戏多少多少万，化妆间都不跟别人共用，谁还不知道这个？不过我还懂一千个演员里也出不了一个大明星。我还懂成不了大明星又没文凭就会让人瞧不起……"

妈妈说着说着就成了自言自语，同时热锅、炒菜、蒸米饭。在代表吃饭问题的厨房里，什么理想啊追求啊都是谈不通的——节节看着油烟升起来，就不由得泄了气。她一跺脚，回到屋里，把自己往床上一摔。

滑稽的是，等到她想要哭几声时，却又想起了过去闲聊，妈妈讲过的"表演小技巧"：别的女演员趴在床上哭，都是一边哇哇一边蹬腿，只有刘晓庆是咬着枕巾呜咽。这一咬枕巾，悲伤就全烘托出来了。"你看，你看，"妈妈感叹道，"这就是一个演员的过人之处啊。"

节节决定向妈妈服软了。但是服软不是放弃，而是"曲线救国"：她知道要是硬碰硬地对抗下去，把妈妈惹急了，这事儿就更没希望了。因此她想要感化妈妈，让妈妈明白自己是如何地渴望演戏，而且还有能力演好戏。电影杂志上介绍某个明星时，总会说她是"为银幕而生的"，她这时也坚信自己是为银幕而生的。

于是她把生活当作了表演。比如早上起床伸懒腰时，她会想：我这不是简单地伸懒腰，而是“演”一个小姑娘在伸懒腰，那么如何“处理”才好呢，是夸张地把躯干扭曲成一张弓，还是含蓄地用胳膊肘挡着脸打哈欠？这一个懒腰往往要伸五分钟之久。吃饭的时候她又会想：这次是塑造一个典雅的大家闺秀，一粒米一粒米不露齿地吃，还是一个饿极了的小乞丐，狼吞虎咽呢？到晚上自习时就更是一个字也看不进去了，但还要把腰绷得笔直，“文艺兵”似的长脖子微微隆起一个弯儿，展示的是灯下的淑女造型。

或者还会把课本上的内容念出来，哪怕念的是“从战国时代起，我国进入了以地主阶级和农民阶级为主要矛盾的封建社会”，也要用电影旁白的抒情口吻。边念还边高标准、严要求：吐字一定要清晰，杜绝含含糊糊的北京腔。我可不愿被定型为一个“本色演员”。

这些“表演”的目标观众当然是妈妈，每当妈妈在时，节节就“演”得格外卖力。看见了吧，她暗暗向妈妈论证，我已经懂得了“台上一分钟”，从现在就开始下“十年功”了。你当年睡觉也要用沙袋压着腿的精神，我也有。

但妈妈却总是视而不见。顶多评论一句：“咦，今天的坐姿倒是端正。”

这么“绷”到周末，节节又开始着急。时不我待啊，剧组眼看着就要开拍了，妈妈的态度怎么还没转变呀。这时她又发现了一个致命的矛盾：假如“表演”的最高境界是和“生活”一致，那么让妈妈“看”出自己在“表演”，不恰恰说明她“演”得不够好吗？听说过还原生活，没听说过还原表演的啊。这个领悟让节节后悔不迭。绕这么大个圈子干吗？真是聪明反被聪明误。

于是她焦躁地去翻客厅里的小茶几，看到“制片副主任”和“导演”的名片还在电话下压着，便又放心了几分。当初说好了“过几天再打电话”的，那个电话还没打，就说明妈妈还没决定下来，她的演员梦还能再做两天——或者是两个小时、两分钟。

但她又受不了这份煎熬，便把那两张名片从座机底下拉出来，露出关键文字。

第二天，她又发现名片被整个儿压到电话底下去了，便再次把它们拉出来。这次露出得更明显，保证妈妈一坐进沙发就能看到。

终于，这天她正在房间里百爪挠心，就听到妈妈看着电视，忽然轻轻“哼”了一声。这段时间，她对妈妈的一举一动都是格外地敏感，敏感到了一分钟眨几次眼都数得出来的地步。她也自嘲：还没当上演员呢，却先把自己训练成警犬了。而这一“哼”，在她听来是很有特殊意味的，不像是对电视里的人物发出的。

于是节节的脖子僵硬了，手指微微发抖。她听见妈妈把电视调小声，拿起电话，拨错了号，挂掉重拨一遍。

然后妈妈对话筒低语，那声音比电话另一边的还要小。制片副主任气愤地吼叫连节节也听见了：

“不同意？不同意你打电话来干什么？不同意就算了，地球缺了谁还不是照转……”

“还以为你真的在等我回话。”妈妈说，“就是想给你一个交代。”

“交代”这两个字被咬得格外清楚，节节明白，这是“交代”给她听的。自己的一片苦心妈妈不是没看在眼里，但看在眼里也不当回事。刹那之间，眼前就模糊了，泪珠泛上来，追逐着滑过她的脸。她倔强地用胳膊去抹，但重新清晰的世界已经不是方才那个了：一个女孩的美梦刚刚破碎了。

节节踩着棉花一样走到客厅，对妈妈展示她的眼泪。这就不是“表演”了，不用咬枕巾也够真切够撕心裂肺了吧。而妈妈抿抿嘴，眼睛垂下去，又把电视音量调大。调得有点过于大了，耳朵里嘈杂无比，已经足以把委屈点燃成怒火。

“你凭什么你？”节节拖着长声哭道。事情绕了一圈，又回到“副主任”第一次登门后的那句质问。

“凭什么我已经解释过了。”妈妈说，“好话不说二遍。你不明白是因为你想不通，通了就好了。”

什么“通了就好了”，难道自己的悲愤在妈妈看来仅仅如同一次便秘吗？节节痴了一般重复：“你凭什么你凭什么？”但这时的意思已经变成了：你凭什么有这么强的优越感，如此轻率就决定别人的命运？

她要还之以牙报之以眼——去刺激妈妈最脆弱的地方。这个念头一生成，她的思路、语言就像追光一样陡然清晰，目标准确了：

“你就是嫉妒我。”她用自己能想象到的最尖刻的语气说，并痛恨眼泪削弱了这份尖刻，“你自己白当了个演员，蹦跶这么多年连戏也上不了，所以你心理变态，生怕别人比你强——我就是比你强，别人追着我上戏，不像你，为了上戏去假积极、拍马屁……”

“我可不嫉妒你这个。”妈妈仍不动声色，看来她已经想到了节节的这一招，因此做好准备了，“你要是当上女局长、女律师、女经理我才嫉妒你。为了这个——我可犯不着。”

“你为了上戏让人摸大腿！”这话嘶号出来，节节都为之一凛：战争升级了，没底线了。按核按钮了。

妈妈也是一怔，眯起眼睛看她。胸脯起伏了，好，节节快意地想，杀伤了。

那就一不做二不休，杀他个尸横遍野。她反而冷静了，调整到了残酷的状态：

“你就是不尊重别人，过去从来就是这么对爸爸的，所以他才会不要你，跟一个土包子跑掉……他宁可要一个土包子也不要你！我就不明白，你都混到这份儿上了，怎么还觉得自己有资格压人一头呢……”

一边说，节节一边转身，往屋里走。她要造成的效果是：出手之后翩然离去，就像最冷血的剑客，让对手看着自己的背影慢慢窒息。

然而妈妈却命令道：“站着别动。”仍是平稳的祈使句。在一塌糊涂之时，只有这种语调才最有力量。节节已经明白了这个伎俩，但仍被慑住，停在房间门口。

她用余光看到妈妈从沙发上抓起一本杂志，向自己扔过来。“哗啦”一声打在肩膀上，并不痛，但却有裂帛、碎琉璃的效果。这是妈妈第一次向她动手。

然后她看到妈妈脸色苍白，仍坐着不动。不知是不想动还是动不了。总之像一幅会喘息的人像。然后节节突然想到：原来刚才用于刺伤妈妈的那些疮疤，也是属于她自己的啊。家里没了男人是孤儿寡女共同的耻辱。然后她发现自己和妈妈是如此相像：压抑的样子、爆发的样子、爆发之后疲惫的样子。她和妈妈就像树枝与枝上抽出来的嫩条，一个痛了另一个也会痛。对于她们来说，伤对方就是伤自己，但她偏要用自己的痛去搏妈妈的痛。

然后节节的身子软下去，软下去。她靠着房门，瘫坐在地上，和妈妈遥相呼应地苍白静默。

从这天起，母女两个当了很长一段时间的陌生人。那套旧房子里的一切人类行为都变成了哑剧：妈妈照常做饭、压腿、看电视，节节照常放学、吃饭、做功课，但谁也不说话。为了避免交流，她们形成了一种特殊的默契——不是“低头不见抬头见”嘛，那好，在家就都低着头，出门再抬头。

在这场“定力”的消耗战中，妈妈自然是优势的一方。没过两天，她就又满面春风的了，哼着歌儿洗衣服时带着得意，向节节传达两个信息：第一，没有你我一样很高兴；第二，你看，我比你可有风度多了。

这自然让节节更憋气。明明是妈妈伤害自己在先，她才奋起反击的，怎么现在倒像是她无理取闹了？那一阵，每天当听到电视里新闻发言人的义正词严，她就心有戚戚，深切认同：“美方一贯干涉我国内政，侵犯我国主权，并打着人权的幌子指手画脚……”

说得何其准确啊。

而这时候她又想：要是小不忍在就好了。要是许洋在，她就有盟友了，不会如此孤立。虽然妈妈一定会大张旗鼓地拉拢许洋，含沙射影地说什么“要是亲儿子就好喽”，但节节的直觉相信，许洋心里一定会站在自己这边的。当初，那家伙不是为了自己才和妈妈好起来的吗？

只可惜许洋已经走了，回湖南去了。他的学籍在那边，只能到那边复习，参加高考。走的时候他信誓旦旦：“别担心，我一定会考回来的！”

当时节节撇撇嘴：“我担心什么呀？你考哪儿是你的事儿。”

但是现在，在和妈妈的冷战中，节节第一次真诚地想念起许洋来。

面子上相安无事了两天，战斗又升级了。

那天出门上学的时候，节节就发现院儿里的气氛有点异样。这里已经多少年不像个“剧团”了呀，一份微薄的工资把大家都养成了闲人，他们比那些胡同里的混混儿只多一份优雅而已。但是一夜之间，混混儿们就变回了艺术家。节节走在清晨的雾气里，几乎不相信自己的耳朵：琴房里又传出合奏的声音，独唱演员又站在阳台上吊嗓子。只不过琴弦和声带都年久失修——合奏断断续续，没两分钟就要重新调一次音，吊嗓子更是“咦咦咦，啊啊啊——呸！”咳出一口烟痰来。

美工组的状态更说明问题：他们把尘封多年的道具都拿出来，在树上拍打，呛得喷嚏连天。喷嚏中的抱怨也证实了节节的猜测：某个文艺主管部门新换上一个“很有能量”的领导，从几个大企业拉来不少赞助，准备利用这个剧团“大干一场”。写作班子早已完成了一台历史题材的歌舞剧，上面也很看好，据说不光要在北京演演就算了，还要拿到全国去，甚至将来还要“走出去”，到国外去交流呢。领导的原话是：“让这个有光荣传统的老团体焕发青春！”

两个“老大爷”级别的美工则这样逗闷子：“你他娘的昨天晚上也焕发青春了吧？”

“那是——光荣传统要保持，全靠六味地黄丸。”

他们红光满面的，节节脸上却一阴。怪不得昨天妈妈哼歌哼得比平时都快乐。她还撇着八字脚照了好长时间镜子，边照边用束腰拼命地勒自己呢。节节又想起妈妈的口头禅："在老演员里，我可是唯一没把'功''废'掉的。"

那你凭什么把我"废"掉！节节一咬牙，扭身就往回走，走到花坛却又停下：从楼里出来的那个人影，不正是妈妈么？她穿着一身黑的练功服，拎着一双舞鞋，体型真还像个二十多岁的人，而且发型也借鉴了新一代舞蹈演员的习惯——不再是后脑上挽一个"鬏"儿，而是扎起一小段冲天辫，再让头发披到后面去。浑身没有一朵花，却更显得老来俏。

节节脑袋都要气炸了，她想要冲上去呵斥妈妈：自私！心理变态！口口声声为我好不让我当演员，你自己一旦有机会，怎么就上得那么积极！有本事你也别上呀！要素着大家一起素着！

但妈妈才不在乎她的感受呢。人家一踮儿一踮儿地朝练功房走去了，身轻如燕，临消失还即兴来了一个心花怒放的"小跳"。

节节便咬牙切齿地上楼，狂乱地翻沙发旁的小茶几。你演戏我也要演，我要自己给摄制组打电话，告诉她们别人没资格干涉我的自由！但翻了半天却一无所获：妈妈一定早就把那名片扔了，绝了她的念想。何其阴险啊。

本来已经淡化的遗憾又被蒸腾起来，化作悲愤。节节心里满是无可发泄的恨。她要报复妈妈，对，痛快淋漓地报复。女人之间的凶狠不在拳头上和刀刃上，但也绝不止在嘴上，她们做不出血溅五步的行为但也能达到血溅五步的效果。节节下意识地抄起茶几上摆着的一把剪刀，是昨天妈妈裁某条裤边用过的——向哪里下手呢？想都不用想，她几乎立刻判断出如何才算扎到妈妈的心尖儿上。

她拉开大衣柜的门，从羊绒大衣、羊毛衫、毛料裙子底下抽出那套演出服。一套做工精良但已经旧了的红袄绿裤子，艳俗地证明着妈妈作为一个舞蹈演员的最高峰：在大型舞蹈史诗《东方红》里饰演一个被爹娘卖掉的少女。还是在人民大会堂演的呢，台下的前排观众都是开国元勋呢，穿着这身衣服还和周总理握手了呢。怪不得旧了也舍不得扔，反而越旧越成了压箱子底的宝贝——它证明妈妈是一个“艺术家”啊。

去他娘的艺术家。咔嚓。

去他娘的和周总理握手。咔嚓。

去他娘的大型舞蹈史诗《东方红》。咔嚓。

节节心里骂着平日绝不会出口的脏字儿，咔嚓咔嚓。绿裤子转眼就成了七零八落的碎边迷你裤，红袄被断了两臂。痛快。恰恰因为她和妈妈如此相像、如此紧密相连，所以这行为才更让她觉着痛快。这是一种鲜血梅花般的美艳的自戕。

然后，节节反而很冷静地把那一团碎布摞好，重新压回衣裳的小山底下。

这之后她就进入了一种“等待”的心态。去学校的路上，她就等待着妈妈追杀上来；做卷子时，又等待妈妈打上门来；放了学，更是等待开门以后见到一个披头散发形同女鬼的妈妈。她怀着敌仇我快的心理，等待。

然而回家以后，屋里却没人。冰箱上又用小猫吸铁石粘着一张纸条，是简单的两句交代：饭做好了，自己热；我排练晚回来。

看来等待还要再延长一些。而妈妈又像当年一样，演戏演到了废寝忘食的地步了。特陶醉、特忘我、特觉得生活美好吧？节节对着空屋子龇了龇牙：只要你回家，就知道颜色了。等待的刺激性让她都没胃口吃饭了，她伸了个懒腰，懒懒地蜷到床上，脑袋藏在臂弯里。这是小型猫科动物伏击猎物时的姿态：优美而残酷。她已经不嫌等待的时间长了，时间越长就越有舔血的快意。

直到屋里完全黑了，外面才传来开门的声音。看来这个剧团还真是下定决心大干快上了——或者是别人都走了，妈妈却自觉地加练了一个小时？她是最信奉“一分钟”和“十年功”的辩证关系的。只可惜这话在人家那儿都是夸张，在她却是真的：在绝望里耗费了十年功，才等到如今的一分钟。而且如果不是机缘巧合地换了个领导，给了她一分钟，十年功也就枉费了。节节嘲讽地想：她也真不容易。

但随后，她又生出来一个念头：我是不是太狠了点儿？

仿佛有一个简单的、纯良的节节——站在心里的某个角落——对这个蛇蝎心肠的节节点着手指：你怎么变成这样了？

陡然之间，节节就害怕了。她变得害怕妈妈去里屋换衣服、打开柜子、摸一摸那套演出服——妈妈是有这个习惯的。妈妈一定会暴怒，但她怕的不只是暴怒。

然而一切已无可挽回。妈妈哼着歌儿，不知疲倦地跳进来。她"咦"了一声，打开灯，灯光触目惊心一般，让节节把脸藏得更深。节节感到妈妈像一只脱了线的蝴蝶风筝，仍然兴致高昂地在风里飘，飘到卧室去了。她想象着妈妈照镜子，整肃服装，再欣赏一眼"艺术家"的形象，然后打开柜子，拿将要换上的家常衣服——最后，妈妈意犹未尽地回味了两秒。只需两秒，就把她带回了二十多年前，那个大型舞蹈史诗的年代。妈妈的手也情不自禁地摸向衣柜的最底层——

最后的最后，妈妈的瞳孔放大，无法置信地看着那一团碎绸。那一定像摸出了几段婴儿的残肢一般恐怖。但这不正是节节当初最想要的效果吗？

蝴蝶风筝"啪"的一声折翅，坠落了。

节节还藏着脸。她不敢抬头了。她的肢体绷紧，等待着妈妈像母猫一样惨叫，然后随手抄起什么就朝自己打来。什么都可以，鸡毛掸子、扫帚，甚至一只滚烫的暖水瓶都可以。然而什么都没有，身后就是一片静悄悄。

过了很久很久，节节才强迫自己撑起身子来，回头，看见妈妈就站在自己屋外。她一身纯黑的练功服，脸惨白，手上垂着一只红袄的断袖子。黑白红，三种颜色都极彻底，那条袖子也就格外突兀刺眼。在小小的门框里，这简直像一幅油画。

然而妈妈没有打，更没有叫。她手哆嗦、嘴唇也哆嗦地指着节节，声音轻轻的："你干什么呀你？"

节节仍然没开腔，木然看着妈妈。

妈妈的话音仍是软弱的，眼泪也下来了："我知道节节你厉害，可是你厉害也不能欺负妈妈呀。”

发火呀，你快发火呀，别这样。节节心里在对妈妈说。现在她无比期望妈妈的暴怒，因为只有暴怒才能让她为自己所做的事情感到心安理得。但是她蓦地明白，妈妈其实是不会真正地暴怒的。长年的舞蹈演员生涯已经磨砺了妈妈的脾气，并把两种态度注入到她的骨髓里，成了她的基本性格：一是傲然，二是柔弱。当初丈夫出事儿，她用傲然来抵挡，面对女儿时，条件反射地拿出来的却是柔弱了。柔弱里有无限委屈——迟暮美人对抗青春的盛气凌人的委屈。

节节此时才承认，原来妈妈是比自己更适合做演员的。自己的演员梦是幻想，妈妈的演员生涯则是打碎了幻想之后留下的一条生命。

这条生命会柔弱地颤抖，血淋淋地疼：“你就这么欺负我？”

而节节嘴上还想反抗。于是她心里搜刮着可以和妈妈对等的委屈：“是你欺负我……明明是你先欺负我……我要找我爸爸去……”

抬出爸爸来，她也就足够可怜了吧。于是她们母女都够可怜了。还有什么比两个互相说“欺负”、比“可怜”的女人更可怜的呢？

那一夜真是泪流成河啊。节节和妈妈都哭晕了，第二天全没有了把生活过下去的心气儿。妈妈早饭也没吃就去了排练厅，节节也浑浑噩噩地走向学校。“哭”为什么能够缓解伤心呢？这是因为眼泪可以把人的灵魂也流出去。灵魂流干了自然就麻木了。

节节像一部机器人，在课桌上呆坐了几个小时。直到老师带着惊疑的神色敲敲她的桌子，她才想起今天要做的这份卷子是相当重要的：这可是高考前的第一次“模拟”啊。那个时候还是先填志愿后考试，报考哪个档次的大学，基本是要参照这次考试的成绩的。怪不得从一大早，教室里的气氛就比平时凝重许多。

然而考试的时间足足过去了一个小时，节节还是一个字都写不下去。她心思太乱了，看着卷子上的题目竟然像不认识。她只想找一个人说说话。

但妈妈的心都被她伤了，还有谁会安慰她呢？

节节下意识地扭过头，去看过去许洋坐的地方。桌椅空着，许洋在千里之外的湖南呢。

而班主任这时恼怒地“哼”了一声。她已经知道了节节没去成摄制组——至于是自己不想去还是人家最终没挑上就不清楚了。但既然当不了演员了，那就踏踏实实准备高考啊，怎么，跟演艺圈沾了个边儿就丢了魂儿了？演艺圈儿这东西实在是太危险了，太危险了。

节节却再也坐不下去了。她站起来，一声不吭走出了教室。习惯性地逃跑，这已经是第几次了？

她在街上跑啊跑，跑过人群，跑过马路。世界变成了一片浮光掠影，但如果真的是浮光掠影就好了。恍恍惚惚，她听见有人叫：“节节！节节！”

停下来，却看见了许胜利。这个酒鬼讪讪地笑着，好像刚从哪个酒馆出来。全团都在“搞业务”的时候，也只有灯光师得闲，只要不是正式彩排，他仍然可以在外面买醉。

节节愣愣地看着许胜利。她从他脸上分辨出几丝许洋式的羞涩与木讷。

而许胜利喷着酒气，语气却很郑重：“节节没去上学啊？不舒服？”

“也没有。”节节皱皱鼻子回答，想含混过去。

许胜利从怀里掏出一个信封：“许洋还给你写了一封信呢。他还问你想考哪个大学。”

我考哪个他也考哪个么？估计这家伙就是这个主意。节节接过信说：“我还没决定呢。”

而且很难决定。模拟考试都不参加了，怎么决定啊？节节想，我要是决定辍学呢？他陪我一起辍学吗？

而节节刚要走开，许胜利却又拉住她，口气更严肃了：“还有个事。”

节节问："什么事？"

许胜利张开嘴，停顿了一下，最后才说："和你妈妈——闹别扭了？"

节节立刻警惕地盯着他。他怎么知道的？猛然之间，节节的脑袋就恢复了平日的飞速转动，把过去的一桩一桩事情都连成了线：许胜利可是她们家的常客了啊。具体地说，是妈妈的常客。他来拜访，大多都是在节节上学的时候，但每次都会留下一些痕迹。妈妈会告诉她：灯泡坏了，是你许叔叔帮忙换的；今天的米饭是东北大米，没有你许叔叔还真扛不上来；洗衣机坏了，你许叔叔说不用找维修工了，他就能修。总之"许叔叔"包办了这个家里一切男人干的活儿。

剧团的男人多了，有几个小伙子说来还是妈妈的学生呢，为什么有了力气活儿总是"许叔叔"？因为"许叔叔"跟他们熟，也格外热情？那么他为什么会这么热情呢？

还有，当力气活干完，他们又会再谈些什么呢？在那小小的到处放着女人物件的两居室里谈些什么呢？

节节立即对许胜利生出一分嫌恶来。此时此刻，他那酒鬼的形象在她眼里分外猥琐。她露出一副"浑不吝"的表情，干脆响亮地对他说：

"我告诉你许胜利，以后我们家的事儿你少管！"

说完她掉头就走，把许胜利和他的二锅头一起抛在脑后。本来已经够心烦的了，又遇到这么一件让人心烦的事，让她如何是好呢？她只觉得七窍生烟。

恰恰因为见到了许胜利，才促使节节决定,去一趟西单。她爸爸在西单。本来，她是不愿想起这个背叛过她们母女的男人的，而且确实也做到了很少想起他，但现在，她却很想去看看他了。可见世上没有无缘无故的思念，想一个远方的人，总是因为对眼前的人心怀怨恨。节节叹了口气，坐上了地铁。

爸爸干的还是老本行，卖衣服。但被“劳教”了一年多以后，洋垃圾是不敢再沾了，现在他只能和那些外地来的小商贩一起，挤在一个批发市场里练摊儿，卖的也是一些利很薄的浙江便宜货。随着“改革开放的深入发展”，在北京的头几拨儿个体户里，他肯定算是“泥沙俱下”的那些“泥沙”了——当初和他一起“借用革命舞台”卖衣服的一个叔叔，听说现在已经是几家大酒楼的老板了。当然，事情还得分怎么看，比起那些判了重罪的、吸了毒的、骑摩托车被撞飞的同辈们，爸爸也可以称得上是个幸运儿了，毕竟全须全尾儿嘛。只是把老婆孩子玩儿丢了而已。

来这里买东西的，大多是一些打工仔和打工妹。节节躲在那些同样年轻的身影里，从暗处观察着爸爸。他的摊位仍然在角落里，而且是最小的一个，几乎与卖饮料和劣质汉堡包的杂货亭一样大。从劳教农场放出来以后，他的发型也不是北京“老炮儿”惯常的那种大背头了，而是一个板寸。远远的就可以看出，那副板寸花白了。他的面前摆着一只可以播放录音的大喇叭，就是街上卖报用的那种。只不过人家的喇叭喊的是“晚报，晚报”，他的喇叭喊的则是：

“胸罩，胸罩。”

爸爸这么一个妙趣横生的人，在充耳都是胸罩的环境中自然很无聊。没过一会儿，他就嘟囔句什么，然后从兜里拿出一根烟来，点上。但烟雾刚一升起，就有一个戴红袖箍的人从角落里冒出来：“市场规定，不准抽烟！你怎么屡教屡犯呐！”

爸爸把烟掐了：“那就不抽。不抽就不抽呗。”

戴红袖箍的老大爷很严格：“不行，得罚款。”

爸爸露出一副嘻嘻哈哈的嘴脸，去拍老大爷的肩：“何必呢？天天都得见面，咱们也不算生人了吧。”他一笑，节节发现他的脸也苍老了许多，皱纹都像沟壑了。匪兵甲变成贫农甲了。

“天天见也得罚，这是规定。”老大爷扒拉开爸爸的手，继续铁面无私。

但双方正在僵持，人群中忽然爆发出一记比大喇叭还要高亢的吼叫：“不准罚！就不交！”

大家都回头看，就发现一个敦敦实实的黑脸女人冲出来，手上攥着两只盒饭，如同举着董存瑞的炸药包。这不是“黑白铁”吗？看来她对爸爸是铁了心死等的，一直等到爸爸放出来，便陪他开了个小摊。节节狠狠地剜了这女人一眼：她算是得逞了。爸爸混到这般田地她才能得逞。

而“黑白铁”已经跑到了老大爷面前，骂起街来：没有任何逻辑，没有任何理由，反正罚款我们就是不交不交不交——顺便问候你祖宗八代。以前节节可没见过“黑白铁”撒泼，她在爸爸面前只有崇拜，在妈妈面前则是自卑，现在才发现，这女人还有这么彪悍的一面。或许这才是她的本色？

“黑白铁”一边骂，一边把汤汤水水的盒饭晃来晃去的，那架势是：如果还敢来劲，那就兜头盖脸泼过去。面对这么一个泼妇，红袖箍又有什么用呢？老大爷立刻就摇头叹气地撤退了。

看热闹的人散去，节节便也混在人群中想走。但这时，爸爸却叫道：“节节！”在土头土脑的顾客里，她就像羊群里的梅花鹿一样显眼。怪不得导演一眼就挑上她了呢。

节节只好站住，走过去。爸爸迎着她的目光，有些激动地站起来：“女儿来看我啦。”

“没有。我就是没事干，逛街呢。”节节不情愿承认“来看爸爸”的事实，却也只好绕进了他的摊子。那里面的空间真小，三个人一站就显挤了。已经进来的“黑白铁”忙不迭地往更角落的地方缩，一边缩一边说：“小妹妹坐，坐。”

那副讨好的样子，丝毫看不出是刚才那场大战的主角。

节节自然斜着眼不理“黑白铁”。她转头去和爸爸没话找话：“你要抽烟就出去抽，让人家抓住，还得丢人。”她把“丢人”两个字咬得格外鄙夷。

爸爸却忽然一拍脑袋：“有了。”

说着，他从地上捡起一个空的饮料瓶子，然后又掏出一支烟点上，把吐出的烟喷到瓶子里。爸爸边扇巴掌边说：“这样烟就小多啦，不会被发现。”

节节翻了个白眼：“瞧你这点儿出息。”

“那又怎么了？我们上学的时候就是这么抽的。”爸爸端详了一下饮料瓶的商标，“可口可乐就是好，既可以用来逃避罚款，还可以解小手……”

然后又突发奇想地挤了挤瓶子，喷出两个烟圈来：“还可以成为一个有趣的小玩具嘛。”

这么一闹，节节就忍不住笑了，而“黑白铁”更是恨不得手舞足蹈。这点小伎俩在节节看来只是好玩儿，在她那儿却简直可以被称为人类智慧的结晶。

气氛松弛下来，爸爸才问：“你妈还好？”

“好。”节节又没好脸色了。

“她没骂我吧……咳，我也知道她懒得骂我，她这个人啊……”

爸爸这是要干什么？事隔两年之后重新对孩子发表一遍离婚宣言吗？可惜节节已经根本不想听了。她说：“我现在挺忙的，没工夫管你们这些臭事儿。”

爸爸就哀伤地垂下眼睛，又掏出几张钞票，塞到节节的口袋里。

“快高考了吧？出来散散心行，别耽误考大学。”他朝“黑白铁”的方向歪歪嘴，“看见了吧？没文化就是这德行——傻妇女一个。”

节节“扑哧”一声，对爸爸摆摆手，绕出了摊子。她本来还想跟爸爸诉诉苦，说妈妈如何专制如何耽误了自己呢，但看到爸爸这个样子，就不想说了。她回想起从小到大，自己在“正经事”上就没对爸爸寄予过什么期望。

“黑白铁”的声音追上来：“不吃饭了呀？”她自然头也不回。但她又觉得爸爸太不厚道了。“黑白铁”固然傻，但爸爸也只配受用一个傻妇女——受用完了，却扭脸就瞧不起人家。说到底，在这场男女关系中，爸爸只是爱上了被仰视的感觉——简直像一个渴望高大的矮子，勒令摄影师趴在地上仰拍自己。爸爸让节节联想到了拿破仑和希特勒。

而“黑白铁”呢，她到底是真傻假傻？节节倒越发怀疑这一点了。她现在觉得这女人傻得高深莫测了。

从爸爸那儿遛了一圈回来，节节便觉得心里的烦乱少了几分，随之而来的是疲惫。她站在地铁站门口，呆看了一会儿杂乱的街景，幽幽叹了口气。她忽然想起两个字来：人生。处处都是不如意。哭是剜出心肝的哭，笑却是言不由衷的笑。这就是人生啊。

看看天也不早了，她就决定不回学校了。直接回家去吃饭、看书，该干嘛干嘛，让被扰乱的生活回到常态吧。反正该幻想的也幻想了，该较劲的也较劲了，该报复的也报复了——最终，该失败的也失败了。失败了又能怎么样？难道去死吗？恰恰因为生活还长着呢，所以她得学会在该认命的时候认命。

而疲疲沓沓地踱回剧团，却看见门口聚着一大群人，叽叽喳喳。看到节节过来，一个穿着练功服的女演员叫起来：“可算回来了！”

“干吗？”节节问她。

“你还不知道呐？”女演员表情夸张得不知是喜是忧，“你妈妈出事儿了，快去医院吧！”

节节头顶轰隆一声，随即感觉冷得要命，连手指尖都在打寒战。怎么刚打雷就下雨了？

演员们围着节节，怕她逃跑似的把她押送到部队医院。虽然被吓得脑子一片懵懂，她还是从七嘴八舌里拼凑出妈妈“出事儿”的经过。

从早上到了练功房，妈妈的状态就不好：脸色憔悴，两眼红肿，没睡醒似的揉着太阳穴。本来如果有人不舒服，大家应该问一问，实在难受就建议她不要排练了，但是没人对妈妈这么说。这是因为整个儿舞蹈队都对她有意见：那么大岁数了，还要和年轻人抢机会。你见过几个四十多的舞蹈演员还哭着喊着要上台的？她倒好，为了争取领舞的位置，一天往领导家里跑八趟，说来说去都是那一句：“我的功没废！”非但如此，她还对舞蹈队的其他人挑挑拣拣的，明显就是压低别人，以证明自己领舞的位置当之无愧。

“你瞧瞧你，腿那么松！我一大把年纪都没有你这么松！”一轮彩排刚结束，编导还没说什么，她就先训起人来了。

被训的那个年轻演员自然很不忿，小声嘀咕：“你腿没松，别的地方可不那么紧了吧？”

本来那女演员讽刺的是妈妈的脸：弹性毕竟没法和年轻人比了，因此每次束头发都要束得格外“绷着”，绷得眼睛都吊上去了，这才能把肉提起来一些。但是两个人松啊紧啊地唇枪舌剑，不免让在场的男性想到很猥琐的地方去了。于是一片坏笑在舞蹈队形中蔓延。

老一辈舞蹈演员可不会有那样下作的念头。于是妈妈把这笑看成了对她“业务能力”的挑衅。她瞪了一下那女演员，嘴上却是开玩笑的“倚老卖老”：“老同志说你你还不服气？”

女演员只好服软：“单脚转七周，就是很吃力嘛。”

“七周就吃力？”妈妈反而宽厚地笑了，透出得意，“亏你还是舞蹈学院出来的！我们排《东方红》选人的时候，最起码都是十周转的！”

她又对编导飞个眼风：“您是那时候过来的，我说得没错吧？”

编导无可奈何地笑，点头。他一定纳闷，平常人精儿一般的一个女人，怎么上了台就直冒傻气了。在别人看来，妈妈越是积极和炫耀，就越是冒傻气。

所以这时队伍里又有人嘟囔一句：“提什么当年勇嘛。”

这次却让妈妈听了个清楚，她郑重地拿眼睛扫着大家。情形一下就变了，变成了一个人与整个舞蹈队的对抗。妈妈像个孤独的剑客一般，用一只脚尖立起来。那脚就是她的剑。

“这么多年我的功都没废。”她又宣布了一遍，“我给你们做一个示范，能不能领悟这个动作的窍门就看自己了。”

偏巧有个乐队指挥的孩子拎着书包跑进来叫：“阿姨！阿姨！”

妈妈见是节节的同学，停下来问：“找我啊，怎么了？”

那孩子说：“节节模拟考试也没参加，不知道跑到哪儿去了。老师让你下午到学校去一趟。”

妈妈愣在当地，手又不自觉地往太阳穴上揉过去了。这次舞蹈队里的笑声就是幸灾乐祸的了，而编导也过来打圆场：“要不你先回去收拾一下，下午放半天假？”

妈妈却咬咬牙：“下午的事下午再说，现在先把排练抓好！”

说完她就旋转起来了。一脚为轴，一脚发力，七周转过去了，十周转过去了，可她却还发狠一般，不停，直到所有人都看出了异样：她自己总是说腿要硬，腰要稳，下身带着上身转，可现在呢，却明显是上身拖着一条摇摇欲坠的软脚不要命地甩了。

编导刚叫出声来：“够了，够——”就看见妈妈像个失去了力道的陀螺，摇晃了，倾斜了，向舞台的边缘滑过去了。

等到别人醒过神来，她已经挺在一米多高的台下，捂着腰喘气了。就像一条被冲到岸上的鱼。

两个年轻人战战兢兢地去扶她时，许胜利连滚带摔地从后台跑过来，叫着：“住手！别硬拽！伤了腰了，去找担架！”

后来还是许胜利推着平板车，把妈妈送到了医院。

而现在，节节站在病房的门外，却死也不敢进去了。舞蹈演员们仿佛对妈妈也带了愧疚，并把这愧疚转移到节节身上，一个劲儿地催她：“进去呀，进去看看妈妈呀！”

她还愣着。脑袋里旋转着在医院走廊里听到的那些词儿：CT、劳损、脊椎、错位、瘫痪。

瘫痪！

她透过门上的玻璃，看着病床上的妈妈。妈妈躺在白褥子上，盖着白被单，一动不动的，竟像是死了。节节忽然想：如果妈妈真的不行了，那就是自己的罪过。如果自己没毁坏那套演出服，妈妈就不会魂不守舍，不会被抽光了精气神。如果自己老老实实地在学校考试，妈妈又怎么会分心，摔到舞台下去？节节啊，你又犯罪了。现在你想要怎么办？逃跑吗？从小到大你就会这一招，不高兴就逃跑，受了委屈就逃跑，现在逃有什么用？逃到天边去，在妈妈身上犯下的罪过也会缠着你。你甩不掉了。

正在手足无措，门开了。许胜利擦着汗从里面出来，看到节节，揪了揪她的袖子："别怕，进去和妈妈说说话。"

原来妈妈还能说话。节节没头没脑地踱进去，刚看清妈妈乌云披散里露出的煞白的脸，眼泪便刹不住地涌出来。前些天也哭，但是是硬着心肠的哭，这时的哭就把她的五腑六脏都搓软了。这不是撕心裂肺，而是把心和肺都融化成了水，再从眼眶里泼出来。

"妈妈。"她低着头站在病床前，抓着妈妈的手。她还怀疑妈妈能不能感觉到自己在抓她。

好在妈妈睁开眼，看起来并不太痛苦。妈妈甚至黯然神伤地笑了笑。

"节节来了呀。"妈妈说。

"妈妈我错了。"节节说。

"哪儿有什么错不错的呀？你也没干坏事。"妈妈的手上也有了力气，把节节拽近了些，像告诉她一个秘密，"这下我也演不了了，咱们算扯平了吧。"

节节再也忍不住，号啕起来："我不要当演员了！我从刚开始就没真想当演员！我根本就不知道当演员是怎么一回事！我只是觉得好玩！我虚荣！"

"都虚荣。"妈妈说，"咱们都虚荣。虚荣怎么了？虚荣挺好的。人要虚荣才能进取嘛。不虚荣的人就是没出息，你说对吧？"

节节拼命点头。

"答应妈妈，好好考所大学。行不行？团里的文化人都说，现在大学可是起码的教育，就像当年的九年制一样。受了起码的教育，你爱当演员再当好不好？”

节节再点头，然后又摇头：“我发誓不当演员。”

“当什么都好，你高兴就好……唉，妈妈也不会当妈妈，怎么老惹节节不高兴……”

节节一边流泪，一边拼了命摇头，她像一股小喷泉，把眼泪都甩到床头的一束花上去了。护士来拉她，说：“病人刚缓过来，需要安静。”她竟然不要命地踢打起来，尖厉地叫：“妈妈！我要妈妈！”

连床上的妈妈都无可奈何：“你妈还没死呢……死了再哭好不好？”

节节便戛然停住了一切声音。她再一次认识到了自己的不懂事：连悔过都是那么任性。于是在接下来的半天里，她就变得像一个真正的淑女了——静静地坐在病房外的林荫道旁，发一会儿呆，再哭一会儿。

这个只剩下一半的家庭，便又度过了一场风波。好在妈妈只是有“瘫痪的风险”，并没有真的瘫痪。不过这么大岁数上受了这种伤，舞肯定是不能继续跳了。妈妈错过了人生中最后一次登台的机会。

节节呢，到底顺利考了一场试，没什么意外地上了一所挺有名气的文科大学。班主任很遗憾地摇头说，如果不是“关键时刻”分了心，她也许能考上北大和清华呢。负责任的教育工作者就是这样，学生都跟她没关系了，还要负责任地马后炮。节节也觉得这个大学上得跟自己没什么关系——归根结底是为妈妈考的。而等到快要报到的时候，她却又好了伤疤忘了疼，重新生出一些怨气来：如果说“当演员”是一时冲动，那么上大学呢？为什么要上大学？上有什么好、不上有什么不好？这些不更是没有经过考虑和讨论的吗？还不是所有人都上，她也要上。说到底还是一种流俗，俗到了天经地义的地步了。

这么一想，她便又觉得自己是被卷进了一场苦情戏，才糊里糊涂地屈服于妈妈的。她甚至觉得妈妈太会煽情了，而自己又太容易被煽了——怎么就成了她对不起妈妈呀？从头儿说起，还不是妈妈先对自己搞专制嘛。最后那么丢脸地哇哇哭的却是自己。节节对自己说：你太稚嫩了。

然而被剪得乱七八糟的演出服毕竟还收在柜子里呀，妈妈的腰毕竟落下伤了呀。现在她几乎什么重活儿都干不了了，从沙发底下够个顶针都疼得满头大汗，买米、修家具这种事情更是需要仰仗许胜利。这些惨痛往眼前一摆，就让节节没法夸大自己的委屈了。

怨谁都不行，节节便怨起自小生长的环境来：如果自己没生在剧团里，妈妈不是“艺术家”，爸爸不是“匪兵甲”，那么也就不会有离婚这回事了吧，再往后也就不会被挑上演员了吧，妈妈更不会因为单脚十周转而摔伤了吧。什么破烂剧团、什么艺术的殿堂，说不好听就是一群耍把式要饭的。据说那台“新戏”沸反盈天地折腾了两个月，到头来还是胎死腹中了——主持项目的领导把不少赞助直接拉进了自己的腰包，被抓起来了。人一走，戏就黄，于是剧团就像打了一针吗啡却又断了药，变得更加半死不活，鼻涕眼泪一块儿流。哼，活该。

而这个结局对于妈妈来说，可以称得上是莫大的讽刺吧。您那舞蹈演员的腰，断得一点意义也没有。这么一想，节节便又心酸了，也更讨厌剧团的破楼、破排练厅、破礼堂。而上大学这件事也终于有了积极意义：她要离开这儿。

节节号称怕妈妈的腰再扭着，执意要自己去学校报到。这更有孤身上路的味道。

好容易把箱子拖到剧团门口，坐上一辆出租车，她又检查了一下肩上的小挎包，看看录取通知书和身份证有没有落下。这一翻，却翻出一只没打开的信封来。是那天许胜利交给她的许洋的来信。

信的内容已经是两个月以前写的了，这时候才想起来看，就显得颇为滑稽了。许洋告诉节节，他已经参加了几所大学艺术系的提前选拔，“中央美院”那个级别的自然不敢奢求，但综合大学新成立的“平面设计”之类的专业还是很有希望的。那些大学都在北京。他又很励志地自我加油并给节节加油：我们要努力学习呀，利用好冲刺前的宝贵时间，将来共同跨进大学的殿堂。

除了文字，许洋还发挥特长，送给她一副素描画：一个恢宏壮阔的大学校门伫立着，太阳从门后升起，一个男青年和一个女青年正在一起往那里面走呢——为了突出“光明的未来”这个意象，许洋把太阳画得格外的大，也就显得格外的近。这样一来，那对青年男女看起来就不像是去读书，倒像是去自焚了。

在此前此后，节节看过许洋的许多画儿，而她最不喜欢的就是这一幅。多么肤浅、庸俗。当然，节节也承认，许洋的这幅画也体现他的真情实感：为“重返北京”而奋斗，是他这段时期生活的全部内容。这家伙的信念倒总是这样坚定。

出租车穿过半个北京，停在了大学门口。随着一轮生猛的扩建和扩招，这个学校也改建了原来的大门：恢宏壮阔到了愚蠢的地步，竟然和许洋画的那个颇为神似。而接下来，节节便看到了戏剧性的一幕：熙熙攘攘的大门边上，放着几只鼓鼓囊囊的蛇皮袋，一只袋子上赫然写着“钾肥”二字；袋子们簇拥着一个瘦小枯干的身影，面色蜡黄，发如乱草。奶奶的，不会真是许洋吧。

想到自己即将和许洋重逢，把他那张可笑的画变为现实中的一景，节节觉得生活真是太荒唐了。

part 2

新生到校的头几件事，自然是排队交费、领取被褥、抢购劣质脸盆和暖水壶。大多数学生都是第一次和天南地北的同龄人挤在一起，眼神中的戒备多于好奇。每个人都是一脸的木然，倒也衬不出许洋的呆滞了。而因为天气暑热未消，大家心烦气乱，难免挤出一些事端来。节节前面就有两个分别来自东北与河北的男生，因为谁打破了谁的暖壶吵起来。虽然都号称来自“豪爽的地方”，但在两个男生的人生哲学里，“吃亏”却是世界上第一等不可容忍的事情，他们便撸胳膊挽袖子。眼见要爆发一场“直奉大战”。急得“接新”的辅导员大喊：

“同学们，大家将来都是要为人师表的，怎么能说动手就动手！”

东北男生骄傲地翻着白眼：“我才不是师范生。”

河北男生也不肯示弱：“难道我是师范生吗？”

原来这所学校本来是一所著名的师范大学，以前的学生都是直接分配到教育系统的，但随着扩招，学校也开设了许多“非师范”专业，原先的旧专业也大量招收“非师范”学生。“非师范”就意味着高额的学费，也意味着毕业之后的自由选择；而“师范生”呢，则意味着家境不好、土气、来自老少边穷地区。是啊，国家对“师范生”有免除学费和额外发放副食补助的政策，但如果不是窘迫的家庭，谁会在乎那几个钱呢？

那两个家伙耀武扬威地一说，周围便有很多学生撇嘴，吐口水，

“切、切”起来。那些自然就是“师范生”了。年轻人们互相还不知道名字，却先学会了阶级对立。

在一片烦琐和杂乱中，节节的大学生活就算正式开始了。

好歹办完了整套手续，节节才按着“入学须知”上标明的地址找到自己的宿舍。拖着箱子进门，却发现屋里已经坐了两个女孩以及她们的妈，大包小包的东西分别占据了两个下铺。一个下铺堆满了衣服，一个下铺堆满了书，无论是衣服和书，都为它们主人脸上的骄傲添砖加瓦。

节节倒很情愿把两个“好床位”让给别人：那两个女生一个过分胖，一个则过分地瘦，谁爬上铺都有摔下来的危险。看到她主动把被褥举到上铺，两个妈倒过意不去了，都过来帮忙，还说：“哎呀，家里人没跟你来呀？”

节节对那两位看上去比自己妈妈老二十岁的妈说：“有事，有事。”

“你是北京人吧？以后要多照应我们外地同学哟。”

瘦女生立刻带了不甘示弱的口气叫：“妈你哪儿那么多话？”胖女生则很不屑地摇摇头，兀自捧起一本厚书看起来。

一个宿舍四张床，但直到节节到食堂吃过饭，另两个女生陪各自的妈去了旅馆再回来，第四个女孩还是没有出现。到了晚上，胖女生扶扶金边眼镜说：

“她不会半夜里才来吧？我神经衰弱，如果被吵了就要失眠的。”

节节实在想不明白，如此黑胖的一个姑娘，怎么会神经衰弱。到了夜里十一点，第四个女孩还是没踪影，大家便也只好关门先睡。倒是胖女生的呼噜吵得瘦女生失眠了，她可怜巴巴地拍拍节节的床沿说：

“你那里是不是声音小一些？”

然后指指与自己一桌之隔的胖女生：“实在后悔选了这张床了。”

直到介绍校史、参观图书馆等等一系列“热身活动”都结束，开始上公共课了，节节对面的那张上铺依然空着。人不在，位置还在，一个“舍友”还没出现就消失了。进而，传言也开始散播开来：据说那“第四个”是个有钱人家的女孩，本来就是走关系进了这所大学，但还没报到却变了主意，直接出国去了。

这个信息，让剩下的三个多少有些索然：她们都是费了不少力气才到这里来的。就连节节，虽然总得听人酸溜溜地说什么“北京最容易考大学了”，但高三一年也没闲着啊，也得卷子摞卷子地做下来。没想到自己心血的成果，在人家那里成了随手就扔的东西——就像一个毛绒玩具或者一件不太漂亮的衣服。

三个大活人，就有了被一个影子侮辱、戏弄的感觉。某天午休，大家看着那空空荡荡的床铺，有人轻轻叹了声气。

最后还是节节，率先把一只皮箱搬到了空床板上，然后又在铁栏杆上挂了两条裙子。接下来，另两位的书、磁带、脸盆也上去了。将床铺变成了储物空间以后，她们才把那女孩的影子正式开除了出去。

不仅开除，节节还听到过两个同屋议论“第四个女孩”，分析她可能存在的劣势。胖女孩说：“她”学习一定是不好的，而且性格也许很古怪呢。瘦女孩补充说：更关键的是，“她”也许长得很丑呢。通过鞭尸一般的讨伐，她们成功地找回了自信。

然后这个宿舍里的女孩才正式熟起来，共同度过了三生修来的四年时光。四年并不长，只是七八个考试周、两三次恋爱、五十次左右的例假而已。而后来回忆起来，她们的关系总保持在两人联合共同“对付”另一个的局面里。她们把大学上成了女版的《三国演义》。

最开始被“对付”的是王澜。她有着黑而肥厚的脸、短而粗的腿。但这并不是另两位看不惯她的主要原因。

新生入学时，班主任带着大家去拜见一位国学大师。那位大师有多么伟大呢？号称比熊猫都要珍贵的。节节脑海里便浮现了1990年亚运会吉祥物“盼盼”的模样，只不过这个“盼盼”高举的不是一枚金牌，而是一本《中国思想年鉴》。但见了真人之后，却是个干瘦身材、脸上倒颇湿润的老头儿——不断地流着眼泪和哈喇子。老头儿坐在湖边的假山石上，一会儿又跑出来一个六十多岁的保姆，往他的屁股下面塞了一只海绵垫子。消除了拉稀的危险之后，老头儿缓缓地批判起当下学术界的浮躁来了。后来发现，他无论在什么会上，无论面对什么人、多少人，都只有一个话题，就是学术界的浮躁。浮躁是万恶根苗，是刮骨钢刀和雷鸣火炮——我们千万不要浮躁。批判了一会儿，老头子又问："过去的老先生研究"十三经"是不用查书的，书都在肚子里了。现在有谁能背下来《论语》？"

这时候，王澜就昂着大黑脸，举起手来了。同宿舍的两个女生也对对眼神，撇嘴。

后来，换了一个教英语的教授，强调背单词的重要性："谁能背到一万个单词？"王澜又举起手来了。到了西方哲学那里，谁看过萨特和海德格尔的原著？王澜又举起手来了。每当她举手，另两个人照例会撇嘴。

王澜的讨厌还不止这些，最现实的是，宿舍里很快出现了异味。谁一个月没有洗澡？虽然王澜没有举手，可大家都看着她呢。

在王澜频繁举手和散味儿的压力下，节节和另一个女生赵媛媛结成了统一战线。具体地说，是赵媛媛拉节节入的伙。每当王澜耀武扬威地买来一堆学术著作，她就会故意对节节说：

"女孩子戴眼镜最可怜了，时间长了会成三角眼，对吧？"

因为也讨厌王澜，节节便压着笑说："对呀，就像慈禧太后一样。慈禧太后也是三角眼。"

这个新知识让赵媛媛大为感叹："哎呀，哎呀，真是祸国殃民呀。"

而王澜塞在床下脸盆的脏衣服积攒过多时，赵媛媛又说："我可是每天都要换洗一套的——咱们买瓶香水，在屋里喷一喷好不好？"

节节便说："古时候法国人发明香水，就是因为不洗澡的缘故。"

又是一个新知识。赵媛媛自然又感叹："香是压不住臭的呀。"

也不知是不是迟钝，王澜竟然像听不明白她们的话，兀自趴在桌上写信——这是她独特的爱好，只要名字上过报纸的教授，她都会给他们写信。每封信都是标准的三段式：第一段极尽表现对著名学者的崇拜，第二段阐述自己对“您研究的一些问题”的见解，第三段则追溯往昔，介绍自己是一个能背整本《论语》和一万个单词的神奇学术女青年。但有一次，她正在写，床头上码着的高高一摞书突然倒了，黑格尔、萨特和王阳明一拥而上，重重地把她压在下面。赵媛媛立刻“咯咯”笑起来，边笑边咳嗽。

王澜这才发现另两个人在针对自己，便傲然地扬起大黑脸，仿佛为自己必须与浅薄的人共处一室而悲哀。

节节很想一针见血地对她指出：其实您也不深刻。但又一想，王澜都长成这个样子了，如果不能在学术青年的路子上找点儿自信，那还有活头儿吗？她便觉得王澜有点可怜了。

而作为“反王澜阵线”的同盟军，赵媛媛对节节的话自然多起来，所聊的内容也越来越体己。除了吃饭穿衣抹脸，有一天还神神秘秘地说：“哎呀，那天听到几个男生聊天，真下作！”

节节问她：“说什么了？估计也就是聊聊女生吧。”

“何止聊呀，”赵媛媛的眉眼“哗啦”一声夸张开来，“还搞了一个美女排行榜呢——有你！”

而看赵媛媛那副怒在眉梢、喜在眼底的样子，自然也有她了。

但因为节节和赵媛媛两个都是系里“上了榜”的美女，便也为日后的分裂埋下了隐患。与节节相反，赵媛媛的美是那种病态的、摇摇欲坠的美，她没胸、没臀、没腿，连头发也是稀黄的——更甚而连眼睛都不是黑的，而是半亮不亮的黄褐色，仿佛正处在熄灭的边缘。但她的弱不禁风制造了诡秘的感觉，很迷倒了一些男生，尤其是那些个子极高、热爱篮球的体育健将。

在那些男生的面前，赵媛媛总是病着的，不是感冒，就是嗓子疼。频率最高时，一个月有三个礼拜在生病，另一个礼拜是例假，照例疼。她像兔子吃了辣椒一样，极其短促地咳嗽。

不管怎么说，是赵媛媛率先把宿舍变成了男生们朝拜的圣地。他们在留学生食堂旁边的水果摊上买了苹果、梨和葡萄，向看楼道的大妈申明“看病号”，然后就一拥而上了。当然也有单独来的，那就要独自负担一份水果。后来，连大妈也奇怪了，她到宿舍里来，对永远的病号赵媛媛说：

“我看你干脆搬到医院去睡好了。”

那些男生把水果放在空着的椅子上（它本来属于那个影子女生），轮流对赵媛媛说两句话：“病怎么样？”“自己多保重。”除此之外，再没什么可说的。然后静立片刻，好像为赵媛媛默一下哀，然后便走了。下一次赵媛媛生病，他们又来了。他们身上散发着汗味，有的时候除了水果，还抱着一只篮球。打篮球和看病美人，是他们最大的两个乐趣。好像他们来自五湖四海，只为了这么两件事儿。

每当被男生默完哀，赵媛媛便会歪在床上，两个指头拈个葡萄，又放下，说什么也吃不下。她进而说北京的天气不好，水果不好——水也不好，太硬。在这种情形里，节节觉得赵媛媛也是可笑的。隔些天男生又来的时候，她甚至想对他们说：看吧，看吧，也许这次没看够，下次她就真死了。

但她这么想完，却又有了两分自嘲：这是怎么了，犯得着吃赵媛媛的醋么——为了这么一群男生？她应该很有自信啊，学校里能与她相提并论的姑娘并不多。随着这两年彻底“长开了”，她的身材越发高挑，胸也挺得高高的，脖子长而且直——这是从妈妈那儿得来的舞蹈演员的特质。和她相比，农村的女孩儿固然不缺健康，脸也红扑扑的，但却红得很“糙”，像腊肉的质感；城市美人呢，娇嫩归娇嫩，却常常带着一股颓丧的气息。

她的步子是弹性的，她的嗓子清脆，在公共汽车上也能声声入耳。上课发言时，她的眼睛没看教室里的任何一个人，却又好像专注地看着每一个人——简直像一个精力勃勃的蒙娜丽莎。而且她明白，每一个人都在看着她。

没有男生找她搭话，那恰恰是因为她太过明艳了，明艳得让他们紧张，不敢走近过来。这里的男生过去都是好学生，过分地自尊和谨慎，缺乏马金山那种愚蠢的勇敢。

因此节节并不着急。她反倒担心他们会将注意力转到自己身上呢——她对他们可是一点兴趣也没有。

没过多长时间，赵媛媛与节节的统一战线就瓦解了。那天节节从录像厅看了个片子回来，看见王澜在帮赵媛媛刷碗，就立刻明白了这一点。

原因很简单：那些男生刚开始是来看赵媛媛的，后来就忍不住改看节节了。他们惶惶地瞥瞥赵媛媛，互相瞥瞥，而后就一下、两下地瞄向了节节。如同一群心怀鬼胎的蠢货。

这种时候，节节会一边做自己的事，一边不失热情地和他们说几句话。她说话的风格也不像赵媛媛。她知道十句话里有三句抱怨，那是楚楚可怜，十句都是抱怨，那就该招人讨厌了。于是她会风趣而不失单纯地拿老师开个玩笑，像小姑娘取笑邻家伯伯的秃顶和假牙；她还会务实地问问，学校对面哪家小饭馆的烤鸡翅血丝少一点（男生晚上可以爬窗户回宿舍，所以有喝夜酒的自由）？她甚至要煞有介事地谈一谈篮球：科比·布莱恩特又砍下50分了吗？

她居然是看篮球的！节节的每句话都让男生惊喜。刚开始，他们还碍于赵媛媛，只是哼哼哈哈的，后来局面就变成抢着回答她了。一边说话一边傻笑，白的黄的牙全露了出来。他们就像并排挂着的电灯泡，一瞬间全亮了。

而十个娇弱的人九个敏感过度，那些傻乎乎的电灯泡必然使赵媛媛觉得刺眼了——她也明白，自己可没有二百二十伏的电压。

还不止这些呢，就在昨天，居然有人送花来了。虽然仅仅是两只红百合，但也足以让水果失色了。花也没写是送谁的，但包装纸里夹着科比·布莱恩特的照片。赵媛媛可没向人提起过科比·布莱恩特，她是只看《女友》和《瑞丽》的。

更可气的是，节节随手就把花插到了一个矿泉水瓶里。过两天花垂下了头，她就把它们丢了出去。

终于，一天晚上下了选修课，有一个篮球打得最好的男生来约节节去吃宵夜了。大学一年多了，才终于有一个家伙壮足了胆——他过来说话的语气也是悲壮的。

而节节扬了扬眉毛说："我要早睡早起。"就把他也像花一样丢了出去。

那个男生原先可是看赵媛媛看得最频繁的，现在居然先叛变了。道义何在！要知道，赵媛媛还病着啊。

病中的赵媛媛一悲愤，就和王澜好了。第二天，她就扶着王澜去上课了。她小鸟依人地挽着王澜的手，有时还把头靠在她肩上。校园里或真或假的女同性恋的做派，她顷刻奉献给了王澜。她们就像一个落难小姐扶着女佣在走，而那女佣正在谈学术：何为现代性？历史是否已经终结？什么是"苦闷的象征"？

就连节节的衣服，赵媛媛也一五一十地对王澜剖析起来了。她指出，节节穿得看似时髦，实际却是一身的普通货。莱卡裤子甚至像在动物园买的，鞋子倒有一双百丽，但前几天，那双鞋正在打三折。还有大衣，穿在她身上挺吧？其实还不如王澜的那件贵呢。

"我是不爱买衣服的，但买一件就是一件。比如这件是纯毛的，我受不了静电。"于是在宿舍里，王澜又故意让话传到节节耳朵里。

这就让节节真的生气了，她想立刻回击：王澜是穿什么都没有静电的，因为她不洗澡。但是她没说出口，只是倔强地拉上了床边的帘子，表示与外面那两位划清界限。

现在节节觉得，王澜和赵媛媛的讨厌之处其实是一样的：就是"作态"。她们作态，是因为不知道自己想要什么。而节节呢，她倒是从来不"装"，但也不知道自己想要的东西具体是什么。就拿非闹着当演员的那一阵来说，难道是因为她"热爱表演艺术"吗？狗屁，她连表演艺术究竟是怎么回事都不知道。她觉得生活应该是丰富而刺激的，是充满声光电的，但这城市却像一个吝啬的阔亲戚，它坐拥着喧嚣的白昼和霓虹的夜晚，坐拥着歌斯底里的繁华，到头来分给她的却只有十平米房间里的一张上铺。

在帘子里闷热的黑暗中，节节受骗上当似的想：她的五光十色的生活，它在哪儿呢？

认识节节的人自然都知道许洋。从开学之初，大家就对他留下了印象：女生们收拾完宿舍，下楼，看见楼门口摆着一堆蛇皮袋，佝偻着的一个孩子一般的男青年。都已经上大学了，他还是十五六岁的模样。

节节说："干吗不去自己宿舍？"

许洋说："我找不到宿舍楼了。"

节节便又想起很久以前，许洋在剧团里迷路的情形。只在老家待了一年，他就把在楼宇之间认路的技能忘了个一干二净——当初可是好不容易才教会他的呢。好在他记得这校园里有一个节节，原来他是被她捡回家去的，现在还等着她来捡他。

赵媛媛弱弱地嗤笑了一声，问节节："你带了个弟弟来上学吗？"

而王澜对许洋倒是青眼有加。她对他说："你一定是神童班的学生喽。"据说学校的确招收了一个神秘的"神童"班，而对于"神童"，王澜的理解就是这副模样：面色稚嫩，大智若愚。她把这样的孩子们想象成一群基因变异的稻苗，别看现在瘦小枯干的，但是只要一浇化肥，就会疯狂地生长起来，有的长成钱钟书，有的长成陈寅恪。

好像要看许洋和王澜两个人的笑话似的，节节"哼"了一声，也没点破。而在帮助许洋找宿舍的一路上，王澜便不停地问他一些"神童水准"的问题：

"你能说三门以上的外语吧？"

"整本的《庄子》你是能背诵的吧？"

然后又表示遗憾："几年前，我就是没听说有神童班，否则现在硕士都毕业了。"

许洋则愣愣地问她："难道您不是早就硕士了吗？"

王澜尽力理解着“神童”式的深奥：“你说的是实际水平吗——也就是‘学力’而非‘学历’？那也许，那也许。你知道，看着高考的试题，我都觉得可笑的……”

“哦，原来你也是一个新生。”许洋说，“我还以为你是她们的老师呢。”

原来说的不是“学力”和“学历”，而是长相。节节正喝着一口饮料，“扑哧”一声，差点喷出去。因为上述对话，她就不生许洋找不到宿舍的气了。

过了很久，王澜才得知许洋原来是个“伪神童”。她像买了冒牌货一样，为自己付出了那么多学术词汇而痛心疾首：

“我们学校都招了一些什么人啊！”

甚至感到受了侮辱，怒斥许洋：“骗子！”

节节哭笑不得地想：谁骗您了啊，王老师，还不是您自己把自己给玩儿进去了。

但随即，王澜也调整到了和赵媛媛一样的状态，津津有味地看起笑话来。许洋这么一个人物的存在，的确可以被视为节节的笑话。

比如每天女生们下楼去吃饭，都会看见许洋已经等在门口了。他盘着腿，伸着脖子坐在马路牙子上，一看到节节，立刻欢快地跑过来。为了上大学，许胜利给他准备了一个旧式的、工人师傅常用的铝饭盆。与他的身材相比，它实在是太大了，勺子在里面砰砰响，好像敲鼓一样。没办法，节节只能领着他，一起去吃饭。

而他的饭量还是那么骇人，他每一顿都能用食物将那个饭盒填满，再将全部食物填进肚子。吃饱饭的许洋默不作声，跟在节节后面，腹部骇人地凸起着一个大包，似乎宣布他马上就能长成一个大胖子。但吃了无数顿以后，仍然无济于事，他把那个大包一丝不剩地变成了大便。

女生们说话的时候，他好像专注地在听，又好像什么也听不进去。他和赵媛媛她们的交谈内容也仅限于吃饭问题。她们一次又一次地重复着惊慌失措，问许洋“你怎么吃那么多呀”，他一律这样回答：“学校的大米没油水，家里的大米有油水。”

后来，其他两个人都习惯了许洋了，节节自己却受不了了。她想：难道我要和这个家伙一起再吃四年饭吗？

于是她经常劝他：“你要没课，不会自己先吃吗？老等我的话肉菜都被人家抢完了。”

许洋的回答则总是这一句：“咱们不是从小一起吃的吗？”

听到“从小一起吃”，赵媛媛和王澜自然面面相觑一下。等到宿舍的战略局势演变成她们两个一起“对付”节节后，面面相觑更是发展为挤眉弄眼了。

当然，许洋在食物方面的贪得无厌，也让姑娘们得到过一些好处。那是全校被拉出去军训的时候。因为伙食太差，她们谁也吃不下两口，而训练课又累又漫长，到了晚上睡觉的时候，再娇气的小姐也饿得恍惚，眼中烧饼油条满天飞。有一天晚上，外面忽然有人敲窗户：

“节节，节节。”

打开窗缝一看，许洋正蜷在窗下呢，做贼似的躲着一地月光。

“你又来干吗？”节节让他缠烦了，抱怨起来。这就把同屋的几个人也惊醒了。

许洋却战战兢兢地捧上几个面包来，此外竟然还有沙拉酱。原来他半夜饿得挨不住，就从军营逃出去买吃的了。铁丝网上有几处极窄极矮的漏洞，能钻过去的也只有狗和许洋了。

其他女生立刻一片欢呼。赵媛媛还屈尊纡贵地伸出在月光下格外惨白的素手，摸了摸许洋的脑袋：“难得你有心呀。”

说时却瞟瞟节节。节节没好气地翻她一眼：“有得吃就赶紧吃。”

“哎哟，那沾你的光了。”

接下来的几天夜里，许洋都会在女生军营里出现，满嘴面包渣，从怀里捧出一包食物。直到最后一天，姑娘们正等着贡品送上门来，却听到远处传来狗的狂叫，在寂静的夜里像通了电一般震响。过了一会儿，窗子照常被敲响，许洋大喘着气将几个面包塞到节节手里，然后就见背后黑影一闪，把他给扑倒在地了。再过两分钟，又吆吆喝喝地跑来几个两条腿的黑影，把许洋揪起来：

"抓到啦！抓到啦！"

原来部队的教官发现铁丝网边的泥地里有脚印，便怀疑有学生半夜溜出去——这倒还算小事，要是外面闲杂人等溜进来，对女生们做点儿什么，那还了得？因为常年见不到女人，他们将这群女生看得重如泰山，并决定到兄弟部队借来一条军犬。刚才听到犬吠，立刻开门放狗，而"那家伙"被狗追上的时候，果然已经跑到了女生营地。

一个教官像护花使者一样，坚毅地鼓着两只咀嚼肌，问女生们："他没对你们做什么吧？"

"看看你们对他做了什么！"节节愤怒地拿面包向那狗砸去，"送个面包而已，犯得着放狗咬吗？"

狗香喷喷地吃着面包时，教官看清许洋的模样，也为刚才的兴师动众不好意思了。再加上女生们一片娇嗔，都为许洋鸣冤，他们也只好走形式地训了两句，就放他回去了。第二天出操，也没有点名批评许洋——让狼狗咬学生，说出去毕竟太不合适了。在大家的印象里，只有纳粹才会这样做。

许洋因此树立起了一个很不英雄的英雄形象。赵媛媛她们幸灾乐祸地说："真让人感动啊！"

但也正是这件事，促使节节痛下决心。她对自己说了很残酷的一句话：必须得把许洋"处理"掉。听起来就像军统局要处理一些共产党，或者共产党要处理一些反革命。赵媛媛和王澜的挤眉弄眼倒在其次，关键是学生中的大风气发生了变化。经过半年多的熟悉与试探，男生女生的关系终于开始打成了一片，爱情的大火也随之燎原了。年级里的几个漂亮女生纷纷有了固定的男伴，就连不那么漂亮的，也在感情的滋润下漂亮了起来。你晚上走在校园里，总会在路灯下树林里看到影影绰绰、成双成对的年轻人；贸然闯到犄角旮旯的地方，更是有可能撞上手忙脚乱的情侣。那些人一边提裤子，一边还很理直气壮地怒视着你，一脸捍卫人权的架势。隔三岔五，清洁工大婶儿甚至会在教学楼的角落里发现用过的避孕套，她们也见怪不怪的，还要把那东西像鼻涕虫一样拎起来，端详端详，仿佛在鉴定男青年们“量”的多少——这个景象固然恶心，但却义正词严地宣布：这是一个恋爱的季节。

何止正常的恋爱，就连师生恋都有了呢。一个只有一米五几的女生，就在大二即将来临之际，迅速地投入到了某个中年离异的教授的怀抱，并且公开同居了。教授的研究生们都很错乱，不知道该管她叫师妹还是师母了。而在新学期的第一天，教授便讲着讲着课，忽然腿一软，趴在讲台上了。一树梨花倾然而倒，那女生海棠带露地哭：“都怪我，都怪我！”

怎么会都怪她呢？事后传言，就在前一天晚上，她和教授连续搞了五次之多。五次啊！同学们不可思议地看着又干又瘦、头发已经斑白的教授，无法相信他还有五次的能量；又不可思议地看着一米五几的小师母，无法想象她是如何承受这五次的。但没过几天，在教师节的表彰大会上，教授就要对他的忘年恋人说一句“多亏了你”了，因为教育部和电视台的人突然结伙而来，对他进行了一次感人泪下的采访——在官方的口径里，所有昏倒在讲台上的老师都是“春蚕到死丝方尽，蜡炬成灰泪始干”的模范。

当然，总结这些奇闻逸事，并不说明节节急不可耐地想要恋爱。她自认为还没那么缺乏定力，没那么“贱”。但是节节承认，她总归也是要恋爱的呀——不是小孩儿过家家，而是摆开了阵势、认真严肃的那种恋爱。毕竟眼看就要二十岁了呀。就像讲国防教育课的那个大老粗对大家说的：“在革命战争年代，多少人二十岁就当上团长了。”当时便有个女生伸了个哀怨的懒腰，接了一句：“在革命战争年代，我都是孩儿他妈了。一撇腿，跨上一匹乌骓马，再一撇腿，生下一个毛岸英。生了就往老乡家一扔。”大家都被她这个言论震撼得花枝招展，但是又都联想到了：青春易逝，她们已经错过了很多很多。用大学里的流氓话说，也就大一大二的女生还算水蜜桃，到了大三大四就成冒充水果的西红柿了——刚一长大就害怕变老，是她们这代女孩共有的心态。

而且节节也有了她的爱情观：她不是认为生活应该是丰富而耀眼的吗？她不是最爱声光电吗？那么恋爱应该是一道门，将她引到充满声光电的世界里去。至于恋爱的对象是个什么样子，她倒没有多想——是个模糊的人，但却必须要有鲁迅的精神，“肩着那黑暗的闸门”，放她到光明的地方去。那么如果以这个标准来衡量，第一个不合格的就是许洋了。

在恋爱这方面，许洋甚至连被“一闪念”的资格都没有。但他却那么锲而不舍地缠着节节，让她必须头疼地考虑他，残酷地“处理”他。这么说来，就是他在逼她了。

而真正“处理”起来，自然不会像“白色恐怖”和“肃反”那样残酷。节节有时候觉得，这简直像在帮一个孩子断奶。

刚开始是“冷处理”。节节豁出去自己的胃，和许洋硬扛。他不是一年如一日地在楼下等她吃饭吗？那么好，她在饭点就躲在屋里，不下楼去了，宁可求赵媛媛她们带点冷饭回来。他要等就让他等去。

一天，两天，三天。节节饿得头晕眼花，忍不住拉开窗帘，偷窥楼下的许洋。人家都吃回来了，他还在台阶上坚守着。巨大的铝饭盒摆在身边，像极了一个要饭的。

坚持住，坚持住。节节同时和自己的肚皮与同情心作斗争：这不光是为她好，也是为他好。老这么互相拖着，一来肯定会给她“潜在的恋爱”制造障碍，二来如果她谈了之后再踢开他，那是多么不仁不义啊。对于许洋来说，那样的结果反而更残忍吧。

而这个做法，让赵媛媛和王澜都看不过去了。她们吃了许洋的面包，看了节节的笑话，这时倒生发出许多同情心来。何况听许洋说，他们两家的家长不是说好了，孩子们要互相照顾的吗？怎么能照顾到挨饿的地步？节节太狠心了。

于是有时候是赵媛媛，有时候是王澜，下楼去告诉许洋，节节病了或者有事出去了："别傻等啦，快吃饭去吧。"

听到她们这么说，许洋便单纯地忽闪了两下眼睛，然后端着饭盆走了。但第二天，他又来了。

终于有一天，节节十二点才下课，而许洋干脆旷了半天课，才算在宿舍门口堵住了她。

节节有点不好意思地对他摆摆手。许洋则小声问她："最近——你的事情是不是多了？"

"是呀。我参加了校合唱团，还选了一门第二外语。"节节装作毫不刻意地回答他，"所以我们就别一起吃饭了。再饿着你。"

出乎节节的意料，许洋却晃悠了一下脑袋说："好吧。"

但是许洋并没有就此消失。别人以为他是锲而不舍，在节节看来，却是因为他迟钝，听不出她的言外之意。

他改换了一个新招数：有天晚上，他忽然出现在女生楼下，让看门的大妈用传呼器叫节节下来。这时，他手里的东西就不是铝饭盆了，而是一个更为庞大的纸盒子。许洋告诉她，他"家乡"的姨妈寄来了土特产：肉脯、鸭肝，干炸辣椒。许胜利还叮嘱过他呢：这些东西是他和节节共享的。

没办法，节节只好在路灯以及众目睽睽之下，和许洋瓜分了这个大纸盒子。同时她又愧疚：这么对他，人家得了点好东西还先想着自己。于是她又不得不陪许洋在树荫里走了一圈，然后再喝两杯可乐。

没过两天，许洋又来了，又带着一个同样大的纸盒子。这次就不是姨妈的慰问了，而是一位表舅的。于是他们又在林荫道里走一圈、喝可乐——还没过一个星期，纸箱子再次出现，两位婶婶还没"表示表示意思"呐。

想也能想出是怎么回事了：家乡的亲戚们轮流接到许洋的诉苦信，得知北京的饭他吃不惯，便慷慨寄来包裹，供他与节节见面、走一圈、喝可乐。令人惊讶的是，许洋的妈都不知道窜到哪儿去了，却还能联系上那么多亲戚。也许他们觉得这个没人管的孩子可怜？也许是家族里好不容易出个大学生，所以人人有义务供养他？总之，包裹之频繁让节节感到恐怖了，她仿佛在许洋发育不良的身后看到了整整一个生产大队：他们身穿包不住毛衣的西服，露着龅牙，用整齐划一的笑容对着她。我的天呐，许洋欠了他们这样多的包裹，将来怎么还得清？

更让人没想到的是，以贡品换芳颜的这一招，竟然是同屋的两个女生教给他的。许洋不经诈，没两句就把同谋给交代了出来。赵媛媛话里有话地说："哎呀，许洋，你傻不傻呀？一天到晚就是到食堂吃饭，表演你肚子有多大呀你？别说节节，我都看烦了。"王澜则干脆痛快："搞点东西送给她。哪个女生不喜欢小恩小惠？"

知道真相之后，节节的鼻子都给气歪了。王澜那种女生也叫女生吗？居然大言不惭地介绍起女性心理来了。两位同屋的心态也暴露出来了：这也是她们"对付"节节的办法。她们嫉妒节节的引人注目，因此便盼着许洋能追上她——看见鲜花插在牛粪上，也会让狗尾巴草的心态平衡一点吧。这是一种多么曲折却又幼稚的小心眼儿啊，难道她们觉得节节是瞎了眼的吗？不不不，她们才不会对许洋寄予多大希望呢，她们只是觉得，让许洋恶心恶心节节也行。在女生的钩心斗角中，许洋充当了一只搅屎棍。

这么一想，节节又忍不住同情起许洋来了。她用姐姐劝弟弟的口吻对他说："小不忍，你怎么这么傻呢？"

"啊？"许洋还是那样，仿佛不知道自己哪里傻，又像坦然承认自己傻。

"让你的亲戚别寄东西来了吧。你们老家就那两样东西，我都吃得吐酸水啦。"

"啊？"

但节节很快就后悔没对许洋"把话说明"了。在包裹之后，他迅速地迷上了另一个活动，就是老乡聚会。就像惊异于他在家乡有那么多亲戚一样，节节也惊异于他在北京能发现那么多"老乡"。这些人有的是他的中学校友（高三那一年结识的），有的是校友的兄弟姐妹，有的是兄弟姐妹的表兄弟姐妹。他们或者在旁边的几所高校上学，或者刚刚工作，在经济上、心理上还无法彻底离开高校。每次聚会，许洋都叫上节节一起参加。

“都是很有意思的人！很有意思的人！”他热诚地闪着眼睛，“我的老乡，不也是你妈妈的老乡，不也是你的老乡吗？”

盛情难却，节节只好去了几次。他们在校园里闲逛，下小馆吃饭，这就是聚会的全部内容了。席间，那些老乡们有时刻意说家乡话，有时刻意说广播腔调的普通话，不管说哪种话，在节节听来都阴阳怪气的。而许洋是如此热衷于这项活动，以至于大家都将他称为“驻京办主任”。但由于经常是他张罗，吃饭的钱也得由他出，所以不聚会的时候，他的铝饭盒里就无法用肉菜搭配一斤米饭了。

吃青菜豆芽的许洋再接再厉，终于把老乡们聚烦了。大家也看出了他的醉翁之意，并且看出那是一个永远无法实现的梦想——节节的表情就像来上一节逃不掉的公共课，人倒是坐在这里，眼睛早不知飞到哪儿去了。许洋啊许洋，你何必自取其辱呢？有些人同情地想。于是大家连捧场的热情都消退了，上班的开始推说有事，上学的开始推说有课。有一次，许洋又兴致勃勃地拖着节节赶到聚会地点，却发现约好的人一个都没到。他站在空空荡荡的草地上，眼睛里说不出的失落。

节节趁机劝他说：“你看，大家都挺忙的，凑在一起说闲话也没什么意思。以后还是不要组织这种活动了吧。”

许洋像个不甘心的孩子：“我觉得很好玩。”

因为同龄的老乡纷纷放鸽子，许洋终于干出了一件惊悚的事情：居然把一个在早市上摆摊，卖拖鞋和脸盆的“老乡”领到了宿舍楼下。那人说来也是同学的远房表哥，已经三十多岁了，看起来却更像五十多岁的人。他在家乡就已经生了两个女孩，在北京干脆生到了六个，终于得到了一个儿子——完成这个任务之后，他立刻让已经失去利用价值的老婆滚回了老家，而孩子们则留在北京，继续“避风头”。现在，他们从高到矮地排着队，大的拉着小的，小的拉着更小的，组成了一段鼻涕横流的阶梯。

节节难以置信地问他：“就没人管管你吗？”

那人胸有成竹说："不用担心。"然后对孩子们喝令："叫我！"

孩子们众口一词："姨父！"

"你看，这就没问题了。"那人介绍经验，"从刚生下来，我就让他们叫我姨父。"

也就是说，在这个家庭的词典中，"爸爸"这两个字被完全删除了。

吃饭时，多产多育的"姨父"郑重地送给许洋一双塑料拖鞋，作为老乡的见面礼。而他仅仅在食堂享用了装满肉菜的铝饭盒，就幸福得直拍大腿了。一边狼吞虎咽，他一边保证，下次一定给节节拿一双粉色拖鞋来。

大人吃完，才轮到孩子吃。"姨父"又让许洋打来了满满一饭盒，递给最大的孩子。老大飞快地扒拉几口，便传给老二，然后老二再传给老三……如此递减，一只容器就可以解决全家七口人的吃饭问题了。而每个孩子扒拉饭的时候，同时都会把自己的鼻涕遗留在饭盒里，因此传到最小的那个男孩子手里，那饭里就混合了五位姐姐的鼻涕了。难道"姨父"千辛万苦、四处逃窜地弄出这个宝贝疙瘩来，就是为了让他吃鼻涕的吗？那还不如直接养一个痰盂当儿子呢。

节节几乎想问那男孩子：咸不咸？

正在反胃，"姨父"接下来的话，终于让她勃然大怒了。他打着饱嗝，心满意足地看看许洋，又看看节节，总结性地说：

"多好，多好，这样成双成对地多好。你们应该穿情侣拖鞋。"

这下，节节再也压抑不住了，拔起身来就走。身后传来"姨父"莫名其妙的声音："你的女朋友脾气好大呀——我怎么惹到她了？"

也只有这种家伙才会把许洋和节节看成"那种关系"吧？节节简直怀疑，许洋就是在利用"姨父"对她进行"表白"呢。天呐，世界上怎么会有这么恶心、这么可怕的表白。也不失为爱情史上的一个奇观。

许洋气喘吁吁地追上来，却像不知道自己错在哪里一般，瞪着眼睛愣在节节面前。

节节暗暗告诉自己：心要硬一点，再硬一点。她就是对他太纵容了，本该“处理”却没“处理”掉，才让他做出如此荒唐的事来。再这么下去，谁知道那六个鼻涕孩子会不会被教唆得管许洋叫“爸”、管她叫“妈”呀？就今天，就现在，她得把该说的都说明白——对于许洋来说，也是晚痛不如早痛呀。

因此她反而不是气哼哼的了，表情变得很郑重很郑重，开口也不叫“小不忍”了：

“许洋，有个事我必须得跟你说了。”

许洋果然被她的神色吓住了，嗫嚅了两下没出声。

节节咽了下口水，嗓音却越发干涩：“也许是我——自作多情，但我就是有这种感觉，觉得你老想缠着我……”

许洋却接着她的话头：“没有，没有……我就是习惯和你在一起的呀，我们过去不就是饭在一起吃、学在一起上的吗？上了大学，我们在一起的时间少了，我都不能适应……你不知道我在老家复习的那一年有多想回北京……”

“成天在一起是不正常的！”节节厉声喝断他，“你是我什么人呀？我为什么要和你在一起？你有你的生活，我有我的生活，这么简单的事你明白不了吗？”

许洋几乎快哭了：“可我们是从小玩儿到大的呀。”

“那是玩儿！玩儿不是生活！现在玩儿的年龄过去了你懂么？”假如想让一个弱智明白点儿人情世故，恐怕就是这么困难吧。节节一急，粗口都出来了：“咱们本来就是裤裆里放屁——两茬儿的！”

许洋的眼光忽地一暗，反倒让人看不出是呆傻还是深邃了。他静了很久，才小声而清晰地问节节：“你讨厌我了，对不对？”

节节的话却像泥石流一样止不住，带着毁灭性的痛与痛快：“对，你可算知道了，我就是讨厌你。不光现在讨厌，过去也讨厌，从你背着钾肥袋子站在剧团门口就开始讨厌。我怎么可能不讨厌你呢——跟你在一起让我觉得丢人！过去不跟你说，那是因为我可怜你，可怜你没妈，可怜你爸是酒鬼，可现在谁该可怜谁呀，我自己的爸妈都离婚了……都这么大了，我没义务可怜你了……”

眼泪这时便从许洋的大眼睛里滑出来。那是孩子一般清澈、毫无内涵的泪。节节看到这泪，话音戛然而停，再开口嘴唇也颤了：

“你就该在我的生活中消失才好！”

这时她眼中的许洋却恍惚了。难不成是她也流泪了？她想对许洋所说的最极致的话不就是这些么？怎么说完之后，倒好像她的心像一只蚌，敞开壳来把最嫩的地方拿到烈日底下晒？如此严酷，如果晒不出一颗珍珠来，那她可就太冤了。

既像要“硬到底”，又像怕“软下来”，她扭动舞蹈演员似的脖子，带动肩，带动腰，带动腿，转身走了。这一个转身却极僵硬，仿佛刚刚从轮椅上站起来的偏瘫患者。

失魂落魄地回到宿舍，节节在床上坐了半天，才回过神来。她拿起镜子照照，想看一下自己刚才是否哭过。但那张脸苍白而紧绷，早已消灭了一切痕迹，并且明明娇嫩，却透出了一股子沧桑来。现在再去回想和许洋挤在桌边吃鸭子、走在街头玩儿“追踪”的旧事，竟像隔了很多年的前尘往事了。

节节又像疯了一样，对着镜子做出一个灿烂的笑。也许女孩就是一朵带着邪气的花，只有伤了一个人的心，才能绽开吧。

此后的几天里，许洋果然没在她的楼下露过面。某一天的下午，看楼的大妈忽然叫住节节，说有一封她的信。

那是一个随处可见的、印着校名的信封，打开来，纸上只有一句话：我要画画去了。

许洋对她宣布，他要画画去。哦，原来他上的是美术系。如果不是这封信，节节甚至都忘记他考到北京是来干什么的了。

part 3

越是有名的大学，就越有这样一类年轻人：他们因为特殊的背景，自然而然地凝聚在了一起——有的是某个副部长的儿子，有的则是富商的千金。他们大半是保送进来的，但很难念到毕业，一两年就要出国。这类学生大多文静而漂亮，脸上挂着淡漠的表情，只有和同类凑在一起时，才会爆发出咋咋呼呼的笑。他们懂得别人不知道的许多事，但却对更多的常识一无所知。他们可以为了一个笑去杀人，也可以为了一滴泪去自杀。

在其他学生眼里，他们又是神秘的，每天一下课，就开着各自的车消失了。他们和学校只发生手续上的联系。

李冬林就是这样一个孩子，但他却脱离了原先固有的圈子，走进了节节的宿舍。他是为了一个消失的人而来的。

那天上午没课，三个女生正在屋里犯懒，宿舍的传呼器就突然响了起来：

“陈晨，陈晨有人找。”

这种传呼器是单向的，屋内的人无法回答楼下，只好由王澜跑下去回应，因为她对安静的需求最强烈。从一入学，她就声称自己患上了神经衰弱——这是女学者的通病——而另一个通病大概是痔疮，因为长期伏案。

过了一会儿，王澜就回来了，说：“奇怪，我还以为喊错了名字呢，到下面才知道就是找陈晨。这屋里哪有叫陈晨的。”

节节想起来，也许那个刚上大学就出国的女孩叫陈晨。但这就更让人奇怪了：怎么会有人在时隔一年多以后来找她呢?

节节忍不住问了一句：“是什么人找？”

王澜也说不知道，她和大妈说了没这个人，就上来了。

不知为何，这件事竟然激发了很多联想。节节放下手里的闲书，琢磨起来：找那个“陈晨”的人是男是女，他们之间有什么故事呢——据说她可是一个富家女。

赵媛媛却让自己吓着了。她最近迷上了半夜听广播里的鬼故事，想到的是：陈晨已经死了，找上门来的正是她本人的鬼魂。

第二天，传呼器又响了，好像恶意地要把悬念延长。这一次下去的是节节。她到传达室对大妈说：“我们屋里没有叫陈晨的！”说话的时候，眼睛却看了一圈四周。但是她只看到了穿着睡衣、提着暖瓶的女生。心下刚有些失落，大妈指着楼外说：“你去对他说好了。”

节节看到楼外泊着一辆斯巴鲁轿车，车被夸张地改装过，周身画满了古怪的图案。车里的人果然是个男的。节节走过去两步，对车窗里模糊的脸说：“没有陈晨，陈晨早就搬走了！”

她说完，像闯了祸一样看着车里。里面的人似乎听懂了，对她行了一个美式军礼，就倒车走了。那车是被拆掉消声器的，声音和真正的赛车很像。

这天晚上，节节躺在床上，脑子里像过电影一样。对于她这种精力过剩的女孩，这种情形倒是常发生，白天对什么东西印象深刻，晚上便以它为起点，展开一部戏。而这天的电影，其实是缺乏素材的。女主角除了“陈晨”这个名字，就再无其他信息，男主角的脸更是模糊的，只有敬美式军礼这个动作还略有些味道。但节节任由自己编着他们的故事：她亏欠了他，他仍然爱着她；或者他辜负了她，到现在又后悔了。电影里只有一个清晰的东西，就是那辆夸张的斯巴鲁轿车。即使是北京，这么漂亮的车也不多见，它是四轮驱动的声光电的象征。

第三天，李冬林竟然逃过了管楼大妈的眼睛，溜进了女生宿舍。门只掩着一条缝，他拿指头碰两下就开了。

当时节节正欠着脚尖，把一件白裙子往上铺的铁栏杆上挂。看到一个男生闯进来，赵媛媛像猫一样叫了一声，王澜把书抱进怀里。只有节节，没理由地猜到了他是谁，就那么欠着脚尖，侧着头向他笑了。阳光从她的另一侧射过来，把生机勃勃的信息带进李冬林的眼睛。这一刻，就轮到他看不清她了。

“我说过陈晨不在，她没来报过到。”节节指指空荡荡的上铺说。

她留意到那男孩穿着件著名的“迪奥”休闲服，发型明显是比照着杂志上的图案，在高级美发厅做出来的。昂贵的不修边幅，用钱堆出来的离经叛道。那些阔绰的公子哥儿如今流行这副装扮。这样的男生多半是目空一切，而又热衷于和女孩搭讪的，说话时带着股乏味的兴致。但眼前这人呢，却半张着嘴愣了愣，好像陷入了很大的窘境。明明是他不请自来的，他窘什么呢？

再一转眼，李冬林已经逃走了。过了一会，楼道里传来几个女生的惊叫，她们大概是穿着短打扮去水房的。

节节这才把欠着的脚跟放下来。她俯下身去揉揉小腿，那里也酸了。

接着的几天，李冬林没来。节节照常上课、吃饭、把换下的衣服挂到上铺的铁栏杆上去，挂的时候，她有时会轻轻吹去床板上的灰，像给自己脑子里的旧胶片做清洁。然而再怎么吹，那个叫“陈晨”的女孩，以及突然闯进来的男生，都注定像一个谜了。她发现自己开始关心这个谜。

而在李冬林的记忆里，节节最终没被灰埋住。多少天后的某一天，节节拎着两只暖壶从宿舍出来，看见了那辆改装的斯巴鲁。李冬林从车旁绕过来：“我想听你讲讲陈晨的事。”他如同下了很大决心才说这话的，眼睛躲着她的眼睛。

“她的事情只有一个：没入学就走了。”节节说。

下面的话就顺理成章了：“那就讲讲你自己的事。”

节节就这样认识了李冬林。隔三岔五的，她从楼上走下来，坐上斯巴鲁，轰鸣着出去了。漂亮的姑娘被炫目的汽车接走，这是学校里常见的一景。普通学生们看到这样的景象，有些会狠狠地瞪两眼，有些则会装作视若无睹。对于大家来说，车里的男女组合代表着一个真相毕露的秘密：轻浮和虚荣，这是不必说的。他们如此兴致勃勃地离开，是去做什么呢？是否有一个庸常生活之外的世界正等着他们？人们既不屑而又忍不住好奇，不经意间，艳羡和嫉妒已经生根发芽了。

节节第一次坐在斯巴鲁的副驾驶上，看着指针在“炮筒式”仪表盘上神经质地波动，心情也是好奇的。她的心跳加快了，脸也泛上了红晕，悄悄地握住了斜上方的扶手。其实李冬林的车声音虽然大，但因为带着一个女孩，开得还是很稳当的。节节只是自己在忐忑。

但没过多久，她就对所去的那些地方乏味了。就连她自己都惊奇：扑面而来的，的确是杀气腾腾的声光电啊。怎么这么快就乏味了呢？难不成当初向往的竟是虚妄？

最开始，他们是到饭馆和咖啡馆。李冬林对使馆区附近的店面很熟，奶酪蛋糕、金枪鱼三明治、浓缩咖啡轮着圈儿地转了几个来回，墨西哥菜和日本料理都是他们本国的厨师掌的勺。店里有很多外国人，他们像一些巨大的鹌鹑，发出与身材不相称的低声，绵密地嘀嘀咕咕。但在这种环境中，更显出李冬林的话少。他细心地点菜，细心地给节节倒上饮料，然后就开始沉默，手握着刀叉盯着盘子，仿佛连吃还是不吃都没考虑好。巴巴儿地把她约出来又不说话，那他图的是什么？难道他在等着她发问？有这样的道理吗？

沉默的时间太多了，节节都觉得自己是来进行一场表演的：表演美人吃饭。他们吃得甚至没有表情。等到憋得太难受了，节节就只好认输似的叹口气，由她向李冬林找话说了——这种时候，还得借助一下“陈晨”。

节节问他：“那个陈晨，是你什么人？”

李冬林像没料到她会说话似的，抬眼看看她，旋即把目光移开：“同学啊。也不是什么人。”

“不是什么人为什么找她呢？”

“就是很久不见了啊，想看看。”

“没看到也不遗憾？”

“不遗憾。”

对于“陈晨”的信息，他仿佛并不比节节知道得多。而在盲人摸象一般的对话结束之后，两人便又尴尬地沉默，看着异域的精美食物发呆。

因此，一天在一个法国人开的海鲜馆子吃饭，节节终于受不了了，她“咣当”一声撂下刀具，大声说：“不吃了。”

整个餐馆的中国人外国人都在看她，李冬林却似乎并不吃惊：“为什么？”

节节挑衅地指着面前的牡蛎，对所有人宣布：“你们看，它像不像一摊鼻涕？”

这话说得冒天下之大不韪：她不知道这种饭馆不比寻常的“开门做买卖”，它对自己的品味有着额外的尊严，并且这尊严又被慕名而来的中国人惯坏了，成了骄纵——你客客气气地请服务员介绍菜谱，他们还像对待土包子一样翻白眼呢。看到另两桌正在吃生蚝的顾客格外愤怒，高鼻子秃顶的法国领班问一个中国侍者，这小女孩说了什么？侍者结结巴巴地翻译之后，他立刻走过来了。

一个法国人带着他的翻译站在节节身边，郑重得像外交场合。他对着中国小姑娘说：如果你不懂得法国美食，那么可以出去，请不要影响别人用餐。

节节刚发了无名火，现在也有些后悔了。她小声解释说：“我心情不好。”然而法国人却已经将她定格成“粗俗无礼”的位置上了，下意识地以为她在骂脏话呢，竟然伸手去拽她的胳膊。

那只来自西方世界的多毛的手还没挨到节节，就被中途打断了——李冬林突然站起来，一把推开了法国人：

“少碰她。”

法国人为这身体接触吃了一惊：他没想到这个瘦而苍白的中国男孩能说动手就动手。而李冬林这时让翻译告诉对方：如果不能接受中国人对法国美食的评价，那你可以不在这儿开店呀。

开口闭口地“中国”“法国”，场面就更上升到“外交的气氛”了。法国领班看着这打扮精致的中国男孩，旋即却笑了，他指出：李冬林的“迪奥”衬衫不也是法国的嘛。

“是吗？我买是为了穿，神经病才关心它是哪国牌子。”李冬林告诉他。

事情的结局，是一对年轻人冷着脸走出餐馆，而法国领班却没要求他们结账。走在使馆区的林荫道上，李冬林突然露出了一个笑，对节节说：

“早知道吃饱了再跟他们吵了，还能省顿饭钱。”

这一瞬间，节节就不觉得李冬林乏味了。她想：这明明是一个很有意思的人呀，为什么大多数时间那么拘束呢？她又回味了一下李冬林为她和外国人动手的情形——并没有什么感动，只是觉得，以后他们之间再用不着“陈晨”来当药引子了吧。

吃饭吃腻了以后，李冬林又开始带节节去夜店。那里是城市夜色的高度浓缩，就像把黑了的地方的光都吸过来了：音乐像战争一样，人像蜂巢中的蜜蜂一样动着。还有领舞的人：打扮得像同性恋的肌肉男，跳钢管的外国女郎。饮料也变成了威士忌、伏特加兑绿茶，喝一口，胸前立刻烫了，眼神也迷离了。无数男女从四面八方汇聚过来，为的只是在震动地板上摩肩接踵。镭射灯下，漂亮的变得怪异，丑的却能变漂亮。节节亲眼见过一个一米五几高的老大爷疯狂地劲舞，不时从印着单位名称的纸信封里拿出现金来叫酒，还用牙签插了水果去喂身边的两个女孩——看起来是那么自然。

这景象让节节想起妈妈说过的大型舞蹈史诗《东方红》。如今仍然有大型舞蹈史诗，而且每一夜都在上演——只不过演员们根本不用为“一分钟”耗费“十年功”了。没有规矩就是规矩，用力地挤、蹭、扭就对了。

但她却发现在这里，李冬林更是个怪异的存在：他只是在肉山肉海边上站着，插着兜看那片美艳的群魔乱舞。但他的神色又像对这里再熟悉不过了，熟悉得能够融为一体，不动也不显得突兀。和他相似的，大概只有那些熊一样的保安了。

因为被周围的气氛感染了，有一次节节也学起了那个经典的“调情”舞姿：凑在李冬林胸前，两手高举，明艳地笑，用身体蹭着他的身体。反正在这里再怎么疯也是允许的。来这儿不就是为了疯么？

而李冬林竟然被她跳得闭上了眼。这让节节得意了，如同抓住了一个深藏不露的人的脆弱面。她知道他窘迫，但又舍不得离开。

那晚从舞厅里出来，街上还有夜行的人和车，节节的耳朵里却像万籁俱静一样。一到外面，她立刻和他保持了距离，表情也是凛然的——现在她有点为刚才的过火后悔了。

李冬林挂了一次挡，手却就势滑过来，去找节节的手。节节心房一紧，飞快地将手挪开，李冬林的手就在她的膝盖上方僵住了。两秒钟之后，他收回了自己的手，取消了这次身体接触，而车子却险些与一辆深夜的洒水车接触在一起。一个急转弯几乎把节节贴在窗子上。

到了宿舍楼下，节节说：“再见。”

李冬林说：“明天晚上几点？”

节节说了时间，就飞快地上去了。

她对他的态度算是“欲擒故纵”吧。节节想，这反而意味着他们将要再“往深了”走一步。

在北京的夜里盘桓了半个月，她终于到李冬林家里去了。不是父母家，而是他自己住的房子，在城正北的一个新小区里。

李冬林的房子并不大，除了床和冰箱，没有什么家具。他不看电视，坐也是盘腿瘫在地毯上。这里最多的东西是音响，大的小的足有五六套，都是发烧级的。他还有一个舞池里DJ用的打碟机，能制造各种光怪陆离的电声。李冬林插上两只耳机，请她一起欣赏那些声音。

不能称之为音乐的音乐在耳边炸响，李冬林闭着眼深吸了一口气，像吸了毒一样。他也希望节节和他一同迷醉，但节节却掰着手指头，沉静地看着他。节节想：他真是一个爱好声音的人。

过了会儿，李冬林问她："好么？"

"什么好么？"节节刚才根本没听进去，便搪塞他，"不就是和夜店里的音响一样吗？"

李冬林却异常的欣喜，这是他向她绽开的第二个笑："真的吗？这是我作的。"

这就是他们的约会，没有太多话、太多表情，但有太多声音。在那间寸土寸金的简陋房子里，李冬林有几次下足了决心，装作不经意地过来拉她的手，但都被她躲开了。还有一次晚上送节节回去，他竟然学着外国电影，在车里拥过来想吻她——这突如其来的勇气倒让节节惊诧，但她刚刚"不可侵犯"地瞥了瞥他，他就泄气了。

节节知道李冬林对她是渴望的，她也知道他渴望什么。但她对他没有亲近感，就连舞池、车、音响，对于她也是隔了一层的夹生的声光电。

那么她为什么要和他周旋呢？节节不得不承认，她对李冬林始终是感兴趣的。

从表面看，李冬林是一个会玩的人，而且只会玩。或许他早就玩腻了普通年轻人热衷的游乐场、康乐宫，只有改装车和组合音响才是足够吸引他的玩具。他曾经不吃不喝，花上几天的时间去反复调试音响，也曾经深夜把车开上二环路，挑战斯巴鲁的最高时速。但是如果留心观察，就会发现他其实对这些东西也并不真的感兴趣。新买的"博士"音箱好不容易达到的最佳效果，却只能让他兴高采烈十分钟，然后他就把它们扔到墙角去了；说是一个"玩儿车"的人，但斯巴鲁在干吼的状态下开了几千公里，他也想不起来换机油。

也许李冬林只是需要什么东西提起他的兴致来。节节猜测，他本质上觉得一切都是无聊的，但又不甘心年纪轻轻地当一个无聊的人，因此才会执着地玩，用力地玩，像小学生做功课一样玩。而他们认识的时候，正是“千禧年”的前夕，因此节节恰逢其时地想：李冬林是一个充满“世纪末”的颓丧气质的人。

更甚者，节节发现李冬林白天基本是不出门的，就靠了那些奇怪的声音和两份外卖快餐窝在屋里。他们的游玩都安排在晚上。因为长时间的昼伏夜出，他的面色苍白，脖子上时不时现出蓝色的血管。这副英俊的吸血鬼容貌倒是很搭配他颓丧的气质。

因为这份颓丧，他们的约会才如此单调。但也因为这份颓丧，李冬林这个人才显得“有意思”。这个时代已经不流行朝气蓬勃的年轻人了，篮球健将们不正是一些土包子吗？

而李冬林又是怎么变成这样的呢？他激起了节节探索的欲望。当李冬林不去接她的时候，她也开始主动摸上门去，和他一起窝在精装修的简陋房子里，就像两只躲在下水道里的猫。反正在学校看王澜和赵媛媛的嘴脸更没意思。

她坚决要求李冬林买一台电视和影碟机回来，这样当他摆弄打碟机的时候，她就可以在一边看许鞍华和金基德导演的电影了。中文系的学生总归要保持一点品味，消磨时间也要依靠许鞍华和金基德。而实际上，她的视线总是从屏幕上挪开，去观察李冬林。

有一天，李冬林从他父母那儿偷来一瓶法国红酒，要和节节干杯。节节不想喝他就自己喝，听了会儿音乐竟然下去大半。他脸更白了，说：“困了。”然后径直歪到屋里去睡。节节就光着脚走进里屋，去看李冬林睡觉的样子：他像小孩一样侧身蜷着，膝盖几乎顶到胸口，脸深深藏在手臂之间。这简直不像是睡觉，倒像在躲避枪林弹雨。节节知道这样睡觉的人，心理一定是极孱弱，永远也感觉不到安全的。而李冬林果然在呻吟了，他的肩膀还在发抖呢。

节节的心中蓦地涌起了怜惜，她来到床边，想给他找一只被子盖。然而走近了，却看见他的左腕上有一条浅浅的淡红色的疤。

这天晚上吃快餐的时候，节节装作刚刚发现的样子，指着他拿汉堡的手问："这里怎么了——你不会自杀过吧？"

李冬林愣了一下，回答她："怎么会？小时候打破了玻璃，恰好就划到这儿了，当时流了好多血。"

而节节却想：李冬林真是一个谜呀。

而她也没有预料到，这个谜竟然会把她卷得那么深。理智的时候，她也告诫自己：李冬林有什么呢？说到底不过是个与众不同的孩子罢了。然而再看到那条疤痕，她便有了一股抱他吻他的冲动。

因此后来的事也就顺理成章了。

这是一个价值千金的聚会，地点在"新侨饭店"的西餐厅，主题是欢迎李冬林的一个高中同学从英国回来。参加者呢，都是他们"圈子"里的人：副部长的公子、房地产公司老总的千金、因为"长歪了"而正考虑转型的过气童星……这些人以前都在一所"历史悠久"的重点中学同过窗，是从小结成的物以类聚的小团体。

那天天很冷，但节节仍然穿了一条红裙子，亮着一双白而直的腿。毫无疑问，她是最漂亮的。她和李冬林走近那张十米长的宴会桌时，"载誉归国"的那一位——某个"开国中将"的孙子——正讲着他是如何拒绝加入英国国籍的：

"他们丫的跟我说，还得宣誓效忠女王——我当时就火了，女王不就是让我爷爷他们揍出去那老娘们儿么……"

而看到节节，所有人都不由得走了一下神。滔滔不绝的"新时期苏武"接下来的包袱也失去了效果：

"我就跟他们丫的说：我不能愧对祖宗啊——我爷爷已经做鬼了，我怕他做鬼也不放过我。"

但节节的引人注目只持续了那么几秒钟，再往下她就发现，自己融不进他们。他们谈车，谈瑞士表，谈欧洲、埃及、马尔代夫，这些她都插不进去话。有一次她插了一句关于"火鲁奴奴"的知识，坐在她身边的一个女孩立刻不留情面地揭露道："你这是杂志上的讲法——写杂志的人自己都未见得去过。"

如果说女生的敌意是天性所致，那么男生则把嘲讽指向李冬林了。他们轻浮地笑着对他眨眨眼，意思不言而喻：从哪儿搞来的胡同美人？

节节成了桌上的孤岛。而他们连起码的礼貌都不顾，就是要赤裸裸地向她说明：你被隔绝了。为了达到那个效果，他们甚至说起了"圈子"里特殊的暗语。有时候提到某件事，节节刚竖起耳朵听，别人却心照不宣地停住了，还有时，一个人说了很普通的两个字，众人一起歇斯底里地大笑起来，节节想跟上他们笑的节奏，刚出声，却发现别人其实是在笑她。

饭自然也吃得难受死了。为了所谓的"新侨饭店"、所谓的"盛大聚会"，她还专门上网查过标准的西餐吃法呢，连用盘子喝汤的姿势都练习过。而周围这些人呢？他们一律不管那一套，隔着人碰杯，用叉子挑整块牛排去啃，一个女生还脱了鞋，把腿盘在沙发座上。他们把这里当作家里的客厅——这正是最让节节感到不公的：他们的犯规是洒脱，节节的规范却是做作；如果节节也像他们一样呢，就是不懂规矩。

很快，别人就不再注意她了。他们已经成功地把她活埋，可以无障碍地继续陶醉于他们那个"圈子"了。"载誉归国"那位又重新抖了"民族气节"的包袱：他坦白，自己的"留学生涯"其实大半都不在国外，常常是刚在伦敦降落，立刻就买一张回国的机票，到上海去鬼混了半年。

那些人笑得几乎摔盘子时，节节瞥瞥身边的李冬林。他没有笑，只是低着头，毫不掩饰自己的索然无味。也许他后悔带她来了吧：她被嘲笑的时候，连带他也丢了人。节节进而明白，在这个"圈子"里，李冬林的地位并不高——要不怎么会如此对待她呢？而如果那些人对她的排挤是出身使然，对他则是由于性格。这么一个苍白脆弱的人，与这个崇尚强悍、目空一切的环境是格格不入的。就连最丑的女孩敢于调笑他，拿他解闷儿。

恰因为李冬林的"不合群"，那些人对他的挤对也是不断升级的。两瓶红酒都喝下去以后，终于达到了顶点。

一个胖女孩大声问他："李冬林，陈晨现在在哪儿呢？"

李冬林的脸凝住了。

旁人都含着笑，鼓励胖女孩问下去。胖女孩的脸像刚蒸出来的馒头，嘴却尖成了锐角："说呀，李冬林，你去找过陈晨吧？你知道她那时候为什么不打招呼就走了吗？"

李冬林还是没有说话。而节节这时反而坦然了：她知道这话是一箭双雕的，既刺激李冬林，又排挤自己——不就是暗示她只是李冬林的新玩具，像那些音响和车一样，玩儿腻了就可以随手一扔吗？可以，想怎么说就怎么说吧。你们再怎么说，我也还是个漂漂亮亮的大活人，比你们在座的任何一位都漂亮。而且既然你们已经伤害我了，那么再伤害得深点赤裸点也无所谓——你们无所谓我也无所谓。

而她现在只在乎李冬林的反应。她甚而有点为他着急。

胖女孩还在说："哟，这么快就把人家忘了呀，你那时候不是还为人家那个什么……"

李冬林终于有反应了，而且反应得如此极端：一声不吭地抄起牛排盘子，隔着桌子按到胖女孩的脸上。一点也不像兔子急了咬人，倒像是预谋已久的翻脸了。

胖女孩只剩下了"呜呜"的声音，不知是哀叫还是被牛排捂得快窒息了。她定格，李冬林定格，所有人定格。这个按盘子的造型竟保持了几秒钟。

过了一会儿才有人惊叹，接着，一个同样胖的男孩蹦起来，揪住李冬林的领子："干吗打我姐？"这才知道他是那胖女孩的父母不顾计划生育政策，强行生下来的"三代单传"。

这时候节节想：该她登场了。于是所有人看到她优雅地站起来，端起一杯红酒，朝胖男孩的脑袋缓缓倒下去。动作轻巧，面不改色。这是被侮辱被损害之后的傲然，和妈妈当年在看守所里点燃的那根烟异曲同工。

满脸汁液的胖男孩犹豫了很久，攥起的拳头也没打下去。有人气急败坏地喊："李冬林，你他妈疯了你——"

才没呢，我们可清醒得很。节节用微笑回答他，然后拍了拍李冬林的肩膀："好了好了。"用的是姐姐安慰弟弟的口气。

在众目睽睽之下，她挽起了李冬林的胳膊，同仇敌忾地离开了。

而钻进斯巴鲁里，她才感觉酒劲儿上了头。为了酝酿最后那一幕，她喝得可不少。满脑子晕晕乎乎的痛快，还有一种诡异的感动：为李冬林。开车回去的时候，她对他说："头晕，找个没人的地方睡一会儿吧。"

就这样去了李冬林的住处。节节漱了漱口，到里屋的床上去躺着，关着灯，半掩着门。李冬林在外面细细碎碎地做什么，大概是喝水、收拾衣服。他好像在外面待了很久，节节本来是半睡半醒的，到后来居然真睡了。这时李冬林却进屋了，半蹲在床边，俯在她身上吻她。一会儿的工夫，他全压上来了，节节不出声地搂住了他，只是在要紧关头哼了两下。那时候到底还是痛的，但一疼，节节的眼前却亮了。她有这样一种冲动：让李冬林刺破她，把封存在她身体里的声光电释放出来。

做的时候，李冬林竟然感伤地哭了。节节说："你怎么了？"

他说："你对我这么好，我不会让人欺负你的。"

她说："你知道谁欺负我了？"

他说："反正我不会。"

part 4

那天晚上的事刚一做完，节节就有点后悔了。

她到卫生间用凉水洗了把脸，又坐在马桶上发了会子呆，然后有了一种“不值当”的感觉。她并不是一个把“第一次”看得很重的人，而且觉得男人对那点红的强调是出于自私，女人也跟着一块儿起哄就是自贱了。但第一次毕竟是第一次啊，他们连一句“我爱你”都没说，就成了在身体上没有秘密的人。而且那疼可是实实在在的，她竟然没犹豫就忍受了。打个针不还得皱着眉头咬咬牙吗？

节节几乎想跑回卧室去，把李冬林从床上揪起来，要求他发表一个补充声明：他爱她。但她立刻打消了这个念头：这不更贱了吗？就好像她讹上了他似的。

而下一个念头就更让她意乱了：只要李冬林爱她，就可以拥有她么？也得先问问自己爱不爱他啊——那么她爱他么？

节节鬓角上挂着冷冰冰的水珠，重新考量起李冬林这个人来：他让她着迷的，只是那一股子颓丧劲儿罢了，此外还有看到他为她发怒的那一丝感动。但她再怎么觉得李冬林“魅惑”，也只是把他当作一个与众不同的小帅哥来欣赏的，如同欣赏电影里某一类型的人物——就算张国荣饰演的角色突然跑到现实里来了，她也未见得会爱上他啊（这个时候大家还不知道张国荣是个同性恋呢）。

再说到感动：没错，李冬林的确为她奋不顾身了一小下、两小下，但她相信，能为自己这样做的人可多了去了。她这样的姑娘只要在路边一哭，不出五分钟就会有一群男孩蹦出来见义勇为了——先别扯别人，就说许洋吧，许洋还曾经为她埋在泔水里呢，这辈子都吃不下禽类翅膀了。

一想到许洋，节节心里竟生出了一种类似于愧意的感觉。许洋过去对于自己的那份专注与隐忍，是不是也是一种爱呢？但他太胆怯了，因此常年糊里糊涂的，避而不谈。又或许是他太单纯了，单纯到了连他自己都没有察觉到“爱”，只剩下了笨拙的本能。

其实何止许洋啊，就连聪明如她，眼下考虑起“爱不爱李冬林”这个问题时，不也是不明不白的吗？

而这个时候节节还不知道这条经验呢：如果对自己“爱不爱一个人”需要进行理性分析，那么答案多半是不爱。起码是不够爱。

因此现在节节的打算是：反正她终归是要有男朋友的，李冬林毕竟还算一个“不俗”的人，和他在一起，总要强过那些没头脑的篮球健将和自以为有头脑的团委干部。事已至此，就让他们先“爱”着吧——只要节节知道，他爱她，就行。

在什么时间、什么地点把李冬林介绍给妈妈，才是比较合适的呢？此后的一段时间，节节一直在思考这个问题。谈了男朋友总要向家里通报的呀，她这个情况已经属于“先斩后奏”了，如果“奏”都不“奏”，那就太说不过去了。

每次回家的时候，她都留着这个心，并且在脑海里设想一系列的情景。假如在饭桌上郑重宣告“我有男朋友了”，会怎么样？不好不好，太兴师动众了。那么看电视或逛街时，轻描淡写地来一句“我认识了个男孩”呢？也不好，那就太随便了。兴师动众和轻描淡写，好像都和她这场恋爱的基调不太搭配。

节节希望妈妈自己能看在眼里，问出口来。人家都说恋爱是溢于言表的，一旦陷进去了，女孩的表情、神色乃至气味都会发生变化，而以妈妈一个演员的察言观色的功力，又怎么会毫无察觉呢？等着她自己去明察秋毫就好了。

然而节节很快失望了。每个周末她回家去，妈妈照常会炒菜、炖鸭子、洗她背回来的厚衣服，然后就带她上街大采购，走了半天回来，还要拉她一起跟着光盘练瑜伽。歇了半年之后，伤势好转了起来，妈妈如今便又开始重新锻炼身体了，只不过锻炼的方式变成了瑜伽。对于一个舞蹈演员来说，那还不是小菜一碟？除了腰不能用力以外，别的地方说下腿就下腿，说拧胳膊就拧胳膊。她一边把自己掰得奇形怪状的，一边得意洋洋地说："我根本懒得到外面的班儿里去学，就那些教练还有资格教我呐？她们满头大汗地冥想，我都能劈着叉唱歌儿。"而对于节节的恋爱，她可一点察觉也没有。有一次节节故意提起话头，说班上有个男同学"长得像李连杰"，妈妈却嘻嘻哈哈地来了一句"那种帅也就叫农村帅"，然后就一蹦三跳地榨果汁去了，根本不多问一句节节喜欢什么样的男生。

进而让节节疑心的是，她觉得妈妈的兴高采烈来得不正常了。什么事情能让一个独居的中年女人如此快乐？我的天呐，妈妈身上不会散发出"恋爱"的气息了吧？

如果真是这样，妈妈自然不会察觉节节了。

而妈妈"恋爱"的对象会是谁呢？不想这事儿还好，一想就让节节感到荒唐，甚而愤怒了。妈妈可没对她说起什么新认识的"叔叔"，反而一天到晚总要提两下许胜利。

"这个老许，上次我见到他，居然两只袜子都不是一双。"

"这个老许，也学起知识分子戴眼镜了。我跟他说，你哪儿是什么近视眼，你就是喝酒喝得眼冒金星。"

"这个老许，平常自己抠抠唆唆的，一件新衬衫也舍不得买，对儿子倒还真够大方，上次许洋打电话来要三千块钱，他问也没问就打到卡里去了——许洋买画画的东西要花那么多钱吗？"

自从收到那封“我要画画去”的信，节节已经好多天没看见许洋了。她知道，许洋一定在躲着她了。这是被狠狠地伤了心的后果。而许洋要那么多钱干什么？这也颇为蹊跷。只不过现在节节已经没心思琢磨别的事儿了，她得先把自个儿的妈管好啊。

有一天许胜利竟然到她们家来吃饭了。那个中午，一盘清蒸鲈鱼刚熟，门就响了，进来一个穿戴整齐的许胜利。那件新西服在一个酒鬼身上，是那么驴唇不对马嘴，越发衬出了病态的黑脸和红鼻头。

更让节节受不了的，是妈妈竟然表现得既热情又熟络：“哎呀这么早就来了？许洋又没回来？你看，男孩子到底野，不像我们家节节，别看三天两头闹别扭，到了日子肯定还是得回家……你先坐着，别开喝啊，菜一会儿就好。”

看来这酒鬼平时就总来！孤男看望寡女，又能图什么？节节脑袋一炸，摔门就进了自己屋，揪住一只布狗熊的鼻子，掼到地上。

而门外，妈妈和许胜利自顾自地聊起天来了：

“又为了买衣服跟女儿吵啊？喜欢什么我给她买好了。”

“咳，别理她。我们这个姑娘跟个小狗儿似的，谁也不知道她什么时候就发脾气。”

“哎呀，做这么多菜，回头用塑料饭盒给节节带回去好了。”

“她嘴才刁呢，剩菜都不吃——说起菜，现在也不知怎么搞的，长相倒是鲜鲜亮亮的，吃起来一点味儿也没有。”

“都是化肥催的。少吃鳝鱼，那里面不知有什么药呢……”

“如今就是化肥遍地。你儿子刚来北京的时候，就背着一个化肥袋子，哈哈哈……”

这是一种什么样的对话！兴致勃勃地拉家常，家常里却透出一股子暧昧；看似无所指，其实谁又听不出来你们心思的活络？

节节被震惊得直哆嗦：妈妈和许胜利简直是在调情！

她对许胜利自然是咬牙切齿的——对许洋说过的那句“狠”话，用在他爸爸身上才是最贴切的啊：也不撒泡尿照照自己！而且你们这样一对父子，竟然兵分两路，殊途同归到我们这儿来了，这不是存心恶心死谁么？

而对妈妈，她就是恨铁不成钢了：就算经了爸爸那档子事儿，您也别自暴自弃啊——摆了几十年艺术家的谱儿，您好歹也是一老天鹅，怎么也不打个招呼就跟蛤蟆混到一起去了？

节节一边心里骂，一边没头没脑地往双肩包里塞衣服。她不要在这个家里待了，丢人！等到妈妈在外面喊"节节吃饭啦"，她"砰"的一声推开门，凛然站在一桌子鸡鸭鱼肉面前，背着包，拉锁里耷拉出一只袖子。

"哟，你这又是要唱哪一出哇？"妈妈看出节节的脸色异样，问道。而她的口吻还是调笑的，她还不甘心让女儿破坏了情致呢。

"我学校有事，我得先走。"节节不明白自己为什么还要遮掩一下。

"刚才还说到你们俩呢——你和许洋——一个不回家一个说走就走，学校有那么忙吗？"

这句"你们俩"算是又激了节节一步。她冷笑一声："谁好意思打搅你们俩。"

一语既出，妈妈的脸便僵了。许胜利缓缓地把头低下去，典型的做贼心虚。节节狠狠地"哼"一声，摔门就走。因为恨得手脚发软，她第一次摔门竟没摔响，于是她推开门，又摔了一记。

她出了剧团，也想不起来坐车，沿着街走出两个路口。这片她从小长大的城乡结合部，如今看起来竟不熟悉了：多了几个大工地，挖掘机和水泥搅拌车像笨拙的甲虫，谁一拐弯都要堵掉半条街；来自四川和安徽的民工面色黝黑，坐在灰尘里吃盒饭。等这一片杂乱消失，规划中的大商场和高档公寓兴建起来，小小的剧团家属院就会被衬托得格外旧了——然而再旧、再被时代抛弃，也不妨碍老居民们的自得其乐。他们继续炒菜做饭，念叨孩子，互相之间争风吃醋或眉来眼去。

节节背着包拖着一只袖子，走出了那片大工地才觉得饿。她拐进一家快餐店，要了个汉堡，边吃边体味被人抛弃的委屈。她想她可真够命苦的啊，现在连妈妈都快不要她了，许洋又被她轰走了——而且就算不走也不是跟她一条战线上的了，他那个酒鬼爸爸没安好心！节节还能依靠谁呢？李冬林吗？可李冬林却从没让她感到是个能够依靠的人。

自怨自艾着，她又想哭了。

节节一发狠，也不回家了。妈妈和许胜利这么瞎搅和，院儿里怎么可能没有风言风语呢？要知道，那些"文艺工作者"一旦没事儿干，就会神不知鬼不觉地变成一帮小市民，专爱琢磨人与人之间的那点儿事。而且他们比寻常小市民还多了无穷的联想能力、表现能力和夸张能力——他们比小市民还要小市民。有这么一帮邻居，她回去干吗？妈妈不嫌丢人，她还嫌呢。

那两个周末，她都蜷在李冬林那儿，无心地看电影、听音乐。当李冬林难得地两眼放光时，她便无心地与他缠绵一会儿。有一次客厅里的电话响了，李冬林去接电话，嗓音沉闷了许多，眉宇却透出不耐烦来——是他那百忙的父母终于抽出时间，想要见一见儿子了。

节节本来抱成一团儿坐在地毯上，下巴抵着膝盖，这时就把身体展开来，两手摊开：她示意李冬林，她没地儿可去，而且她需要人陪。李冬林仿佛很高兴得到了借口似的，立刻对电话那头说他很忙，忙得不可开交。

"我又不是一条狗，你们想见就见。"他理直气壮地对电话说。

然后他就继续摆弄那台打碟机。这些天他好像在学习一种欧洲传过来的新技巧，入迷得连快餐都经常忘了叫。节节看着那张苍白、英俊但却索然无味的脸，心里忽然羡慕起这个人来：他能够了无牵挂地抛开一切人、一切事，沉溺在一个私人的小空间里。那个私人空间是毫无疑问的乏味，但乏味却并不妨碍他的沉迷，因为在他看来世界本就乏味，不如此，又如何呢？逃避与沉迷共存，李冬林几乎领悟到了一种奇异的人生哲学。

而节节呢？她可没有他那份儿颓废的洒脱。她现在很想当一个贾惜春，超然地任别人腌臜去，但她知道自己其实是个贾探春的性子：敏感、务实、入世。她有一根小而锐利的蜂刺，自以为逼急了就能蜇人，但到头来，每记反击都是用自己的垂死换来的。

她不回家，家里可要找她了。那个周末结束后，她回宿舍去，刚一进屋，赵媛媛就添油加醋地挤眼：“可算露面了——你妈打了好几个电话找你，吵得我们都不能午睡。而且我们都不知道怎么跟她说，是说你在宿舍呢，还是不在宿舍呢……”

自从节节率先交上了男朋友，就打破了这个屋子女生的关系格局。她不屑和她们窝里斗，玩儿“两个对付一个”的游戏了。前一阵王澜不知为什么和赵媛媛又闹崩了，便过来找节节示好，说赵媛媛的坏话，节节却也没兴趣关心了。另两个女生一方面嘀咕节节“轻贱”，认识了个男人就三天两头地不回宿舍，一方面又清楚地看出，节节已经跟她们不在一个“层面”上了——她们有了被她甩下的失落感。

对于赵媛媛酸溜溜的话里有话，节节自然是明白的：她表示自己拿着节节的“把柄”。但节节正处在一听“妈妈”就来气的时候，哪儿有心思和她逗机锋，很简单粗暴地呛了她一句：“嫌烦你就把电话线拔了。”

而恰好这时，电话又响了。赵媛媛反诘地看着节节，好像在问：拔不拔？节节恨得牙根痒痒，身手就要扯电话线，赵媛媛这时却慌了：

“等等，万一是找我的呢。”原来她不甘后进，正在奋力追赶节节的脚步，准备把那些篮球健将中的某一位升格为男友呢。

但赵媛媛拿起电话“喂”了一声，表情又变得饱含意味了。她把话筒递过来：“还真是你妈的。”

节节没奈何，只好接过电话：“找我干什么？”

她本以为妈妈会问她这两个周末去哪儿了，为什么总不在宿舍呢，但电话那头的声音却是焦急的：“你赶紧回家一趟。”

节节仍没好气：“回去干吗？我就不碍事了……”

“让你回来你就回来。”妈妈的口气是不容置疑的，“我有事问你。”

听起来好像真的事关重大。不会是妈妈已经知道自己住在李冬林那儿了，因此要当堂拷问吧？节节狐疑地看了赵媛媛一眼：难不成她们真有这么恶毒？

赵媛媛却是一脸无辜地关切："家里有什么事吗？"

节节铁青着脸，背上包往门外就走。

到了家门口，她却难免两脚灌铅：到男朋友住处过夜，在她们这个年龄的女生看来，几乎要算一个"非犯不可的错误"，犯了也没什么大不了的，但在家长那儿，却是性命攸关的大事儿。两代人之间最大的代沟，恐怕就在这方面。如果妈妈要审她的真是这事儿，那该怎么办？妈妈又会作何表现？是发狂地揪头发掌嘴，还是痛心疾首地哭，仿佛失手打坏了连城璧？

节节迟疑着进了门，却看见妈妈脸上并没有怒气，只是一片焦急。而且那焦急也不是针对她的。这让她长吁了一口气。

妈妈开门见山地问："你知不知道许洋去了哪儿？"

怎么和许洋有关？节节纳了下闷，脱口说："不就在学校里嘛……"

"别替他打马虎眼。"妈妈打断她，"根本不在学校。他们系的教务把电话打到剧团里来了，说许洋两个月没上课，再这么下去要开除他的。"

听到这消息，节节也吃了一惊，她回想起自己真有好久没见到许洋了。原来他不是躲着她，而是跑了。但她随即又有点烦躁——为什么第一反应就认为许洋的失踪和自己有关呢？

节节下意识地眯着眼打量妈妈。妈妈的手边歪放着一部电话机，话筒上的线被绕得乱七八糟的。看得出来她刚刚和许胜利通了很长时间的话，而且一边说，一边心神不宁地用手指摆弄那线。看得出来，妈妈可真把"他们家的"事儿当她自己的事儿啊。

节节心里不自觉地升起一种幸灾乐祸的感觉：这就是报应！许胜利啊许胜利，你这个为老不尊的酒鬼，一天到晚忙着和离了婚的女人厮混，这下好了吧，儿子混丢了。活该！

于是她鼻孔里哼了一声。

妈妈肯定看出了节节的“来头不对”，但却不知道是为了何故。因为不解，她的着急就更泛滥了：“你这是什么态度？就算是个不相关的人家丢了孩子，不也得替人家担心几分吗？更何况是许洋——你们可是一起长大的啊。怎么回事？上了大学就生分了？他哪儿得罪你了？你忘了他过去为了你吃了一肚子泔水……算了不说这个了，就说他爸爸有多着急吧，连夜跑到湖南去了！说是怕许洋想他妈了……他那个妈有什么好想的？做人做到那个份儿上……我就问你一句话，他在学校里跟你提起过什么没有？”

听着妈妈的话，节节心里自然是一连串的冷笑：又提泔水！许胜利着急你当然着急了！而且一个农村妇女的醋都吃上了，你如今也太屈尊纡贵了吧？

而一个反击的逻辑却在她的脑子里成型了：她本可以告诉妈妈，许洋的失踪可以说和自己无关，因为她也足有两个月没见到他人了——但是不，她偏要把事情往自己身上引，她要借自己身上的事来刺激妈妈。

而这些事其实也是实情：“我猜许洋跑了，跟我是有关系的吧。”她冷冷地、卖着关子似的说。

妈妈果然瞪圆了眼：“跟你有关？你怎么欺负他了？”

“我欺负他？”节节又哼了一声，“我可不敢欺负他——我只求他放过我……”

“你……什么意思？”

“什么意思你还不明白吗？一天到晚缠着我呗！缠得我都快窒息了。我受不了了，就说了他两句，他就跑了——要我说，这就叫癞蛤蟆想吃天鹅肉，我可没不开眼到连——他们家人——都看得上的地步……”

妈妈惊愕地张着嘴，仿佛无法相信一件合情合理的事情。

而节节从许洋“迂回”到了“他们家人”，就一发不可收拾地骂开了去：“不要脸！平时觉得挺老实的，一有机会就往上凑一有机会就往上凑，烦不烦啊？偏还有那么不尊重的人喜欢和他们热乎，真是热乎得狠呐！也不知道是在图什么，图钱呀还是图个仪表堂堂？我爸爸没出息我承认，那换个有出息的啊……哼……酒鬼有魅力吗？还是有些人老得自己都要把自己当包圆儿菜了……”

这就是她想对妈妈说的话，是她的气愤所在。然而真像水一样泼出去，她又想：是不是太重了呢？但节节却看到妈妈的神情又冷静下来——在她面前，妈妈只要一冷静，就从来不落下风的。

妈妈反而靠到沙发上，等她把话说完。这一等，节节却骂不下去了。也好也好，再骂就真成小泼妇了。

这时，妈妈才字正腔圆地重新开口：“大人的事儿你就少掺和了——现如今丢了个大活人才是大事儿。”

“我轰走的人我就能找回来！”节节努力地重整旗鼓，“什么大人的事儿？我要不管你叫妈，你的事儿才跟我没关系！”

妈妈的口气却又软下来：“我和……跟你想的不一样。”

“你说我想的是什么样？你们实际是什么样？他一趟一趟往这儿跑，跟你背着人嘀嘀咕咕的，我可亲眼见我可听真真儿的！”

“接触多点儿就肯定有事儿吗？就是觉得在一块儿舒服罢了！”

“舒服就在一块儿，那就成了——”

话赶话，终于又赶到一个雷区的边上。没出口的那个词把节节都吓了一跳：不会真做了“姘头”吧？她本来是自己惴惴不安地回家，如今反倒成了对妈妈的道德批判了。

而妈妈听到她那句戛然而止的话，一瞬间成了一座石像。节节停住了，她才活过来，眼睛一垂，竟幽幽地叹了口气：

“节节啊，你也别太计较了……这事儿，终究是要遂了你的意的。我谁也不跟，就当你一个人的妈妈好不好？”

妈妈这份幽怨又让节节恨铁不成钢——你为谁幽怨不好，为一个许胜利！但妈妈的话说得却让节节心酸了。于是母女二人都垂下眼睛，空气里有了讲和的意味。

“我把许洋给找回来吧。”节节半晌开口，“他给我留了封信，我多半猜得到他到哪儿去了。”

“真能？”妈妈的眼睛亮了亮，“那我给——他爸爸——打个电话。”

“打什么打？”对于许胜利，节节仍是无法饶恕的，“让他在湖南多晃悠晃悠吧，省得到我眼前起腻。”

许洋能跑到哪儿去呢？节节认为自己的猜测应该是八九不离十的：那两年，北京的“画家村”成了个名声颇大的新生事物，所有号称要“搞艺术”的人，都从全国各地往那儿扎。除了艺术家，那里还云集着各种各样有思想的人、落拓的人、受过伤害的人，以及假装有思想、落拓及受过伤害的人——不管怎么想，那里都和许洋的状态太吻合了。何况他还管许胜利要了三千块钱，多半就是用来到画家村租房子的。

而许胜利认为许洋回湖南去找他妈妈了，这个推测从逻辑上有道理，从性格上却说不通。“我要画画去！”许洋信上那唯一一句话，传达出的是三分雄心、三分赌气，此外还有三分梦想，余下的一分才是顾影自怜。他是想证明给节节看：别看不起我，我也是有志气的。这样一个心态的人，怎么会哭哭啼啼地回家找妈呢？何况妈也早把他扔到一边了。

节节又惊讶自己竟这么了解许洋——也许她早看出他是个眼界高、蔫有准儿的人了，只是自己也没有察觉。

而且去找许洋，其实也并非是为了妈妈，更不是因为自己把许洋气走了，想要补救。她觉得自己对许洋负有一份责任，她看不得他浪迹天涯、流离失所。这种感觉就像一个姐姐在对自己窝囊的弟弟，而恰因为他们这代人没有兄弟姐妹，那份责任才转移到了“外人”身上。

她的刀子嘴，第一受害者是许洋，豆腐心的第一受益人也是许洋吧。

于是第二天，节节天刚蒙蒙亮，就出门坐上了公共汽车。当窗外的高楼变成了工地，工地变成了平房，她又不禁想起了当初自己和许洋到白沟看爸爸的情景。那个时候许洋的胳膊上还吊着一截绷带呢。

“画家村”并没有白沟那样远，但偏僻程度却有过之而不及。她下了车，向几个郊区农民打听，人家都一问三不知。好不容易拦到一个留着抹布一般长发的男青年，那人嘻嘻哈哈地问她：

“你是一个模特吗？”

“什么模特？”

“人体模特。”

“滚蛋。”

节节掉头就走，但没走出几步，后面又有人叫她：“方向错啦方向错啦。”

回头一看，长发男青年的身边又多了一个胖胖的光头。他们插着兜，饶有兴致地望着她。

“我们就是画家村的，你就跟我们走吧。”那只光头是如此的大而圆，还亮闪闪的，简直像脖子上扣了一只痰盂。

节节迟疑地往那条土路上望了望，看到漫天尘土中走着稀稀落落的几个人影，此外还传来拖拉机的声音。那个长发的男青年又说：“放心吧，我们都是晚上才耍流氓的，白天不耍。”

胖胖的光头也接茬：“你只要不跟我们走到玉米地里就安全了。”

两个人又哈哈大笑。这对奇怪的组合让节节好气又好笑，她想，难道所谓的画家就是这种货色吗？一半是在赌气，她就朝他们的方向走过去，翻了个白眼说：“我还怕流氓？”

“哎呀，哎呀，”长发男青年夸张地捂住胸口，“其实我们怕女流氓。”

然后，这个抹布头和痰盂脑袋就一左一右地跟着她，一起上路了。节节在心里给他们起了个外号，叫“家庭卫生二人组”。

路上，他们又兴致勃勃地和她搭话：“其实你这样的还真不适合当模特。”

“为什么？我不够高吗？”

“不是不是。原因在于，我们美术界已经不流行漂亮的模特啦。”

“那流行什么样的？”

“越老越好，越丑越好——他画过一个乳房耷拉到肚皮上的。”

说到这儿，那两个人又自己斗起嘴来：“狗屁，你还画过一个乳房能甩到背后去的。”“狗屁狗屁，你还画过一个乳房能系在腰上的。”“狗屁狗屁狗屁，你还画过一个能用乳房上吊的。”

如果这两个人开画展，题目一定可以叫“奇异的乳房”，或者“拯救乳房”也可以。但随后，痰盂脑袋却又很认真地对节节说：

“这就叫回归现实主义。”

然后他们又进入了下一个主题，就是疯狂地说一些外国人名：梵高、莫奈、毕加索、达利、巴斯罗夫……说得节节晕头转向的。而到头来，长头发忽然又问她：

“你崇拜我们吧？”

“为什么？”

“我们说了这么多大师的名字，你为什么不崇拜我们？”

然后两个人又癫狂地哈哈大笑起来。虽然怀疑自己碰上了两个神经病，但节节却还是放了心：她看出他们是那种典型的“口头流氓犯”，其实连眼睛都不往她身上多瞟一下呢。之所以胡说八道，是因为太空虚了吧。

就这样，抹布头和痰盂脑袋把她带进了一个很寻常的村子：这里有一些砌着砖墙的小院，但更多的还是破破烂烂的瓦房。村子里懒懒散散地闲逛着黄狗黑狗，此外还有更多的抹布头、痰盂脑袋以及扫帚下巴——也就是大胡子。

来到一个小院儿的门口，那两位穷极无聊的领路人就到家了：“其实我们只是共同租了一个院子，千万不要把我们当成同性恋。”

他们又邀请节节中午一起吃饭，但她说：“我有急事儿。”然后就和他们道了别。这时想想一路上的经历，竟然还是很愉快的。如果这里的居民都是这样，她倒替许洋放了心：起码不会有人欺负他吧。

但接下来的寻找过程就没有那么轻松了。节节跑到小卖部和小饭馆里去问："有没有见过一个又瘦又小的男孩？他的特点是特别能吃。"

那些人回答她说："能吃也算特点吗？饿死鬼投胎我们见得太多啦。这儿来来往往的人也太多了，怎么记得住？"

于是节节就只好挨家挨户地去找。她判断，独门独户的小院儿一定是已经有名气的画家买下来的，而许洋这种穷困潦倒的艺术青年，最有可能是窝在村边那一片破瓦房里。但是瓦房太多了太杂乱了，一家一家地问下去，很快就让她头昏脑涨了——几乎每个房间里都有一到两个心比天高的艺术家，他们把自己封闭在破破烂烂的十平米中，有的大白天地喝闷酒，有的烦躁地踱来踱去，有的干脆瘫在地上发呆。就是很少见到有人画画。

而他们对节节的态度也不一样。有的彬彬有礼，有的叫了好几声也不答应，也不知是痴呆了还是瞪着眼睛就死了，还有一个人答非所问地说：

"你需要一次性高潮吗？"

吓得节节拔腿就跑。她生怕那人追上来，回头却见他从床上抄起一双拐杖，愤恨地摔到地上："可惜我给不了你了。"原来是个残疾人。

就这样，不知问了多少遍"你们认不认识一个许洋"，节节口感舌燥地站在街口，喘气。时间已近中午，太阳当头照下来，浑身汗津津的。她这时就有点怀疑自己的判断了：难不成许洋不在这里？的确，北京这么大，哪儿的破烂平房藏不下几个"我要画画去"的神经病啊？光从位置上来推测，美术馆和"中央美院"附近也有可能啊。她摇头苦笑了一下，打算买瓶饮料喝，然后就回去了。不是她不尽力，是许洋太神出鬼没了，这个理由对妈妈也交代得过去吧。

但就在节节攥着半瓶可乐，快快地沿着土路往外走时，迎面却看到了一个瘦小、驼背的身影。她这时又不敢相信自己的眼睛了：那不正是许洋吗？他的手里拎着两只鼓鼓囊囊的塑料袋，风尘仆仆地越走越近了。

节节喜形于色地高喊："许洋！"但许洋抬头之后一愣，随即却把头扭到一边，看起来好像要逃跑的架势。节节反应过来：许洋是还伤着心呢，他就是想躲着她。

可是好不容易找到了，又怎么顾得上那许多？她蹦着跳着迎上去，大声说："你还真跑到这儿来了！也不跟家里打个招呼，他们——你爸都快急疯了！"

才不见了两个多月，许洋就变了个样：头发也成了抹布，脖子上一团一团的黑泥，脸上因为流汗，划出来一道一道的。这哪儿是一个画家，明明就是一个流浪汉。

而他说话时，仍是躲着节节的眼睛："哦，倒是应该给家打个电话。"

节节还在数落他："课你也不上！学校都要开除你了！"

许洋的回答让她吃惊："那学不上也没什么可惜的。"

节节说："不上大学了你干吗去？在这儿混日子吗？你瞧瞧你现在的样子。"

"我过的是我的日子。反正也没人在乎我。"许洋又把脸扭到一边，压低了声音说。这样一个很倔、很冷漠的许洋，还是节节头一次见到。

她心里惊了一下：许洋是在记恨他们呢！不仅包括从小到大没管过他的酒鬼父亲，而且还包括她——也许记恨她的成分要更多一点。眼前的许洋像一只受了虐待而出走的猫。让人心寒，让人可怜。

节节觉得没话可说了。她没资格再对这个伤了心的人说什么。但她又不能就这样离开，于是就默默地跟在许洋身边，重新往破瓦房的深处走去。这时她看清了许洋的塑料袋里装的是什么：一只是足有十斤之多的烙饼，另一只则是好几个炖肘子，沥沥拉拉地往下漏着近乎于黑色的汤。他就算能吃，一个人怎么吃得下这么多东西呢？难道他的饭量是和心情成反比的？

七拐八拐，来到一栋紧闭着门的小房子，才知道有七八个人正嗷嗷待哺呢。那些人或坐或卧，一个个脸脏乎乎的，抽了一屋子烟，一边咳嗽，一边声嘶力竭地往外喷射新名词：印象派！政治波普！后现代主义！

看到许洋来了，他们不约而同地停下，抄起烙饼卷肘子，满腔仇恨地咬。许洋则敞开塑料袋，看着所有食物都被拿干净，闪烁着大眼睛一言不发，仿佛正在期待着新一轮的艺术大讨论。

在满屋噼里啪啦的咀嚼声中，节节小声问许洋：“你不吃饭吗？”

“我们约好了的，谁卖出一张画去，就请大家吃饭。”许洋的眼里透出一丝得意，“我才来了几个星期，就卖出了一张素描。是个外国老太太请我画的。”

“多少钱？”

“五十块。”

怪不得只能请客吃烙饼卷肘子呢。节节拉拉许洋的胳膊：“走吧，陪我去吃点东西吧。我也没吃饭呢。”

许洋依依不舍地朝那些饥饿的艺术家看了一眼，跟着节节出来。他们到了一家小饭馆，要了两碗面，不说话地吃。吃完一碗，节节问许洋：“你还得再来两碗才饱吧？”

“不吃了——我现在吃得很少了。我得学会开源节流。”许洋咽着口水说。

“吃吧吃吧，我掏钱。”

许洋这才敞开肚皮。看来他真的做好了打持久战的准备，兜里揣着三千块钱，却连吃也舍不得吃。

他吃的时候，节节自然在做思想工作：“回去吧，好不好？你考上个大学多不容易呀。这时候不上了，那你高三一年的努力不就白费了么？我知道你爸爸老喝酒，不管你，我也……老欺负你，不过我们谁都是希望你好的呀……”

许洋停下筷子，闷闷地打断她：“我跑出来是我自己的事，怎么会跟别人有关系？”

“那是为什么呀？”节节说。

“我就是不喜欢上这个学了！”许洋哑着嗓子说。看到他眼里忽然有了戾气，节节就害怕起来。

许洋则自顾自地说："你不知道我喜欢画画吗？而且只喜欢画画。我来北京上大学，就是为了画画的。但是那里还有那么多没用的功课，大学语文、高数、思想政治，那些和画画又有什么关系？还有，大学里教的画画跟我想的也不一样，那种画法画的就是技术，没有心情，更没有——灵魂。他们想培养的只是美术老师、平面设计员，而不是画家，可是我想当画家……"

节节没想到，许洋还有这么高远的志向。听他的口气，这一年多的大学，他上得充满了痛苦，而过去她却全没看出来。那时候她在做什么呢？她在忙于甩掉他，甩掉这个每顿吃一斤米饭，面无表情地跟在她身后的倒霉蛋。

而现在，她像重新认识了许洋一般：有点刮目相看，又有点惭愧。

但她毕竟是带着"任务"来的。而且她想：画家画家，听起来是挺伟大的，但又不是每一个有志者都能事竟成——如果许洋没成为画家，又连个大学文凭都没捞上，到头来吃什么，喝什么？她得为许洋打算呀，她有那个责任。

于是，节节拿出了最后一招："你就是不为别人考虑，也得想想我妈妈呀。"

看到许洋眨了眨眼，她继续说："我妈妈跟你非亲非故的，从小就对你那么好，听说你跑了，她比谁都着急呢——你还记得自己是怎么上的中学吗？还是我妈妈给你报的名。"

许洋低下头，节节猜他正把手在腿上蹭着。他过去一紧张就会这样做，他又恢复成那个软弱的许洋了。

节节趁机又拿出过去的骄纵劲儿："小不忍，好歹混个文凭你再'画画去'吧。你不是一直都听我的吗？"

这个久违的外号让许洋说不出话。他沉默着，鼻子一抽一抽。节节知道，他算是被自己说服了。而她却没有一点成功的喜悦，反而想：当初妈妈断送了自己的演员梦，现在促使许洋从"画家"的道路上走回去的，还是妈妈。妈妈已经挽救了两个大学生了，教育部真该给她写一封感谢信。

然而她没想到，许洋最后还是辍学了。

是李冬林。但也不能怪李冬林。

谁会想到那天李冬林会在楼下一直等呢？许洋本来已经默默地、低着头被她领回来了，妈妈又像当年刚把他“捡”回来那样，按着脑袋给他洗头洗脸，一边洗一边数落，但洗完之后还是惊喜地说：

“瞧，精神多了。”

又揪着许洋的长头发，开玩笑：“我们给他扎个小辫好不好？”

然后也不留他们吃饭，而是一本正经地催许洋回学校，找老师认错。她叮嘱说：“早回去一天，你的逃学就算少一天。认错的时候态度一定要好，就说你老家的妈生病了。别真把老师气急了，知道吗？”

许洋愣愣地点头，被节节领回了校园。他们趁办公时间还没结束，快步向教务处走去。然而路上经过女生宿舍时，老远就听见了汽车轰鸣的声音，绕过树林，节节看见斯巴鲁趴在自己楼下，正在干吼。经过的学生都朝那辆车指指点点，说里面的人是不是疯了。

节节明白是怎么回事：自己不打招呼消失了半天，李冬林来学校找不着她，就在楼底下置气呢。这个李冬林也是的，找不着她就先回去好了，她一个大活人又能出什么事？

她犹豫着是不是要过去说一声：别闹了。而李冬林早已看见了她，他摔门出来，跑向节节，抓住她的手：

“你干吗去了？”

节节本来想要回上一句：“我干吗去要对你说啊？”但看到李冬林干得发裂的嘴唇，心就软下来了。那又是一张被欺负过的小男孩儿的脸。怎么所有和她走得近的男生都是这副神情？她有那么厉害吗？

“我在车里干坐了一天呢，就为了等你。”李冬林还在说明情况。他想表现的是自己受了多大委屈。三分抱怨，三分邀宠。

“你傻呀你。”节节又好气又好笑：又不是生离死别，又不是约好了一起去私奔，犯得着这样兴师动众吗？但她随后想：说来，自己也该表现得感动一点才好吧——李冬林是在为自己钻牛角尖呢。男孩不是只有迷一个女孩迷到不可自拔，才会钻牛角尖的吗？

于是她去摸摸李冬林的嘴唇：“你愿意等，可也得记得喝口水呀。静坐允许，绝食不允许，知道吗？”

这时李冬林就无怨无悔地笑了：表示这一天的枯燥和干渴是值得的。先把他安抚下来，节节才解释自己失踪一天的原因：“家里出了点儿事儿……”

而她又开始担心许洋和李冬林见面之后，会是什么情形了。她的脑袋里浮现出这样一幅图景：两个幼儿园的小朋友同时哇哇大哭，都说自己被挨揍了。

可是等她回头时，却发现许洋已经不见了。

过了几天，一则新闻在学校里炸开——

一个美术设计专业的学生为了追求“艺术”，只身深入画家村，却被校方抓了回来。学生据理力争：我爱艺术，我要画画，你们为什么不让我画！然而专制的校方却无视年轻人的一腔激情，不仅不准他搞创作，而且还要处分他。教务主任（在每个学校的学生眼里，这个角色都不是什么好人）一定说了很多侮辱性的话，因此这个学生才奋而反抗，抄起桌上的一瓶红墨水，砸到了主任的脑门上。

这是艺术的红墨水，是激情的红墨水——将教务主任砸了个狗血喷头之后，那学生干脆以手带笔，蘸着红墨水在墙上写了五个大字：我要画画去！很多人深刻地阐释道：由此，他正式成为了一名画家。他用一瓶红墨水完成了迄今为止最重要的一部作品，其主旨就是：反抗僵化的学院体制！

不仅学生为这个事件群情激奋，就连那些多年提不了职称的年轻教师也开始借题发挥，在报纸上写文章：当年高玉宝高呼“我要上学”，今天的学生高呼“我要退学”，我们的素质教育出了什么问题？我们的学术规范出了什么问题？

校方的处理结果，自然是将那个学生开除了。而且他们还要求文科院系，要把那些有“以梦为马”不良倾向的学生登记在册，时时监控，坚决防止文疯子变成武疯子。

接下来，又是一轮宿舍大清查，只不过没抓住什么逃课的艺术家，倒是揪出不少在异性房间过夜的流氓犯。

在一片风声鹤唳中，节节想：只有我是知道“真相”的吧——那天许洋跟她回来，其实本来已是不情不愿的了，再看到她谈了个开改装车的男朋友，看到她那么温柔地对李冬林，他肯定深深地受到了刺激。只不过她没想到许洋竟会由此变得那么暴戾，而且也没想到失恋（姑且将许洋的处境称为“失恋”吧）竟能转化成追求艺术、反抗专制的动力。

他的行为究竟是属于昂扬奋发，还是破罐子破摔呢？

而所谓“成功的男人背后都有一个伟大的女人”也是一句屁话了。反而让人怀疑：起码对于艺术家和革命者而言，背后多半有一个朝秦暮楚的女人。

这样的想法让节节既觉得荒唐，而又感伤。但随后就只剩下了感伤：许洋毕竟走了，这一次真的是一去不回头。许胜利刚在湖南接到电话，喜气洋洋地跑回来，就得面对儿子再次逃跑的事实。

节节回到家里，陪着许胜利和妈妈一起叹气、难过。同时陪着他们一起束手无策。但她知道的“真相”自然是不能告诉他们的，而且告诉了又有什么用呢？

她只是好奇，如果真的说了，妈妈会有什么反应呢？感叹一句“红颜祸水”吗？

而妈妈正坐在沙发上，揉着太阳穴。不知从什么时候起，她一烦躁或者悲伤，就总是保持这副样子——典型的一幅“迟暮美人画像”。节节低头坐在椅子上，瞥着妈妈，而许胜利的脚边还放着一只从湖南背回来的旅行包，一声叹息深于一声叹息。

过了一会儿，许胜利就弯下了腰，手颤颤巍巍地朝旅行包伸去。他掏出一只小瓶装的“湘泉”白酒，一副很不想喝的样子，盯着它再叹一口气。但最后，他终于拧开了瓶盖。

妈妈终于知道该干什么了。她蓦地站起，一把夺过瓶子，横眉冷对地朝许胜利骂起来：

“喝喝喝，就知道喝！你知道你儿子怎么跑的吗？是让你给喝跑的！从他千里迢迢地来北京找爹，爹就没有个爹的样子！白天喝晚上喝，高兴了和不高兴了也喝，你觉得你还是一活人吗？好几年了许洋吃过你一顿饱饭吗？当年就连学也不让人家上！好，现在他干脆连大学都不上了，你该高兴了吧你？我知道你怎么想的，你从来就没打算要过这个孩子！”

在妈妈的骂声中，许胜利的脑袋就低下去，低下去，几乎低到地板上去。而妈妈的骂声则越来越高，骂到高潮，索性举起酒瓶子，“啪”地往地上一摔。在满屋刺鼻的酒气中，许胜利陡然抬头，然后又再低下去。

妈妈长吁了口气，声音小下来：“许洋这孩子多好，从小让人欺负了都不言不语的……”

随后又触底反弹，声音大起来，同时扫视着整间屋子，仿佛在针对每一个人：

“都是让你们逼跑的！”

这句指控便连节节也包括进去了。但节节没有反驳，眼皮也没垂下来。她觉得自己罪有应得。

在此之后，许胜利便踏上了漫漫的寻子之路。但比起当年许洋寻父，如今反过来去找儿子无疑要难得多：许洋肯定不会回画家村，也不会去湖南老家了，和尚和庙全没了踪迹。许胜利三天两头地去公安局、去报社，甚至还印刷了许多“寻人启示”贴在电线杆上，和“寻狗启示”并排——大家都清楚地看到，如果找到“皮皮”或者“妞妞”，奖金一千元，如果找到“许洋”，奖金一万元！

而因为儿子的照片总是和狗挂在一起，许胜利竟然养成了一个触景生情的习惯——只要在马路上看到被碾成饼状的“皮皮”和“妞妞”，都会鼻子一酸，眼眶湿润：“许洋，许洋不会出事吧？”

这个城市的狗皮膏药也贴着他的痛处。

而重赏之下，必有骗子，隔个十天半个月，就有人声称发现了许洋的踪迹。刚开始，许胜利被狠狠地骗了几笔，后来也学谨慎了，无论接到什么人的线报，他都要亲自探访一番。于是他变成了一个天南地北的侦察员，背着一只旅行包，今天湖北，明天河南——为了筹集旅行及受骗所用的经费，他给歌厅调试灯光的业务也拓展到了全国各地。据说他曾经还给黑龙江的洗浴中心设计过一种“镭射浴池”。

妈妈都感叹：“要是不出这档子事，老许早发了。”

最让节节震惊的，是许胜利被妈妈抑扬顿挫地痛斥过之后，竟然下定决心戒酒了。在酒精里泡了小二十年，壶中日月如此之长，怎么可能说戒就戒呢？而且对于一个酒精依赖的人来说，断然戒酒实际上是很危险的。连医生都劝他：“别一蹴而就，否则有可能诱发别的毛病，弄得不好要出人命的。”但许胜利恰恰用“出人命”的法子来戒：他拿根筷子，将嘴里捣得稀烂，然后再抿一大口高度酒。剧痛之下，他不禁满院儿飞跑，同时高喊：

“我看你还喝不喝！”

这是多么惨烈的景象啊。跑累了的许胜利瘫在地上，血汪汪地喘气，像一只中了弹的狗。一次酒瘾却也被这样扛过去了。每当目睹这种情形，都让节节百感交集：他是在惩罚自己，同时希望有一次重来的机会，当一个合格的爸爸。这就是父母啊。

只可惜许洋是看不到了。

他和妈妈的“那档子事”，倒也因为许洋的出走而被拖下来了。每次出门寻子回来，许胜利还是会到家里来，妈妈给他做饭，帮他洗衣服，再给他收拾好下次外出所需的日常用品。他那间长期空着的房子，钥匙也在妈妈手里，可以随时过去打扫。他们之间说话还是嘘寒问暖的，话里带着“不同于外人”的默契。但两个既悲伤又提心吊胆的中年人，怎么会有心情娇嗔、装傻、打情骂俏呢？

part 5

没有许洋的日子，就这么过去了一年多。

假如说这段时间节节发生了什么变化，那就是对“自己和李冬林在一起”这个事实越来越迷惑了。有的时候看到李冬林，她会蓦然感慨：竟然是这个人把许洋“逼”走了。

感慨下面的潜台词是：她爱他吗？

在一起日子久了，节节重新领教了李冬林的乏味——那可真不是一般的乏味。他们的见面永远是在他那间小小的精装公寓里，而且还大白天的拉上窗帘，搞得满屋阴暗，如同一对偷情的不伦男女。如果要有偷情的兴味还好呀，李冬林只是摊着手闲在她身旁，她看电影，他看她。有的时候节节对他说：“你也找点事情做吧。”他便毫无表情地去摆弄他的音响和打碟机去了。调试出新的音色，他回头叫节节听，而她固然是听不进去的。

最夸张的是，两个人常常会闷在屋里一整天，也说不了一句话。不是话不投机，而是根本想不出什么话可说。节节憋得嗓子和胸口都快爆炸了，李冬林却很适应这种情况似的，面色仍是坦然。假如把他们的一天拍成电影，十个观众有九个都会中途离场的。节节也纳闷：我是怎么忍受下来的呢？

一这么想，她就烦躁不堪对他大叫："我要出门！你不准软禁我！"

"我没软禁你啊。"李冬林无辜地说。

然后他们就出去，但出去更乏味：总是他们刚认识时去过的那些咖啡厅、西餐馆、舞场。有的时候干脆哪儿也不去，就是在五环路上开快车。对于这个城市，李冬林是既熟悉却又毫无想象力的，他在钱堆出来的单调生活里安之若素。而节节却想：真可惜了那些钱。

有一天，节节看到旅游杂志上介绍青岛，想想快放暑假了，也没什么事，就买了两张到青岛的火车票。她想以此为契机，改变一下李冬林，便以"给你一个惊喜"的表情亮出票：

"去不去？"

李冬林漠然地眨眨眼："去，去。"

然而按照约定，在校门口等出租车的时候，李冬林却不见了，害得节节背着旅行包，傻乎乎地站两个小时。直到发车的时间过了，李冬林才开着他的斯巴鲁出现了。车座上空空的，丝毫没有打算出门的样子。

节节气得发狂，上去一脚蹬在车门上："你要干什么？你是不是故意的？"

李冬林这时倒实话实说了："我真的不想去。"

"不去就不去！那你当时为什么耍我！"

还是实话实说："我怕你生气。"

这个态度真让节节没辙，她很想抽自己两个嘴巴。而强迫自己冷静下来以后，她忽然产生了这种猜疑：他不是不想去，而是不敢去，他害怕出远门。

节节弯下腰来，直视李冬林的眼睛："青岛离北京——离你家只有几百公里呀。"

李冬林躲着她的目光，鸭子到死嘴还硬地强辩："我就是不想去。我不喜欢出门。"

在无名火的刺激下，此后的几天，节节都要找借口和他吵架的。而吵的次数多了，她发现最能刺激李冬林的话题是：陈晨。

比如青岛那次，节节就尖锐地挑衅他："为什么不去青岛，是不是你和陈晨以前去过青岛呀？哼，我也真傻，在一起这么长时间了，你和她的那点事儿居然还不清楚——难怪会碰到你的痛处。"

不只是青岛，换作她想去一个游乐园而李冬林也没有兴趣的时候，也要提陈晨："陈晨说过她喜欢去那里吧？她喜欢的地方我当然没资格去了。"

就连李冬林叫了某一种快餐而节节不爱吃的时候，类似的话也会从嘴边溜出来："我又不是陈晨，我口味可没那么清淡。"

她和一个无影无踪的人争风吃醋，原因只是由于无聊。而每当戳到这里，李冬林就会敏感、紧张。他平日里是决不会和节节红脸的，这时候却瞪眼睛，喘粗气，甚至发狂地扯头发，把新买的CD掰成一堆废塑料。他还会对节节吼：

"你有完没完？"

或者："陈晨根本不是什么重要的人！你明白吗？"

节节这时反倒快意：他总算有点人气儿了。但随后又陷入更深的失望：多么孩子气啊，李冬林的本质就是一个连远门也不敢出的孩子。

一次又一次的失望让她认清了李冬林。她过去觉得李冬林这人"有意思"，其实只是被他的那种颓废劲儿所迷惑罢了。一般人都认为，"颓废"的下面总有一些深刻的东西，颓废的人都是一些天生的思想家，他们因为卓尔不群而颓废——但李冬林恰恰相反，他的颓废下面什么都没有，只有一片没出息的幼稚。他是什么都懒得经历，直接就颓废了，所以颓废得一点内涵也没有。

对于李冬林这个人，她所不知道的大概只有"陈晨"这个人了吧。但基于他的苍白和幼稚，陈晨又能与众不同到哪儿去？虽然想"挑事儿"时照例要提起陈晨，但节节对她也失去兴趣了。

她对李冬林以及李冬林代表的一切都失去兴趣了。

处一起那么久，节节的心思李冬林不可能看不出来。她不管不顾地想，要是李冬林先提出分手，那倒简单痛快了。分手不都是幼稚的人先提出来的吗？然而李冬林偏不，他好像真的撕心裂肺地爱上节节了。当节节躲在宿舍不理他时，他能把车停在她的楼底下，呆呆地等她一整天——就像“逼”走许洋的那天一样。而现在没了许洋，“逼”的就是她了。

还有大三那年，节节过生日时，看到宿舍楼底下摆了一排冷焰火。她一出门口，它们就全放起来了。一个穿着毛绒兔子的人跑过来，献给她一束花。兔子刚走，一只熊又来了，又献给她一束花。等到熊走了，一只米老鼠又来了。这次除了花，它还揭去了伪装。果然是李冬林，这次递给她的是一个新款诺基亚手机。

他觉得这样就能给她一个惊喜吧。他觉得能克服“宅”的劣习，出来耍上这么一出，已经很难能可贵了吧。

惊喜吗？节节确实没有猜出兔子、熊和米老鼠哪个是李冬林，但整件事又太一目了然，太李冬林了——不就是从一个播烂了的广告里抄袭下来的创意吗？他是不愿动脑子还是没脑子？

收下手机，说了“谢谢”，两人照例无话。

这也讨不了节节的欢心，李冬林只好拿出了最笨拙也最古老的一招。他提出：见父母。只有关系巩固的情侣才会见父母，见父母也就成了关系巩固的证明。见父母几乎意味着谈婚论嫁——李冬林恐怕不会想到这一层，但如今他生活的全部目的，仿佛只剩下了巩固与节节的关系。

而节节自然是不同意的。在她看来，和李冬林生活在一起，已经像一个黑洞了，那里没有空气，让人窒息——她怎么可能愿意窒息一辈子呢？她应该有她的生活、她的声光电呀。她和李冬林之间的变数太多了。

李冬林才不管她，他自己就安排了。

那天节节买了两部光盘，刚到他的住处，突然听见有人敲门。这可是破天荒的事情，他这间房子几乎像个逃犯的藏匿场所，除了送外卖的从来没有人登门的呀。

节节想到了什么，一时竟有些慌张了，而李冬林却不动生色地去开门。她发现，今天他穿得出奇的文气：卡其布裤子搭配开衫毛线外套，耳钉也给摘了，一副标准的“学院范儿阳光青年”打扮。

开门后，进来一个富态的女人，后面还跟着一个面相朴实，肚子却鼓得格外高的男人。那女人不声不响地进门，不声不响地换拖鞋，但不知为何，每一个动作都显得声势浩大——她有一种在哪儿都能当家做主的气场。

而她当然能在这里当家做主的，节节反应过来，这就是李冬林的母亲。他事先没向她通告，就把母亲从“百忙”中叫过来了。这也是李冬林的办事风格：愚蠢而任性，既不考虑父母的态度，也不考虑她的。

虽然怀着怨气，但节节还是条件反射地从地板上起来，站直了。而李冬林的母亲瞥了瞥她，竟没任何表示，于是场面就变成了节节诚惶诚恐地侍立那里了。这种老女人修炼多年，早已习惯了在任何场合占据制高点，并有本事不动声色地把别人的“礼貌”打压成“卑贱”。简直成精了。

节节便眼睁睁地瞅着她不紧不慢地换好鞋，在厅里踱几步，打量打量给儿子买的居所，然后轻轻对肚子格外鼓的男人说：“等我一下好不好？”

当然好。那人不是司机就是个秘书，用力点了下头就出去了。

门被轻轻关好，李冬林的母亲才对儿子开口：“换了个小时工啊——房间倒是比过去整洁多了。”

李冬林赶紧跟了一句：“都是她收拾的。”

他说话时看看节节，节节赶紧低下了头——不是出于羞涩，而是源于气愤——他们一开口就把她放在什么位置上了？她看似娴静地就那么站着，指头尖却早被自己掐白了。

李冬林的母亲这才召见似的看过来：“这就是冬林说的那个……”

节节故意不接话。而李冬林再次紧跟上来：“节节。”

"哦，节节。"李冬林的母亲轻松得不像第一次叫一个陌生人的名字。

节节只好答应："阿姨好。"

李冬林的母亲却又看到儿子那边去了："你最好下楼见见你爸爸——他在车里等你，有话想跟你谈。"

李冬林仿佛没料到这样一手，尴尬地回望。

他母亲说："怎么了？让你去你就去。你爸爸中午还有个会，就不上来了，要不看见你这一屋子古怪玩意儿又要生气。"

李冬林便一声不响地窜出去了。那副乖模样真像被警告"仔细揭了你的皮"的贾宝玉。

屋里就只剩下两个人了，因为没地方坐，所以都站着。节节倒抬起头来直视那老女人了，心里想：下面要唱哪一出？训晴雯吗？

李冬林母亲的神色却缓和下来了，猛然间就变成了如沐春风的温暖——变化之快反而让人胆寒。节节这时才仔细打量她：穿着朴素典雅的套裙，烫着朴素典雅的短发，戴一副朴素典雅的镶钻眼镜。这种女人常会让人觉得眼熟——几乎所有的官员太太或女官员都是这个样子。她们本身毫无特点，只剩下了朴素典雅。她又好奇地想，楼下车里那位真正的重要人物是什么样子呢？严峻的国字脸还是随和的秃顶？

好一对"共和国气质"的夫妻。

而李冬林的母亲已经不急不缓地进入程序了："节节啊，家里几个人？"

果然是问"家里"，节节暗自嘲讽了一下。其实这嘲讽是来得有些不公的：这种场合还能聊什么呢？换作寻常人也要说"家里"的啊。只不过现在又是一个重新讲"门当户对"的时代，李冬林母亲的态度自然便被认为是量门墩比门槛了。

于是节节的回答就成了叛逆的了："两个。"她故意把数字咬得很清楚。

“两个？”

“对，我和妈妈。我爸跟她离婚了。”

“哦。你妈妈是做什么工作的？”

“跳舞的。”她又把“跳舞”说得很轻佻。这样就不是“艺术家”而是“戏子”的意味了。

李冬林的母亲还是不动声色：“哦，怪不得。”

什么怪不得？怪不得她漂亮，还是怪不得她缺乏温顺？节节便挑衅地又加了一句：“我爸爸是个卖衣服的，在西单练摊儿。”

她的挑衅是以作践自己为手段的。她就是一个小家小户的闺女，怎么了？她就是配不上你们高高的门第了，怎么了？她还有点恶狠狠的得意呢：现在是她看不上你们家李冬林啊。

而李冬林的母亲又怎么会看不出来呢？弱势者的种种反应，她见得太多了。节节只是性子稍强的那种罢了。

于是她转换到了另一个话题：“李冬林这孩子有很多缺点……”

这时节节倒不好意思“叛逆”了：“他人很好的。”

这话倒是实话。

“我说的是正经事儿上，咳，你不知道我们做父母的有多头疼……”李冬林母亲的口吻竟有点推心置腹的感觉了，“给他送到大学里，他上过几天课？这个你应该比我清楚吧。说是毕业就出国去，可我也没见他学过英语，就算美国学校要求高，送他去英联邦，可好歹也得考过雅思吧，难道到外国话也不会讲，当几年睁眼瞎吗？他们一起鬼混的孩子很多都这样，说是出国深造，回来深造出一嘴广东话，原来就没出过唐人街……说这个都远了，要是在中国门门功课都不及格，再是交钱就能进的学校人家也不让他上的啊……”

这么唠唠叨叨的，让节节不禁有点体谅那女人了：说到底还是父母。但她随即又想，巴巴儿地跟自己讲这些干什么呢？

节节很快就明白了李冬林母亲的意思，并且替对方把话说白了：“您的意思是，让我别影响李冬林学习？”

李冬林的母亲没想到节节是如此勇猛。这下，她终于有点措手不及了。

但随即，那女人就稳住了阵脚：“你真聪明。其实我们都不赞成他这么早就——和女孩太多接触的，反正将来也要出国啊……”

说这些话时，她的口吻就是公事公办的了。她的立场也很清楚：只要自己的意图传达了，目的达到了就好。管她节节怎么耍性格、玩儿叛逆呢，弱势者再挣巴不也还是弱势者吗？

而这时，窗外传来了暴烈的摔车门的声音。在二层楼上听得清清楚楚。没过一会儿，李冬林跑上来了，满脸的悲戚——他父亲对他表达的，恐怕是同一立场吧。

李冬林母亲的眼神却陡然尖锐了一下：她发现节节和自己儿子的反应是如此不同。她冷静、不屑、无所谓，棒打鸳鸯的悲苦仅仅挂在李冬林一个人的脸上——根本就是他剃头挑子一头热。这让做母亲的恨铁不成钢。

她随即才感到，真的需要郑重对待节节了：假如她只是个蔑视权贵的叛逆少女，那倒还好，但如果她是那种心狠手辣、手段高超的女孩呢，还不把李冬林玩弄在股掌之间？到那时候就真麻烦了。

但她郑重得有些晚了：谈话已经结束。再怎么强硬，也不能扯着这丫头的头发把她撵出去吧。那可不是他们这种身份的人能够做出来的。

于是李冬林的母亲故作平心静气，随口又说了点没用的话，便在儿子愤恨的沉默中出门了。

父母走后，李冬林的表现在节节看来固然是可笑的：他本想通过“见家长”来巩固和节节的关系，但没想到他那伟大的父母竟要拆散他们。于是他便陷进了另一种套路中——孔雀东南飞的套路、琼瑶小说的套路。他把自己和节节看作了一对情比金坚的苦命恋人，遭受了封建大家族的残酷迫害。迫害越残酷，爱情就越坚贞。

一切面目可憎的父母，都反而充当了催化剂，帮着小儿女把“爱情”激发了、提纯了——如果放手不管的话，孩子们十有八九自己就会厌了、烦了、一地鸡毛了。

可惜在他们的关系中，只有李冬林一个人被激发了。他紧紧抱着节节的肩，流着泪，喃喃自语：

“你放心，我不会屈服于他们的。”

而李冬林的“放心”恰恰是节节的“担心”啊。她很想对他说：您还是屈服了吧——为我犯不着。

假如现在非要让她找出和李冬林“在一起”的理由，那么只剩下了一条，就是对方父母的倨傲。他们有什么啊？不就是官和官太太吗？怎么就认定人人都想骗你们的儿子，图你们的地位呢？同在一片脏了吧唧灰蒙蒙的天下，怎么就好像来自两个世界似的，那么理直气壮地对别人颐指气使？你们说可以就可以，你们说分开就得分开——假如她节节要是真对李冬林动了情呢，那受伤害的还不是她，谁会在乎她的伤？

恰恰因为不爱李冬林，她反倒有力气和那对显赫的夫妻玩儿一个游戏了：就是不撒手，而且还要让他们知道，是他们不争气的儿子离不开她。要让他们来求她高抬贵手，放过李冬林。

哪里有压迫哪里有反抗，这话还真是真理。只不过节节却创造了古往今来一切阶级斗争中最奇特的形式：那是甜言蜜语的反抗、耳鬓厮磨的反抗、委身于人的反抗。

她不仅对李冬林有了耐心，而且说得上热情了——作为对等的“见父母”仪式，甚至把他领到妈妈面前了。

为了这次见面，李冬林准备得可真够郑重，专门买了一件纪梵希的条绒西服。他这是女婿要见丈母娘吗？节节冷笑地想，说你不争气你还真不争气，难怪你父母怕你上当受骗。

好在见面不是在饭桌上，否则还真不知道他们能说些什么。李冬林投其所好，买了三张“中芭”重排的革命舞剧《红色娘子军》的票，请妈妈去看。在剧院门口，妈妈见了李冬林，也没表现出喜欢，也没不喜欢，一派和寻常人等一视同仁的热情。而坐到前排最好的位子上，她的兴致就全转移到舞台上去了，看得满面红光。这一排还坐着几个艺术界的“权威人士”，能和这些如雷贯耳的名字并列在一起，也让妈妈兴奋。台上的演员跳到较劲或微妙的地方，她也和那些人一起“内行看门道”，颔首或皱眉。

看完戏出来，妈妈还是兴致勃勃的，又说起自己年轻时也跳过《红色娘子军》的，然后又从《红色娘子军》说到“大型舞蹈史诗”《东方红》——那才是她艺术生涯的顶峰呢，人民大会堂跳的！

从演出一开场，李冬林就不感兴趣，但他还要装成感兴趣，一直装到了现在。倒也难为了他。

而除了舞蹈术语和回顾自己的艺术生涯以外，妈妈就没再对李冬林说什么话。那一套关于家庭情况的“例行问题”，她提都没有提。是因为妈妈脱俗吗？妈妈可是一个买只鸭子都要称三遍的女人啊。估计她是看戏看得太高兴了，就把“常规动作”给忘了——她们那个烂剧团早已彻底停演了，自己又买不起票，这么高水准的舞蹈真算是难得一见的呢。

这也正是妈妈的可爱之处。

当然妈妈也有让人佩服的地方。李冬林把她们送回家，母女俩上楼梯的时候，妈妈突然来了一句：“你没跟他——越轨吧？”

这话砸得节节晕头转向的，她条件反射地说：“当然没——”

“那就好。”声控灯下，妈妈的脸暗了又亮，“这孩子也许是个好玩儿伴，你们年轻，玩也可以玩，不过没必要太认真。”

“为什么？”节节倒好奇了。

“他成绩不好吧？性格看起来好像也有点问题。一看就是那种投了个好胎的银样镴枪头。将来父母管不了他了怎么办？”

声控灯灭掉，节节真是暗吸一口凉气：妈妈眼真刁，自己费了那么多功夫才看出来的，妈妈听着音乐看着舞蹈，抽空一扫就全了然于胸了。就凭这双眼，妈妈要在古代是个男的，没准还真是个治世能臣。

但节节又想：然而妈妈为什么当初没看穿爸爸呢？爸爸也可以算个银样镴枪头啊。

想来妈妈一定会这般回答：因为那时候年轻啊。吃了银样镴枪头的亏，才能认清银样镴枪头嘛。过人的本领，都是从惨痛经验中得来的。

而妈妈其实也有点惊奇呢——说节节的男朋友不好，节节怎么一点生气的反应也没有？她不知道，如此轻描淡写就否定了李冬林，对于节节恰恰是一件大快人心的事情。她想：你们家人看不上我，我们家人还看不上你呢，谁也没比谁高贵多少。扯平了，两清了。这毕竟是一个人人都需要尊严的时代。

只是出完了气，节节又可怜起李冬林来。在这事儿里，他算个什么呢？一个玩偶？可这个玩偶什么也没做错呀，只是因了一片痴心，就被人摆弄来摆弄去的。

那天晚上回家，妈妈还告诉节节一个重大新闻：她决定“下海”了。

因为剧团长期处于“半解散”状态，工资条上的名目越来越少：营养补助、岗位津贴一项接一项地取消了。演出的劳务费更是早就等于零。然而物价却在不动声色地上涨，最近上面又搞改革，把剧团的家属院划归给公司管理，住了几十年的老房子，竟要额外交一份物业费。就算家里还有点子积蓄，但母女两人总不能坐吃山空啊，还是得靠她们自己——具体地说，现阶段只能靠妈妈了。

其实从很久以前起，剧团里的人就纷纷树立起了自谋生路的意识，在团里挂个名，只是图个“名分”罢了。有些名气的歌唱演员和作曲家自不必说，一天到晚外面事情多得很，业务不好的就干脆转行，比如有个提琴手就开了家饭馆，过去拿弓子的手如今亲自掌勺，在灶台前站了三天下来，唯一的抱怨是：

“就是腿吃不消——当年我要学贝斯就好了。拉贝斯老得站着，当厨子也是老站着，都是站着适应得就快。”

人家跟他打趣："你要学指挥不更好，切菜都不用单雇人了。"

可见艺术家们还是很有乐观主义精神的。在这种精神的感召下，妈妈也决定停止赋闲。节节就问她："那您打算干什么呢？也开个饭馆卖鸭子去？"

"那哪儿行，太掉价了。"妈妈说，"开饭馆那个，过去在乐池里都是坐角儿上的，我好歹是领舞，怎么可以他搞饭馆我也搞饭馆。"

都这时候了，还要从"艺术造诣"上分个三六九等。节节就有些好笑："那您说个符合您身份的。"

妈妈来了精神头："开舞蹈学校啊，教跳舞，我自己亲自当校长！我了解了一下，现在还是不少家长愿意让孩子学这个的，尤其女孩，培养气质不说，升学的时候文艺生还加分。再加上我当年还能混个脸熟，这附近很多人当年都是看过我演出的，只要挂出名头去，肯定能有不少人报名！一个孩子半天五十块钱不多吧？一个班儿十个，只要周末能排满，比许胜利给人家调灯光也不少赚！地方我都看好了，团里的小排练厅出租，二百平米宽宽敞敞，我们把它重新装修一下……"

原先死活不让自己孩子当演员，现在倒要教别人家的孩子"搞艺术"。节节看出妈妈还是想跳舞。她还迷恋着舞台上的感觉呢，没有了一分钟也不放弃十年功。

可笑吧？可笑。可也有几分悲壮。

节节问："那您的腰呢？腰吃得消么？当老师总得给学生作示范的。"

妈妈豪迈地一挥手："没问题。我已经问过医生了，恢复得很好！整段儿的独舞是跳不下来了，但分解动作没问题。过去很多演员伤了，都是改行当老师……"

帮妈妈算了算"投入回报比"，节节却又生了疑："先别想着日后赚钱——您也得能把学校先办起来呀！租那么大的排练厅挺贵的吧，再加上重新装修，地板镜子灯光，哪样不得先投入。咱们哪儿有那么多钱呀？"

妈妈就含混地笑了："大学生就是不一样，脑袋又快又细，将来管账还得让你来……"

节节追着她的目光："你说说，钱从哪儿来？"

妈妈就苦笑了下，坐到了沙发上："说了你又急。"

"许胜利给你凑了不少，对不对？"节节哼了一声。

妈妈没承认，却也没否认，自顾自地岔开话："其实老许这人——当然毛病还是不少，可人家对咱们也真帮忙呀……"

节节现在明白，对于妈妈的"个人问题"，含沙射影、乱发脾气都是没用的。反正也赶到这儿了，倒不如明明白白说开了好。就像妈妈刚才评价李冬林一样，干脆清楚，多好。

于是她说："他为什么帮忙？您不知道他图什么？"

"咳，那个没影的事儿……"

怎么叫没影？"情人舞蹈学校"都快开起来了还没影？非得住一间屋子里才叫有影啊？说是不急不急，节节还是有点急了。她压抑着焦躁，一字一顿地说：

"我劝您别装傻，也别犯傻。"

"那我问你——"妈妈的眼神也坦然了，一副"摊到桌面上谈"的表情，"你是不是不同意妈妈——再有感情啊？假如我拼出这把岁数，再谈个恋爱，不是许胜利而是别人，你也会反感吗？"

"会又怎么样，不会又怎么样？"

"那还能有什么怎么样？"妈妈盯了盯节节的额头说，"你要是谁都反对，那我就谁都不谈。再怎么着，我首先是你妈妈，然后才能是别的什么身份……你小的时候，我觉得自己还能蹦跶两年，为了跳舞就没照顾你，搞得你一个姑娘家在后台乱跑乱窜的，妈妈觉得对不起你啊……"

妈妈这么说，节节便涌上一股心酸来。其实那时候谁家的孩子不是乱跑乱窜呢？只有她的妈妈觉得内疚。

再张嘴时，她就有点涩着嗓子了："我怎么会反对您再找个人呢？只是这许胜利，他也太——”

“那就行。”妈妈说，“节节你得明白呀，妈妈可不像你那么金贵了，你能心高气傲，妈妈已经没资本了。又帅又有风度又有钱的谁不喜欢呀？可人家也得喜欢咱们呀，而且光喜欢我，对你不好也不行呀。我这岁数，找个人好的不就行了。”

这时节节不禁看着妈妈的脸——这几年来，还没这么认真地看过呢，恍惚中，她还总以为妈妈仍是那个风头无限的妈妈。而现在，在昏黄的台灯下一照，节节发现妈妈确实老了，眼角的皱纹多了不少，脸颊上的肉也松了黄了。纵然迟暮美人有着一种意蕴深远的美，但总有一天会只剩下迟暮，不见了美人的。

这就是岁月无情呀。节节还觉得妈妈把美都送给自己了，是她把妈妈榨干了榨老了。

而更让她百感交集的，是妈妈本来停住了嘴，好像打算结束这个话题，偏偏出了一会儿神，又叹了口气说：

“其实现在说这个有什么用呢？到底还是没影儿的事儿。许洋现在不知跑到哪儿去了，他怎么可能有心思琢磨别的？儿子离家出走老子谈情说爱，这传出去会让人家怎么说？他本来就觉得对不起许洋……只要找不到许洋，他就不会考虑自己的……说到底，我们只是互相帮助罢了，他看我不容易，我看他挺可怜……”

这么说来，倒好像是妈妈在等着许胜利的“表示”，但许胜利却为许洋的事陷入了“自虐”。千里之外的许洋把他爸爸和节节的妈妈给“拖”住了。节节不知是该感谢一下许洋呢，还是安慰一下妈妈呢？

妈妈这时的语气反而轻松了：“所以就是许胜利，我也未见得拿得稳呢。人老了，不服不行呀，不服理也得服命。这下如了你的意了吧？”

节节低下了头。在这个感慨良多的夜晚，许洋又在做什么呢？

part 6

同宿舍的女生居然都有了男朋友。说居然，当然是指王澜。她的长相没变，脸一如既往地肥而黑，身体依然像一尊铁塔，但打扮却发生了质的飞跃——“黑”被粉底压住了，“铁塔”也挂上了塑料亮片和彩旗似的布料，好像外地某个古迹在办文化节。在节节看来，这个转变简直像是一场基因突变，

而突变的诱因，则是一个工科博士。这种人是所有文科丑女孩的福音：他们大学生活的前几年都关在实验室里，给导师做牛做马，直到年纪快三十了，眼瞅就要秃顶了，这才如梦方醒地扑向那些被人挑剩下的女生，死心塌地地发起情来。

博士还请同宿舍的女生吃过饭：人和王澜倒是很配，只有一米六，脸上都是油，穿双排扣灰西服和三接头皮鞋。他已经被一家世界五百强的外企提前录用了，搞的是技术开发；因此吃饭时，王澜总是和他讨论几个外国人名的事宜：“Tommy决定在哪儿买房子了？我们也可以过去看看。”“Stern还没有女朋友吗？我们倒是可以介绍一个给他。”

后来才知道，说的都是和博士同在一家外企的实习生。他们的关系好，因为他们全是从农村考出来的博士。原来Tommy和Stern也是一些龅牙、裤子上有块脏的家伙，这个谜底倒真有趣味性。

赵媛媛呢，她的路途就坎坷一些。她的男朋友找得很早，几乎是节节

刚和李冬林在一起，她也赌气地找了一个，是那些木讷的篮球健将中的一员，但没有多久就换了。赵媛媛的说法是她把他换掉了，但据王澜揭发，是因为赵媛媛生病生得太频繁了，每一次生病就要人家替她打饭、替她提书包，还要搀着她走路。那一米八多的大个子，怎么可能受得了一天到晚像太监一样扶着娘娘晃来晃去？终于，篮球健将对她说："我又不是来上医学院的。"

因为这个挫折，所以赵媛媛的下一任男朋友是篮球健将的反面：瘦干、不擅长体育运动，却无比油嘴滑舌。那个人的唯一特长和爱好就是不停地说、说，一天到晚都是硬胳肢人的笑话。而他的确是曲艺社团的积极分子，对付起赵媛媛的病态美，也自有一套高招——她一旦卧床，他就会说："笑一笑，百病消。"然后对着赵媛媛练习相声的基本功"报菜名"。

更让人难以忍受的是，别人如果问他："你女朋友为什么整天病怏怏的？"他就会大言不惭地说："又为我刮了一次宫。"

这块瘦排骨到处进行口头壮阳，有心人一统计：我的妈呀，赵媛媛一年起码要刮十次宫。就算他真有这么猛烈，她也早该被刮漏了呀。

无可奈何，赵媛媛只好把这个家伙也换掉了。

因为上述原因，赵何的出现让赵媛媛感到恰如其分。她立刻打定主意，他是她的。

赵何是个资本家。此外他还有个身份：是个从小被抱养的孩子。抱养他的那家人，是赵媛媛的远方舅舅，因此她叫他哥哥。

他很早就出了国，最近刚刚回来。

那几年，中国的"IT经济"正是蓬勃的阶段，把许多留学生的心也搅活了。比起不可预料的繁华似锦，外国的前景是多么乏味啊：一栋旧房子，一个丑女人，一条杂种狗，一张绿卡。于是不仅年轻留学生急吼吼地往回跑，就连那些庆幸当年能够跑出去的老家伙也在反思：他娘的，我是不是还需要一颗中国心呢？

在由西向东跨洋涌动的“龟”群中，赵何最初只是很小的一只。那时候他所有的，只是一点可怜的美元和底气不足的新词汇；一个归国人士，在上海还得挤公共汽车，被苏州姨娘骂作“册那”。但没想到不出几年，竟然就“成”了。此后他回忆起收获“第一桶金”的过程，觉得那简直就是诈骗：把从美国回收的废旧电脑元件运到中国来卖。

再往后，节节知道了这个底细，第一个感觉也是滑稽。太有戏剧效果了。要知道，当年她爸爸因为倒卖外国破烂，被劳教了半年呢。但赵何成功的关键，是他有一套让人家心悦诚服的说辞：“这是一个globle环境下的recycle理念啦。”

可见中国是多么需要一批新富人啊，只要你能找到一个合适的“说法”，抢银行这个国家也允许你富。

赵何这只海龟吃肥了，长大了，觉得南方容不下他了，于是就搬到了北京。在城市的北面，有一大片给他们这种生物圈出的“创业园”。而“资本”和“爬行动物”的唯一相同点就是：只要有口气在，只要能够保持多吃少拉，就可以无限生长，变得无穷大。你听说过“摩根斯坦利”吗？你见过博物馆的恐龙骨架吗？都是一个道理。因为这个原因，赵何倒是很乐于被别人称为龟类的。

顺道，他也进入了这所校园，进入了赵媛媛的宿舍。在这里，他被视为了另外一种“龟”。金龟婿的龟。

那天节节看到一辆巨大的奔驰轿车从楼前开过去，车是新车，还没贴膜，因此可以看清驾驶席上坐的是一个挺拔的男人，鼻子直得如同一柄菜刀的刀背。而他身边的女孩却意外地眼熟：病怏怏地瘫在真皮座椅上，幽幽地看着开车的男人。那不是赵媛媛吗？这是怎么回事？

赵媛媛又惆怅地朝窗外看过来，眼神如同一位富有同情心的公主。节节别过头去，装没看见她。

又过了几天，赵媛媛便把赵何正式“引见”过来了。她挑的馆子是不接散客的私房菜，几百平米的院子里，只有一张桌子，藏在湖边、树下、亭子里，菜单后面也没有价格。点菜的时候，赵媛媛懒懒地说："今天没什么胃口，只想吃雪菜炒肉丝。"节节当然明白她这是故意的：这里包桌的价格是六千块，要鲍鱼六千，辽参也六千，雪菜炒肉丝同样六千。

您才从食堂里消失了几天啊，就这么着急证明自己富贵得把山珍海味和粗茶淡饭一视同仁了？节节暗自笑了一声，也故意地说："我没吃过鱼翅，我要吃鱼翅。"

私家菜馆上菜慢，花了钱还得经历一番苦等，并且你还得明白，越等越是值得的。因此鱼翅和雪菜炒肉丝都端上来的时候，女孩们已经和赵何混得熟络了。这才知道他最早也是从这所学校出去的，前半个月还作为"模范校友"，去给临毕业的学生做过一次名为"如何奋斗"的讲座——他自然略去了贩卖外国废品和行贿中国政府官员的环节，把"成功"归结为母校的培养以及个人的勤思敏行。好在他自己不信这一套，在座的大部分学生也不信，尤其是女生。成功秘诀对于她们而言，就是找一个赵何这样的男人。

不断点头、深思、做笔记的只有那种普通话都说不利索、穿西裤配球鞋的傻小子，在那些人眼里，任何"成功学"都是天底下最伟大的真理——也的确有个别人曾经被拉进过传销组织。

那天妈妈的舞蹈学校要安镜子，所以节节没听讲座，帮着妈妈去跟工人讲价了。因此她也没看到那经典的"兄妹重逢"的景象——

讲座上的人刚散去，赵媛媛便哀怨地出现在赵何面前："哥哥，你不记得我了吗？"

"你是？"

"我是媛媛呀。"在男人的目光下，赵媛媛条件反射地咳嗽起来，就像一只刺猬吃了盐，"小时候，你给我过奶糖呢，我都夜里躲在被子里偷偷吃的。"

"哦，是你呀。"赵媛媛所说的往事并不让赵何愉快。赵何甚至恶意地猜测：这家人都得肺痨了吗？

然而不管怎样，他们终究是熟了，时隔十多年以后重新建立了“兄妹”关系。赵何开始带赵媛媛出去吃饭，给她买衣服，还送给她一部手机。而他们的接触，两人都没通知远在江苏某个小城的“家里”。他们还各自怀着各自的心思呢。

在这个私家菜馆里，节节用心观察起赵何来：怎么看都是一个标准的体面男人、我们这个时代的精英。美国式的英文口头禅、美国式的白牙、美国式的“杰尼亚”西服——当然后两条可能是回了中国才装备上的。说中国话的时候呢，一丝上海腔，有时候还会蹦出两句粤语——可见在国外的时间够长。最难能可贵的是，明明三十开外的人了，还在沉稳之余，保留了不少年轻人的干净和利索劲儿，起身坐下的时候腿充满弹性，好一副美国式的紧屁股——当然，这也可能是在国外骑自行车送外卖的功效。

不知不觉间，节节生出一丝懊悔：她干嘛这么留心他。这种“留心”和赵媛媛又有什么本质区别？你看那丫头，又不自觉地生病了，咳嗽了，甚至还把头在赵何肩膀上枕一下，眯着猫一样的眼抱怨这里风大。

而赵媛媛对赵何所说的话呢，还是过去，十几年前，他用蚂蚱吓唬她，他送给她一副七巧板，他被打发到幼儿园接过她。“往事”是赵媛媛针对赵何的唯一资源，她以为靠了这些，就可以把自己和他身边的女人（已经出现的和可能出现的）拉开档次。但节节却想：赵媛媛你傻不傻啊，没看出来赵何其实是不爱听那些事的吗？节节察觉到，赵何对于过去的那个“家”，有可能是深深地厌恶的。

尤其是赵媛媛提到“舅舅”，也就是赵何的“爸爸”时，他是游离着眼神试图躲开的。节节看出赵媛媛抓住不放的“往事”，在赵何那儿是不堪回首的。

一个想要往事如烟，一个坚决咬定往事并不如烟，他们自然说不到一块儿去了。

赵何已经把椅子向旁边拉了拉，躲开赵媛媛，防止她病弱的脑袋再靠上来了。

令节节有些紧张的是，赵何的脸朝向她们这边来了。他笑着，开始和她与王澜说话。你们哪里人？工作找好了吗？平时有什么消遣？不不不，我其实不喜欢高尔夫，只有陪客户才打，那对我来说就是一种折磨。而且高尔夫实际上是一项很不环保的运动呢，看着是大片的草，其实已经把当地的生态环境都破坏了……

对于“哥哥”的攀谈，王澜的黑脸上写着“我不配”三个坦荡的字，应付两声就埋头只顾吃了。有些“是啊”“对对”这类字眼，甚至是埋着头从碗底传上来的。但节节却不能这样啊，她什么时候丢过风头？于是她抖擞起精神来，笑着，放出光来，陪赵何说话。美国的中国人里，哪个省的人最多？我就不信是广东省。纪梵希首饰店真的圣诞节也不打折吗？我就不信赫本把他们的架子抬得那么高。其实赫本在那部电影里是买不起纪梵希的呀？这个不真实，我就不信她穿得起香奈儿却戴不起纪梵希。

他们从美国的华人谈到了美国的电影，又从电影、赫本、卡波特，谈到《纽约客》去了。越往那些地方谈，赵何也就越有发言权，于是他的话就多了——而这也正是节节所要的效果，她知道如何造成一个男性认真地对自己喋喋不休的场面。

但她心里也在同时报警了：危险危险，谈的明明都是一些寻常话（几个中国人在谈美国，这是多么平庸而老套的套路），但赵何在她眼里已经开始不一般了。她觉得他句句有城府、有阅历、有优势。一句顶不了一万句，也能顶一百句的。

女孩要是吃亏，不就吃在“觉得对方有城府、阅历和优势”这一条上吗？

而一边的赵媛媛已经敌意地看着节节了。

最让节节难以接受的是，赵何结束了这次短暂的聊天，而后就再不关注她了。饭后喝茶的时候，他宁可歪着头，默默地看湖上的莲花。直到开车把她们送回去，他也没对节节多说一句多余的话。转瞬之间，他们又成了饭局上的陌生人。他是给“妹妹”壮门面的。

那么他刚才又为什么和她说话呢？是出于礼貌，还是一时无聊？现在不无聊了，就可以闭嘴了吗？

还是他对她也感到了无聊，因此闭嘴了？

节节可从来没有对一个男人如此上心、又如此缺乏信心呀。她更觉得赵何这个人危险了。她的那点能量在他那儿竟然是不值一提的。

开车把姑娘们送到宿舍楼下，赵何大人逗小孩似的和她们一一握手。他的右手刚从节节的手上离开，顺势就去找自己的左手，拔开西服袖子去看表。这又表示什么？他很忙还是他为浪费了一顿饭的时间懊悔？明知自己不该琢磨下去，越琢磨自己越要吃亏的，但节节仍然忍不住琢磨。

转身上楼的时候，她觉得自己身体内部“哗啦一声”，发生了一次小小的塌方。

回到宿舍，她的手机响了。是李冬林问她“什么时候过去”。节节忽地涌起一阵倦意：过去干吗？换个地方发呆吗？

她尽力诚恳地说：“我有点不舒服。今天听了个毕业求职的讲座，人太多。”

李冬林失望地“哦”了一声，没了声音。但电话也不挂，就那么干愣着。他这个人就是这样，赶上节节头疼脑热的时候，只会在眼睛里着急，却从来不知道给她买药买水果。有一次她热伤风，全身的关节都锯齿似的疼，李冬林挠着脑袋转了半天，最后直接开车把她妈妈给接来了。妈妈一边给节节用毛巾擦脑袋，逼她喝“藿香正气”，一边评价李冬林：

“倒是对你真上心，就是一点也不会照顾人。”

说时带了点得意，意思是“我没看错吧”。节节也苦笑，她想：李冬林生活能自理，都算个奇迹了——她不在的时候，他好像从来没按点儿吃过饭。

节节挂了李冬林的电话，便真的春困一般歪在枕头上，发起呆来了。真奇怪，她对李冬林脸上的每一个线条都记得清清楚楚的，但现在竟无法将那些线条拼成一副完整的容貌了。这相当于忘了他的长相啊。要知道，他们才只有半天没见。

而另一个人的面貌呢，明明只记得一个线条，就是那只刀砍斧凿的鼻子，但他的整个儿轮廓倒像在她脑海里留住了，成像了，挥之不去了。

赵何居然成了常客。而且拜访得并不突兀，是师出有名的：他的公司已经在北京运营起一家很像样的电子购物网站，并准备涉足网络游戏的领域，因此需要招聘一批计算机专业的研究生做兼职。那份工作的强度极大，报酬也不很高，但却很有一批戴眼镜、胡子拉碴的理工科男生趋之若鹜，因为工作的内容太吸引人了——就是玩儿游戏。赵何给他们提供美国和韩国的最新游戏，给他们提供最高级的电脑和服务器，甚至连香烟和可乐都给他们备好了，就是让他们在那儿玩儿、玩儿、玩儿。反正那些人在宿舍里也是没日没夜地坐在电脑前，现在有人花钱让他们玩儿，又何乐而不为呢？听说真有人盯着3D画面看了十几个小时，最后终于视觉神经紊乱，吐了，但公司早已将呕吐用的塑料袋都给他们准备好了。那男孩就很职业地抓起袋子，一边吐一边继续按鼠标。

他们“下了班”，还一边迎风流泪，一边感恩戴德：“太人性化了，这个企业的管理太人性化了。”

于是赵何成了校园里的一大名人了。公告栏上都贴着他的彩色招聘广告：他穿着粉色的休闲衬衫，很阳光灿烂又很“高智力”地笑，脚上赫然踩着一双皮拖鞋。皮拖鞋象征着IT产业的“自由、轻松和时尚”。

每当面见过崇拜者和求职者，现实中的赵何就会踏着他的皮拖鞋，来找那个宿舍的女生了。他们会去喝茶、听门口酒吧的现场演出，有的时候干脆在草地上坐一坐。他给她们讲公司里的趣事：有两个傻小子本来是情敌，但因为在游戏里成了盟友，便达成了协议，一个当那女孩真正的男朋友，一个当虚拟的；有一次搞“国际对战”，他们公司的“战队”被一群日韩联军围攻，到了“最危险的时刻”，却有无数中国玩家从天南地北赶来助战，胜利之后整个办公室热泪盈眶，居然集体高唱起国歌来了；还有一个傻小子把击败游戏里某个“大怪物”的画面存下来，还印在T恤衫上，走在科技园区，竟有不少人跑过来找他签名——后来才知道，他是全亚洲唯一获得如此战果的人，一家美国公司为了挖走这个“高手”，被赵何狠狠敲了几十万的“转会费”呢。

在女孩们面前，赵何现在的形象是如此轻松、和蔼，节节就忘了他第一次见面“不理她”的过节了。她半开玩笑地对他说：

“我现在也在找工作呢，既然你们公司这么好，不如招聘我去好了。我虽然不会玩游戏，但总会做文案呀。”

赵何则轻描淡写地回绝她：“我们哪儿是高科技企业，就是一个傻瓜集中营。”

然后他又自顾自地引申开来：“我们替中国制造了多少弱智呀——人要是被改造成娱乐世界的‘没头脑’，就不会成为真实世界里的‘不高兴’了。从这个意义上说，我们算是消除了社会里的不稳定因素呢，国家应该感谢我们——还有湖南卫视。”

节节的心，便又名不正言不顺地暗淡了一下：看来他对自己，终归是不感兴趣的。

但赵媛媛呢，她的定位是暗度陈仓的“哥哥与妹妹”，却也没从言语上占到什么便宜。有一回赵何甚至对她说：

“我看我们公司有个小伙子不错，干脆介绍给你当男朋友吧。”

赵媛媛自是嘤咛一声，又咳嗽又喘：“哥哥你真坏！”

然后作势小拳头乱挥。然而在一片娇痴之中，节节分明看到，赵媛媛的脸上掠过一丝怨毒。

赵媛媛自然是怨恨的：从刚开始，她就认准赵何是喜欢她的。她只等他主动捅破那张纸。

她进而为赵何对自己“应有”的欲念，找到了更深更隐秘的理由：他是个抱养的孩子，这是她们家族里人尽皆知的秘密。那个远方的舅舅一直没有孩子，便不知从什么地方把他抱来了——也许是孤儿院，也许是农村哪个不守妇道的女人那儿。头些年，舅舅待赵何倒是很亲，然而没想到造化弄人，舅妈在四十多岁的高龄竟然怀孕了，随后生下了一个亲儿子。这以后，他们对赵何倒也说不上不好，只不过有了亲的，抱来的终究隔了一层。从那时候起，赵何在家里、在所有亲戚间就成了个多余的人。而且千不该万不该，舅妈竟然在赵何十来岁时，把身世的真相全告诉他了。对于一个孩子，这是多么大的打击啊。她记得那时候起，赵何就变得孤僻、郁郁寡欢，但主意却特别大。他没跟家里商量，就报了北京的大学，然后又没跟家里商量，就考出国去了。到了美国的第三年，他好像给舅舅寄了不小的一笔钱，从此就彻底没了音信。这是什么意思？他是要和他的“亲人”清算、结账、断绝关系啊。

而他一定是恨着他们的！赵媛媛替赵何动着自己的心思：你们不把我当“亲”的吗？那么好，不是也有不是的优势，比如和“妹妹”之间，也就没有障碍了吧。而且“杀”起“熟”来倒也方便。

这算得上是“报复”吧——赵媛媛替赵何策划出来的报复。而她作为报复的牺牲品，却将对命运感恩戴德。那对于她而言，将是一场“奇情”呀。

他和她将以兄妹开始，以不是兄妹终局。赵媛媛一厢情愿地想。

可惜她的确是一厢情愿的。

赵何怎么可能喜欢赵媛媛呢？看到她哀怨发痴的样子，赵何总会心里冷笑一声：这个妹妹也太掂不出轻重、太把自己当回事了。她简直是疯了。这种嘲讽已经让赵何享受到“报复”的快意了，最轻巧的报复才是最有力的，根本就不必有劳赵媛媛再奉献出什么了。她只要在那儿自作多情，就够了。

而且以赵何现在的身家地位，又怎么会和那些“亲人”们计较呢？没出息的人才会臆想人家“虐待”了自己。他有资格宽厚地想：他们对自己只是“不亲”罢了，要求凡人对养子比对亲儿子还温暖，那的确是不现实的。

他反倒念及起养父养母的好来了：大学不也是人家供着读完的吗？出国以后，人家接到自己的电话不也感动得哭了吗？只不过是“家人”变成了“人家”而已。

冲这一点，他就更不能遂了赵嫒嫒的心意了。

而他频繁造访这个宿舍的目的，当然是节节了。自从第一眼，他就记住了这个姑娘。她的那股能量瞬间击穿了他——如同清晨的第一缕阳光穿过树梢。但赵何自有他老谋深算的地方，他知道节节这种女孩一定是骄傲的，你如果屁颠屁颠地“哈”上去，她才不会高看你，别管你是谁。因此他要欲擒故纵一下，不露声色地和她保持距离。赵何有这个自信，他相信节节是会“留心”于他的。

至于把心仪的女孩子招到自己公司的做法，赵何更是沾都不想沾。只有来自港台以及广东乡下的老家伙，才会热衷于搞出一些不明不白的花瓶秘书。那些人这样做，一是因为无法把“工作”和“生活”分开，二是因为他们的确毫无魅力可言了，只能从仗势欺人的关系里揩些油水。而他赵何可是正当年呢，他做人正做在兴头上。他想要的是另一种感情：真诚、深厚，甚至纯洁。最后一个定义让他心灵一颤。

赵何对于财富的看法，固然远比那些爱情的“原教旨主义者”开通：他认为财富与人的价值并不对立，并且还是一个优异的男人的明证。但他仍然希望对方更看重他这个“人”。

令他欣慰的是，节节看起来确乎是被他的谈吐气度所吸引的，而非车子和账单。这姑娘也是吃过见过的吧，在他之前，一定有人争着上前报效，但他确信自己是与众不同的。

赵何真是太自信了，他连节节有没有男朋友都懒得打听，就在自己心里不宣而战了。他觉得自己需要的，只是一个小小的机会，然后就一切都是他的了。他甚至自信到了信赖命运的地步：偌大的中国都给了他机会，又何况一个节节呢？

而赵何那阵子真是太顺了，他还真的如愿了。

大四的毕业论文交完，赵何请姑娘们出去吃饭庆祝。那天晚上，他把她们送回去，然后一个人开车往城北的郊区去。路上，车后座忽然传来一串音乐。那不是赵何的手机。

赵何把车在路边停下时，音乐已经熄灭了。他回身把后座上的手机够过来，回忆着：刚才是谁坐在掉手机的那一边呢？节节还是王澜？赵媛媛是坐在副驾驶座上的。

因为四周包裹着黑而厚的真皮座椅，他眼前先浮出王澜的脸。这个念头让他懊恼，几乎让他把手机扔出车窗去。

然而这时，手机又响了，音乐清脆，屏幕绚丽地跳动。赵何想，希望它的主人也是这样充满声光电的。

然后他舒了一口气，电话果然是节节打过来的。仅仅是那一声迟疑的“喂”，他便已经听出来了。

但赵何却故意用公事公办的语气问：“谁？”

“是我，”节节不自信地加上一句，“节节。”

赵何说：“什么事？”

节节说：“你说呢？”

两人顿了一下，赵何笑了：“你太马虎了。”

节节的声音忽然低了（是赵媛媛经过了吧）：“你下次什么时候来——帮我带上好不好？”

下面的一步，总是要由男人来推动的。赵何知道什么时候该“放”给节节一个回合：“那你怎么谢我？”

节节的语调立刻浸着笑了：“你也这么贫。”

“不是贫，是不能无故地效劳——也许我以后不过来了也说不定。”赵何着重说，“我去你那边又没什么必要——我公司的招聘结束了，你们也快毕业了。”

节节的话马上赶上来了：“那你要我怎么谢——你还缺什么？”

赵何故意咬定地说：“不是缺不缺的事，是谢不谢的事。”

节节说："那我请你吃饭。你不嫌地方差就行。"

赵何说："我又不是没在差的地方吃过。"

他们说好了时间和地方，就挂了电话。当然，这个聚会是不包括别人的。赵何把手机放在兜里，却还不上车。他涌起了一种想跑、想跳、想大喊的冲动，于是他真的沿着高速路的隔离带跑了几步，甚而扬起双手挥动了几下——就像少先队员雀跃着"向国庆五十周年献礼"，手里就差一束鲜花了。

一辆夜行的尼桑轿车缓缓减速，在他面前摇下车窗来。

"没事儿吧你？"那司机大概认为他的车坏了，正在求援呢。

"没事儿没事儿！"赵何满面春风地回答，"就是做做运动！"

对方司机不可置信地扫了他两眼，离开时从车窗里扔出两个字来："傻逼。"

赵何却还在咧嘴大笑。像他这种人，人生能有几回傻逼，此时不傻逼何时傻逼？他需要美滋滋地傻逼一下。

等他回到昌平山脚的连排别墅，节节的电话又响了，看上面的号码，却不是刚才的。他琢磨出了什么，就没接，任它响。而那电话却持续地响了下去，一连响了半个小时。打电话的人为什么这样执着呢？这更证明了赵何的猜测。但他笑了一笑，就把电话放到了一楼的储物柜里，然后自己上了三楼。这样它就不会吵到他了。

到了约好的那一天，节节走到校外的一条街上，赵何已经等在那里了。赵何把手机递过来，她看了一眼就放进包里去了，她看到了李冬林的无数个来电显示，但赵何没提，她也可以不说。她现在需要把李冬林远远地忘到一边去——因此她把手机关了。

他们谈论去哪儿吃饭，赵何还在逗她："是你请我啊。"

"又没说不请。"节节自然地嗔里带笑了，"我只请得起那里。"她指指路边的一个湘菜小馆子。

"那就那里。"

那里的食客都是一些小职员和学生，他们好奇地看着奔驰车上下来的两个人。赵何吃着空心菜、萝卜干炒腊肉，从里到外地香，饭量当然比平时大了许多。

这个中午，他们的嘴可真忙啊，一边比赛似的吃，一边还抢着说话。他们谈节节的小学、中学和大学，谈赵何的老家和美国，噼里啪啦，好像专门为了耍贫嘴才出来的。但赵媛媛和她们的宿舍，现在却是谁也用不着提了。

而在笑嘻嘻地让节节付账的时候，赵何恰到好处地说出了“下一次”的时间和地点。下一次就要走上正轨了，也就该由他决定了。

他们的默契还不止这些。赵何这种人总是周全的，他并没有突然从赵媛媛那里消失，而是隔三岔五像过去一样，请三个姑娘出去吃饭，只是频率逐渐低了。在那场合下，赵何和节节当然是不深谈的。他们飞快地对看一眼，就把秘密藏起来了。

而赵媛媛因为赵何来得少了，自然心慌地怨起来，但又不能明讲，只能看什么都不顺眼，结果往往把气氛搞得很糟。比如刚一见面，她就会说他送她的手机不好用，别是从高科技园区里淘活来的残次品吧？到了吃饭时，赵何兴致勃勃地点了一条少见的江鱼，她又会唠唠叨叨地说难吃死了。她简直是黄着脸，处处在找赵何的碴儿。就连节节都感叹：赵媛媛，你可真是太傻了。

有一天，赵媛媛筷子都不动，就是坐在桌边说啊说，抱怨了整整一个小时。到后来，她看到没人在听她说，怨气越积越多，索性发狠从嘴里滑出这句话来：“你来找我干吗呢？你一来我心情就不好。跟你出来一点乐趣也没有！”

就像石破天惊，正在夹菜的三双筷子都停下了。节节自然是别过脸去，装看不见，而王澜则讨好地朝赵何笑，表示赵媛媛的发言并不代表自己。赵何呢，愣了愣，反而笑了——这不正是他所等待的吗？现在他需要的只是宽和大度、善解人意。

于是他对赵媛媛说："现在又要找工作，又要改论文，一定很忙吧？老来打搅你们，是我的不好。"

于是这顿饭就成了他和她们宿舍的散伙饭了。回到宿舍楼下，赵何保持了两米的距离，对赵媛媛说："过一阵我也要忙了，公司又上了新项目。你有什么需要帮忙的，给我打电话就好了。"

赵媛媛仿佛这才意识到自己那句话的后果，惊异地瞪着赵何，连咳嗽都忘了。

赵何则总结性地又强调了一句："咱们毕竟还是兄妹一场嘛，别生哥哥的气。"

这就算给赵媛媛的幻想画上了句号。在楼道口昏黄的灯下，赵何向节节看了一眼。他们的故事才刚开场。一种同谋的感觉占据了节节，让她不知该是快意还是不忍。

果不其然，他们的故事开始进入了一个新阶段。就像外国的古装爱情电影一样，贵族与破落人家的小姐眉来眼去一番后，必定要有一两个盛大舞会的场景。

赵何开始越来越频繁地给节节打电话，约她单独出门。他带她去了更多的会员俱乐部、高尔夫球场和马术训练班。那些地方向节节敞开了新的大门，也向她显示了不动声色的无穷大的力量。"俱乐部"里都充满了什么人啊，全是看一看就能让人浮想联翩的。偶然还能见到几张二流明星的脸，但明星也只能坐在下座，脸上的表情也分明是"不敢造次"。

背景音乐轻得听不见，但似于无声处听惊雷；灯光是透明而柔和的，但却能洞穿一切外来者的心思。那些地方有常人无法体会的声光电，但却是真的声光电。

他们的话题自然也深入了，赵何向她讲他的身世。想迷惑住节节这样的姑娘，光用那些俱乐部恐怕是不行的，因此赵何需要把谈话引到煽情的气氛中去。这一手也可以向节节表明：他是真正重视节节的。

和节节的谈心，也让他回顾了一遍那段不堪回首的人生：自从知道自己是抱养的之后，从此天不是天，地也不是地了，他的每一分每一秒都充满了恐惧和孤独，当然还产生了把一切不属于他的东西都抓住的斗志。

连他自己都被自己感动了。讲到一些地方，他不禁眼眶湿润，乞怜似的看着节节。

而节节呢，她固然也跟着感动。一个让她动了情的男人在她面前动情，这是一种多么心碎的享受啊。而同时，她也有了一份释然：赵何毕竟是个有钱人，她毕竟是个年轻漂亮的女孩，但现在，有了赵何的可怜和他的感动，他们的关系就和这个时代最常见的那种交易不同了。他们是有关怀，有同情的。他们触及灵魂了。

即使这样，一天赵何中断了倾谈，突然伸过手来抓节节的手，她还是把手缩了回去。和李冬林，她可以随意而任性，但和赵何却不是这个基调。她打定主意要冷静，她要让他有足够的理由珍视她。

因为她已经足够珍视他了。

于是节节在她和赵何之间盖了一堵墙——不是固若金汤的城墙，而是南方园林里，黑瓦下面的小小的白墙。墙里有一枝红杏，还有秋千的飞荡，一个邻家少女的衣襟在墙头亮了一下，“咻”地又飞下去了。那衣襟当然是节节的。

而赵何呢，他当然看透了节节的心思。本来按照双方的实力对比，他对她的拖延是可以不以为意的。是耐心周旋，还是长驱直入？这应该由他说了算。他拥兵自重，自认为强大到了不需要与对方斗智的地步。然而每当失去耐心的时候，他自己反倒犹豫了，心软了——何止是犹豫和心软，那简直是一个中年男子不该有的感伤。

那样一个小姑娘，以她的才智和阅历，怎么会让他有了这样的心情？其实是他自己感伤了自己啊。他的被抱养的身份，终究还是在他心里起着作用的：他回忆起自己最难过的时候，并不是在被“告知真相”的那一天，也不是被亲戚们以怪异的眼神观看的场合，而是多年以后，他已经在美国定居了，在除夕之夜给中国江苏的“家里”打电话的时候。那时他突然感到，电话那头的“父母”与自己无关，隔海相闻的嘈杂的爆竹声也与自己无关，多少年的人间烟火都与自己无关——因为他终于来了美国了——而美国其实也与自己无关。一种彻底的孤零零让他浑身发抖，他想，这世上还有一个天经地义地爱他，有天经地义地让他爱的人吗？人生如梦啊，他竟像梦中人一样和人世断了关联。

而现在，他的美国梦或中国梦实现了，下一个要做的，应该是一个有关于“爱”的梦。假如再有了一份天经地义的爱，他也就算从梦里回到现实，抓住自己活生生的一条命了。

这种“爱”的缺失，并不是“爱情”方面的，但却只能从爱情里找。亲人终归已是假的了。

也正因此，赵何的爱情观，竟然超越了男女，和他的沧桑、孤寂、迷惘沆瀣一气了。

眼下，这份爱寄托在了节节身上。如了她的愿，他将她看得越来越重。

但也正因为这份重，赵何心里的另一个结也就勒得越来越紧了。

起码从目前来看，赵何和节节的情感博弈是“双赢”的。当然也可以称为“双败”，失败者是赵媛媛和李冬林。

当赵媛媛的眼睛从杨梅哭成了荔枝，又从荔枝哭成了烂掉的荔枝时，节节想，她该匀出手去“解决”一下李冬林的问题了。赵何太步步为营了：今天往宿舍快递匿名的巨大花束，明天在俱乐部里为她安排一场专门的室内乐演奏，而她虽然仍“拿”着最后的那份劲儿，但在时间上却越来越多地和赵何裹在一起了。李冬林不可能没察觉的。

其实那一次打她的手机没有人接，他已经隐约地不安了。后来节节对他越发冷淡，约她出去总推说有事，更让他寝食难安。一天，他忽然愣愣地蹦出一句："你认识什么人了？"

节节说："什么叫认识？认识的人多了，你说哪一个？"

李冬林的气焰登时塌下来了。他几乎是酸着鼻子说："你可别不要我。"

节节没有说话。后来这情景重复过两三次。她想，这是一个多么孱弱的人啊：害怕父母训他，害怕女朋友气他；害怕父母不管他，害怕女朋友不要他。托福、雅思，好几轮和出国有关的考试已经结束了，李冬林的分数无一例外地接近于零。就连那些号称"收钱就能办出去"的留学中介都犯难了："他这个英文水平，我们真怕他在国外迷路变成流浪汉。"他们对他父母如实说。在加上中国富家子在国外吸毒、赌博、混少年帮派的新闻越来越多，他父母彻底打消了把他打造成一个"归国精英"的理想，李冬林对节节"一毕业就带你出国"的豪言壮语也落空了。

他父亲早早给他安排了一个大型国企里的工作，并且勒令他没毕业就开始上班——反正毕业证肯定也是拿不到了，赶紧去占个位子才是要紧。但李冬林呢，第一天就没去报到，照常在家里空坐了一天。父亲气得七窍生烟，而他的回答是：

"我不愿意见生人。"

奇怪的是，这个理由居然在他父母那儿说得通，那个多少人挤破头去抢的职位，便任由他丢掉了。

于是李冬林每天的主题就只剩下了两个：闲着和担心。闲着的时候倒是不给任何人添麻烦，而一担心起来，遭殃的就是节节了。他会一天给她打无数个电话，打不通就开着车，在她宿舍门口一等一下午。幸亏不愿刺激赵媛媛的缘故，节节每次都让赵何把她送到学校的侧门，然后自己走回去。如果让李冬林看见她从"奔驰"车上下来，天知道会有什么样的下场。

而走过宿舍楼前的树丛，看见那辆半年多没擦过的斯巴鲁时，节节会猛地警醒：她这可是脚踩着两只船啊。这么不要脸的事，她竟然也做出来了，如果妈妈知道还不得气死。就连自己都觉得恶心。

对于李冬林，她现在的感觉是一半可怜、一半怀恨了：说到底，他还是什么也没有做错，他只是一个不愿长大的孩子罢了。但他想当孩子，她可不想，他有条件当孩子，她可没有。他又凭什么拖着她呢？

她很想把话对他说明白：她对他从来就谈不上爱，而现在已经有些讨厌了。但很多次话到嘴边，终究没有说出口。想到李冬林悲怆地抱着她，说自己“决不屈服于父母”时的情景，她到底还是于心有愧。

因此他们的对白，也就越来越像打机锋。李冬林经常会在呆坐了半天之后，突然问她：“你是不是觉得和我没意思了？”节节就会说：“什么叫有意思，什么叫没意思？”李冬林又问她：“你觉得我有什么不好？”节节又说：“什么是好，什么是不好？”

然后就比平常更加冷落他。

节节希望李冬林能够听懂自己的意思，自己走开。哪怕走之前大吵一架也好，哪怕骂她一顿也好——就算是她亏欠了他。但打出的机锋够写半部《赵州录》的了，李冬林却仍然咬定青山不放松。可见佛家的禅机是不涉及男女的，因此无法促使人在“爱情”方面顿悟。

因此，就像赵何当初等待着一个机会，节节也在等待。她在等一个自己被李冬林缠得无路可逃，只好迎着头皮迎上去的机会。

这一天也很快就来了。

那天赵何在公司开会，李冬林到学校来找节节。她在宿舍里烦躁了半晌，最后还是下楼去了。又是心一软的结果。

而这天，李冬林却有了让她意外的表现。他有些羞怯地笑着，从兜里掏出了两张票，递给节节。

那是两张去杭州的机票。她一愣，他便说：“认识这么久了，还没一起出去旅行过呢。”

李冬林也下了功夫，希望让他们的关系有所改观呢。而考虑到他的性格，这样的决定竟然像一次难能可贵的壮举了。节节看着写有他们名字的票，心里陡地有了一份感慨：这票代表着他和她，现在还并排躺在手上，以后就不知哪一张会改签了另一个目的地了。

好歹好了一场，好歹第一个和她肌肤相亲的男人就是他，姑且就算是分手旅行吧——如果能在路上和他说分手的话。节节默默点了点头，上去收拾了行李，又给妈妈打了个电话，说参加了一个毕业考察。

然后他们就坐上出租车，去机场。但在机场，她想起赵何，又不忍了，于是到洗手间给他发了一个短信，告诉他：

我去杭州了。

她和李冬林在西湖边上的一家宾馆住下了。宾馆很宽敞，还带了一个雅致的院子，院子里有个人工堆出来的绿草成茵的小山坡。站在坡顶上，可以看见西湖里的游船。

刚入住的时候，恰好赶上一个从德国回来的留学生在这里举办草地婚礼。新郎挽着一个簇白的新娘，正用中英德三国语言向四面八方而来的宾客们致谢——确乎有几个胖、大、多毛的外国人正在人群中温婉地笑着。

当天晚上，节节接到了赵何的短信：两天后我开完会，然后去找你。

他不问她是干什么来的，他只是要找她来。

节节把手机揣回兜里，看看坐在窗边发呆的李冬林。他到了杭州也还是发呆。

她犹豫了一会儿，还是对他说："李冬林，我们再开一间房吧。"

李冬林迷惘一般回头："为什么？"

"我妈会打电话来。"她为自己不想和他同处一室编着借口，"她总是这样，想起什么时候打就什么时候打……"

李冬林就出去，又开了一个房间。他总是依着她的。

此后的两天，李冬林都表现得像一个注定上不了台的b角演员。他真是把所有的积极性都拿出来了：强打着精神早起，拉节节去湖边，看断桥、柳浪闻莺、花港观鱼。一边走，他还一边不停地问：

"你觉得好玩吗？"

节节只好继续打禅机："什么是好玩，什么是不好玩？"

她在一个爱情的城市却会感到乏味，还能说明什么呢？节节的心突然就狂躁了起来，她又恨李冬林在拖她，竟然把她拖到杭州来了！而她却因为"害怕伤害他"而战战兢兢，把自己搞得这么累。其实又何必呢？当初她是怎么对许洋的？对许洋残忍却对李冬林心软，这公平吗？

一股对李冬林也对自己的怒气冲上了头。那一瞬间，节节想，她的脸一定是很狰狞的。

因为一点小事，她突然就吵起来了。她对李冬林叫着，骂他不会照顾人，自私，只想着自己的玩乐，否则怎么会在临毕业的节骨眼上提出来杭州旅行；他不想要前程了，她还怕耽误时间呢；但李冬林考虑过这些吗？这次旅行真是糟透了！

李冬林被她的爆发吓住了，他提着两只矿泉水看着节节。只不过是她想喝绿茶，但恰好那个摊子上没有了，所以买了矿泉水——她为什么要发这么大的脾气呢？旁边的游人都在看着他们，那些南方人轻轻地议论着，路过时也绕个弯子，与他们保持距离。

后来，李冬林就伤心地把矿泉水扔到垃圾箱里去了，然后沉默地低着头站着。站了不知多少时间，连节节骂累了停嘴了，他都没意识到。后来他们不知是哪个先走了起来，然后一路没话地回去了，在宾馆里打开电视，发呆。

第二天，他们又出门去了。因为两个人都紧张着，害怕吵架再次爆发，因此他们甚至表现得相敬如宾。在玉泉的露天茶社里，李冬林为节节拉出凳子，节节有礼貌地说谢谢；茶来了，李冬林拿起一杯，给节节端过去，节节又说谢谢。

两个人像木鸡一样喝着茶。续到第三回水，心情寡淡极了，像手里的茶一样。节节就放下杯子，买了两块钱的饼干去喂鱼。这池塘里的锦鲤不知长了多少年，好像成了精一般，普通的一条都比婴儿还要大；身上的花纹被肉撑得绽开了，倒像得了某种皮肤病。节节把饼干揉碎了扔下去，它们立刻碰撞着拥过来，水面上一排小簸箕似的嘴，让人感到愚蠢而丑陋。

一会儿，李冬林也过来了，他蹲在节节的身边，一副欲言又止的样子。这时节节手一滑，饼干全掉在了岸边，她也不捡，眼愣愣地出着神，极长地叹出一口气来，像准备为过往的一切事情念悼词。李冬林却像醒悟了一样呼地站起来，把节节吓了一跳，害怕他终于发起狂来，把她推到那些怪鱼中去。但李冬林却说：

“我到旁边转转，你心情不好，就一个人待会儿。”

然后他悄悄地转身走了，节节就接着在那里蹲着。等她的腿发酸了，也站起来时，却发现池塘边只有她一个人。孤寂顿时泛滥了上来。

节节的鼻子一抽，就哭起来了。池边的空旷和水里的怪鱼都让她害怕，她哭得越发投入了。在这个城市，每年都有不少专程来投湖的男女，他们全是失恋的、失意的、感到人生无望的人。在这一瞬间，节节觉得自己和那些鬼魂一样。

后来节节想，如果那时候不是电话响了，她也许真会像被催眠一样跳水了。是赵何救了她。他下了飞机，立刻打她的电话。

节节把电话放在耳朵边，半天不说话，抽着鼻子。赵何急了，连问：“怎么了？”

这时节节才舒了口气，说：“你来了。”那口气像说“你果然来了”，又像“你怎么才来”。

赵何说：“你在哪儿？我去找你。”

节节说：“我们在湖边的喷泉见吧。我不想在这地方待了。”

他们压着翻腾着的无数心思，向对方赶过去。节节走得并不快，她一边走一边用纸巾擦着眼睛，路过一个饭店，还进去洗了洗，确定眼睛不肿了才出去。所以当她到了的时候，赵何已经在等她了。

赵何把西装搭在手上，衬衫的头两个扣子也敞着，正茫然地一会儿转向东，一会儿转向西。节节本以为他会是志得意满的模样，原来他也在失魂落魄。但这才是她此时最想看到的赵何呢。她一声不吭地走快了，离他越来越近了，到了面前，“噔”地站住了，和他对看着。

赵何的眼里像有许多感慨，但又不能说出来。他把西装换到左臂搭着，右手往低处一探，就抓住了节节的手。节节的肩膀一颤，几缕头发被风吹得扬了起来。她垂下眼睛去。

这时音乐响了起来，喷泉开始表演了。无数股水柱喷上去，落下来，随着《蓝色多瑙河》摇曳着，创造出了虽然小但却近在咫尺的彩虹。这是他们的背景音乐，他们像百老汇舞台上的两个人物，正在上演最后一幕。这时是不用对白的，就算开口也是咏叹地歌唱。

但当赵何把她揽进怀里时，节节的眼睛却从他的肩头抬起来了。她在找着一个人：他果然在这里。从她跑出茶馆时，李冬林就跟上来了，她用余光瞟到了他。而他跟着她穿过半座湖却没有叫她，恐怕就是为了看这一幕吧——那好，她就表演给他看。

她又伤了一个人的心了。这是否说明她离一个“女人”又近了一步呢?

令她惊异的是，李冬林的面色虽然苍白，但表情竟是平静的。仿佛他早就料到了这一幕，飞跃长江黄河赶过来，只是为了印证它。

part 7

大学就这么念完了。有人得到了什么，有人失去了什么，但是大家计算完得失，终究都要作鸟兽散。一时间校园里充满了或感伤或豪迈的鸟与兽。女生倒还有几分看透了离别的坦然，男生则拼了命的狂欢，上演最后的疯狂。他们酗酒、和低年级的学生打架、在宿舍楼底下鬼哭狼嚎地叫着某个女孩的名字。

“为了告别的聚会”一场接着一场，今天这个人走，大家喝一顿，明天那个人走，又要喝。走得最晚的那拨人比较倒霉，他们到单位或者研究生院报到时，常常会被查出转氨酶偏高。但是大部分人都很迷恋这种聚会，就连平时关系不好的，几杯下肚也眼泪汪汪地拥抱：“交情都在酒里，都在酒里。”

节节也被系里的毕业生拉着，参加过两次类似的场合。她发现，在所有人里，自己好像是和同学感情最淡薄的一个，甚至许多人的名字现在还叫不上来呢。的确也是，她除了例行公事地上课、实习，四年来和宿舍以外的同学基本没什么接触。因此有个男生喝多了，非要和她“干一杯”时结结巴巴地说：

“节节啊，我们都觉得你——跟我们不是一个世界的人。”

节节尴尬地笑：“哪里有。”

那男生语无伦次地说：“就是一种感觉，一种感觉。”

节节倒有几分好奇：在这种“感觉”里，她是一个什么样的人呢？他们是觉得她“傲”，还是把她看成了校园里的一朵交际花？要知道，无论是李冬林还是赵何用车接送她，总会有人看在眼里的。

而有一天的聚会散了，一个男生忽然从后面跟过来，叫她。

节节回过头，陌生地打量他。又是一个叫不上名字的同窗好友。这男生长得倒也干净，古铜色的小长脸，如果没有农村学生玩儿命地往头上抹发蜡的习惯，还算一个挺帅的人。

那男生压着莫大的一份犹豫似的，在她面前愣了好半天才开口：“我明天就要走了。回四川山里，教中学。”

这也是“师范生”惯常的命运：因为拿了国家的补助，毕业之后就得哪里需要去哪里。节节“哦”了一声，觉得此时要是说一句“山高路远多珍重”，那就太虚假了。

那男生自己却豁达地笑：“其实也不错，地方是偏点儿，不过景色好，这两年通了公路，也没那么苦了。”

节节又“哦”了一声，想想自己总不说话也不合适，便说：“你喜欢就好。”

还是很虚假。

那男生却蓦地从兜里掏出一个信封，递给她：“送你一样东西。”

“是什么？”

“也没什么重要的——我走了再看。”

又好像为了让她赶紧看似的，他转身就跑了。节节就在路灯下打开信封，把里面的纸展开。她有些滑稽地想：不会是情书吧？那送得可太是时候了。

那张纸果然是一封“情书”。但让节节意外的是，竟然不是一个人的情书。纸上只写了一句话：我喜欢过你。下面就是散散乱乱的一堆签名，我的妈呀，足有十几个——大多名字都半熟不熟，还有听都没听说过的，恐怕是外系的。

看来这些男生在玩儿一个行为艺术：临行前，给暗恋过的女生写一封集体信，算是给一段心思做个了结。可以想见，他们之中凭空冒出了许多情敌，但情敌之间却全没有嫉妒，反而是一种“英雄所见略同”的亲近感。此外还有一份怅然：反正终归是没指望的了。

就这么一句：我喜欢过你。坦诚而又超然。如果男女之间都是这样，那就没有烦恼了。

节节本来还好奇：假如不止一个女生收到过这样的“临别告白”，那么自己是不是签名人数最多的那一个呢？但她随即打住了这个念头：这个时候还算计这种“战果”，多狭隘，多无聊。

于是她收起信，迈开弹性的步子跑起来，到楼下追上那男生：“喂！”

现在轮到男生诧异了："怎么了？"看得出他慌乱了。

节节向他灿烂地笑，像男孩对男孩一样拍拍他的肩膀："多珍重。"

男孩点点头："你也珍重。"

"你们大家都珍重。"

然而在另外一些人眼里，节节就没有这么纯洁而美好了。第一个恨她的，当然是赵媛媛。节节与赵何从杭州回来后，公开地出双入对，黏在一起，怎么可能不被她发现呢？赵媛媛为了赵何不要她，已经狠狠地哭过一轮，如今发现"挖她墙脚"的竟是节节，反倒没眼泪可流了——她的第一感觉是耻辱。自以为是美女的赵媛媛意识到，她在节节这儿全盘皆输了。

因此她像害怕克星似的躲着节节，生怕一见面，自己就把自己的耻辱挖出来。刚一发下来毕业证，赵媛媛就扔掉了大部分生活用品，背着一个小包逃到上海去了。但她不知道自己能在那边找到工作，还是赵何打电话拜托朋友的结果呢。

而有一天，节节正和赵何吃饭，电话忽然响了，号码显示是"021"。她纳闷地接通，刚一"喂"，电话那头就狂风暴雨了起来。

是赵媛媛在骂她。因为和她与赵何隔开了距离，赵媛媛又心有不甘起来。更重要的是，不见面的情况下，她才有了发泄的勇气。

不要脸。贱货。抢人家的男人。吃着碗里的看着锅里的。看见有钱的就勾搭。你们全都不得好死。

节节听着这通无比恶毒的骂，心里竟然不生气。她还饶有兴致地想：赵媛媛是在什么样的情况下骂自己的呢？是吃着一碗阳春面，忽然就按捺不住了，还是正在写字楼里加班，却像犯了烟瘾一样，必须得说点脏话？令人欣慰的是，赵媛媛终于不咳嗽了，她现在嗓门粗，声音尖，明明是一个血气充足的女人了。

等到赵媛媛骂完，节节笑笑，装傻充愣地说："哎呀，他不是你的——哥哥吗？"

赵媛媛那边就哑然了。尔后随着一声哽咽，挂了电话。

节节苦笑着朝向赵何："瞧瞧我们造了多大的孽。"

赵何也苦笑，恰到好处地没说话。

节节又对他说："你要是亏待了我，这孽就造得太不值得了。"

她没发现，赵何的眼睛竟然躲了她一下。

而另一件出乎意料的事情，则来自于李冬林的母亲——说来也是节节自找的。杭州那一幕之后，李冬林便彻彻底底地消失了，学校里好像从没他这个人。但节节对他终归是有愧的，而且这份愧疚类似于当年对许洋：一想到他现在"怎么样"，她的心就疼一下。再加上那天收到男生们集体签名的情书的触动，节节想：总得跟他正式地道个歉吧——虽然显得画蛇添足。

她拨了李冬林的手机。半天没人接，她叹了口气就挂了。

然而过了半天，电话回过来了，说话的却是李冬林的母亲。那女人的声音固然是冷冷的，而且挟着毫不掩饰的鄙夷："你找李冬林？"

"是。"节节只好说。

"找他干吗？"

"没什么，就是想和他说……"

"你什么也没必要和他说——我和你谈谈好不好？"

接下来，那女人竟然提出要约个地方。看来真是很郑重的一次"谈谈"。谈谈就谈谈吧，节节随口说了一个咖啡馆。

而当她赶到那里的时候，门口已经停着一辆巨大的黑色沃尔沃轿车了。那个司机半躺在车里等着，脸被一排政府名号的"通行证"挡住，只露出一个鼓鼓的肚子。节节进了门，见到李冬林的母亲很突兀地坐在一群年轻人中间，昂然抬着头，一脸贵妇人的不适应。

节节走过去，坐在对面，等着她说话。

那女人以"研究"的眼光看看节节，开口，仪态端庄得像陪同她的丈夫出访："李冬林的精神状态……很不好，我想你也能猜得到。"

那明显就是一种对付得了逞的狐狸精的口吻：菩萨的慈祥外带金刚的

怒目，总而言之是以“一身正气”压了过来。

“好几天没正经吃饭，精神也恍恍惚惚的，他爸爸让秘书一天到晚盯着他，怕他做什么傻事儿……”

对于这种女人的嘴脸，节节自然有一种反叛的冲动，但她此时却想：何必呢？人家的儿子到底为自己受了不少苦啊。于是她尽力地诚恳，说：

“我只想对他说对不起。”

“对不起就够了吗？”李冬林的母亲跟了一句，倒让节节莫名其妙：您的意思是，我应该自绝于人民吗？

她的话也不由得冲了：“这是我和他的事，就算我应该道歉，也没必要让别人转达的。”

李冬林的母亲却挥了挥手，把这个谈话的小僵局挥过去：“作为家长，我只希望你答应我一件事……”

节节又不说话了，等着她说。

那女人却又在绕弯子了：“你也知道，李冬林对我们意味着什么，我们忙，没工夫管他，但终究只有他这么一个儿子……”

“所有孩子对父母都重要。”节节又忍不住顶她了。

“对，对。不过我们毕竟是个特别的家庭……”

李冬林的母亲没注意到节节鼻子里哼了一声。节节嘲讽地想：真是特别的家庭呀，当朝权贵当然是特别的家庭——不过我的家庭也很特别呀，离婚家庭。

而对面的话却理顺了，通畅了，脸上也换作了“有什么说什么的表情”。也就是说，李冬林的母亲终于找到了“不嫌丢人”的谈话状态。

因此那些话也是出乎意料地直接：“我只希望你别再打搅李冬林。我已经知道你这次是为了什么人把他甩掉了——一个生意人对吧？高新园区的老总对吧？但是你不要李冬林，我们倒觉得万幸。可你干吗又给他打电话呀？你会不会今天跟了一个什么人，就把他丢一边，明天觉得不合适了，又回来找他？你把他看作什么了？别怪我这么揣测你，是你的行为让我不得不这么想……偏是李冬林这孩子不争气，一门心思喜欢你，这我们也承认，所以才想和你说好：我们祝福你有个好归宿，找个有钱有本事的人，但假如将来不遂愿，也别再翻过头来骚扰他。别把他当成你的退路。”

李冬林的父母就是这么看自己的——节节想——物质女孩，唯利是图，一门心思往上爬。他们的“希望”在她听来倒像是一种诅咒了：你想傍大款就傍，随你，可千万不要嫁不成商人妇再来搅乱我们这清清白白的官宦人家。

果然，李冬林的母亲又说：“我们这种家庭是很看重面子的……”

好一个清清白白的官宦人家。

节节的冷笑却变成了花枝乱颤的笑——很“浪”的那种。她平时可从来没这么轻佻过，但这时却偏要轻佻给这端庄的母亲看。轻佻一把真过瘾啊。

李冬林的母亲果然被她搞了个莫名其妙，但却硬着头皮要把话说完。下面的话也就更赤裸了，摊牌了，为了体面人家而不要体面了：

“我也知道你跟他到了什么地步……你们上床了对吧？他说你还是第一次，对吧？难得你那时候对他这么用心——既然如此，我们也不会亏待你：只要你答应我们，将来永远不再在李冬林的生活里出现，这些你可以拿去。另外，你找到工作了么？哪怕找了个有钱人，终归还得象征性地有个工作吧，毕竟是大学生——我可以给熟人打个电话，有个北京市的事业单位还差一个名额，那边很清闲的……”

她把一张存折放到桌上，嫌脏似的用两个指头往节节这边推了推。节节抄起存折瞥了一眼，那还真是不小的一个数目，足够一个女孩体面地撑过刚开始工作的“困难时期”了。

于是，节节终于哈哈大笑了。她笑得可真开心：仰着脖子，别说眼泪，口水都快笑出来了。如同刚刚听到了一个天底下最可笑的笑话。

这时，李冬林的母亲才意识到节节不是在发疯而是在笑她呢。她这辈子被别人这么不留情面地笑过吗？但现在却被这小蹄子笑得无话可说。

被慑住了一般，这老女人也跟着节节皮笑肉不笑了几下。

节节的笑却戛然而止，她盯着李冬林的母亲，认真地说："我当然愿意答应您呀，您知道，现在物价这么高，那些单位又不愿意要女生，就算找着工作也只能凑合着活。钱真是重要的东西呀，而且谁的钱不是钱？钱上印的毛主席对我们来说可是太亲切了——我们小家小户的，不就指望把日子过好吗？"

这时，李冬林的母亲却仿佛无法置信地看着节节了。

无法置信就对了，否则她就真被节节的包袱砸到了："可是我信得过您，也信不过自己呀。我天生贱，不但善于见异思迁，也不敢保证自己不会吃回头草——您倒真是提醒了我呢，万一我将来指望不上别人，倒真可以考虑再打打李冬林的主意。他那么傻，多好骗呀。"

说着，节节手指一颤，将那存折弹回到李冬林母亲那边去。

"没准我还真是吃定了他呢——您留着点儿力气，还是好好看着自己儿子吧。"

说完，节节便站起身来，迈着夸张的步子出了咖啡馆。她故意让自己的背影扭得很摇曳。在李冬林的母亲眼里，她也许走得很贱，但她自己却知道那其实是傲慢。而无论是贱还是傲慢，一定都是很冷酷的吧。节节要的就是这种冷酷。

她忽然又想：终究还是可怜了李冬林。他毕竟什么也没做错，他只是一个孱弱的孩子。

这想法让节节流下泪来，所以她绝不回头。

但刚刚走出这个咖啡馆，她的手机又响了。节节低头一看，是李冬林。她竟像犯了错想要补救一样接了电话——到了嘴边却又不知道说什么了。

两个人沉默了很久，节节才说："李冬林，对不起。"

电话那边没有声响。于是她又说："你干脆骂我好了，我不好。"

这时李冬林才说话了。他拖着哭腔，小声地说："我不怪你，是我配不上你。我要去找陈晨了。”

当初许洋向她宣布：他要画画去。而李冬林的宣布则是：他要找陈晨去。他们从陈晨这个名字开始，又以陈晨这个名字结束。仿佛是李冬林走了一段弯路，现在决定回到原先的轨道上去了。而陈晨这个人到底是谁呢？她对李冬林到底有多重要呢？

对于节节来说，陈晨一直是一个谜。

然而她却没心情去解这个谜了，她现在需要做的，是抬起头来走进新的生活。

于是她对李冬林说：“好吧，希望你能找到陈晨。”

李冬林说：“谢谢你。”

然后他们就挂了电话。

part 8

接下来的三年，是怎样一段辛勤而快乐的日子啊。节节想，从小到大，她都没有这样朝气蓬勃过。

她觉得自己像一只嗡嗡叫的蜜蜂，一大早就出门，坐地铁，上班。在北京的正东，一片华丽丽的商务区正在不断繁衍扩大，在旧北京上开拓出了一个新世界。光看地铁上的乘客，就可以嗅到那里的气味了：在公主坟到木樨地这一段，那些斯斯文文的国家公务人员一窝蜂挤下去，替换上来的，则是越来越多的妖娆的身影，她们化精致的妆，背或真或假的路易威登皮包，在车厢里留下整日不散的香水味；她们人人都有英文名字。节节就是在地铁上学会白领的着装方式的；上台阶时扭过两回脚，便也习惯穿高跟鞋了。过去她还以为这种鞋子是一个“女权主义”道具呢：平平常常一个女孩登上，都会和男人一样高，而她这种格外高挑的呢，简直有了俯瞰须眉的感觉。但实际一穿，才知道高度的诱惑实际是陷阱，高跟鞋归根结底是为男人设计的——你要想保持平衡，就必须把某些地方挺起来，把某些地方撅出去，让老少爷们儿饱眼福。直溜溜的姑娘生生变成了蒙古马。

这让她想起小时候看妈妈剧团排戏，外面请的专家坚决反对“江姐”穿高跟鞋的事情。还真是有道理：哪有扭着腰晃着屁股去革命的江姐？那是女烈士还是女特务啊？

而现在不穿高跟鞋也不行了：哪有跑跑跳跳去开会的女白领？

工作的地方是毕业以前就找好的，号称一家“公关公司”，所做的业务则大多是布展。车展、酒展、内衣展，最后一律成了肉展，找一大帮野模特赶场子。明明就是在高档点儿的地方搭草台班子，“计划书”却要写得极尽糊弄人之能事，各种新名词一窝蜂地往上招呼。客户不懂，节节自己也不懂，跟着胡说就行。

不管怎么样，节节想，她是一个给这城市制造声光电的人了。

上班忙回家也忙：妈妈的舞蹈班撑过了一段萧条期，如今竟然小有名气了。不光周末爆满，平时放了学也有一些孩子来加课。快到重点中学的“艺术特长生”考试时，还有家长专门拎了礼物和红包来上门求教呢。即使是给小孩子上课，妈妈也郑重其事地穿上练功服，一板一眼地讲解、做示范。管账、打印课程表和宣传材料这些工作，自然就落到节节头上了。有时候她下班回来，还得换了衣服立刻开始拖地板——妈妈要求“舞台”一定要洁净，一尘不染。

四十多岁本来是黄脸的年纪，妈妈却因为舞蹈而红光满面。她还喜欢当着孩子们的面挤对节节：“你们看她腰腿的比例都挺科学的吧？其实一眼就能看出来身上没'功'，关节都是硬的，用老虎钳子都掰不开……"

节节回家便对妈妈抗议："这时候又拿我当反面教材，小时候干吗去了？怎么不教我跳舞呀？还不是那时候您自己有机会上台就顾不上我了。还有，哼，我本来还有机会当演员呢——"

奇怪的是，过去怨气冲天的事情，现在竟然觉得没什么大不了了。都已经可以作为逗嘴的谈资了。

妈妈笑嘻嘻地说："得了得了。"

节节便也得了得了。她们还有更重要的事情做呢：已经挣了多少钱了？妈妈的舞蹈班再加上节节的工资，哇，每个月的数目还真不少。这样下去，用不了多久，就可以把剧团的旧房子卖了，到远点儿的地方买一套宽宽大大的新房子呢。搬到三室一厅甚至四室一厅的新家去，这成了妈妈生活中的远景目标——她终于脱离了炖鸭子和买衣服的低级趣味。

一天下来，母女二人常常累得歪在沙发上，一动不想动了。妈妈总一边揉着腰一边说："到了那时候，我要在客厅摆一个大摇椅，那就不会窝着腰了——哎呀阳光照进来，洒在身上，多舒服。等着吧，妈妈没本事，可也能给你买套大房子。"

节节这时心里又会窃笑：她要想住大房子还用等吗？要知道，城北有一套三层楼的连排别墅，正时时刻刻为自己空着呢。只是节节明白，"攒钱买房子"是妈妈人间烟火的幸福的集中体现。对于妈妈来说，踮踮脚尖能够找着的目标，就是幸福了吧。她愿意陪妈妈享受这份踮踮脚尖的快乐。

她又想：假如把赵何的存在告诉妈妈，妈妈会是什么样的反应呢？自己去工作去攒钱，只是为了保持一份"过日子"的状态，而其实日子完全可以是另外一种过法呀。这个事实对于妈妈来说，是一个惊喜吗？

可是凭节节的直觉，她猜妈妈并不会因此而惊喜。妈妈就是会抹不开面子。就像踮踮脚尖能够到的幸福才是幸福一样，日常的、普通人能抓住的尊严才是妈妈想要的尊严。

在要不要把赵何的存在告诉妈妈这件事上，节节自己反而犹豫了。

而妈妈却时不常地会说起呢——常常是伴随着“房子的理想”：“等换了房子，你将来结婚也不出去住，咱们招个上门女婿。哎呀家里多久没个男人了？哎呀你也都二十大几了，跟上一个也吹了这么久，怎么没见找个男朋友呢？”

有时候节节会反诘她一句：“我可不带着男的住咱家房子——你跟许胜利在那儿腻歪吧。”

一说到许胜利，妈妈会无一例外地叹口气：“别提他了，就他现在那个状态，还能有心思琢磨别的事儿？儿子跑了那么长时间，踪影也没有，让老许几年来都失魂落魄的，快成神经病了——许洋那孩子小时候多老实、脾气多好啊，谁也没看出来他心这么硬……”

节节望了下客厅上的一套新窗帘，那还是前些日子许胜利从木樨园买了布料，凭借一双巧手装上去的呢。当时他站在窗台上，逆光看去，成了个虾米般的黑影。假如不是和妈妈互相照应着，真看不出这人有什么活头了。

这又让她回忆起许洋来。当年那种极浓的伤感已经变淡了，但却越淡越能浸到心的深处去。这也是她造的孽，并像一个悬念似的挂在她的生活里，让她踏实不下来。许胜利的妻离子散，说起来竟也和自己有关系——节节一身冷汗地想：她当年竟然还怨人家恨人家呢，其实她哪儿有这个资格？

而和赵何在一起时，节节的生活就变了。家常的烦琐的气氛被抛在脑后，她生活在一个声光电织成的梦里了。

梦的基础是赵何那越做越大的“中国梦”：为了提高公司的“公众形象”，他开始频繁地开办各种晚宴和酒会，或者干脆把某个音乐会包了场，赠票给各式各样的体面人。每个酒会或音乐会都有着伟大的名头：为了救灾，为了环保，为了失学儿童，为了白血病患者，为了藏羚羊、白鳍豚和华南虎。作为赵何的女伴，节节便穿着晚礼服，挽着他从红地毯上走下来了。两边都是人，还有闪光灯，每咔嚓地照一下，都意味着更多不在场的人会看到她。

那些端着酒杯的家伙，都带着一副“不是凡人”的表情：大多都是些商人与官员，此外还有专好红木的收藏家、传闻怀孕的明星、也许过两天就会死在野外的旅行家。跟这些人混在一起，节节也不止一次登上过“时尚杂志”呢，记者会专门给她拍照，让她在报道上占一个角。在杂志上，她的名字有时候是“时尚人士sophia”，有时候是“IT界名媛sophia”，照片下角还有几行小小的字，对她这天的服装搭配做出评价。“时尚人士”也好，“IT界名媛”也好，都是虚妄的头衔，“索菲娅”更是个胡诌的代号——让人猜测她和“法国”存在某些关联。但就是这些虚妄和胡诌，把节节置于声光电的核心了。有两次在地铁上，对面坐的女白领从时尚杂志后面探出脸来，偷偷看节节两眼，她们一定诧异：这穿职业装的女孩怎么和照片上的人物那样相像？她们绝想不到节节就是索菲娅。

而节节此时的心情，竟和《罗马假日》里赫本演的小国公主有得一比：执迷留恋人间，是因为可以随时回到天上去；愿意当一个信心十足的凡人，是因为她可以不做凡人。

她是一个能在天上与人间自由切换的妖精。从另一个角度来说，如今的节节还是做成了一个演员，她的舞台远比妈妈当年那方“革命的舞台”要宽广，并且炫目得多。

哪个女人不醉心于繁华梦呢？没机会做梦的才会咬定“平平淡淡才是真”。赵何不仅让节节活在她自己的梦里，更让她活在别人的梦里了。她是怎样的一个幸运儿啊。

每当酒会或音乐会结束，赵何就与她回到城北的房子，用他那个年龄才有的仔细去爱她。每周一次，准时地在十点钟关了电视，仔细地拉好窗帘，仔细地把灯调到半明半暗的，仔细地洗一个澡——然后仔细地和她躺在床上。仔细说明了一种认真的态度，让节节相信赵何对自己是认真的。他们虽然是周末情人，但也是唯一的情人，在公司里，赵何连女秘书都不用的。

更让节节对赵何深信不疑的，是他在床上的表现：有的时候简直不是在做爱，而是在乞怜。三十六岁的赵何满眼的纯真与委屈，伏在节节的胸前喃喃自语。有几次，他竟然做完了眼泪也下来了，然后羞惭地转过身去躲起来。节节从后面抚着他光滑的脖子，把他拉回来，重新拥进她怀里。她想，她能明白赵何这样是为了什么：他从小没人爱。作为一个抱养的孩子，他在潜意识中最深的期盼，是找一个人依赖上去，让对方知道自己有多孤单。他把“爱情”当成了“亲情”的寄托，所以才会人前像节节的兄长，但人后却成了恋母的孩子了。他们的关系里包含了小小的乱伦，但也恰因如此，才最让节节踏实。

在那个男人如怪物、女人如妖精的圈子里，最常听到的传闻就是谁把谁包了，谁把谁骗了，谁和谁为了钱互相出卖了，但节节却并没有怀疑过赵何——她相信赵何寄情于她。更关键的是她也寄情于赵何。人家说女孩长大的一个标志，就是对某个男人目眩神迷、咬牙切齿地爱，节节想，对于她而言，那个男人就是赵何。

她也常常好奇：如果赵何不是今天的赵何，而是一个普通人，他会是什么样子？凭他的聪明，书一定会念得不少，而且会越念越温和，还有些“迂”——就像那种最典型的知识分子形象吧——戴着眼睛骑个自行车上街，揪下来扇个嘴巴他都不敢还手的。

如果赵何是那样的赵何，她还会爱他吗？

这个时候节节的答案是：当然会。她爱的是他这个人。幼稚吧？幼稚得就像爱上了落拓讲师的女大学生。她甚至期望他们变成那种俗套的女大学生和讲师。

也正因为此，当赵何提出给她买辆车时，她不要，宁可当个挤地铁的“名媛”。她可以接受忘年恋，但必须得是真的恋；她还要把他们的关系和“那些别人”划清界限，她甚至觉得自己有责任在这个浮华的圈子里创造一个神话：有关于爱情的神话。

这神话不光把节节卷进去，也把赵何卷进去了。他半开玩笑地问她：

“节节，你傻不傻呀？”

“怎么傻了？”

“我万一要是骗你的呢？”

“骗我我就认了。”

少女般的幼稚与坚定，是一切中年男人行骗的好帮手。有一种男人甚至会觉得不骗她都不好意思。但对第二种男人，这份“傻”在起到回春丹的功效同时，又成了紧箍咒，勒得他们的良心撕心裂肺地疼。越疼也就越爱她，他们会欣慰自己还有良心，会作痛。

对于节节而言，这是大不幸还是大幸呢？反正赵何就是那第二种男人。赵何在爱的同时也在痛。

节节又怎么会知道，赵何在床上的羞惭，并不只是因为他们凭空臆想出来的乱伦意味啊。他情不自禁地躲开她，心里想的是：我没骗她。他在和自己强词夺理。

他确实说不上骗她：这份爱以历朝历代、世界各国的标准来衡量，都不能说是假的吧。但他确实已经骗了她。

事情的转折，是以一盒化妆品作为标志的。节节过二十五岁的生日了。

这时她想：这三年怎么过得这样快？是不是因为过得太“顺”了？她一天一天风风火火地上班，周末去柔情蜜意地恋爱，日子“咻”地一声，打着呼哨就过去了。老天好像就是看不得人的日子“好”，实在想不出什么法子来阻拦，索性便闭了眼睛，让时间飞逝起来。如同一个恶意的司机狠踩油门，不让旅客看景色。

好在节节自己没有虚度：和赵何的恋爱，被攒成了一个秘密的糖罐子，故意瞒着妈妈偷吃，所以才格外甜；自己的事情也全没耽误，今年如愿以偿地在公司升了职，成了可以独立负责项目的小头目。工资涨了不说，两个新招进来的女硕士也要跟着她做事呢。工作越来越不好找，硕士生也要到她们这种小外企混饭了。

不管她们服不服，面子上总是上下级。有个“会来事儿”的女硕士总是装傻充愣地和她套近乎："节节姐，不懂的地方还得您多教我。"

"那得看你用不用心学了。"节节例行公事地鼓励完，额外盯了盯对方未老先黄的脸，"另外还有个事儿——你觉得我哪点儿像你姐啊？"

女硕士自知说错了话，黄脸红了一下，但仍是"会来事"："都是以前在演艺公司实习养成的习惯，在那边只要是一线演员，年纪再小也要叫某某姐的。"

然而妈妈可就不像同事这样赔小心了。

给节节过生日时，妈妈照例又是炖鸭子、炒菜，把许胜利也叫过来，三个人吃得倒也和睦。看着节节和她的妈妈，许胜利一直温厚地笑，仿佛自己也分享了一份天伦之乐，但笑着笑着就僵了，头倒是没低，眼睛却垂到碗里去了。气氛里便混进了一份凄然：这么多年了，许洋还是音信也没有。

为了挽救气氛一般，妈妈夸张地一拍脑袋："哎呀。"然后起身从柜子里找出一瓶茅台酒来。

"一个学生家长送的——老许戒酒也戒了这么多年了，现在沾一点儿不会复发了吧？只要不没日没夜地喝，小小来一顿没问题。"她说着要给许胜利找杯子。

许胜利却坚决地摇头："还是不喝了。"

"今天可是节节的整数生日——"

许胜利继续固执："还是不喝了。"

节节也拉了拉妈妈："算了，他不喝就算了。"

妈妈便终于没忍住一口叹气，将酒放进柜子。母女二人都明白许胜利的想法：他认为许洋之所以出走，责任全在自己——父亲是酒鬼，儿子才会没人照管，才会恨他的家，才会顺道恨起了学校。因为许洋，许胜利决意不再沾酒。他宁可清醒地面对生活里的苦。

他有时候也发狠置气："就当没有过这个儿子！"这种时候妈妈也不劝他。她知道只要许胜利不沾酒，就说明他想重新做一回父亲，就会持续不断地找下去。

然而由于音信断得过于长久，越找也就越渺茫了。许胜利已经跑了多少次报社去登广告？数都数不清了，就连报社的人都和他熟了，版面的创收指标超额完成时，甚至还会免费给他分出一个角落。前一阵他又去往电线杆子上贴"寻人启事"，还被城管当作散发小广告的抓进了派出所。管片儿的老警察对他说：

"不是我打击你老许，这么长时间找不到，真可能出了什么事儿……"

蔫巴了一辈子的许胜利竟然暴叫一声，做出了袭警的行为：掐着警察的脖子把他推出好几步去。旁边的年轻警察当时就要掏电棍，还是被老警察止住了。

"都是父母，都不容易。"老警察对来接许胜利的妈妈说。

这些事许胜利从没提过，都是妈妈偷偷告诉节节的。

所以这顿饭吃到这个份儿上，节节的眼圈也红了。她拉拉许胜利的手，第一次对这个男人露出亲昵。

许胜利嗓子深处吭了一声："还是节节懂事，节节长大了，以后得对你妈妈好呀。"

节节说："许洋其实也不是恨你……他只是憋着一口气吧。也许哪天他真成了一个画家，也就回来了。走之前，他对我说要去画画呢——画画总不是坏事。"

"不是坏事不是坏事。"许胜利便点头，仿佛强迫自己相信：儿子正在变成一个画家。

好歹安慰过许胜利，等他走了，妈妈却还掐着指头数："哎呀都五年了。许洋走了五年了。"

母女之间便也笼罩在一种岁月感之中。节节稍有些不认命地感叹：自己都二十五了。

而妈妈的下一个举动，则让节节在那一瞬间恨极了她：从里屋拿了一盒化妆品出来。还是相当贵的牌子呢。

因为皮肤好，节节是不用正经化妆品的，每天洗完脸，也就拿瓶“大宝”抹抹，上班顶多再擦点唇膏，照样从骨头缝里往外光鲜。每当在场面上看见那种“风头很健”的女人，她心里反而会产生一分得意：她们漂亮倒是漂亮，但是一多半是抹出来的，是皮光鲜而不是肉光鲜。就算过的是“皮肉”生涯，那些女人也是缺斤少两的。

素面美女才是真美女呢——就像不是什么鱼都能做成生鱼片。然而妈妈却在用这盒化妆品告诉她：你的得意也该到头了。妈妈是在要求她面对这个事实：你必将变松、变黄，全身上下一起耷拉；现在的化妆品还是小儿科呢，将来还有拉皮除皱激光去斑等等一切酷刑等着你。

“来，妈妈送你生日礼物——”她的笑在节节看来简直是恶意的了，“以后别老往脸上抹便宜货了，弄得就跟喜儿扎红头绳儿似的——人家女儿有妆化我们家女儿也不能差。”

“我用不着。”节节这么回应她的二十五岁生日礼物。

“怎么用不着？”妈妈看不懂节节的心思似的，一脸的“客观规律”，“报纸上可说了，女人二十五岁就开始老了，该找补就得找补。我也知道你不爱化那种猴儿屁股似的妆，这是淡妆。淡妆。”

“开始老了”四个字气得节节七窍生烟：您是瞎子呀？老不老您用眼睛看不出来，非得数着数来判断？她牙根作痛地问：“什么老不老的——您闺女变成老姑娘了您就高兴了？”

“那当然不高兴了——说到这儿，你找对象了没有？”

节节简直要昏过去：“找没找关你什么事儿？”

“你吃枪药了你？”妈妈翻了个白眼，又拿出她对节节惯有的那种“调笑”，“别怪我威胁你啊，要是现在还没找，那我就到公园替你相亲去——好多家长都这么干。”

那种盛况节节也见过：父母们拿着孩子的照片交头接耳，评头论足。甚至还有举着大牌子把自家闺女的三围亮给大伙儿的。新时代的卖儿鬻女。

但现在，节节反而突然不生气了。她明白了妈妈的意思：想以化妆品为由，把自己的“个人问题”提到议程上来。到了二十五，这个问题就是一个必须正视的重大问题了。

因此节节便也嘻嘻哈哈了：“那您赶紧去吧，别光替我着急——最好找个比许胜利体面点儿的老头儿。”

说完她就回自己屋了，化妆品也没拿。她在房间里闷了两个小时，连电视也拒绝和妈妈一起看了。

然而这天晚上，又发生了一个意外。节节刚躺下，妈妈却又趿拉着拖鞋进来了。这次再张嘴，就是有话直说了。都不是多能“斗心眼”的人，妈妈也觉得迂回没有用了。

因此她劈头就是一句话：“什么时候把他领来见见吧。”

节节一惊：“您又想到哪一出了？”

妈妈说：“什么哪一出？我还想问你唱的哪一处呢。是骡子是马——呸，骡子——总得让我看看吧？”

节节想：妈妈不会是在“诈”她吧？她不由得眯起眼，盯了妈妈两下。

“我可不是诈你啊。”妈妈的目光直直地迎上来，“女儿背着我谈恋爱我都看不出来？那我不成瞎子了？你周末都干吗去了？总理秘书也没那么忙！还有，天天在被窝里跟谁打电话？给你个机会你不坦白，那我只好对你抗拒从严了——这事儿已经不是你一人的事儿了。”

妈妈可真不傻呀，而且功力犹存——节节自以为在外面历练了几年，遮掩的本领今非昔比，没想到还是让她给察了颜观了色。您要不是老花眼，非成精了不可。节节心里说。

而她嘴里却耍浑：“没有没有！你疯了吧你？你干脆参加联防队去吧你。看谁都是女流氓！”

妈妈哭笑不得：“谁说你是女流氓了，多光明正大的事儿啊，你心里有什么鬼？”

但节节已经蒙住脑袋，充耳不闻了。

但她心里怎么可能不受影响呢？嘴犟归嘴犟，妈妈的“道理”却让她没法反驳：自己的一切都和妈妈相关，恋爱这么大的事又怎么可能例外呢？

而对于赵何，节节反而陷入了一个矛盾的境地。她心里的确是有一个“规划”的：到了大多数姑娘谈婚论嫁的时候——大概也就是现在这个岁数——他们是应该结婚的。几年都已经处下来了，正因为平时处得好，才必须有一个结果。但要让她去对赵何挑明，节节却开不了口——那不成了“逼”他了吗？要在外人看，说不定会以为她等不及了，要图他那份家业呢。而且女孩逼着男人娶她这种事儿，节节这么心高气傲的人又怎么干得出来？

问一句“你什么时候娶我”，是多容易的一件事啊。偏偏她是节节，他是赵何，此事就难了。

可是难也不能拖着。她不“逼”他，就先被妈妈“逼”上门来了。

过了两天，她和赵何单独吃饭，名义是再庆祝一下二十五岁生日。

因为妈妈的那番话，这天节节的兴致不高：“有什么庆祝的，都二十五了——我都得化妆了。”

赵何说：“这话等你到我这岁数再说。”

而为了让她高兴，他连钻石都用上了——最直接最赤裸的讨好女性的方法。首饰盒里一条平淡无奇的白金链子，但一拎出来，则是让人目瞪口呆的闪耀。节节闭眼，含着笑，任由赵何给她戴上。那一团璀璨便挂在她胸前了。

但下一个想法就让钻石也失色了。节节想：为什么不是戒指呢？

这晚在赵何家，他照例仔细地爱她。节节仍闭着眼，身上的一切感觉都趋近于麻木，只有耳朵格外灵敏。如果这时候他说“嫁给我”，那也是恰逢其时的。

她配合着他的节奏，想象着，他要向她求婚了。

然而赵何只是仔细地喘息，仔细地抽搐两下，然后起身，仔细地用威士忌送下一片安眠药。因为公司越来越忙，成日里精神紧张，他最近染上了失眠的毛病，头发再仔细地打理，还是越掉越多。

看着这肉搏后格外显出老态的背影，节节的失落和怨气一起涌上来。但她不能发作——在床上赤身裸体地逼婚，是没尊严到了极点的。

于是接下来就轮到她仔细了：赵何已经睡下，她瞪大着眼睛看着天花板，却连翻个身都不敢。他一吵就醒，一醒明天掉头发就会更多。

一个念头击中了节节：三年了，他在想什么呢？

很可怕的想法开始涌上来，在这个黑夜，让她死不瞑目一般难挨。

终于，当壁钟的夜光指针指向凌晨两点，节节再也忍不住了。该摊牌就摊牌吧。这把牌玩儿得其乐融融，不计输赢，但是总有亮底牌的时候。对不起，今天不能在意你的脱发了。

于是她欠起身，轻轻拧亮台灯。赵何没醒，或者是装睡？在“很可怕的想法”的恐吓下，她没法不怀疑他的居心——以及一切举动的真诚性。

于是她拍拍赵何的肩。不是调皮地捏鼻子，而是很郑重地拍拍肩。赵何睁开眼，毫无愠怒，甚至眼睛也不惺忪。可见刚才真的是装睡。

连他的声音都是平和的：“怎么了？你也睡不着吗？”

节节忽然觉得，现在两个人躺在一张床上的状态很罪恶。她头也不抬地说：“我们家问我找到男朋友没，我说找到了。”

赵何“哦”了一声。节节继续说：“妈妈问我什么时候结婚。”

赵何说：“你怎么说？”

节节说：“你怎么说？”

赵何什么也没说，节节长吸了一口气，闭住嘴，快憋不住了才吁出来，把他们之间的沉默吹走。她又说：“你没有什么可表示的吗？”

赵何说：“你真的想结婚吗？”

多么明知故问而又居心叵测的一句话。节节看了看赵何的侧脸，那脸是没有表情的。

不知多久，节节又问：“你没什么可表示的吗？”这次她说得冷冷的，让赵何明白，她是铁了心一定要问个究竟的。

赵何慢慢地发出一声叹息。这口气立刻把节节的心吹冷了。然后，在万籁俱静的时刻，她听到他明明白白地说：

“我是个自私的人。”

赵何是结过婚的，他的婚姻意义如此重大：不仅代表一段耻辱的过往，更决定了他进退维谷的现状。

在上个世纪八十年代末，寻常留学生的婚姻，大多沿袭着一种经典的组合模式：男的穷，女的不漂亮，在中餐馆刷盘子的时候互相帮助，在学校给教授打材料的时候互相帮助，帮助久了，就帮到了一起。结了婚，继续刷盘子和打材料。那个时候只要出国，放眼所见，无不是这种发达资本主义国家的革命夫妻。

但赵何却不甘心走这段寻常路。作为一个抱养的孩子，他从小就不指望有人疼，甚至自己也不疼自己——他只是在黑暗中伸出手去拼命抓，抓到什么就都归了自己。那个年代的留学生，最想抓到的是什么呢？当然是一张美国身份证了。

还真被他抓到了。在打工的那家洗衣店，和他一起劳作的，是个又聋又哑的华人少女。见到她时，赵何的第一反应是：又聋又哑的中国人是怎么来美国的呢？别说留学生了，就连偷渡客也不可能呀。那么她一定是先前移民的后代了。那么她一定有美国身份了。除此之外，就连那姑娘的美和丑，他都不曾留意到。

然后他就果断地把自己卖出去了。那聋哑姑娘格外地留心赵何，有意无意总和他身体接触一下——抱衣服时撞个满怀，或开烘干机的门时两手相碰——然后绯红了脸，一派愚蠢的羞涩。赵何看在眼里，姑娘的父亲叔叔也看在眼里，于是有一天，那些老华人，猪仔的后代，就操着一口广东话来和他谈判了：娶了她，给你身份，给你一笔足够在美国安身立命的钱。他们家里唯一的女孩小时因为穷，发高烧也没钱看医生，因此就成了这副模样，全家人都感到亏欠了她，于是这时候便要为她买一份幸福来。多么恰巧，中国的对外开放给他们这些华侨提供了无数如花似玉的女留学生，无数仪表堂堂的男留学生，价格都相当的公道。

不光是赵何，就连整条唐人街都觉得价格公道呢。在异乡的中国味极其浓郁的婚礼上，赵何看着舞狮的队伍，手上挽着个女人，却有孤身一人站在那里的感觉。他得体地对来宾笑着。他知道那些矮矮胖胖的餐馆老板、快递公司老板正在对自己评头论足，一如百年以前的“猪仔市场”上，爱尔兰人和英国人对他们的祖辈父辈评头论足。在这个国家，初来者只有被卖的命，而赵何是个被抱养的孩子，因此他比那些拖着辫子的前辈们更能心平气和地接受这事实。

而他的生活还要继续：该上学上学，该毕业毕业，该上班上班。不过他现在是个在美国站稳脚跟的人了，将来甚至还有不大不小的一份家业可以继承。那几年他过得安之若素，一边在电脑公司做技术员，一边还为哑巴老婆的父亲叔伯出谋划策如何投资、如何开分店，把小作坊变成“托拉斯”。他把洗衣店按照“汉堡王”的风格包装，拓展到了白人社区，这可是他们家族史上值得大书特书的一笔。几个老头子也是从这件事中看出这年轻人“不一般”的。

因此当他向“家族”说明中国机会多了，提出“回去做实业”时，那些人也支持得很。几个叔叔婶婶还“标”了一个“会”，把他的启动资金凑成了一个相对体面的数目。最让赵何想不到的，是机票买好以后，哑巴老婆的一个叔叔居然把他领到了妓院，在那里给他送行。事后想到，这个举动和对他说的那些话，都是深谋远虑的——一定又是几个秃顶老头子在“家族会议”做出的决定。

“玩当然是可以随便玩的。”哑巴老婆的叔叔说，“只要知道家在哪里就行。”

那老头子搂着个泰国姑娘进房间之后，赵何坐在沙发上没有动。他装作疲倦的样子，摆摆手，让供挑选的东南亚女孩们都出去。他想：自己恰恰不知道“家”在哪里。他只能走到哪里，就把哪里当家。

而对于哑巴老婆呢，甚至还没有上飞机，他就忘了她的样子了。他对她只剩了一个印象：吃午饭的时候，她从一台洗衣机上端起碗，走过来，把属于自己的那份烧鹅狠狠地夹出两筷子，塞进他的碗里。

直到后来赵何摇身一变，成了“资本家”，才知道那几个华侨老头子的厉害。他越了不起，就越知道他们的厉害。他们可不止是放长线钓大鱼，而是把小鱼拴紧了再放出去，让它到海里变成大鱼——只要哑巴老婆在，那么赵何所挣出来的，从法律上来说有一半都是他们这个“家族”的。比起前辈来，这些“第二代猪仔”除了吃苦耐劳，还学会了美国法律。“见面分一半”的传统陋习被他们摒弃了，“离婚分一半”的条款可得牢牢记住。赵何还没说什么呢，他们就先主动提醒他了：

“把老婆忘掉了吗？没关系，忘掉了也好。只是得记住，你可是美国公民呀。你的那些钱，如果在婚姻状态里就都是你的，如果离婚就有一半是她的了——还是那句话，玩当然是可以随便玩的，只要知道家在哪里就行。”

这是怎样一种中国人独创的“资本主义精神”呀。为了安抚他们，赵何只好源源不断地汇钱回去，给他们买房子、给家族里的儿童交私立学校学费、还开业了好几家新的洗衣店——他们连股票都不买的，只知道洗衣店。

而这几年来，赵何又怎么可能没动过离婚的想法呢？有时候他想：不就是分一半吗？分一半就分一半。只不过这几年中国的“项目”上得太快了，一个接着一个，哪一个不得追加投资？生意越大资金流也就越紧张，这“一半”竟然分不出来了。他总不能为了离婚把公司搞垮了吧。而翻过头来一看，为了离婚所要付出的“一半”，竟然已经滚雪球一样，滚成了一笔巨款。对于赵何来说，这一半还真是诚可贵了，比自由价更高了。

而在节节刚刚跨过二十五岁的这个夜里，赤身裸体的赵何看着她。她自然在赤身裸体地哭。他忽然有一丝迷惑：自己为什么要毫无保留地全告诉她呢？他明明可以骗一骗她的呀。中年男人骗年轻女孩的方法难道还不够多吗？

但是赵何就是不想骗她。他觉得他已经骗了她几年了，骗得他自己都时刻有窒息的感觉。他甚而发现了自己怀有这样一个信念：对这世界上任何一个人撒的谎都是天经地义的，但对她的“骗”却是一种“罪”。精通英语的赵何这时候想到“罪”，脑袋里冒出的英文词不是crime而是sin。原罪，生来固有的罪，无可挽回的罪。

这说明自己是真的爱这女孩吗？赵何感慨地想，他在痛苦之中甚至有了一丝欣慰，这欣慰又是上溯他的身世，从“被抱养”的襁褓中脱胎而来的——他这样一个人，在这把年纪，竟然还能体会到真诚的“爱”。

只可惜在眼下，这“爱”既被证明了也被摧残了。他毕竟骗了她这么多年啊。

“我一定会给你一个交代的。”赵何在灯下喃喃地说。他既像对节节又像对自己说。

果然，节节的表情里满是被伤到了极点的尖刻：“你让我拿什么信你呢？”

在那一刻，节节自然是恨死了赵何的。后来她时常想，如果床边放着一把凶器就好了——匕首、剪刀或电影《本能》里的冰锥——如果随手能抓到，她真的可能用它去割断赵何的喉咙，或者割断自己的也好。

他把她变成什么了？第三者、二奶。这些词可是冷冰冰的贬义，毫不在意当事人究竟是怎么经历过来的。无论是逢场作戏还是生死相许，在不知情者嘴里，都可以是一视同仁的一句评论：不要脸。

我的天呐，二十五岁的节节浑身颤抖地想，命运实在是太可怕了。一个夜晚的一句问话，就把她整个儿人扔到这种境地里来了。

在“女人开始衰老”的那个时刻思考命运，倒是恰合时宜的。

而她身体上的本能反应，则是逃跑——和小时候一样。只不过现在，她跑得非常冷静：仔细地穿衣服，洗了把脸，还梳了梳头发，然后开门。既然要跑，那就跑得体面一点。赵何像发愣一样坐在床上，竟没有去拦她。

眼前展开的，是北郊那清澈而寂静的夜。天上竟能看到连珠般的星星，为了这一景，有钱人们甘愿付出比城里贵一倍的房价。别墅区里漆黑一片，只有一家人还在开“派对”，玻璃窗里影影绰绰的一群红男绿女，还有人跳起舞来呢。节节凄凉地想：一定是新搭上的姘头。如果不是一份“不要脸”的力量在激励，谁有这么大的精力彻夜寻欢呢？

然后节节就出了小区，沿着公路快步走。没走多会儿就热了，但流出来的却是冷汗。这里地太广人太稀，如果不开车，行路的人根本无法指望把这条路走到头。

她也只好绝望地走啊走，走过工地和早已打烊的饭馆。能走到哪儿去呢？这个问题也是想都不敢想的，只能走。终于，远方传来了一声鸡叫，吓得她呆立在原地——天竟蒙蒙亮了。她看着远方山下朦胧可见的农田，心里一片天苍苍野茫茫，人竟感觉无限渺小。

这时她才回过头来，看见了赵何。他追出来，却也不叫她，默默地陪着她走了一夜。节节便叹口气，开始流泪了。她一边哭，一边看见赵何走过来，脸上也挂着泪——这个中年男人的眼泪竟没有引起她的一丝意外。

然后两个人像一切注定无缘的男女一样，执手相看泪眼地默默地哭。这时朝阳却升起了，通红，绚丽，呼啦一声染红了半山的云彩。这是多么生机勃勃的背景啊，用在定情的时候倒是正好。

节节陡然明白，她对赵何在恨以外，还有一份抛不开。赵何的痛苦毕竟也是真切的啊。节节惊诧，她现在竟然还能相信他的真切。并且，她抛不开的还有那一段时间——节节交付给赵何的，可是她二十出头的那几年啊。那是最好的时光，货真价实的“华年”，无数女人都这样说过，可见不是假话。因为这些时光给了赵何，她恍惚中觉得赵何身上也包含着“她自己”的一部分了。

抛不开，求不得，跑不掉。想和赵何把生命都纠缠在一起的愿望，在她的心里竟更强烈了。真贱啊，节节想，她真贱。

part 9

他们的关系无可逆转地变了。这几年来，节节一直愣“绷”着，她宁可天天挤地铁，周末穿了最便宜的衣服到酒会上去惊艳，完全是基于一个幼稚而又心高气傲的信念：只要涉及爱情，那就得平等地相处。在这个不平等的人间，爱情再不平等那还有什么活头？但一夜之间，这个信念崩塌了。你想要尊严，在人家眼里就真有尊严了？

现在就别亏待自己了。不能便宜了那个骗子。当二奶就得有当二奶的待遇。节节恶狠狠地劝告自己。

于是她在上班时间给赵何打电话——这也是以前做不出来的——直截了当地说：“买车，先买辆车再说。”

赵何笑了：“你终于主动跟我说话了。”

“那是，话肯定还得说。”节节几乎又流下眼泪了。她撑出无所谓的嗓音说，“以后用你的地方还多着呢。”

买车那天，她故意穿了身盛装，挽着他的胳膊，去挑了辆凌志。过程简直像电视剧：太经典的青春与金钱的交易场面了。

一个“经典的二奶”还需要做什么呢？节节又感到一丝滑稽：“不要脸”还用专门学？她拿了赵何的信用卡，开车去国贸。普拉达、古驰、萧邦……一样一样来。不就是花他的钱嘛。血拼血拼，这个词真是太妙了，就是用她的血泪拼他的血汗。拼得越狠，他和她仿佛便越有“心安理得”的权利。

有一天，在一家店里挑鞋子时，她看到另一个漂亮的年轻女人在那里试穿，脚旁也放了几个袋子，上面印着那些显赫的英文或法文字母。两人不由自主地互相打量了几眼：从丝巾到皮包到裙子，脑子里飞快地运算着那些事物的价钱、款式以及搭配水准。这是城市里年轻女人天生的本领：迅速地将她们的同类提炼、抽象，最后只记得几个商标的名称，而对方究竟长什么样子倒忘了。这本领和庖丁的“目无全牛”倒是异曲同工的。

那天也是凑巧，商场里人少，差不多每隔一会儿，节节都会和那女人碰见。两人再见面时，不免又会瞥瞥对方手里多了什么新货色。而到了最后，居然形成了较劲的局面。节节看了一件风衣，刚皱皱眉头放下，那女人就披上身试试，随即告诉店员说买下了，就像节节掏不起那个钱似的。而节节的回敬则更刻薄：那女人试了条裤子，裤腿明显长了，只好作罢，她便立刻也要求试同等长度的一条，果然刚刚好——钱包的容量可以比，腿的长短有得可比吗？她这可是从文艺兵那儿继承来的腿啊。

那女人自然带了愠色，狠狠地扫了节节两眼。节节却感到可笑：两个二奶闲来无事，跑到奢侈品店来“人比人、货比货”。好在比的结果不是人得死货得扔，只是觉得好玩。多好玩。

可是“比”到最后，节节还是输了——输在她把对方认定为一个“二奶”。那女人的手机忽然响了，说了几句话，没一会儿进来一个面色颇老的中年男人，还牵着一个小女孩。

“说是买婚礼用的东西，怎么又逛起街来了？”中年男人带着一份纵容地责备。

那女人则露出小姑娘的表情，吐吐舌头：“结了婚就不穿衣服了？天天穿着睡衣给你做饭你就高兴了？”

而她应付着男人，却下意识地在躲着节节了：一定也知道那男人实在老了点吧。看着五十都有了。可她哪里知道，节节也在躲着她呢。“婚礼”呀、“做饭”呀这些词给她带来了毁灭性的打击。就算是二奶，人家也是个修成了正果的二奶，连男人的孩子都可以公然地拍脑袋、捏脸蛋了。

“张老师是购物狂！”那小女孩大声宣布。

男人则又是纵容地责备：“在家怎么跟你说的？以后叫妈。”

小女孩也没心没肺：“妈妈！”

也许亲妈已经死了很久了吧。那位张老师呢，小声对男人说：“没吃过当妈的苦，我倒先享了当妈的福了。”

节节便颓然地走开去，不碍着那“一家人”的眼了。比来比去还是她最傻。天底下还有比自己傻的吗？

“傻逼。”她的脸上蓦地浮上一团戾气，咬牙切齿地骂。脏话都出口了。

“是有点傻，”旁边却有一个女服务员搭话了，表情却是羡慕嫉妒恨，“带人家那么大的孩子，将来可不好相处——现在好多贵族学校的老师都爱勾搭学生家长。”

节节厌恶地训那服务员：“有你这么议论客人的吗？我一走你怎么说我呀？把你们经理叫来。”

无理取闹地发了一通脾气出来，节节钻进凌志车，首先做的事，是掏出化妆镜，仔细照了照自己的脸：她还年轻，依然漂亮，但少女的娇气和任性却已不在了。取而代之的是一张非常“厉害”的女人的脸——性情乖张，喜怒无常。

也许过不了多久，沧桑也要泛到脸上来了。

赵何必须忍受她的乖张——这是他应得的。周末的晚上，节节虽然跟他待在一幢房子里，但绝不共处一室。她把自己关在客房里，连续几个小时地看电视，新闻也好、无脑综艺节目也好，照单全收，反正看也看不进去，只需要有个响动陪伴她发呆罢了。发呆成了她在这屋子里的主要习惯，有时候电视被看得没节目了，她才走出去，倒一杯水，却又在桌前发起呆来了。赵何看到偌大的客厅里一个瘦弱的、披头散发的身影，面色苍白，形同鬼魅，他也吓了一跳。

“你——怎么了？”赵何不知道她在那里愣了多长时间。

节节却对他粲然一笑，转身又飘走了。

这个状态在屋里还好，在外面迟早是要出事故的。有一次赵何的客户请他们去打高尔夫，大家笑着让节节挥一杆，节节大力地把球打出去，男人们还没叫好，她却忽然扔下杆，逃跑似的走掉了。

她在一望无际的草坪上埋头走，能走多快走多快，赵何有没有叫她，她也没听见。那个时候，假如他追上来拉她，她一定会抓住他的胳膊咬下去的。孤单地过了一个水塘、一座小山，终于见到球场外围的铁丝网了。几个附近农村的小孩正在外面闹，为了抢网上端飞出去的球打架。节节扒着网看着他们，一下子就哭了，吓得那些孩子瞪着她，不敢出声。

一直到赵何他们找过来，她还没缓过来。坐车回去的时候，更是蜷着腿缩在车座上，噼里啪啦地哭成一团。人家问她怎么了，赵何只好搪塞：

“她妈妈身体有点不好。”

节节猛地仰起头来：“你妈才死了呢！别拿我妈说事儿！”

有了这次，再有什么场合，赵何就得犹豫要不要和她一起出席了。他得提前察言观色，确定她心情平静、能够自控的时候，才告诉她有个酒会或者网球比赛。但如果他自己偷偷出门被节节撞见，便要面对这样的诘问：

“我果然是名不正言不顺的。带出去丢你的人了是吧？可丢人的事儿不是我先做下的呀。”

没办法，只好一起去，去了多半要生事端。在一次新产品的发布酒会上，所有人都端着杯香槟装样子，只有她一杯接一杯的，到后来香槟都不带劲了，让拿威士忌加冰块来，吓得服务生直吐舌头。没过一会儿，节节就喝多了，只好踉跄到沙发上，歪着——偏巧旁边有一群女宾，正簇拥着一个以“心灵鸡汤”出了名的女学者聊天，说的是男女关系的话题。

“红颜知己红颜知己，为什么红颜在前面知己在后面？”女学者深刻地扫视那群有胸无脑的女人，“这是因为男人第一眼看的永远是红颜，日子久了却想要知己。”

“说的真对。”冷不防节节插进一句来，“您真该在大学里开个班儿。”

“女性心灵课程班么？这方面的内容我在电视上也讲过的。”女学者说。

“不，二奶进修班。”节节大声说，故意怕别人听不到似的，“又维持社会稳定又给你们学校创收。”

语惊四座，旁人惊愕地瞪着节节——她却花枝乱颤地笑起来了，然后趺趺撞撞地走到人群里，揪着赵何公司一个小伙子的领带：

“陪‘准老板娘’跳个探戈——”

发布会搞砸了。赵何把她拉回来的时候，面色铁青。而节节呢，却长时间地维持着“没心没肺”的状态，到家里还要找酒喝，然后又站在客厅中央，拎着裙子行个礼：

“我给你们唱一首‘小城故事多’吧！”

“别胡闹。”赵何终于呵斥她了。再有千般亏欠，万般惭愧，对于男人来说，妨碍了他们的正事就是不可原谅的了。

“不是胡闹，是表演——我小时候最拿手这个了，那时候我还在舞台上唱呢……”她仍在借酒撒疯。

赵何终于暴怒地吼起来了：“别胡闹！”

平日温文尔雅的赵何吼起来，也像头狮子似的。但这可吓不倒节节——您是不义之师啊，她想。于是她也愤怒地反击——“嘭”的一声摔门，然后骂声就传出来了：

“捡来的野种都不要脸！自己有老婆了还勾引人家大姑娘！骗子！骗子！骗子！”

赵何也丧失了忍耐，朝着门狠擂了一拳：“我告诉你，现在骗子多了！生意场上哪个不是骗？情场上也一样！场面上那些男的女的，哪个不是互相骗？”

到底还有一半的意思没说出来：骗你都是看得起你。人家都被骗得其乐融融的你怎么就不能？外面哭着喊着“快来骗我”的女人可多得是呢。

而节节又怎么会听不出来呢？于是赵何听到屋里响了两声，明明是她顺着门滑下去，瘫坐到地上去了。一边滑下去，她一边像坠落的猫一样用指甲挠着门。

过了好久，节节的声音才传出来：“人人都骗、你就该骗我吗？你骗了我让我怎么去骗我妈妈呢？求求你，别骗我了，放过我好不好……”

赵何的心如同被什么沉重的东西砸了一记，刚刚结成的硬壳哗啦就碎了，露出里面最软的部分。毕竟是他亏欠她。不知为何，他再次回忆起自己这半辈子的凄苦来：被抱养、遭冷眼、跑到大洋彼岸去签卖身契，卖给了一个聋子兼哑巴……门里的这个姑娘，是他亲手抓到的唯一一个与“爱”有关的东西，而他眼瞅着就要把她毁了。

赵何也哭了起来。懂事以后他什么时候流过泪？为了节节却哭过不止一回了——有时候开着车，听到某支悲凉的情歌，他还会不知不觉地流两滴泪呢。说出来都觉得虚伪，但他的确被节节卷到一个感伤主义的旋涡里去了。

“是我对不起你。”赵何重复着他进行过一千次的道歉，“我答应你，一定给你一个交代，你相信我行不行？”

节节也在屋里哭。两个人隔着一道木门，咫尺天涯地流泪。等到里面全没有了声音，赵何竟然不敢进去看看她“怎么样”了。他怀疑她已经把这辈子的眼泪都流干了，一旦开门，眼泪会像海水一样，把他冲到不知哪里去。

但他终于还是进去了，却看到节节歪在地板上睡着了。她的脸上固然还有未干的泪痕，但睡相却是干净、恬静的，就像一个受过委屈但一闭眼就全忘了的小女孩。

也许是眼泪真的流干了，节节此后再没跟赵何大闹。几个月里，他们维持着一种相敬如宾的关系，对于那些“关键问题”，只要一个人不提，另一个人就决不会开口。

然而当事人固然可以自我蒙骗，局外人的眼睛却逃不过。自从生日那天把话“挑明了”，妈妈就隔三岔五地催着节节“把人领来看看”了。而对于外面有了男人这事，节节知道想瞒也是不能瞒的了，只好推说“他忙”。

“忙能忙到露个面都困难的地步吗？”妈妈狐疑地说，“你找的是国家领导人吗？”

接下来，诸如“多大岁数”“哪里人”“多高”“干什么的”“脾气好不好”之类的问题就一连串地来了。没有办法，节节只好如实相告。听到赵何比女儿大八岁，妈妈“啊”了一声：

“你找了个大叔？”

节节哭笑不得：“你这词儿是从哪儿学来的？”

“跟日本人。那些电视剧里的小女孩儿不是管三十岁往上的男人都叫大叔吗？”

随即，妈妈脸上露出货真价实的担忧：“三十一二还好说，他这都眼瞅着三十五了。到时候管我叫妈，不是折煞我么？”

“那就甭管您叫妈了。”节节对妈妈又气哼哼的了，“我踹了他得了。”

“那可别。”妈妈赶紧说，“你不也过了二十五了吗？奔三的人了。”

“你才老你才老。”

“我本来就老呀。”妈妈债多了不愁地摊摊手，“我都老得没人要了。”

而这一轮的斗嘴结束之后，妈妈又主动凑上来，认真地对节节说：“其实大点儿也无所谓，人好就行。他们说岁数大的会疼人。”

疼人有什么用？疼得名不正言不顺的，还不如虐妻狂呢。节节被戳中心窝子似的，胸口又疼了一下：“你被岁数大的疼过？你怎么知道得这么清楚。”

“许胜利就挺知道疼人的。”

“你这就没皮没脸了啊——这位妇女，你的心思可真是太活络了。要不这样吧，我再缓两年，你们俩先结吧。先紧着老同志。”节节似笑非笑地说。新一轮的斗嘴又开始了。

“那还是算了吧。”妈妈表示投降，“跟你说过多少遍了，许洋没找回来，我们哪有心思琢磨别的事儿。”

“你自己心里挺急的吧？”

“是替你急。”妈妈说，“还是说回正题，好几年了没见过家长，有这么追人家女儿的么？这些海龟怎么都学得那么不懂人事儿呀。”

“我也是一混蛋，我要懂人事儿就不跟他了。”她恨恨地骂了一句，跑掉了。

妈妈不知道，节节是躲进厕所哭去了。嘴上没大没小地“逗”着，眼泪却早已漫过了警戒线，随时要淌出来了。她还是不能提这事儿，一提就从心底里泛出悲凉来。

而节节一边默默地哭，一边决意：赵何的“真相”，决不能让妈妈知道。

没想到过了一阵，赵何果然“见了家长”了。只不过先见的不是妈妈。

那天周末正好没事，节节便又要去买衣服。“血拼”对于她来说已经成了习惯，只要心里稍微有点不顺，就拿了信用卡去糟践赵何的钱。照着上一期《时尚》买的衣服，下一期杂志刚出来，立刻就不能穿了，她在赵何那边的房间里已经堆满了一钱不值的奢侈品。有时候妈妈看见她衣服的商标，都吓得直吐舌头：“你真傍上大款了？”

“秀水街买的。”节节骗妈妈，“小白领都这样——不用打肿脸也能充胖子。”

好在那辆凌志轿车从来没往家开过，要不指不定得招出些什么话呢。节节知道妈妈的性子：生怕沾了别人的好处，觉得那样就会矮人一头。

而那天出门，赵何也跟了她去，无怨言地给她付账、拎包。节节恰巧心情好，还逗他："当一二奶是挺好的哈——那哑巴从没享受过这种待遇吧？"

"你真觉得挺好？"赵何仿佛隔岸观火地看着她。

"不好也得假装好。"节节的怨气果然冒了出来，"否则又能怎么样？"

赵何便躲着她的眼睛，而节节竟然瞪了一眼，也飞快地躲着他了。两个人已经有了默契：既然是求不得又分不开，总是把话说透了又有什么益处呢？他们的对话也总是在"得过且过"的指导精神下进行的了。

闭着嘴，比赛憋气一般从商场里出来，来到凌志车旁边，节节看着赵何凝重的表情，却"扑哧"一声笑了。赵何有些莫名其妙："笑什么？"

"笑大傻子呗。"节节又打了个双关语，算是迈过了这次对话的"雷区"。

但这时，背后忽然有人凑上来："小姐，要购物卡么？八五折兑给你，买件衣服省好几百的。"

节节听那声音有些耳熟，蓦地回过头来，竟然看见她爸爸叼着半根香烟，站在车门旁边。她随即感慨地反应过来：好几年没见爸爸了。爸爸的印象里，只有那个梳着齐肩短发、穿着牛仔裤的节节，而对如今眼前这个丽人，他却一眼认不出来。

爸爸的模样也大变了——真是老得不成样子。头发杂乱乱的，白了大半，腰竟像直不起来了似的。原先那点儿浑不吝的潇洒劲儿，如今更是一丝也不剩，只剩下了一股赖了吧唧的"贱"气。而最让节节吃惊的，是爸爸现在干的行当：靠"倒腾"商场的购物卡为生。这些年"国家"的单位是越来越富了，许多机关和企业都会给职员发点这样的卡作为福利，持卡人也常常把它拿出去卖，于是便也应运而生了一批"卡贩子"。和剧场门口的票贩子差不多一个道理。

节节愣了神，一时说不出话来。而爸爸这才认出了节节，他也张了嘴，嗓子里先冲出来的却是几声咳嗽，一段烟灰落到衬衫上。

赵何看到这两个人面对面地愣神，便又从车里出来："你们认识？"

节节正不知道应该怎么回答，爸爸却猛嘬一口烟，笑了："认识认识——节节嘛。我过去在她妈妈那个剧团上过班。"

听到爸爸这么说，节节顿时明白了意思：他不想在节节的"男朋友"面前给她丢人。金枝玉叶般的女儿挽着个风度翩翩的男人走进豪华车，多完美的画面啊，拍下来简直可以当广告片了。这样的情形里，落拓到极点的爸爸算是做什么的呢？还不如死了好。因为了解妈妈的心高气傲，爸爸也了解节节的心高气傲。

但节节和这个"男朋友"要真是"成"了呢？此时不相认，以后也相认不了了啊。爸爸的"掩护"，在她眼里竟有了自我牺牲的悲壮感。

殊不知，爸爸牺牲得太不值了。节节几乎想对赵何说："这就是我爸！穷吧，惨吧？有这么个爸爸，我这个二奶真是当得太有必要性了。"

但爸爸的一个眼神打消了她的臆想。她想起，爸爸也是一个看重"尊严"的人，否则当初也就不会和妈妈离婚了。他只是没有要尊严的资本罢了。

爸爸当年也算是一号"顽主"吧，现在他们这代顽主老了、潦倒了，连卓尔不群的姿态都撑不起来了——用他们自己的话讲：彻底沦为大傻逼或人民群众了。

而在"过去的熟人"的身份中，爸爸开始问节节话了："妈妈还好？"

"还好。"节节回答他，"就是以前伤了腰，现在干不了重活。"

"这么多年还一个人？"

这个问题就让她不屑了："这事儿您就别操心了。"

"那是，那是。"爸爸尴尬地笑两下。

节节反过来问他："您怎么——干上这个了？原来那摊儿呢？"

"去年暖冬，进了批棉衣卖不出去，赔了。今年市场又要提租金，一时手头紧，凑不出来。"

"还是想个办法接着卖衣服吧，这又不是正经买卖。"

"我也没打算长干——再攒点儿就到南方进货去。"

说到这儿，两人竟没什么话好说了——到还真符合"过去的熟人"这个关系。爸爸笑了笑，把烟头扔到地上："那我走了？"

"您慢点儿。"节节木木地回答。

爸爸便转过身，佝偻着背向停车场外走去。节节便忽然想起朱自清的《背影》来。过去也没觉得写得多好，如今竟像字字扎在心里。

让节节出乎意料的是，爸爸走了几步，忽然转过头，给了她一个古怪的笑脸。

接下来是一句半唱半念的"人艺"腔："我们家招娣当特务啦！"

这是《四世同堂》里冠小荷的经典台词。爸爸好歹也算在剧团混了那么多年，别的本事没有，反面人物倒是学谁像谁。而"当特务"这个说法是讽刺还是祝福呢？在他们那代"顽主"那儿，讽刺和祝福却往往是混在一起的。

看着爸爸摇头晃脑地走开，节节扑哧一笑。"匪兵甲"风采依旧啊。但笑还没收住，眼睛已模糊了。

在车上，赵何没话找话地说："这人还真有意思。"

"那是。"节节说，"有意思着呢。"

而第二天，节节又到了那个商场，没进去，就坐在车里等着。没过一会儿，就看见爸爸正嬉皮笑脸地纠缠着一个中年妇女，但费了半天口舌，生意也没做成，便怏怏地坐在台阶上，又从胸口摸出一根烟来。

节节走到他面前，也不叫爸爸，直接问他："那女的还跟着你？"

爸爸抬眼看见节节，吃了一惊，停了几秒钟才回答："跟着呢。"

"有人愿意跟你，你就得让人家过好了。"节节说着，从包里拿出一个信封，“把买卖重新开起来，到底干了那么多年了，下次总不至于再亏。”

“不不，”爸爸慌乱地躲她，“这哪儿成？”

“怎么不成？又不是人家的钱——我也上班了。”节节说，“我挣的。拿着吧。”

说完，她硬把信封往他手里一塞，转身就走。她走得很快，不敢回头再看那老态毕现的男人一眼。

这事过了没多久，妈妈终于也见到赵何了。

那是一个周五，节节下了班，匆匆忙忙地回家，去帮妈妈收拾排练厅。明天舞蹈班的学生们有个小规模的“汇报演出”，来的不仅有家长，而且还有附近一所小学的校长。妈妈说，如果“演出”效果好，那所小学很可能会在她这儿开办一个课外小组呢。那可是笔不小的买卖。

来到排练厅，看见妈妈和许胜利已经在擦地了。地板上还晾着几张刚写好的大字，拼起来正是：欢迎各界领导光临指导。一看就是许胜利写的，他这人还真有点内秀。但节节还是撇撇嘴：“什么各界领导啊，不就一小学校长么——您以为还是‘革命的舞台’呐？”

“那你说怎么布置？”妈妈问她。

节节从包里拿出两张卡通图案来，是她从公司库房找出来的：“有点儿童趣多好。”

三个人干活倒是快，没一会儿一切都收拾停当了，剩下的工作就是把那几张大字贴上去——妈妈坚持要贴，以示郑重。他们一人搬了一张椅子，在上面欠着脚尖，互相调整着高度。节节不放过任何一个笑话许胜利的机会：“怎么就您那张贴得低啊。”

而正在说，却听见“哎哟”一声。节节往那边看时，妈妈正一手扶着额头，一手去够着扶墙呢。

节节急道：“您怎么了？”

妈妈说："不知怎么头就晕了，怎么看东西都不清楚了……"

话没说完，人已经轻飘飘地向下倒去了。节节吓得大叫一声，和许胜利前后脚跳下地去扶妈妈，但谁也没赶上。妈妈"扑通"一声摔在地上。

节节扑上去，慌乱地扶妈妈，许胜利却在后面喊："先别动！她腰有伤！"这一声更让节节害怕了，她看着躺在地上一动不动的妈妈：眉头紧闭，牙关咬得紧紧的，好像还在头晕。

许胜利凑上去问妈妈："能动不能动？"

妈妈只是摇摇头，身体却还僵直着。节节这才缓过神来说："叫救护车！叫救护车！"

然而她刚从包里找到电话，妈妈却睁开了眼："不用叫救护车。"

"你摔着了，没准复发了过去的伤。"节节说。

没想到，妈妈来了这么一句："这个点儿，你男朋友再忙也该下班了吧？"

节节愣了愣，没反应过来什么意思似的。

妈妈平静而坚决地补充了一句："让他送我到医院去——就算妈妈厚着脸皮使唤他一回。"

节节这才明白：长期以来，妈妈对自己"藏着掖着"，坚决不把赵何"领来见见"的行为已经很不满了。妈妈是在趁机要挟她呢。

都摔成这样了，还有心思动这种小心眼，实在让人哭笑不得。

这边，妈妈已经使上苦肉计了："疼死了疼死了，从腰眼儿往上疼，疼得脖子都麻了……这种时候他态度怎么样，可最能看出他在乎不在乎你了……"

最后她竟然说："我死不瞑目啊。"

您这就太夸张了。节节苦笑了一下，但也稍稍放了点心：还能"演戏"，说明伤得并不太重。至于赵何，叫他来就叫他来吧，躲得过初一躲不过十五。看妈妈这个架势，没准哪天真会跟踪自己，找到他家门上去了。

于是节节拨通了赵何的电话："过来接我妈。"

“什么？”现在轮到赵何摸不清头脑了。

“我妈摔伤了！”节节故意训他，给妈妈听，“指望不上你是怎么着？”

没过十五分钟，赵何就到了。从他那边走环路过来很快。他倒也不认生，进来就和许胜利商量，是不是要找担架——他是特地开了公司的别克面包车来的。

妈妈已经眯着眼睛打量了赵何很久，这时却说：“担架用不着了，你们扶我就好。”

节节简直觉得妈妈是故意摔下来的了。

好歹把妈妈送到部队医院，果真没什么大事，只是软组织挫伤了一点。医生又问她：“怎么就头晕了呢？平常有没有头晕的毛病？”

“也没有啊。”妈妈不太在意地说，“可能是稍微有点贫血的原因吧。小时候就贫血，现在上了岁数也该晕了。”

“那就多补补。如果还晕就得检查检查了。”

而在这期间，守在门外的节节已经给赵何发过去一个短信：你也帮我演出戏吧。

赵何有点躲她的眼睛，但还是点了点头。该演什么他心里知道。

在休息室躺着的时候，妈妈果然“召见”赵何了。节节看着他走到屋里，得体地问好，说“幸亏没大事”。

妈妈打断他：“你叫赵何？”

赵何只好说：“啊，赵何。”

“你忙啊？”

“有点。”

“忙归忙，该有的礼数也不能错呀。”

赵何眨眨眼：“对不起，阿姨。”

妈妈却弯着眼睛笑起来：“是不是觉得我特事儿？”

“是我不对。”赵何赶紧说，“我早就该来拜访您的。”

接下来，是在哪儿工作住哪儿之类的寻常问话。但气氛刚轻松下来，妈妈突然却又板起脸："我还得问你个事儿。"

节节在外面心一紧。赵何说："您说"

妈妈说："我问过节节，但怕她不跟我说实话——你是不是离过婚的人？"

"这个……"赵何嗫嚅了一下，随即说，"不是——真不是。"

这倒是实话。节节冷笑着想：他确实不是离了婚的人。

"别怪我多问，我就是觉得，你这么大岁数……还没结婚不太可能——你不会觉得我封建吧？"妈妈反倒不好意思了。

赵何接下来的话，就尽是撒谎了。他答应节节"演戏"的："没有没有——真是没时间，在美国念博士不容易，后来开公司更忙……"

"会谈"就这样圆满结束了。节节倒不知是该庆幸还是失落了——他们共同骗了她妈妈。

从医院出来，赵何开车把他们送到家。临下车时，妈妈却又仔细地撑起身子，探到驾驶座旁边："赵何啊，你和节节的事儿，我就一句话。"

"您说。"

"你跟她在一块儿一天，就对她好一天，行不行？"妈妈这时的语气，已经不带任何表演的成分了。她说得很诚恳。

"行。"赵何说。

而节节把脸撇到一边去。她又要掉泪了。妈妈的声音却又轻松下来："也不知道自己走不走得上去。"

节节便赶紧去搀妈妈。临走前，她和赵何对了对眼睛。她想，如果赵何这时露出一个"演出成功"的得色，那他这个人就太恶心了。好在他没有。

而进了屋，把妈妈服侍到沙发上，节节正失魂落魄地想走开，妈妈却拽了拽她的手，然后拍拍旁边的位置，示意她坐下。

"人看着倒挺好，岁数大点儿就大点儿吧。"妈妈往身后塞了个靠垫，挺着腰说，"不过妈妈不知道担心得对不对呀……"

“您担心什么？”节节问。

“我就觉得这人城府深——其实有本事的男人，哪个城府不深的？我就是想，他对你要是真心的，那肯定好，万一没那么真呢？我怕你吃亏……”

节节的心便又抽了一下。她是如此怕和妈妈谈这个话题，因为每句话都会戳到她的心尖上。但她正想找句话搪塞开，妈妈却摆摆手，止住她，声音却不知不觉地悠远了：

“妈妈给你讲个过去的事儿？从来没告诉过你呢。”

节节被妈妈搞得既期待又慌乱：“您搞这么神秘干吗？”

其实不神秘，只是三十年前一个小女兵的故事。那年头，有无数个这样的小女兵，她们的存在，只有一个目的，就是“繁荣革命的舞台”。这个小女兵原本是在湖南的某个舞台跳，后来因为业务突出，竟然一步登天，被调到北京了。她便带着千里挑一的傲气和初来乍到的怯色，在这里登台了。她想：她这辈子要是只能干一件事情，那就该是跳舞。

但生活中怎么可能只有一件事情呢？没过多长时间，她发现自己开始注意一个人了：也是个穿军装的人，却远不似一般军人般的粗豪，而是三分文气，三分深邃。当别人执行任务一样机械地鼓掌时，只有他凝视着台上，若有所思地点头或摇头。他一定是懂艺术的，小女兵想。但自己的表现能否称得上艺术呢？她又不由得心虚了。

随后，她发现那人竟也在注意着她呢。每次上台，不管是不是领舞，他的眼睛都在跟着她转。为了让他在一片红脸蛋红嘴唇里找出自己来，小女兵开始违反舞台纪律：或者把妆故意画得比别人淡，或者大家的辫子都垂在后面时，她故意盘在后脑勺上。为了这事儿，她没少挨批评，但她鬼迷心窍地觉得值——虽然明明知道他们的关系只限于看与被看。

而一切都在那天晚上改变了——演出结束后，她慌慌乱乱地从后台往宿舍跑，迎头撞到了一面锦旗上。是一个军种司令部给她们剧团送来的。大红的锦旗后面，一双眼睛铺天盖地地罩住了她。

两个人像前世有缘一样目瞪口呆。后来她知道了他是个宣传干事，还是部队自己培养的大学生。他也知道了她的演出时间表：哪天有空，哪天能够外出。

他们恋爱着了。对于她的级别而言，恋爱可是一件冒天下之大不韪的事。但她当时真是觉得天旋地转，就像单腿撑地旋转一百圈儿一样疯狂、美好。他们想尽办法见面，想尽办法延长见面的时间，想尽办法把每一次见面的感觉浓缩再浓缩，这样一次就可以当一百次使了。

直到出事了。两个解放军被联防队员生擒在公园里。

他们把她扭送回单位时，她还带着英勇就义的表情呢。

舞蹈队长真是恨铁不成钢啊，多少好苗子都毁在这种事情上了。那女人苦口婆心地劝她："你觉得他好在哪儿？他比你大十岁，你哪儿玩得转他？这种风度翩翩、貌似深沉的男人最危险了！"

最后就摊牌："反正得断。不断你就没法在部队待了。"

小女兵便说出一句倔强的痴话："那我就转业。"

舞蹈队长一声长叹：你会后悔的。但到转业的时候，她还是走了关系，把小女兵推荐到一所地方剧团去，免得荒废了这么多年的"功"。于是小女兵就不是小女兵了。

而她没多久就后悔了：一个首长的侄女看上了宣传干事。这个深邃的男人必须进行简单的二选一：是要前程呢？还是爱情。他深邃地考虑了一夜，最后写好了一封给前女友的深情的绝交信。

妈妈告诉节节，那个小女兵就是她。她到了地方团，才认识了她爸爸——一个头脑简单却热心肠的胡同串子。此时她已经认同了舞蹈队长的结论：深沉的男人是危险的。于是她嫁给了"危险"的反面。

只不过简单的人也并不"安全"。但这就是多少年后的新发现了。

因此妈妈对节节说："我就是吃过亏，才最怕你吃亏。但人家是越吃亏越明白，我呢，却好像越吃亏越糊涂了。既然糊涂，也没资格告诉你应该做什么，我只希望你自己能够有主心骨，别让人牵着鼻子跑。姑娘家跟那种男人接触，最容易被牵着鼻子跑了……”

节节强撑着开玩笑：“我是一牛呀我，他想牵就牵得走。”

妈妈也笑了：“我说的是不是太空泛了？”

没有。节节望着妈妈摇摇头。她觉得这个朝夕相处的女人对自己而言真是一个谜——妈妈还有多少事情，是自己不知道的呢?

但自己也有事情是妈妈不知道的呀。比如说，她现在已经在吃着亏呢。想到这点，节节竟再也忍不住，眼泪也流下来了。

妈妈赶紧把节节拉近了，摸着她的脑袋说：“哎呀哭什么。我又没禁止你跟他谈——要说直觉，我还觉得他真是挺喜欢你呢。”

节节就尽力把伤心的泪伪装成高兴的泪。她装得真是太累了。

part 10

赵何决定赌一把。

看起来，那机会是自己找上门来的，但对于赵何而言，却像是一天一炷香地苦等来的。因此他还没有经过例行的论证，心里就已经下了决定。

他回国的这些年，经历了互联网经济最好的时候以及最差的时候，也见识了计算机专业的毕业生从轻松拿一份高薪到沦为“IT民工”的过程——而在他眼里，什么“交易平台”啊、“学习革命”啊都是扯淡，“网络社会”最大的成果，仅仅是培养了一批对电脑游戏上瘾的傻青年。从这个角度来讲，赵何是一个最务实的资本家，也是一个“没良资本家”。有一次，公司的几个理想主义者极力劝他投资电子阅读器，他也不争辩什么，而是直接开着车，带着他们往北，再往北，一直北到一个很脏很破的外来打工者寄居村里。几个西装革履的人从奔驰车上下来，走进脏水横流的街道，到了一家黑网吧的门口。

“看看那些孩子们正在做什么。”赵何对他的“智囊团”说。

一排破破烂烂的电脑前，几个二十岁不到的男孩子正叼着香烟，赤裸着上身，满嘴脏话地玩儿着一款被称为“CS”的射击游戏。此外还有两个男孩正在浏览色情网站。

“你们指望他们会去买一个两千块的阅读器，坐在这里读《围城》吗？”赵何问身边的人，“我得告诉你们，这就是中国的大多数。我是从小地方出来的，我知道得很。既然咱们是一家合法公司，黄色网站暂时就先别做了——踏踏实实做游戏吧。”

因为这个方针，每当IT业遭受巨大冲击的时候，赵何的公司总是幸免于难的那个。他的市场最广大，业务的上升势头也最坚挺。

但赵何也有他的瓶颈，那就是这些年来，公司的业务一直是引进欧美、日本的游戏。他们把国外软件进行“符合中国国情”的删改和处理，然后再通过互联网推广和发售，然而那些国家都是格外重视知识产权的，因此每卖出一件产品，利润的大头都被“暴雪”或者“EA”这样的跨国企业拿走了。作为实质上的代理商，他们的销售额很大，分到的钱却只是人家的零头。

因此赵何心里一直有个构想：组织中国的研发团队，生产出一款自主知识产权的网络游戏。

中国人的大脑，就应该由中国人来祸害。这是一个多么民族主义的口号。

“填补了我国在制造网瘾少年方面的长期空白”——在幻想中，他这样替“新闻联播”表彰自己。

但是科学有艰险，苦战未必能过关，赵何已经为自己的研发团队投了不少钱，但拿出来的创意却总不能让他满意。就连一些基本的技术问题都没有解决呢。

也就是在这个节骨眼上，传来了日本一个老字号游戏厂牌经营不善的消息。是金融运作方面出了问题，财政危机已经严重到了必须大规模削减研发人员薪金的地步。这在赵何看来，实在是千载难逢的契机：他早已盯住了那家公司的一个核心创意人员，只等着挖墙脚的最佳时机呢。

他立刻飞去日本，和那个出国多年的华人工程师面谈。当天去，当天回，留下一笔巨款，带回一份合同。

仅仅两个月后，华人工程师就发来了网络游戏“西游记”的创意草案。水平果然是不一般，赵何心里有底了。

火速召回所有在外国和外地的管理人员，开大会，研讨。赵何打算把公司百分之八十的资产投入“西游记”的研发，打造一款比“CS”还要成功的网络游戏。

但所谓的研讨完全是走形式，开会变成了一边倒。当别人说风险的时候，赵何就说前景，当别人说谨慎的时候，赵何说的还是前景。谁有胆子和老板唱对台戏呢？谁又有必要和老板唱对台戏呢？全公司的人都知道，“西游记”已经是势在必行的了。大家只是好奇：一贯稳重的赵何，这次为什么赌性有这么大？

只有赵何知道，促使他这把豪赌的动力，是他身边那个小女人。

一个商人，做买卖做到这个份儿上，居然追求起“自由”与“爱情”来了。说出来他自己也不相信。可越不相信，他就越觉得自己值得。

他都不好意思对人承认：节节其实是他的初恋啊。自从十岁那年被人告诉自己是抱来的以后，对于“爱”这东西，他就一直处于饥渴的状态，只不过赵何不是个怨天尤人的孩子，他把这份饥渴变成了攫取的动力，到外面“抓”到了那些“爱”的替代品：学历、美国身份、产业……但抓得越狠、越勤，去追求“爱”的精力反而就越少了。在哑巴老婆和节节之间，他当然有过别的女人：美国校园的一夜情，上海公司里的女秘书，甚至还和一个小演员不清不楚过几天——不过他清楚，那都不涉及“爱”。

他发现自己早已有了这样一个潜意识中的愿望：把自己越做越大，大到一定份上，就用那一切去换一份“爱”的权利。

为了节节去做这场交换，在他看来是再合适不过了。

但他已经把她折磨到什么地步了？

从表面上看来，对于不能结婚这个事实，节节已经安之若素了，甚至称得上是麻木的了。每当听说有什么认识的人结婚了以后，她还会玩世不恭地问他呢：

“老头子，我们什么时候结婚呢？”

自从他被迫开始使用“章光101”以后，她就给他起了这个新外号：老头子。听起来倒像是老夫老妻了，可接下来却要问“什么时候结婚”。这感觉多么错乱。

而他呢，也会玩世不恭地学着电影里的一个傻子，用天津话回答她：“就在今天，就在今天！”

然后他们就像木偶人一样，嘴里砰砰地奏着门德尔松的《婚礼进行曲》，在客厅里走一周，或者干脆跳几步舞。

还有的时候，赵何也会问她：“那个霸占我结婚证的女人，你说我需要怎么对付她呢？”节节会做出很邪恶的眼神说：“来个痛快的，做掉她算啦！”于是她拿起电话，假装拨个号问：“是刀疤老六吗？”赵何也拿出手机，粗着嗓子说：“好的老板，我这就去办。”节节又说：“做掉以后，割一个耳朵来见我。”赵何则说：“好歹是领了证的，没有情分也有缘分，留个全尸吧。”这时两个人又咯咯大笑起来。这样无聊的游戏，他们就是觉得好笑。

但她心里怎么可能不苦呢？记得去年冬天，她不知又受到了什么触动，竟然开着凌志车，独自到北戴河住了半个月。冬天的北戴河多么可怕呀，赵何仿佛看到了这样的场景：整个城都是黑的，全部度假村都关着门，只有一盏灯微弱地亮着。节节就在那盏灯下呆坐，听海浪。而他终于忙完公司的事情，过去找她的时候，果然看到了一个鬓发凌乱、眼眶红肿的节节。她一下扑进他的怀里来了，用了那么大劲，让赵何有些惊异，摊着手，不知所措。

而节节只顾死命勒着赵何的腰，头把他的下巴都顶疼了。

"我要结婚，我不管了！"她在他的脖子旁这样喊道。

赵何不知说什么了，他听见节节重复着："我要结婚，我不管了！"

那个时刻，他是真的感动了。手这时才想起做什么。他回搂住了她——长日的冷淡一旦消融，比第一次相拥还要感人肺腑。赵何顿时觉得自己年轻了，又有发一个誓的冲动了：

"结婚，结婚，我也不管了！"他听见自己说。

那天他们像高呼口号一样重复着"结婚结婚"，其结果只是鼓舞着自己，不顾一切地去做一次爱，连门都忘了关。

做爱的时候，赵何还在喊"结婚结婚"，仿佛结婚是某个女人的名字，他正趴在她身上呢。节节被他喊得哭了，眼泪顺着脸滑进耳朵里，一定很痒。但到了一半的时候，一股穿堂风掠了过去，窗帘扬起了两下，外面的门"砰"的一声，她这时便醒了，陡然停止了哭，方才的泪眼也变得极清明。

赵何感到节节唰地凝住了，不由得撑起来问："怎么了？"

"没事，没事。"节节的脸在他下面，像花朵一样绽开了笑。她又把他搂下来。

于是赵何又卖起力来了。他继续喊起来："结婚结婚！"

节节却忽然蜷起身子，"咯咯"地笑起来了。

赵何只好又停下来，皱着眉："你没事吧？"

"你才有事呢，你才是神经病呢！"节节边笑着边说，气都快喘不上来了。

赵何好像有了点趣味似的，但仍然迷惑地说："那你说说，我怎么是神经病？”

“你怎么是神经病？”现在节节真的顽皮起来了，她戳住赵何的鼻子说，“你这么老，谁会愿意跟你结婚呢？你瞧瞧你脑门上的皱纹，我还怕传染皱纹呢！”

节节最后总结说：“你是一个老头子啦！”

赵何终于从被催眠式的悲情中醒来了。他又好气又好笑，都三十多的人了，怎么会那样呢？节节实在是个妖精。他又挂出了宽厚的笑，当然也是如释重负的：“我是老头子，那你是什么呢？”

“我？”节节一翻身，就把赵何推过去，压在身下了，“我比你年轻得多了，我还是一个八零后呢！”

“啊，啊！”赵何在下面配合着说，“八零后把老头子压垮啦！八零后把老头子榨干啦！”

但当一切结束，节节又开始哭了，赤身裸体地哭得比任何时候都伤心。

每当想到节节的眼泪，赵何“赌一把”的决心就会更强。而除了这一点以外，他倒还都是理性的。赌赢了之后该怎么做，已经设计得很完美了：作为最成功的国产游戏“西游记”的出品商，他的公司一定能够如愿以偿地上市，而那时候，就算大张旗鼓地提出离婚，分给哑巴老婆的家族一半的资产又怎么样？反正分出去的也是股民的钱。关键在于，那些人拿到的终归是一笔死钱，而赵何留下的才是活钱——他还有足够的资金去运作公司、投资新游戏、转眼间把生意做得更大……

那么他为什么不赌呢？

或者说：他真的感觉自己快要变成一个老头子了，如果再不赌，就没机会了啊。难道他甘心拖着一个隔海相望的哑巴，不明不白地过完一辈子吗？

资产者挣脱的只是锁链，而他将获得整个世界。赵何对自己说。

赵何开始连轴转。投资、拆借、再投资。既然是大制作就要有大制作的样子，一切都要按照国际顶尖的标准来。为了“西游记”，公司的人事也经历了大变动。他果断地炒掉了两个对项目心存疑虑又消极怠工的副总，面对对方提出的高额补偿金连眼睛都不眨。而对所有愿意跟着他“二次创业”的员工，薪水一律涨一倍。完完全全是一副“非常时期”的架势。

在最忙的那些天，赵何连续一个礼拜都没回家。睁了眼就开始干活，实在撑不住就在办公桌上趴一会儿。有一次，他竟然六十个小时没有休息，把身边的一群小伙子全熬趴下了。

“我们今天熬夜，是为了明天有人熬夜玩我们的游戏！”他鼓励那些眼睛通红的年轻人。

节节想：看来这次，赵何是铁了心要给他自己赎身了。

而赵何则对节节说：“都是为了你。”

一天晚上，节节睡不着，就开了车到中关村北面的“创业园”去转。那边的马路很宽，旁边立满了奇形怪状的楼，乍一看，真有电视上美国硅谷的感觉。大部分的公司都黑着灯，只有少数几个窗子亮着，不知是加班的员工，还是无家可归只好在办公室打发时间的单身汉。

远远地看见了赵何公司所在的大厦——如同一个黝黑巨大的怪物，只有二楼灯火通明，仿佛镶了一条银边。节节把车停在楼下，看着落地窗里的人影。她一眼就发现了赵何——他正叉着腰，声嘶力竭地对几个人说着什么。只有看轮廓才发现，赵何竟然瘦了那么多，肩膀完全尖了，看着像一片刀刃。

她应该是感动的吧。于是节节鼻子一酸，流了泪。这是知道了赵何有老婆以来，她第一次不是出于伤心而哭。

男人在拼命，女人在等他。这是多么远古的幸福感啊。

那一夜，节节也没有回去，就那么坐在车里，看楼里的灯火和人影。不时有一两个年轻人走出来，有的围着楼跑两圈，有的到马路对面的二十四小时超市买几包烟。而赵何的身影则一直留在楼上。

直到天快亮了，赵何才慢慢地走出来——一旦一人独处，脚步竟比在屋里慢了许多，而且动作都不利索了，如同受了伤。赵何揉着脖子，朝一家永和豆浆走过去，节节知道，在公司加班的时候，他这个老板要亲自给大家买早餐的。

她再也坐不住，开门从车里跳出来，跑过去，一把搂住他。

而赵何见到节节，好像并不吃惊似的。“帮我捏捏肩，酸死了。”他逗她说。

节节就死命用指甲掐他，隔着衬衫都要掐出血来。在这时候，好像只有用恨的方式才能表达“爱”了。

既然知道这是“爱”，赵何就满足地闭了闭眼。

而他的满足也就到此为止了。

虽然在项目启动前，赵何找过好几家咨询公司对“西游记”的前景进行过预测，得出的结论都是“市场广大，可行性强”；虽然他事先进行了一连串的宣传攻势，已经为这个游戏做足了势；虽然他不止一次对节节说过“万无一失”；但是——

最后还是出事了。就在“西游记”开始试运行的阶段。

而且是在最不该有问题的地方出了差错。这是赵何万万没有想到的。

是知识产权方面。那个从日本厂牌跳槽过来的设计师，早在和他达成协议以前，就已经完成了“西游记”的大部分创意，而且是用老东家提供的资金进行的“职务内创作”。

也就是说，“西游记”的一多半知识产权，从法律上来说是属于日本公司的。

就在游戏试运行之后的第二天，赵何接到了律师函。

他立刻叫来了自己的律师，咨询的结果是：如果日本公司能拿出确凿的证据，那么赵何这一方将处于绝对劣势。律师还警告赵何：因为西方国家屡次在知识产权方面向中国施压，即使这官司在中国打，他也负多胜少。

那一刻，赵何面如土灰。但他终究是沉得住气的，一方面叮嘱下属，“西游记”的试运行照常进行，另一方面则又独自去了日本。他去找对方谈判：只要他们同意“私了”，自己这边甘愿五五分成，让他们白得一笔丰厚的“意外之财”。

一个星期后，赵何铩羽而归。日本人太精明了：他们早已眼馋中国的游戏市场，并把“西游记”事件看作了登陆中国的跳板。赵何已经免费替他们进行了大量的宣传，现在他们需要做的，只是照单全收。他们迫不及待地想打一场官司——越打官司，影响越大，将来关注这款游戏的人也就越多。

那家日本公司早已濒临倒闭的边缘了，而赵何这个冤大头，实在是他们的救命稻草啊。

于是赵何回到中国后，收到的第一封信就是法院的传票。

赵何只好应战。这是一场必败无疑的战役。

但开庭那天，他还笑着对节节说：“小意思，被告谁没当过啊。”

而直到法院宣布了判决结果，赵何仿佛才意识到自己正在经历什么：投资完全打了水漂，那是他大部分的资产。至于那个聪明过头的设计师，则要负担刑事责任，被日本警方带回去了。

从法院出来的时候，赵何的腿都软了。记者在法庭外围着他照相，他侧着脸，眯着眼，迎着闪光灯，仿佛在晒太阳。这可能是他最后一次出现在这么多的镜头面前了。

这时候赵何猛地想到了几年前，他从美国回来的时候。那时候他一穷二白，拎着装满美国过时资料的皮箱子，像一个走村串乡的江湖骗子。他忽然奇怪：当时自己是怎么发起来的呢？就像奇怪于自己现在怎么倒下去的一样，感觉是做了个梦。

此时的赵何像睁着眼做梦的人，他眼看自己盖高楼、宴宾客、楼塌了。

他没有回家，也没有回公司。无论对节节，还是对那群跟着自己干事业的年轻人，他都没法交代。他开着车，避开人群，往尽量远的地方走去。

他的思绪麻木了，忘了时间，像一部机器那样开着车。起初是走走停停的，再后来速度快了起来，再后来就进入飞奔中了。车窗外的建筑却从高而巨大的玻璃大楼变成了错落的公寓楼，然后是破败的、点缀着飞扬的塑料袋的村子，接着进入了农田。他不知上了哪条高速，就那么一口气走下去，等到出去的时候，收费站的人的口音都是外地的了。此时天渐渐晚了，赵何拐进了一个镇子，那里的房子、门脸全是破败的，几个老人横坐在街上晒太阳，被尘土迷了眼，泪水汪汪。

街上只有狗和摩托车是活动的，整个镇子的人都像不怀好意地看着赵何。他感到饿了，就下车进了一家面馆，叫了一碗面，看看碗里的汤又不吃了。饿催发了困，他在一家旅店门口踱了几个来回，终于打消了在这里过夜的念头。于是他回到车上，上了锁，不觉打起盹来。等到睁了眼，天赫然黑了，街上只有两盏灯，还有一只不能全亮，垂死的人喘气般一长一短地明灭。而这里的主角出来了，是一些浓妆艳抹的女人，她们几乎是看不出年纪的，脸上有风霜，也有风尘，身上穿着十年前流行的化纤紧身衣服，裤脚上还沾着土。她们站在路边，也不互相说话，只是摆着姿势，做出一类触目惊心的艳丽来。一会儿有一辆车开过来，带着两个女人走了，几个长途汽车司机模样的人走过来，也一人挑了一个女人。

赵何开始悲伤地抽泣了。他仿佛第一次看到中国的这一面似的震撼着、动着感情。他感时伤怀、自怨自怜。这个时候他才意识到，他和这样的街、这样的人也是一体的。遥远的天空仿佛正在给他们敲着丧钟呢。

他进而对自己恶毒起来，萌生了一个念头：下车去，找一个——或者是两个——这样的女人，跟她们在油污的、跳蚤横行的床上疯狂地交配。他想要看着自己烂下去，仿佛想向谁证明，他也是被这个世界侮辱损害的人。

但他开了车门，走过去，那些女人却明显有戒心地看着他。他向她们迈两步，她们就往后缩过去，互相靠近了才稳住阵脚。赵何这才想起自己是另一个世界的人。

那些女人让赵何猛醒一般想起了节节。他们之间不是有“爱”的么？

那么他为什么怕见到她呢？他们的关系并不是寻常的钱与青春的交易啊。

他们曾经无数次互相说服，自我说服：他们不是那样的啊。

无论赌赢了或者赌输了，她的身边都应该有他的位置。她应该慰藉他。

于是赵何转过身，开上车，向节节那里逃回去。这时他才惊异于居然走了那么远，开回北京的时候，夜已经深了，路边只有在车里打盹的司机和夜醉青年人。赵何没有直接回家，而是到一家二十四小时营业的茶餐厅叫了一碗饭，喝了一盅热汤，又洗了把脸。他不想落拓到极点。

节节正在等他呢。“西游记”的案子网上早就传开了，连报纸的经济新闻也有半个版的内容。照片上的赵何眯着眼，半笑不笑的，看不出悲喜，而现在人们关注的是他到哪儿去了。接受采访的赵何公司的员工对此各执一词：有人说他直接出国躲起来了，还有人则说他正在准备材料，要反诉日本公司。

有一种可能性媒体没有说到——大概是准备当作过两天的爆料——而节节已经想到了：赵何有可能去死了。这是几百年来各国资本家留下的光荣传统，股灾、楼市崩盘、经济衰退的时候，那些人的身体像落叶一样从摩天大楼上飘落。可想到这儿，节节的心居然是不慌的。她有了一种无力回天的沉稳，让她坐在客厅里，开了一瓶红酒，等着他活或死的讯息。

这时赵何开门进来了。他靠在墙上，一颗一颗地松开西服扣子。外面的风似乎很大，而他什么时候变得这样怕冷了？

赵何的眼睛在找着节节的脸。这一幕是应该像霸王别姬的，只不过霸王是文弱的，虞姬也全无哀婉，脸上尽是一派颓丧。节节把酒放下，身子斜斜地升起来。她对赵何说：“我知道了。”

赵何补充似的说：“我是为了你。”

赵何在家睡了两天两夜。他好像要把头半年缺的觉统统补回来——失眠倒是一夜之间治好了。节节就守在屋子里，醒时看他睡，困了就在他身边躺一会儿。有的时候她觉得自己不是在照顾一个嗜睡的人，而像是在守灵了。

到了第三天早上，赵何才“腾”的一下，从床上坐起来，瞪着眼睛发呆。节节刚睡了没一会儿，也被他吵醒了，连忙坐起来，去给他热买好了放到冰箱里的粥。

赵何不知身在何方似的环视了一圈屋子，突然蹦出一句：“咱们出去转转吧。”

“好啊。”节节说，“吃了东西去转转。”

“不是在院儿里转。”赵何说，“是到远的地方去。”

“哪儿？”

“我家。”

“这儿不就是你家吗？”

“我还有一个家啊。”赵何说，“小时候住的那个家。”

怎么想起来到那里去了？去看他的养父母吗？跟了赵何这么长时间，节节从没见过他主动给那对老人打电话的。

但节节知道不能逆着他，就说：“好。”

然后她就给自己单位打了电话，请了两天假。好在她们那种公司是一阵忙一阵闲，只要北京不是大规模的布展季节，时间抓得并不很紧。

给公司打完电话，又给妈妈打，编谎话说和赵何到张家界爬山去。

“别让人家把你给拐卖了。”妈妈又是这样的唠叨。

节节放了电话，便对赵何开了个不合时宜的玩笑：“我妈怕你把我卖了。”

赵何正面壁似的盯着墙，愣愣地回了一句：“我自己都让人卖了。”

然后两人又陷入静默。醒着的时候不说话比睡着难受多了。节节自知失言一般忙碌起来，收拾出旅行包、衣服、路上的吃喝用具。等她收拾完，赵何已经洗了个澡，干干净净地等着出发了。

他们是开车去的——他的家乡并不算远，顺着京沪高速开到江苏境内再拐个弯就到。一个苏南的小城市。走这种距离的路程，最稳妥的安排是在山东境内休息一晚，第二天一早出发，当天就能到了。在车上，两个人仍是谁也不说话，赵何连音响也没有开，他们就看着一块又一块绿色的路牌掠过去，又掠过去。

这种场面对于节节来说，自然是难以忍受的。她好几次对赵何开口，说些无关痛痒的话题。但赵何有时候“嗯”一声，有时候连理都不理。节节有些气恼，但又知道此时已经轮不到自己气恼了，便愣愣地看着侧窗外的树林、农田、工地。

开进山东境内的时候，前面忽然有辆本田急刹车，赵何有些慌乱地打方向盘，奔驰甩了下尾，从侧面超了过去。节节被吓得胸口一紧，一个念头闯进了脑袋：他不会是不想活了，还要拉自己一起去死吧？那她不就成殉葬了吗？

这年头可是什么疯狂的事都有，而且干出那些事的往往是最正常的人。

节节心惊胆战地瞄了赵何一眼，而他还在专心致志地开车，神色木然。看来就算一起去死，他也不打算死在公路上。

因为路上堵了次车，他们到达徐州边境的一个县城时，已经是晚上了。两人也没吃饭，就去找住处。小地方像样的酒店本就不多，偏巧这天来了个省里的考察团，最大的那一家被政府包场了，最后只找到一家简陋的二层旅馆。

没想到进了房间，赵何却突然开始说话了。他开口的声音不大，在节节听来却有震耳欲聋的效果——这么多天来，就没听到他正经说过一句话。

而赵何说的是什么呢？他在分析“当下的形势”。更让节节吃惊的是，他居然还能说得那样理性、那样逻辑清楚、有条不紊。如果在斑驳的石灰墙上挂一张投影幕布，他的样子简直就像给公司开会了。

其实哪儿用得着他“讲解”啊？对于“形势”，节节早已明白了个八九不离十了：“西游记”的知识产权纠纷以赵何全面失败告终，日本公司已经全面接手这个游戏的推广，捡了个现成的便宜；而经过这次重创，赵何的公司不仅名誉扫地，连元气也伤了，手上的现金接近于零，别说重新做别的项目，就连给员工发工资都困难了——眼下最务实的考虑，就是把公司卖了，好歹手头还有两个代理权，还有一些市场渠道，在别人眼里算是有价值的东西。

以上是“西游记”对于赵何的影响，他一败涂地了。而对于节节这边呢，却可以说是因祸得福：当年他不敢离婚，是因为怕打官司把公司打垮了，但现在公司已经垮了，他又怕什么呢？赵何说，找个合适的时间，他就会给那个隔海相望的华人家族写信，发律师函，跟他们结账——反正蛋糕已经小了，他们分一半也不可惜。

也就是说，赵何的承诺落空了，节节的期冀却实现了。他们为了“名分”这东西而进行的长时间的绞杀，也算是有个了局了。

听到这个话，节节应该是欣喜的吧。她应该眼含热泪，紧紧地抱住这个想为她争得一切，但到头来却为她失去一切的男人。她确实这样做了。赵何便也结束了头头是道的演讲，以疲惫的温情迎了上来。仿佛他们身边有一个导演，喊一声“开拍”，男女演员便用尽全力，洋溢起一汪感情，展示给人家看。

但男演员在走形式，女演员却在走神了。节节的脑子里冒出一个在此刻千不该万不该的想法：当初赵何执意要上“西游记”这个项目，一方面是想期待中的巨额收益给自己“赎身”，另一方面也是想“买”她节节啊。假如是“买”，她值多少呢？当赵何的身家是两千万时，她的标价就是一千万，当他有了一亿之后，她也就涨到五千万了。但她值一千万的时候，他舍不得买，涨到五千万的时候，他反而舍得了——因为买了之后，他自己还剩了五千万。

她在他眼里，会不会只相当于一样无比昂贵的奢侈品呢？比如越涨价越有人追逐的游艇、名画、古董？

即使赵何不会这样想她，她也忍不住这样想自己了。只不过她还是一件特殊的奢侈品：当他没钱的时候，反倒有权把她据为己有了，名正言顺。

因此节节明白，她的内心并不是欣喜的。她甚至同情起赵何的哑巴妻子来了——赵何早已把那女人忘了个一干二净，节节却替他怀念起来了。哑巴妻子的长相一定是安静而老实的，因为长年劳作和有苦说不出，脸上一定带了忍辱负重的表情。她做错了什么呢？就像当初的李冬林一样，什么都没错。她的错只是喜欢了赵何，就像李冬林错在喜欢了节节。但赵何和节节便因此处心积虑地抛弃她、算计她。这么想来，她和赵何就是一对狡诈、冷酷的狗男女了。

这些念头可不能对赵何说。否则他的一切就都崩塌了。

而在节节耳旁，赵何的那句“总结发言”的确显得无比冷酷。

还是那句话：“我是为了你。”

他是为了她而垮掉的。那么现在就该轮到她“看着办”了：凭良心说话吧。

一句最无私的表衷肠，“我是为了你”，就把与“爱”有关的责任全推到了节节肩膀上——你应该去承受它，承受亏欠了别人也亏欠了自己的生活。你要做一个无私的、高尚的、脱离了低级趣味的二奶——马上就可以扶正了，这是对你的奖励。

你表态吧。

赵何的眼底全是悲哀，但悲哀后面却是那层意思。

节节这才明白，把人逼到死路上的，并不是凶神恶煞的残酷，而是一往情深的残酷。

她只能说：“我知道。”

然后陪着他继续走下去。第二天早上上路的时候，她想：假如这真是一条亡命天涯的路，也只好陪着他走了。

而这一天在车上，又是无话。除了分析形势、责任和各自的立场之外，他们仿佛真没什么话好说了。

到了赵何的“家乡”，节节麻木的脑袋才苏醒过来，并且强迫自己有了两分好奇：赵何的养父母是什么样的人呢？还有那些养成了他怪异的性格的亲戚们，此时见到他会是什么样的嘴脸？要知道，赵何现在可算不得富贵还乡了啊，“锦衣夜行”这个比喻对他用不上了。

她又想起赵媛媛。这里也是赵媛媛的故乡啊，假如这时候赵媛媛恰巧回家，看到他们这对罪有应得的狗男女，是会开心地啐一口呢，还是仍旧伤心地啐一口？开心或者伤心，恐怕要取决于她目前的状况吧。但啐一口总是要啐的。

好在赵何并没有去找他的养父母以及亲戚们。富贵的时候几乎忘了人家，如今坏了事却跑回来找慰藉了？他干不出来。他反而带了顶帽子，把帽沿压得低低的，带了节节在小城里转。石板路，小拱桥，烟雨蒙蒙，白墙黑瓦，如果没有近二十年来盖的杂乱的新楼，这里还算得上一个原汁原味的江南小镇呢。

走过一条街口时，一个正坐在门前剥笋的老头子看见赵何，忽然“啊”了一声，仿佛认出来了，又仿佛不敢确定。

而赵何则压低了帽子，快走几步。看来他不想和这里的人发生任何瓜葛。

那么他回来，又是要做什么呢？节节想。

晚上吃饭的时候，赵何把她领进一家小饭馆，点的都是当地的小吃：盐水鸭、醉虾、萝卜丝饼。他埋头吃起来，嘴吧唧吧唧响，一边吃，话却多了起来——说起小时候他是如何爱吃这些东西，省了两毛零花钱，都要过来排队买一个萝卜丝饼。萝卜丝饼太香了，有一次把路边的狗都招来了，他就只好攥着它跑过半条街。最后有人喊：“扔了吧，扔了吧。”他才恍然大悟地撒了手。看见狗吧唧吧唧地蹲在他脚边吃，十岁的赵何哇哇大哭。

哭完了就回家，想再要两毛钱。没想到抱着小弟弟的母亲——那时候还不知道是养母呢——竟然给了他两块之多。他正在喜出望外，母亲就叹了口气，说：

“有件事情还是告诉你的好。”

这以后他就再没主动开口管“父母”要过零花钱。

一边吃饭，赵何还指着门外不远处的一栋楼、两栋楼、几间平房，不厌其烦地告诉节节：“这是我过去住的，这是我一个姨娘的家，那里有我两个表姐，早就嫁人了，有一个嫁得好，找了个税务局的，还有一个嫁得不好，找了个开大卡车的……”

他仿佛执意要把他们埋进一段陈年旧事里。但那段旧事和节节没关系，和他自己也没关系。

后来节节回忆，就是从这顿饭开始，赵何变成了一个碎叨、怀旧、“很中年”的人。他带了彻骨的疲倦看往事，以看透一切的颓然去看未来——并不是真的看透了，只是懒得对世界再费什么心思了。

这天晚上找了家酒店睡下，第二天天没亮，赵何就醒了。他推推节节说：

“想不想去爬山？”

节节疑惑地看他。但赵何已经起身穿衣服了，她也只好揉着眼睛，跟他出门。山就在小城的北面，典型的江南样式：矮小秀气，与其称作山，不如叫土坡更合适。头两百米还有青石板铺作的台阶，但过了一个小亭子，就变成了土路。昨夜下过小雨，因此那路很滑，他们必须随时抓住两旁的树枝保持平衡。

再往上走，已经看不见人影了，而赵何还专心致志地往上攀登着。他一定要爬到顶吗？爬到这么一个小山的山顶又谈何成就感呢？那个在脑子里闪过几次的恐怖念头又让节节打寒战了：他不会打算在这里向她“下手”吧？路旁蓦地突起几处野坟，更让她触目惊心了。

而随着他们慢慢爬到高处去，太阳也升起来了：在一片雾气中通红地酝酿，好像很痛苦地上不去下不来，但最后，终于拨开了迷障，跳到天空上去了。作为整个小城离太阳最近的人，赵何与节节登时被染红了。

赵何回过头，很鲜艳地对节节笑笑。这还是几天以来第一次见他笑呢。

而这已经是他们第三次共同经历日出了。每一次都是不同的心境。

就这样，他们到了山顶。山顶竟有一块空地，站在那里，正好俯瞰小城：半空中凝着的雾正在散去，露出一个杂乱斑驳又满眼皆是生机的人间。

赵何突然就向那小城的远景跪下了，面色平静，动作却是肃穆的——磕下头去。一个，两个，三个。他在完成一个什么样的仪式呢？在点缀着乱坟的山上向人间叩首，那架势竟像是要把自己葬了。

然后他站起来，拍拍土，如释重负一般叹口气，对节节说："我们回去吧。"

回到北京，赵何把公司卖了。处理那些烦冗的手续时，他表现得平和而理智。那样子不像是在卖自己的产业，倒像是替人操刀的经纪人。买家还本想夸大一下他的劣势，狠狠地压一压价格呢，但谈判时却被赵何抓住了短柄：这么急切地买一家财务出现危机的公司，还不是意图尽快挤进这个市场？结果反而卖出了个业内没想到的高价。

许多人说，赵何毕竟是赵何，功力犹存啊。因为这件事，倒有不少人对他的东山再起充满信心呢，还有一家国内的软件业巨头干脆拿高薪来聘他了。

但赵何回绝了真真假假的一切邀请，接下来去忙别的事了。他真的请来律师，为自己起草离婚协议书了。这个过程又是算账，算得比卖公司还仔细：该分给哑巴妻子多少，自己还能剩下多少，怎么分才是美国法院眼里的公平，怎么分才合乎中国人心中的"情分"？

每次和律师在书房谈过，赵何都会来到节节的房间，沉默地看她。他那冷静、精明而又一往情深的眼神让节节不知所措。她不知道此时此刻应该对这男人说什么。

她甚至不知道自己希不希望他离婚了。

而赵何的另一个举动，就让节节也不解了：他还打电话叫了房产中介，来评估城北那套连排别墅了。

他到底是怎么打算的？是要凑出一笔钱东山再起，还是不打算住在北京了？如果不在北京他会去哪儿呢？他为什么不和自己商量？

明知自己已经没资格对赵何生怨，但节节还是不满了：你有什么打算，得对我说呀。你不是要娶我了吗？

难道只因了那句“都是为了你”，他就可以对她不闻不问，当作一只木偶一样来处理吗？

因为这份不满，节节反而不去问赵何了。她冷眼看着他：看他到底要做什么，看他到底要把她怎么样。

那么她是在考量赵何呢，还是考量自己这几年青春的“价值”？要知道，不管有价无价，青春都是一次性的啊，过去了就没了。当初妈妈说“过了二十五就开始衰老了”，她还生气，但经过了风云变幻的这几个月，她也不得不承认时间过得快了。赵何的沧桑也印到了节节的心上，他带着她一起逝者如斯夫。

节节不动声色，但心已经慌得六神无主了。

好在赵何终于和她谈了——在他替她做了一切决定之后。

那天他在客厅看电视，而节节则在餐桌旁上网。似乎还不太适应大白天闲在家里的日子，赵何的嘴也一直忙忙叨叨的，每看到一则新闻，都对节节再次宣布一下，评论两句：

“山西又矿难了——那些煤矿老板应该枪毙。我们的暖气里烧着无数矿工的冤魂啊，想一想，多可怕。”

“北京正在发展公交一卡通吗？一卡通很好，‘咱老百姓’又他妈的得感谢政府了。”

“反日和不买日本车有什么关系呀？丰田本田不都是国产的吗？”

如此云云。

节节呢，一个耳朵听，一个耳朵忘。这男人现在真是唠叨得可以，简直像一个退休老干部了——而他现在的状态，的确已经退休了。过去她幻想

“两个人的未来”时，想过他会秃顶，想过他会驼背，就是没想过他会唠叨。歌儿里那句“坐着摇椅慢慢聊”是多么可怕的一种预言啊，节节想，也许自己到时候真会从摇椅上蹦起来，掐死这个话篓子。

正在心烦，却听到赵何顿了顿，再开口时语调也变了：“中国的事儿真是太多了。我算是知道为什么都说领导人日理万机了——不是他们喜欢日，而是鸡太多了，光姓李的就有一万只。而我们普通人呢，要是每件都关心，那还不累死。”

虽然是在开玩笑，但是口气却是真诚地感慨。

节节笑了笑，回他一句：“不爱日你可以——呸，多无聊的黄段子——我是说，谁让你操心呢。”

“不操心耳朵也乱啊，耳朵一乱脑袋也就乱了。回国这么多年，现在才觉得在国内待着真累，跟你没关系的事儿也要琢磨，跟你有关系的事儿更得算计。当一个中国人真是不容易。”

跟你在一块儿耳朵才够乱呢。节节暗自讽刺他一句，但心思一动：赵何不像是随便说说啊，他是要起一个话头呢。

那么他要说什么？节节想，干脆问个明白好了。

她站起来，坐到他身边，认真地说：“你有什么打算了？”

赵何脸上浮出一丝笑。他一定在赞赏她真聪明，真贴心。

他对她说：“已经打算好了。”

赵何要出国去。但不是美国，也不是欧洲，那些地方他都嫌“乱”。他已经没了打拼的力气，并且侥幸地捞到了不需打拼的资本，换句话说，他在三十多岁上彻底老了。

他起身去了趟卧室，拿出一份加拿大北部某个小镇的风光画册给节节看。这就是他选定的地方：六千人口，依山傍水，一年四季都是白的，风景如画。穿过长长的隧道，就是雪国了——他声情并茂地背诵了一句川端康成——而这还不是那地方最大的好处呢，选中这儿的关键原因在于，北美小镇的生活是安享、缓慢的，适合休闲。休闲才是最适合人类的状态。生命在于静止。这就是赵何现在的人生观。“海龟”真的变成龟了，节节揶揄地想。

“那么我呢？”她问赵何。他打算闲着，她也必须闲着吗？

而且有一个现实的问题：他们还不是夫妻啊，她以什么名义陪他出国呢？

“你可以留学啊。”赵何胸有成竹地拿出另一份手册，是一所加拿大三流大学的招生简章。学校离小镇很近，开车半个小时就到了，而且因为地方太偏远，根本没有什么留学生会去申请那儿，中国人几乎是一投必中的。

他继续替“他们”做着规划：“等我入了加拿大籍，就可以按照当地的法律申请离婚，要付的赡养费会比在美国低很多，而且那个地方还有一个好处，就是房子便宜，物价也特别低，哪怕分给‘那边’一半的钱呢，剩下的也足够我们俩过一辈子了。”

所有的一切他都考虑得那么周全。

周全得让节节毛骨悚然。

但她却必须同意他的人生计划：一个唾手可得的洋学位在等着她拿，一个文雅体贴的男人会照顾她，一份仍然称得上殷实的生活供她享受。她挑得出半点不好吗？即使从“整个儿人生”的角度来考虑，那一切也是完美的。那么多商人、官员拼了命地捞钱，最终的理想不就是过一份安稳而悠闲的日子吗？否则怎么会有那么多人到澳洲买农场，到南美买小岛。

更难得的是，赵何信守了“和她结婚”这个誓言——他是“为了她”才失去了偌大的一个公司啊，到头来却还坚韧地抓着“爱”不放手。这简直是可歌可泣的。赵何不爱江山爱美人，赵何仁至义尽，赵何可以称得上是这年头硕果仅存的痴情种了。

如果不同意，那就不只是“傻”了，还有一个“不义”的罪名等着她呢。做人傻点儿可以，不义也可以，但要是做到又傻又不义的份儿上，就不知道是图什么了。

于是节节只好点点头。她答应了他。她变成一只牵线木偶了。

所有事情浑浑噩噩地进行：卖房子，申请学校，办签证。工作自然也辞掉了，收拾东西离开办公室那天，平常熟的几个女孩围着和节节道别，羡慕却是溢于言表：你命真好，年纪轻轻就什么都不用干了。中国的福享腻了，就跑到外国享去了。瞧瞧你的普拉达，瞧瞧你的博柏利。

这年头，仍然把外国看成天堂的，恐怕都是些土得掉渣的中国人吧。节节无奈地对那几个所谓“白领”笑着，实在不忍心告诉她们自己要去什么地方——一年四季天寒地冻，夜里冷得连狗叫都没有，街上的人永远穿着厚厚的羽绒服，走起路来往外喷着白烟，就像一群小小的火车头。她明白赵何为什么一定要挑这个地方：就是因为人少。他想做一个隐士了。

“不算卖了个好价钱。”节节这么评价自己。她对那几张艳羡的脸抛出这句话。

“卖”这个字眼把那几个女孩吓了一跳。再往后的话就讪讪的了，道别也在古怪的气氛里结束。

妈妈那边，节节就实在不知道该怎么说了。这些年来，她们母女是相依为命的啊，而节节却暗中做着手脚，要和妈妈别离了——为了赵何这样一个男人。

妈妈会同意她走吗？如果不同意该怎么办呢？而这一走，是暂别还是永诀呢？她想都不敢想了。

当录取通知书和签证文件都拿到手，节节也只能去和妈妈摊牌了。妈妈正以她最经典的姿势歪在沙发上，看电视。这头是两条舞蹈演员的长腿，那头是一张疲惫而喜悦的脸。刚下了舞蹈课，妈妈的额头上还渗着汗呢。

节节走到沙发面前，正在给自己“鼓劲儿”，妈妈却说：“别挡着我，杨丽萍正在接受采访呢。”

节节便只好朝侧面挪两步，给杨丽萍让路。妈妈心满意足地说：“还这么瘦。”仿佛这岁数还能保持体形的，只剩下了她和杨丽萍。

由于妈妈兴致勃勃地盯着杨丽萍，节节倒有了勇气，把那堆材料从包里拿出来，往沙发上一撂。

“这是什么？”妈妈扫了眼纸上的英文字。

“留学用的。”节节没知觉似的说。她惊诧于“摊牌”如此轻松。

“谁留学？你留学？”妈妈果然像没反应过来，随即按了遥控器，让杨丽萍走开，“怎么从来没听你说过？”

节节扯谎：“早就有这个打算了——你不也愿意我读书吗？那时候为了让我读书，演员都不让当。我是想办成了再告诉你，八字没一撇的时候说有什么用。”

“你主意倒大。”妈妈嗔了她一句，“赵何呢，他怎么办？不结婚了？”

节节继续把真话和假话混在一起：“他正好有个项目，需要在那边待两年，所以跟我一块儿去。”

妈妈却突然把材料一摔：“什么玩意儿！”

节节倒吸一口气：“怎么了？”

“他倒合适！”妈妈说，“面也跟我没见过两次，就把我闺女拐跑了。你还说没让他牵着鼻子跑？是他要去那边你才去的吧？”

“哪儿有。”节节硬着头皮说，“怎么说得跟私奔似的。我这是读书去。”

但潜意识中，节节却希望妈妈坚决地说：不同意。只有妈妈能够阻止她了。

然而妈妈发了一句牢骚，却安静下来，又把材料拿起来，看。都是些英文，您看有什么用啊，节节暗想。但妈妈就是坚持着一片一片翻到了底。

随后又说了句让节节哭笑不得的话：“这么厚，看来还是挺靠谱的。”

节节只好说：“就是国际人贩子您也看不出来。”

“胡说。”妈妈瞪了节节一眼，又问，“学费多少钱？”

节节再撒谎：“有奖学金，钱都不用花。那边的生活费我这点积蓄也差不多了。”其实那么一所不知名的大学，有奖学金也是象征性的。钱还是得赵何出。

妈妈却幽幽叹了口气。这口气让节节的心迅速滑落下去——妈妈已经在酝酿“女儿即将远走”的情绪了。

“节节在读书这方面还真有两下子——就这一条不像我。”妈妈说，“团里也有几户人家的孩子到英国到澳大利亚去留学，在外面吹起来还挺光荣似的，其实还不是因为中国的大学考不上，得家里出钱去买洋文凭。以后我也可以跟他们说，我女儿也留学了，还是拿奖学金的呢。”

看来事情已经定下来了。节节鼻子一酸，靠到妈妈身上：“我就是舍不得你。”

“孩子大了，还能不出远门？”妈妈的语调倒变得坚定而乐观了，“再说不就是两年么？念完了想回来就回来，不想回来我还可以找你去呀。”

节节却躲着什么似的，把头扎进妈妈怀里。说是想回来就回来，其实又哪有那么来去自由！看得出来，赵何是铁定了心思要在那个偏远的小镇终老的，这时候有办法把她弄过去，将来也有办法阻止她走。在他们的关系里，原来自己是做不得半分主的。而把妈妈接过去也不容易，再说接过去干什么？陪着她在一个洋农村寂寞到死吗？这么一想，手上这份材料仿佛就真代表了生离死别。而在生死别离这么大的事情上，她竟还有一多半是骗妈妈的。她这些年是怎么了？对妈妈说谎话成了习惯了。

节节在家和妈妈腻了些天，动身的日子终于到了。

赵何已经卖掉了房子和车，早早搬到了宾馆，等着飞机起飞。闲着的时候，他连电视都不开，就在电脑上看加拿大北部的雪景和风土人情。“瞧人家那边，多纯朴，多简单。”他对节节说，“采菊东篱下，悠然见雪山。”

看来这些年，他是着着实实把自己累狠了。他以后准备做个北美陶渊明了。

而自己一个如花似玉的姑娘，却陪着他去当说英语的村姑，这就多少显得有点蠢了。节节想，昭君出塞还是做娘娘呢。

但一切已经上了轨道：赵何同意，妈妈同意，自己也同意。她当初找不出理由说“不”，现在就更没有了。她也对自己说：该认命，该知足。国毕竟不是谁都能出的，生活已经待你不薄了。

于是在那个早晨，她拖着一只大箱子下楼。妈妈给她背着包，在后面跟着。这栋住了二十多年的小楼，如今已经破旧得不能再破旧，摆在街边都会丢北京的脸。墙皮剥落得露出砖来，自从剧团濒临解散，出出进进的闲杂人员也没人管了，因此小广告贴了一楼道。节节想起多少年前，刚考上大学时，自己从这楼道上走下去，心里是多讨厌这地方啊。那时她觉得这儿土、破、颓败，配不上自己，并且下定决心要离开这儿。

现在算是如愿了，她真要远走了。

赵何还没有来，许胜利却站在楼道口等她们。他还是那副赔着笑脸的样子，但眼里分明是感伤。

许胜利接过箱子时，节节忽然对他蹦出一句：“您照顾好我妈。”

许胜利一愣，用力点点头。节节又说：“找到许洋告诉我一声。”

许胜利便低下头去了。

三个人默默无言地在破楼前站着，仿佛在等着拍一张有纪念价值的合影。过了几分钟，赵何就坐着出租车来了。他也觉得亏欠了节节的妈妈了么？闷着头，也不说话，只是奋力地将箱子塞进后备箱。

这时妈妈却欢声笑语起来：“出国是好事儿，怎么都那么闷？”

另三个人这才笑笑。因为出租车挤不下，许胜利就不上去了，妈妈送节节到机场。这一路上，仍然只有她说话：说吃不惯西餐节节就得学做饭了，说听说那边天气冷衣服带没带够，说需要什么东西就打电话让家里寄。

下了车，进了候机楼，妈妈似乎才发觉刚才说的都是废话。她摸摸节节的脑袋，对赵何说：“照顾好我女儿。”

赵何也像许胜利一样点头。她们母女被互相托付给了两个男人，他们各有各的好心肠，各有各的为难处，但共同的特点是都已疲惫不堪。疲惫的男人的肩膀，是值得依靠的吗？

节节这时便想哭了。她想，许多人都要在机场哭一下的吧。国际航班就是眼泪航班。但她像和自己较劲似的，愣憋着。哭有什么用？反正人转眼就要走了，哭自己都没资格。憋着。

她居然真的憋到了入关检查的时候。

但接下来发生的一幕让她再也憋不住了。多少年后，节节回忆起那一幕，心想，如果自己当时没回头，会是一个什么样的结果呢？她的人生也许会轻松许多，但也会在后悔中度过。

妈妈抱了抱节节，然后便放她跟在赵何后面，走向安检口，排队。夹在一群皮肤上满是汗毛和红斑的外国人中间，节节想：妈妈此时会是什么样呢？眼泪也落下来了吧？节节看出妈妈也是在憋着。妈妈憋眼泪的能力比自己强，所以还能故作欢颜。

那一刻，她甚至犹豫着要不要回头，去看妈妈的眼泪。

但她终于还是回过了头——如果再往前两步，就相当于隔海相望了吧。

节节看见妈妈一手撑着头，一手却漫无目的地往外够着，终于扶到了一根柱子，然后整个身体便瘫了过去。那个动作，和以前她在排练厅晕倒时一模一样。

节节心里升起了一种不祥的预感：妈妈又头晕了。怎么会这么频繁地头晕呢？她说是贫血和累造成的，但真是这样吗？这么大岁数的人，谁知道身体会出什么事情。

节节甚至怀疑妈妈在瞒着自己什么了。以妈妈的性格，她是做得出来的。

于是节节再也憋不住了。她听到心里哗啦一声，眼泪就漫了出来。她哭得像梅花落满山坡。

然后，身旁的那些中国人、外国人便看到这小姑娘叫着，分开人群，向队伍外面跑去。就连机场的工作人员也紧张了起来，两个警察下意识地把手伸向腰间。自从911以后，这种地方总是风声鹤唳的。

而赵何的第一反应，竟然是伸手去拽节节，不让她去。他也有了什么预感么？也许他预感到，节节这一跑，就再不会回到自己身边了。

好在他没抓住。

节节已经冲到妈妈身边，扶着她问："妈妈，你怎么了？你怎么老头晕呀？"

"头晕有什么奇怪的。"妈妈不知是故作的还是真的不在意，"岁数大了，气血不足了么——你赶紧回去吧。别误了飞机。"

节节心底却有一种力量升起来。她听到自己大声说："我不去了！我要陪着你！"

"你疯了吧？"妈妈还撑着头，脸上却是夸张的、玩笑的表情，"你当你还是十几岁？这么任性。"

"我就是任性！"节节用尽全力，在这国境的交界处，仿佛对着大洋两岸喊道，"我不去了！我要陪我妈！"

赵何也扔下箱子，跑过来了。他亡羊补牢地抓住节节的胳膊："要不我们叫救护车——登机的时间快到了。"

节节则早已豁出去了。谁要跟你走。谁要去那天寒地冻的鬼地方。谁在乎你那句"都是为了你"？你为了我我还为了我妈呢。你为我把公司弄倒了，就有资格觉得我亏欠了你吗？就有权利带我走否则就是我没良心吗？我就亏欠你了，我就没良心了。我心狠吧？我也觉得够狠。不要脸谁不会呀，没良心更是人人要上的必修课。

我只有一个不想亏欠、必须讲良心的人，就是我妈。

这些话在她心里响彻，仿佛在和赵何进行一次论战。而手上却拼命一甩，竟把赵何甩到了一边。

看到赵何孱弱地踉跄了一下，节节的心软了一下，随即表情也平静下来。但她心意已决。她抹了把眼泪，认真地望了望赵何。这一眼不可谓不深情。

“对不起，赵何……我其实一直都没想好……现在想好了……”节节说，“我不能和你走了。”

妈妈抬起头，还想挣扎着说什么，但被节节用力一搂，竟然也哭着沉默了。

“对不起。”节节重复了一遍。她对他只有这三个字了。

赵何悲哀地望着她。他的确应该悲哀。他近乎疯狂地攫取了二十多年，终归没从这世界上抓住一种叫“爱”的东西。

机场广播已经在不动声色地催着他们了。在赵何听来，被催的只有他一个人了。

于是这碎了心的男人就转身，默默地走到国境的另一边去了。

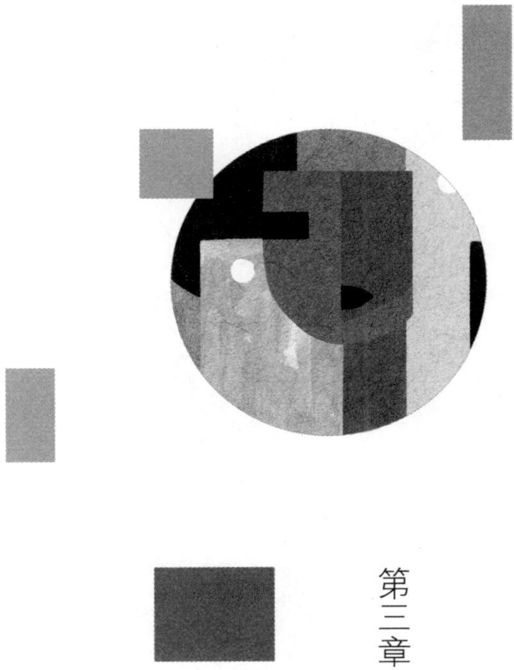

第三章 · 一个人

part 1

节节向家里走去。从地铁站出来，远远地望去，竟像找不到家门了似的。随着附近的几个工地陆续变成小区和商场，剧团那黑黝黝的门脸便淹没在了一片声光电之中。想一想，真让人感慨：在节节刚出生的时候，这里可进行过万众瞩目的灯光展览呢。那不仅是为了庆祝她的出生，更是让所有人幻觉“新生”的灯光呢。但现在灯熄了，人也一拨一拨地老了，取而代之的，则是周围那一圈璀璨的、宏大得多的灯火通明。

节节不是最爱声光电吗？现在她对那些灯、霓虹、夜景却仿佛没了感觉。它们麻木地亮着，她也麻木地视若无睹。她才二十八呀，却觉得自己被这个城市抛弃了似的。所有的一切都在离她远去。

去就去吧，无所谓。二十八岁的节节已经学会了坦然。但在所有的一切中，她只想抓住一个人的手。

妈妈。

白天刚下过雨，剧团的院儿门口布满了泥泞，节节需要拎起裤脚，在几块砖头之间跳跃着走过去。腿脚着实不像二十出头时那样轻盈了，跳到一块砖头上时，几乎崴了脚。但这也许跟岁数无关，哪个人水米不打牙地加一晚上班，还能身轻如燕地走梅花桩呢？

院里那几幢小楼上，一多半的房间都黑着灯。有点办法的人都早就搬走了，剩下的全在半死不活地穷耗。

剧团已经解散了。宣布消息的时候，竟没人抗议。连叹息也没人发出一声。反正“革命的舞台”早已黑暗了，彻底拆除也是理所当然的事。大家带着开追悼会的表情，排队，签买断合同，领取一笔“仁至义尽”的买断金。

解散得真是时候。就在妈妈“出事”后没多久，有人告诉她：不是组织不管你，现在组织也管不了它自己了。医生在单子上开出好长一串数字，是治病的预计费用，这就得由妈妈和节节自己面对了。

妈妈的下半身动不了了。是脊椎损伤。

把赵何抛在机场的那天，节节回了家，又是哭又是笑，简直是疯了。妈妈则叹了口气，默不作声地搂着她：“算了节节，别想了。反正事儿也过去了，以后还是咱们两个人过。”

过了两天，节节才想起催妈妈到医院做个检查。怎么老头晕呢？这毕竟不正常。就算是贫血也算比较严重的了吧。妈妈这时却躲着了，还开玩笑说：“你是不是盼着我得什么病啊——这样你就给自己不上飞机找到托词了。”

节节气得大叫，妈妈仍是不当回事，说：“我们跳舞的，身体感觉灵敏得很，自己的身体自己都有数。”

现在想来，她的感觉真是错了。

“出事”的那天，大家本来都喜气洋洋的。妈妈的舞蹈班还真是教有所成，有两个学生通过了舞蹈学院的复试，这天准备参加三试。家长就开着车，把节节母女也接过去压阵。到了考场上，孩子们的表现都不错，尤其是后一个，本身天赋就好，平时练得又用功，一曲终了，有个考官忽然点着她问道：

“彭清一指导过你么？”

小孩就朝着站在考场门口的妈妈喊：“老师，你是不是叫彭清一？”

那几个排排坐的考官都笑了。妈妈红了脸，对考官解释：“小孩子不懂事。彭清一以前带过我两年，我是按照彭老的教法教学生的。”

考官打量一下妈妈，说："难怪。"然后又郑重地向她点点头。那是舞者之间的敬重。

家长们更是对妈妈刮目相看，硬要请她吃饭，席间一直说："名师高徒，名师高徒。"回家以后，妈妈仍然很兴奋，脸一直红扑扑的。她对节节唠叨："什么叫内行看门道？彭清一那时候指导过的学生多了，不过能学到诀窍的有几个？"

然后拍着腿："到底是老了，只能学生替我跳了。"

到了节节洗完澡，准备睡觉了，妈妈又凑过来说："哎，陪妈妈去趟排练厅。"

"您抽什么风啊？"节节不耐烦地说。

妈妈眼睛亮闪闪地说："不知道为什么，今天特别想跳。"

"上课的时候没跳够啊？那么大个人，蹦跶得比孩子还欢。"节节作势要往床上躺，又被妈妈撒娇似的拽起来。

"不是我闲不住，是腿闲不住。"妈妈有点不好意思似的说。

节节便只好披上衣服，陪妈妈来到排练厅。打开收音机，《东方红》的音乐水银泻地一般洒出来，在黑夜里传得好远。节节正担心吵了邻居，妈妈却说："这段好，这段有激情。"

说着就两个跳步跃到排练厅中央，说："妈妈给你一个人表演。"

但妈妈一跳起来，就明显看出是在强努着劲儿了。平常给学生示范时，都是零碎的分解动作，因此做起来不吃力，而现在连贯起来，便感觉腰跟不上腿，腿跟不上脚。妈妈跳了一会儿，眉头就皱起来了，嘴巴也抿得紧紧的。脸上的表情竟是郑重其事的，好像她自己正在参加考试。

这个年华老去的舞蹈演员正在垂死挣扎呢。节节觉得此时的场面有点荒诞，随后便感到了悲凉。

而妈妈即将进行的"高难度动作"简直就让她揪着心了：又是单脚为轴，连续转若干个三百六十度。当初她就是因为这个动作摔了腰。后来节节总是想，她那时候真该关了音响，让妈妈停住啊。每当这样想，她心里就像针扎一样痛。

妈妈深吸了一口气，开始旋转了。那些“动作要领”节节都能背下来了：用劲儿的是腰，不是腿，腰带着身子转……

一圈，两圈，三圈，用劲儿的是腰。然后节节便看到妈妈紧绷着的身子陡然松了，像木偶断了线，轻飘飘地坠落在地上。妈妈竟然没有叫出声来，但节节仿佛听见她的腰清脆地响了一声。

妈妈蜷着腿，用手在地板上支撑着身体，看上去却像保持着一个优美的“定格”。节节想要走过去，却又不敢动了——她又有了那种不祥的感觉。和在机场时感到的一样。

过了好半天，妈妈才开口嘟囔了一句：“怎么刚使点儿劲，头就晕了……”

而后，她大口喘气，两只眼睛几乎要突出来，进而用力地摸着自己的腿：

“怎么动不了了，节节，我的腿怎么动不了了？”

节节猛地扑过去，跪到地上，摇着妈妈的胳膊：“我叫你不要跳的，我叫你不要跳的！”

后来还是叫了许胜利，才把妈妈送到了医院。这次给妈妈看病的是个年轻大夫，他仔细看了片子，把节节叫到办公室：

“病人以前腰受过伤？”

节节茫然地点点头。

“受过几次？”

“算上这次……三次吧……”

医生想了想，又问：“她是演员？现在还跳舞么？”

“不跳了……不过也不能算不跳，要给学生上课的……”

医生忽然把病历往桌上一摔：“胡闹！真不知道以前给她看病的医生是怎么当的——她伤的不是别的地方，是脊柱！这种伤重一点儿的活儿都不能干的，怎么还能做舞蹈动作？那医生有没有一点常识？怎么这种风险都不告诉你们？现在她很可能已经瘫痪了！”

节节脑子里轰隆一声，她没想到“那种预感”竟然变成了真的。

“您的意思是——我妈的腿从此动不了了？”她痴痴愣愣地问。

医生瞥了她一眼，表情明显是责备了：“可能性很大。你们做好这个准备吧。”

就是怪你。除了你还有谁？一个声音在脑海里对节节说。你不知道妈妈有伤吗？你怎么做女儿的？居然还指望着妈妈拖着受了伤的身体教人跳舞给你换房子。而且你别忘了，妈妈的伤是怎么落下的？还是因为你。如果不是那时候气着了妈妈，她怎么会从舞台上摔下来？

你是真真正正犯了大罪了节节。她想，在你上大学谈恋爱当第三者的这些年，妈妈的脊柱正在一点一点变形、一点一点磨损——直到今天，她可能真的瘫痪了。

节节再也听不清医生说话，只感觉自己正在一条沉船的边上，即将滑落到海水里去。她下意识地伸出手，抠住了跟前的桌子，却仍然无法阻止自己的滑落，于是她越抠越用力，咔嚓一声，一根指甲折断了，反着扎到指头的肉里，血溅出来，在病历纸上开了一朵小花。十指虽然连心，她竟感觉不到疼。

医生赶紧站起来，抓住她的手：“你这孩子干什么？”

节节执拗地挣脱，大眼睛拼命地瞪着，但却完全失神。她又把手抠到桌边。

医生摇了摇头，轻声问她：“病人还有其他家属么？”

这话才算点醒了节节。医生没法和一个丧失理智的人谈。但妈妈没有别的亲人，只有节节了。她要还不懂事，妈妈可怎么办呀？现在已经不是失魂落魄的时候了。

节节猛地抽回手，攥住，声音平稳地说：“就我这么一个女儿。”

医生“哦”了一声。节节接着又来了一句：“能不能做手术？做手术能让她的腿恢复知觉吗？”

这倒让医生放了心：所有瘫痪病人的家属，第一反应都是做手术。这说明眼前这女孩有足够的理智和坚强来面对问题了。

医生站起来，找了团纱布递给节节，让她把手指包一下，然后解释道："如果做手术就能让人站起来，那还要轮椅干什么？有些情况能做手术，有些情况就做不了，你妈妈的病情，还得观察一阵才能确定。而且就算能做手术，恐怕也得你们仔细考虑过后才能决定，一般情况来说，这种手术的风险都很大的，一旦不成功，病人有死亡的危险……"

最后的建议还是保守治疗。节节从办公室出来，到病房去看妈妈。妈妈躺在床上，面色苍白，额头上都是汗。她用胳膊把身子撑起来，两眼神经质地盯着节节，问：

"医生说什么？我是不是瘫了？你说我是不是瘫了？"

"没事的。"节节躲着妈妈的眼睛，"他们说可能只是暂时性的麻痹，恢复得快过段时间就会好了……"

"过多长时间？几个月？还是几年？你骗我呢是不是，节节你说实话，是不是骗我呢？"妈妈疯了似的摇着头。

节节被逼到了绝路，哭着叫起来："没骗你没骗你没骗你——我干嘛要骗你！"

这一嗓子叫出来，妈妈被吓了一跳似的上身一颤，接着便颓然顺着枕头滑下去，眼睛歪着也不知看向哪里。节节赶紧跑过去，拉着妈妈的手，小声说："你睡一觉，也许明天就好了。"

妈妈便愣愣地晃了晃脑袋，也不知是不是点头。此后的几天，她都是这么靠在床上，喂她粥和水果，她也张嘴，给她翻身揉腿，她也配合着，只是不说话、不看人。竟像痴了一般。

在医院躺了一个礼拜，最后的诊断结果终于下来了。妈妈是截瘫，恢复的希望已经很小了。

在这夜归的时分，节节走在方圆几里最破败的一片住宅楼里，心情竟是平静的。已经容不得她悲伤了。她必须平心静气地挑一副担子，蔑视一切重量。妈妈全指望她了。

走到楼下，她长舒了一口气，抬眼看天，找不到星星也找不到月亮，便向远方的大地望去。四面八方的灯光毫无表情地亮着，把她身处的这块黑暗包围了。人间到处有灯火，只有节节生活在黑处。但是这又有什么关系呢？反正她和她的妈妈还都活着，心脏在跳，呼吸在持续。

然后节节就上了楼，开门，看见了妈妈。妈妈正歪在床上，看挪到卧室里的电视。自从出了院，妈妈的情绪倒是稳定了下来，但话却比过去少得多，神情仍是木木的，而且人也明显瘦了，原先精致紧绷的一张脸，现在眼眶深陷，颧骨突出，都能看清骨骼的框架了。如果不是成天开着电视，屋子里就会静得可怕。

节节还没叫妈妈，许胜利就先从厨房出来了。他端了一碗面，放到床头柜上，然后说："节节等会儿，我再给你盛——怎么面试去了这么久？"

因为从以前的公司辞了职，节节只好重新找工作。

她嗓子吭了一声，估摸着能发出清脆悦耳的声音了才开口："今天去的那个地方，经理是以前公司的副总跳槽出来的，所以没怎么多说就要我了。不过他们知道我的业务直接能上手，所以第一天就开始加班了。"

许胜利"哦"一声，妈妈却也用清脆的声音说："哎呀，节节以后又要忙了。"

听得出来，妈妈在努力寻找着一种"让人高兴"的腔调。这个发现让节节欣慰了许多。

她更加满不在乎地说："那怕什么——反正再晚都要回家。"

看来这个家里已经形成了默契：强颜欢笑也比哭丧着脸强。谁也不能给谁的心上再加码了。

等到吃完了面，节节便接了盆热水，给妈妈擦身子。回家以后，经过长期而艰苦的练习，摔得胳膊肘一片青紫，妈妈终于能够自己把自己挪到马桶上，然后再挪回轮椅了。如果不是掌握了这个技能，那就只能麻烦许胜利了。节节实在没法想象妈妈这样一个人，怎么可能麻烦男人帮自己上厕所。

但洗澡这事儿还得节节来做。她把妈妈推到卫生间，搬到凳子上坐好——或者说是“放好”——小心地脱了衣服。拿毛巾一点一点地擦下去时，节节竟然一阵恍惚：这是一具多么完美的女性身体啊。锁骨纤细，腰上一点赘肉没有，两条腿又长又直。谁能想象她的下半身是不能动的呢？

一般在擦上半身时，妈妈会舒服得闭上眼睛，有时候还会抗议节节把她咯吱痒了。但只要擦到腿，她的表情便暗下来了。

过了两天，妈妈说想学着自己脱衣服自己洗澡，硬把节节赶了出去。但过了一会儿，节节进去拿东西，赫然看见妈妈的腿上布满了血道，有的是指甲掐的，有的是什么尖利的东西划的，每一道都很深很重。

节节登时明白了怎么回事：在自己面前，妈妈努力表现得平静乐观，但独自在家时就控制不住情绪了。妈妈会焦急、怨恨，于是便会虐待自己的腿。

“叫你们没知觉，我叫你们没知觉！”节节想象妈妈是如何恨着这双让她自豪了半辈子的腿，“你们怎么连疼都不会疼了！”

节节便什么也不说，转身到卧室拿来医药箱，给妈妈的腿涂红药水。刚涂了两处，她便看到一滴眼泪落下来，凝结在洁白的腿上。妈妈赤着身子在哭呢。

“没事儿，没事儿。”节节头也不抬地继续涂药。

妈妈却摸着节节的头发，让她抬起头来，说：“妈妈真是个自私的人。”

节节的语气仍是尽量轻松：“您又胡想什么。”

没想到，妈妈说：“节节你不用宽慰我，就是我自私。我活该。其实以前医生就警告过我了，说我的伤在脊椎上，不能再做一点儿跟舞蹈有关的事儿了，但我就是不听。我老是侥幸：怎么就有那么严重呢？后来还赌气，心想要是跳舞都不能跳了，跟瘫了有多大区别呀？就是有瘾呀，戒不掉，一边强撑着跳，一边还觉得自己挺伟大的——其实伟大在哪儿呀？现在真成这样了，自己还是受不了，而且还拖累你……我后悔呀，那时候要是多想想你，我也就不会这么任性了……”

听着妈妈的话，节节却早已泣不成声了。她又想起妈妈是怎么落下的伤了。

“怪我怪我怪我——”她嘴里重复着，抱着妈妈的腿拼命揉起来。

真是两个自作孽的女人呀。节节想，到了这个份儿上还要互相惩罚。

过了两天，剧团以前的团长登门了。

这个团长从节节还是个小女孩的时候，就是团长了。前些年过了退休年龄，但上面还让他继续当。“领导干部”不退，在别的地方都是好事，在这儿却相反：可见“有关部门”早已有了把剧团解散的意思。哪个自寻死路的愿意主管一个即将消失的单位呢？还是让“老人儿”熬着吧。就算底下人拎着菜刀拼命，也是找他拼。

宣布完解散的消息，团长就消失了，两个礼拜不见人影。大家都觉得可笑：“这么信不过我们，怕我们找他闹吗？大家这么多年了，谁会找他撒气？”

而现在，已经不是团长的团长拎着个旧书包，一回来就径直去了节节家。

他看见节节她妈妈，第一个动作是拍自己的肚子：“你看得出来我也是跳舞的出身吗？”

妈妈摇摇头。团长就势在床边坐下：“舞蹈演员我见得多了，你是最敬业的一个。”

妈妈就笑了：“又不是跳得最好的。”

团长说：“跳得好是跳给别人看的，敬业是跳给自己看的。”

说完从书包里拿出一叠钞票：“这是大伙儿的一点意思。”

妈妈赶紧摆手：“这怎么行？剧团的情况我又不是不知道。”

团长止住妈妈："经济状况不好的我也不找。主要是那几个手头宽裕的。"

原来这老人家这些天跑遍了城市，去找以前在剧团待过、如今混出了起色的几个人。他们有的是出了点儿名的歌手和导演，有的是转行做买卖的商人。团长挨家挨户地敲他们的门，对他们说："这是我最后一次化缘。以前都找上级化，现在化到你们头上了。"有些人到外地去走穴或者开会，他就隔一天再去找，找到为止。

然后解释化缘的目的："团里有几个病号，情况实在是不容易。我们发扬一下革命的人道主义好不好？"

那些人听了团长的话，倒都唏嘘一番。只不过拿出来的钱参差不齐。出手最多的是一个刚在国外拿了什么奖的歌唱家，因为团长上门时，恰巧有电视台的记者正在她家采访。歌唱家一边签支票，一边斜脸对着摄像机流眼泪："什么叫艺术人生？你们看的是艺术，我歌唱的是人生。"

电视台的小年轻玩世不恭地说："您还是留点儿眼泪，到直播的时候再往外冒吧。"

然后对准团长，让他说这个歌唱家小时候有多艰难。团长就讲了一个她每天天不亮就吊嗓子的故事——不是鸡叫醒了她，而是她叫醒了鸡！

把钱放到床边，团长又掏出一张纸，上面写着一串"捐款人"的名单："还不还的总是个人情，你自己打个电话谢谢人家吧。"

妈妈迟疑了一会儿，把名单拿起来看看，话却多了："哎呀这个人不是美籍华人了吗？怎么还住在中国？还有这个，我们以为他到南方打工去了呢，居然成了老板……"

但过了一会儿，又把名单一撂，指指上面两个人名："别人的都能要，这两个人可不行。"

团长说："怎么了？人家哪儿惹你了？"

妈妈苦笑一声："哪儿是人家惹我，是我惹过人家呀。您忘了，这个跳舞的，刚来咱们团的时候还是个小姑娘，舞蹈学院毕业的，那业务是没得说，可那时候我为了上戏，天天挑人家的不是，气得人家躲在被窝里哭……还有这个拉提琴的，就为在食堂抢头拨儿冬菜包子，节节他爸给人家开了瓢——我那时候嘴怎么就那么刁，挺着个大肚子非要吃冬菜包子……”

团长伸出一根手指头，朝着妈妈的鼻子晃一晃，就像当年“点”着那个古灵精怪的小姑娘：“你都当妈多少年了？怎么还是一肚子小心思？我哪儿有工夫管你们那点儿磕磕绊绊？再说病号不只你一个，还有好几个肝病的、中风的呢，你不要，让人家怎么要？”

妈妈这才没话了。团长站起来，表情却是黯然神伤了：“组织上能为你们做的也就这些了。”

“没组织的事儿。”妈妈说，“我现在哪级组织的人员都不是了。我就谢谢您。”

团长感伤地往外走，看到守在门口的节节，停了停说：“真和你妈妈年轻的时候一样。我简直是看着你们母女俩人长大的。”

节节鼻子一酸，赶紧低下头。

团长拍拍节节的肩膀：“以后就是你受累了。”

节节说：“不累。”

怎么可能不累呢？家里没个大病病人，就不知道中国看病要花多少钱。普通人半个月的饭钱，到医院扎两记针灸都不够。开药就更别提了，说钱花得像流水似的一点不夸张。此外还有理疗、康复训练、定期检查的费用，说是保守治疗，花起钱来可一点也不保守。而每家医院都会告诉你：别看一时半会儿没成效，但只要长期坚持，保不齐哪天奇迹就发生了。只要有百分之一的希望，就要全力争取，只要抱定了这个想法，就由不得你心疼了。

而水龙头开大点儿都要算计一下的人家，又怎么架得住钱像水一样流出去？节节算了算妈妈开舞蹈学校挣的那点儿钱，竟维系不了多长时间，团长化缘来的捐款给几个病号一分，到了每个人手上，也是买补养药都不够了。

许胜利一个劲儿地劝节节别慌。他说自己岁数大了，但手艺还在，重新出去给歌厅舞厅调灯光，钱总是能弄来点。但节节知道，哪像他说的那么容易？如今的灯光音响早已更新换代多少次了，他那些从“杨子荣扬手打灭三盏灯”的时代学到的技术，根本没有什么用武之地了。再说她好意思要人家的钱吗？妈妈的舞蹈学校能开起来，已经多亏了许胜利呢。再想想这些年为了找许洋，连花带被骗所损失的，节节就更不能让许胜利想办法了。

“我上班的时候，您帮我照顾我妈就行了。”节节说，“再说万一哪天许洋回来呢？找不着您又跑了怎么办？”

提到许洋，许胜利的眼睛又湿润了。他也真是老了啊，头上竟没几根黑头发了。

担子还得节节自己扛。家里就她一个年轻人了，她不扛谁扛？想来都让她自己惊诧：从小到大，她从来没料到过生活会有这么沉重，更没料到那份沉重会直接砸到自己肩上。在潜意识里，她总觉得所谓“责任”这个东西，会有别人帮自己顶着：爸爸在时爸爸顶着，爸爸不在了妈妈就顶上去，有的时候看到电视剧里编的那些苦难家庭，她都回想，我可受不了这份儿罪，那些事情如果让我赶上，那还不当时就疯了转眼就死了？

然而事情来了，她既没疯也没死。她平平静静地接招了。妈妈都那样了她还怕什么？能尽一份力就尽一份力，力气用尽了也问心无愧。

于是她拼命地挣钱。好在公司里的那个老上司也是个女人，并没有性别偏见，赶上繁重而提成多的项目，最信任的总是节节。而节节表现得越能干，压在她手里的工作也就越多。现在她也不化妆不穿裙子了，头发更是剪成了个假小子，每天一睁眼，蹬上运动鞋就往地铁站跑。到了公司，别的女孩还都妖妖娆娆地聊衣服聊男人呢，她就径直奔向办公桌：设计展台、打电话联系施工队。有两次工人到了会展现场却没带通行证，保安不让进，她一个女孩扛着两米长的大芯板就往里面走，吓得人家拦都不敢拦。

一般人一个月接一个项目就够了，她却是三个五个一起上马。因为连轴转地跑、加班、熬夜，她学会了抽烟——不是为了衬托女士优雅的细长的“摩尔”或“圣罗兰”，而是五块钱一包的中南海。能省一个子儿是一个子儿。抽烟的时候躲到厕所里，对着镜子点上一根，一边抽一边用手蘸了凉水拍打自己的脸。连黑眼圈和鱼尾纹她都懒得研究了，她这样做只是为了提神。

公司的女孩们把她视为怪人。有一次她听到前台的接待员咬耳朵：“同性恋！拉拉！要不怎么可能这个样子。”

放屁。节节骂都没工夫骂她们。我勾搭大款的时候你们连路易威登是哪国牌子都不知道呢。

计算着妈妈下一个疗程该交的费用，节节只等着发季度奖的日子。当初决定来这家公司上班，一个原因就是奖金不是年底结算，而是一年发四次。医院可是不会等到年底的。

等钱发下来，节节便拿了单子，照着自己的绩效表核对。一对不要紧，发现少了一千多块。再一细查，原来是两个绩效表上评定为“优”的布展，在奖金单子上变成了“良”。“优”和“良”之间差着几百块。她一言不发地站起来，朝财务室走去。

到了屋里，节节把两张单子往桌上一放，对财务主任说：“钱不对。”

财务主任很不满地瞄了她一眼。在这种科室公开说数目有问题，想必是挺犯忌讳的——这不是当众打人家脸么？但节节可不管这么些了。一千块呢。

财务主任查了一下单子，却坦然地还给节节：“没错呀。”

“怎么没错？”节节说，“这两个——‘明灯儿’杂志社的展台和‘绷得紧’牛仔裤的宣传车——明明给我评的是优，怎么发钱的时候成良了？”

“哦这个呀，”财务主任挠了挠脑袋，“这是上一任老总定的规矩，业务量超过一定的水平线，奖金结算时评优就不能太多了。适当分给其他人一些，大家心里都舒服。”

原来是个公司内部的“潜规则”。说白了也就是让挣得多的人从腰包里掏出来一些，分给其他人“意思意思”，钱虽不多，但也堵了别人的嘴，免得办公室里闹红眼病，项目经理之间不团结。这个潜规则倒也有它的道理——一切潜规则其实都是有道理的。

但她正在气头上，哪儿会考虑那么多？于是声音更大了：“凭什么定这样的规矩？如果是合理合法的为什么不能写在规章制度上？明明就是不合理！”

财务主任的脸色就不好看了：“又不是我定的，是以前老总的意思，现在的老总也沿袭下来了。”

他又撇了下嘴，嘟囔：“不就是一千块钱嘛。”那意思是，你们这些“白骨精”已经拿得够多的了，就别贪得无厌了。体恤一下那些挣得少的怎么就不行。

节节却还是一副认死理的样子：“一千块钱也是我的劳动所得！”

把“潜规则”摆到台面上，肯定是敌不过“明规则”的。只不过你要真想这么干，那得豁得出去——财务主任不理节节，故意往办公室外面望了望。他是要让她明白，别人在外面都听着呢。人人都知道你吃不得亏，非要把“平均”给大家的好处抢回来了。

靠近财务室的几张办公桌的人，果然都停了手头的事，往这边张望着。有几个人还互相使眼色呢。

那又怎样？节节想，我可不会拿妈妈的看病钱去送人情。她索性盘着胳膊，掏出一根烟点上了。那意思是，不给我一个公道我就不走了。

财务主任正气得脸色发青，女上司便进来了。她对节节说：“在这儿抽烟可得罚款。”

“按制度罚款我认了。”节节对她也有三分顶撞，“但按制度给我的钱也不能少了。”

女上司一诧异，财务主任就在旁边把情况说了。听完之后，她拉了拉节节的袖子："到我办公室说。"

节节愣了愣，还是跟着她走了。在那间办公室里，女上司从抽屉里拿出一盒"大卫杜夫"香烟，递给节节一根："在这儿抽不罚款。"

节节刚掐了烟，但还是接过点上，负气地狠抽两口。

"那点儿钱犯得着闹到台面上么？"女上司说，"这样吧，已经打到别人账上的也要不回来了，我单独给你开个特别奖作为补偿，奖金从部门预算里走。"

如果不闹到台面上，你会管我么？节节心里说。但人家已经做到这个份儿上，分明是向着她了，说到底还是让她感激。

"谢谢您。"节节说。

女上司也点上一根烟，看了她一会儿，说："你跟过去可真是不一样了啊。"

"没有啊。"她搪塞说。

"过去还像个小女孩呢，现在这么厉害。"女上司笑着说。

节节想：怪不得我厉害。谁家出了这样的事还能撒娇耍痴，那不成没头脑了么？她叹了口气。

女上司却话锋一转："别管我直说啊——是不是跟感情有关？你过去那个男朋友……"

对方一定是以为她和男人谈崩了，才变成这副样子的。职场上这种女人也不少见：因为吃了男人的亏，便认定了"一切靠自己"的道理，此后的工作里就处处不吃亏，样样都争强好胜。成功的男人背后一定有个好女人，女强人背后却多半都是负心汉。

节节忽然想起，这个女上司也是离过婚的，前夫是个国家部委的司长，却和打字员勾搭上了。

她便顺着女上司的逻辑走下去："吹了。"节节不想让对方知道她妈妈瘫痪的事。她觉得那样做就是乞怜了。只要自己能应付得了，她就不愿求别人。

女上司脸上果然露出一种“猜得没错”的神情，然后浮上来的却是一分惺惺相惜了。她再说出的话，也有推心置腹的感觉了：“你跟我不一样，你还年轻呢。”

节节心里一酸，又低下头抽烟。

女上司接着说：“烟以后还是别抽了，小姑娘家家的成天叼着个烟像什么样子？知道的说你心里有苦处，不知道的倒说你没女人样。还有你这衣服穿的，过去多会打扮呀，现在自暴自弃是不是也太早了点儿——我可不是说你破坏公司形象啊，我是看着你的身段模样，就觉得可惜了……”

节节苦笑一声：“这不是忙么。”

出门时，她看见女上司的目光分明是赞许的。

而别人对她可就没有那么好了。大家本来就觉得她异样，财务室的风波传开了之后，干脆就孤立她了。你节节有本事不假，但犯得着闹到台面上吗？有这么吃不得亏么？节节知道他们一定这么想。她自己事后琢磨，也有些后悔：是不太会做人啊。可是她哪儿还有精力琢磨什么办公室政治呢。

原先还在面儿上客气几句的同事，现在干脆不理她了。有时候几个人正凑在一起叽叽喳喳，见她来了，立刻就冷若冰霜。更过分的是，赶上节节需要到别的部门打印材料或者要数据，所有人都故意为难她，那表情分明是：你能干你去吃肉呀，我们这些连汤都没资格分的人就是这个效率。有个刚来的实习生小女孩不明就里，主动帮节节打了份材料，其他的人还故意挤对她，挑她的刺儿，弄得小女孩都不敢跟节节说话了。

什么叫冷暴力呀？这就叫冷暴力。要是放在过去，节节一定会冷笑一声，辞职走人了。但是现在她想的是：挣钱才是大事，别的都可以装看不见。她可不是为自己一个人工作，她还有她妈妈呢。

于是人家冷暴力，她也用“冷”去对付“暴力”。不说话就不说话，反正见面打招呼她都嫌费事的。背后议论就议论，只要听不见就等于没议论。过劳动节的时候，公司给每人发了两箱饮料、一盒西装鸡——别的女人都有男同事帮忙搬下楼，送到车里，就是没人管节节。大家很解气地看着她：自己动手吧你，一会儿上电梯可别蹭着别人。节节则面无表情地从楼下小超市喊了两个人来，指着东西说：

“半价卖你们了。”

在工作上，她就更没必要手下留情了。赶上那种别人联系来的客户，只要业务没谈妥，她就会公然走出去，在电梯门口截住那人，表示自己还有更好的设计方案。于是就把项目从同事手里抢过来了，气得那些人直摔电话。

然而在这种明争暗斗里，吃亏的总是落单的那个人。有一次，女上司把她和另外两个项目经理叫到小会议室，陪一个大国企的宣传部长讨论展会方案。那位国企领导真是典型的国企领导：正义的国字脸上豁出一嘴黄牙，阿玛尼西服却配了条“一拉得”领带，称他一声“部长”，他便真摆出部级干部的样子，装模作样的。但看得出他对公司的计划书完全听不进去，眼睛只是一会儿瞟一眼在场的年轻姑娘。

因为是主要负责人，节节坐得离那宣传部长很近，一会儿忽然感到腿上一热，那家伙肥而厚的手竟放到她的膝盖上来了。也许他在单位就有这样的习惯吧？还是觉得外企职员都和夜总会的小姐差不多？节节“腾”的一下，血上了头，立刻想给那正义的国字脸一个大嘴巴，打得他满地找黄牙。但她随即又想：这可是个轻松就能拿下的大项目啊。垄断企业的负责人，只要回扣给得多，预算不预算，完全都是无所谓的。他们买张打印纸都能算成二十块钱的成本呢。

还好她穿的是牛仔裤。还好她的椅子是有轮子的。

节节便慢慢地动着脚踝，让椅子往后挪，往后挪，把她被宣传部长摸着的腿露到桌子外面来。她忽然想起多少年前，妈妈在革命的舞台上被人摸腿的那一幕。可惜现在没有一个人能冲上去，为节节挥拳头。

直到手和腿暴露到了旁边人一低头就能看见的程度，宣传部长才古怪地瞟了节节一眼，很坦然地把手拿开，端起水杯，喝一口，“噼”一声把茶叶啐到杯子里。而节节则对他递了个眼神，两层含义：第一，你不可以随便摸我；第二，我给你留着面子，你好自为之吧。

宣传部长面不改色地做贼心虚，没听完“汇报”提议签合同了。

然后又对节节学湖南话：“你办事我放心。”

然而没过两天，办公室的谣言就传开了。有人说节节为了签合同，跟那么恶心的一个男人搞上了。肯定是把椅子往后挪的时候，会议室里的人没看见，却被屋外的人发现了。那房间是玻璃门。

看到几个碎嘴女人挤眉弄眼的，节节气得发抖。但越看得出她生气，她们就越起劲。恰好那两天，大家都在议论中石化耍流氓涨油价的事，说着说着就扯到身边的流氓事件上来了。

一个女人故意大声说：“垄断企业的好处咱们是沾不到，不过有人可没少占便宜。”

另一个女人跟上：“领导的大手好温暖。”

节节便不打算再忍。她冷冷地站起来，用一次性杯子接满了水，走到那两个女人面前，笑一笑，泼过去。

办公室里登时静得可怕。把矛盾挑到明面上，到底会让所有人心悸。

被泼了一头水的那女人过了好一会儿才叫了起来：“你以为你算什么东西？一天到晚装什么臭德行？他妈的还不是一个贱货？你那点儿臭事儿谁不知道？应该给你拍下来放到网上去！来个贱货大展览！”

节节听着她歇斯底里地骂，心里却感到莫名其妙：怎么女人攻击女人，永远都在“贱货”上做文章？她又苦笑：自己都穿成这样了，想不到还有资格“贱货”一把。

这时女上司出来了，当时就猜到了怎么回事。她先对那骂街的女人说：“到厕所把脏词儿吐干净再进来。”

然后训节节：“这么大个女孩儿，打水都端不稳，在家没干过家务？人家的衣服你管洗。”

节节便一言不发地掏出一百块钱，放到女同事桌上。

女上司转身回了办公室，随后给每个人的分机打了电话。就一句：

“这儿不是嚼舌头的地方。”

当天晚上，所有人都下班了，只有节节一个人留在办公室。刚谈下来的项目还有许多问题要处理。最后走的那两个同事出门前，却把办公室的灯关了——这也是对她无声的打击，表示“眼里没你这个人”。但节节却一言不发，只是呆呆地看着电脑屏幕的幽光。人去楼空之后，这里可真黑、真安静啊。

坐了好一会儿，节节才站起来，走到落地窗前，看着外面。这办公室在写字楼的十七层，能望见半个城市的灯火辉煌。霓虹变着花色亮着，红的绿的。已经九点了，脚下的街上还堵车，马路像一段斑驳的亮片。

节节忽然感到自己站在了云端，而那光亮也汇合了，旋转起来，要把她托到更高的天上去。她几乎头晕了，连忙扶住窗把手，泪水也掉下来了。

她所能看到的一切是多么悲哀啊。她想起一种说法：人站在高的地方，都会有一种往下跳的冲动。看来并不离奇。节节进而想象着自己小小的身影在瀑布一般的灯光中飘落，飘到一半却彻底失去了重量，化作一股烟消失了。

这么一想，竟然感到胸闷得不行。她下意识地打开窗子，透口气。窗外的声音像沉船进水一样涌进来。

这时却有人抓住了她的胳膊。

她一回头，看见是那个实习生小女孩。刚参加工作的小孩手头紧，下了班也没钱到外面找乐子，经常会溜回办公室上网玩儿游戏。

那女孩脸上挂着几分张皇。节节赶快抹抹脸——好在没哭——说：“怎么了？”

女孩压低着嗓子问：“你要做什么？”

节节回答她：“什么也不做。”

那女孩犹豫着，声音更小了：“您不会想不开吧。”

节节看着自己搭在窗上的手，那姿势真像是要爬上去呢。女孩的表情更加古怪了，说鬼故事一样告诉她：

“听老员工说，以前有人从这儿跳下去过。就是这扇窗户。”

节节怔了怔，两个人都尴尬了。好一会儿节节才问：“为什么跳呢？是个什么人？”

女孩说：“也和我们一样，一个白领，”两个人都笑了一下，女孩接着说，“听说是去年下半年跳的，也不知为什么，上班时还和别人聊天呢，晚上说一个人加班，结果第二天才知道她跳了。”

那女孩皱着眉，仿佛时隔这么久，还想为跳楼的人找借口。而借口却是：“我自己觉得这窗户是有鬼的，走过它的人都会想跳。你没看我从来不待在这儿吗？”

女孩认真的神情却让节节一阵松快。她对女孩笑了一下，迅速地离开窗边，到桌上拿了自己的包。

但回家时，节节不禁又让恐惧笼罩住了。她后怕得紧紧攥住衣角。如果那女孩没来，是不是她真的会跳下去呢？当时那种情绪下，谁知道呢，不是已有人跳在前头了吗？而且这次躲过去了，谁知道下次呢？她简直被吓得无可名状了，像垂死的小动物一样吱吱地哼了起来。

她怕自己会谋杀自己。她想不开倒没什么，反正活得够累的了，但妈妈怎么办呢？妈妈可每天晚上都等着自己回家呢。她不是为自己一个人活呀。

此时此刻，节节清晰地感到，自己的生命是和妈妈连接在一起的。她们不仅长得像，脾气像，她们的心灵中还存在着某种感应。她的一呼一吸里，仿佛有着妈妈的一呼一吸，她的仍然年轻苗条的身体里，仿佛正忍受着妈妈的病痛。

下了地铁，节节立刻飞跑起来。路上还有一些准备收摊的小贩、跳完大秧歌的老太太和无所事事的男孩，他们看着一个姑娘仰着清秀而倔强的脸，从路灯下奔跑过去。她的影子被灯光拉长再缩短，拉长再缩短。长久以来，节节都是在逃跑，从家里往外跑，但是现在，她不顾一切地往妈妈身边跑。

进了家门，节节正想靠在墙边喘口气，妈妈一手转着轮椅，一手端着一碗馄饨，从厨房出来了。

“老许先回去了。”妈妈为自己辩护似的说，“我闲着没事，给你煮点夜宵——其实哪儿就丧失自理能力了，你们倒好，简直要软禁我。”

节节上前接过碗，脸却扭向一旁，不想让妈妈看见自己“莫名其妙”的慌张。但哪儿逃得过妈妈的眼睛。

“脸色比我还不好——呸呸。”妈妈捏捏节节的脖子，“怎么了？在单位受气了还是太累了？一天十几个小时地上班，快成包身工了你。”

节节再也忍不住伤心，眼眶登时便湿了。她像小时犯了错被罚站似的，低头一动不动，任由眼泪掉进碗里。

“不够咸呀？”妈妈把碗拿开，却又拉着节节坐在沙发上，腔调里带了几分嬉笑，“跟你说个事儿。”

“什么？”

“就是原来那个剧组的制片副主任，看着特像男的那女的——”妈妈神秘地说，“还记着你呢。”

“又让我去当演员啊？我现在可超龄了。”节节纳闷道。

“不超龄不超龄，你还妙龄着呢。”妈妈说，“不过说的是另一个事儿。你不想……再找个男朋友？她有个同事的小孩，在北大读的博士，现在在艺术研究院搞研究，还是个小有名气的影评人呢，人长得稍微有点儿胖，不过胖得不蠢，福相——关键是人老实，坚决不找文艺圈儿的……”

您都这样了还有闲心琢磨这事儿呢，节节心里抱怨道。但她转念一想，妈妈正是因为生病了，才会格外替自己着急吧。

随即，节节猜到了事情的另一层：要是知道自己有个瘫痪的妈，男人多半是会给吓跑的吧。妈妈一定向人家隐瞒了这事。

于是节节说：“我可不喜欢小胖子。”

妈妈被她逗笑了：“胖子怎么了，冬暖夏凉——好了好了，去见见吧，耗过了三十就真超龄了。”

节节猛地咬牙喊一句："不见就是不见！"

妈妈没料到节节会是这个反应，僵了几秒钟，但转眼就猜到了女儿的想法。母女到底是心有灵犀的。

妈妈的脸便暗下来，良久叹口气："都是妈妈不好，早不生病晚不生病，偏在女儿该找对象的时候……这不是添乱么。妈妈拖累了节节……"

因为又要哭了，节节便猫下腰，趴到妈妈腿上："就咱俩过，什么人也甭掺和进来。"

而她心里想的却是：何必骗人呢？她不是没骗过人——骗的就是妈妈。那个感觉太累了。她已经受不了这个累。退一步说，就算赶上个好心的，她就更不忍心拖累人家了；再退一步说，就算再有个有钱的想"买"她，她还不愿意"卖"呢。她知道自己漂亮，但漂亮也是自己的，不是放到别人眼里待价而沽的。老天终归对她不薄，不只给了她漂亮。

这时听到妈妈在头上叹了口气："节节啊，你可真像我。"

节节抱着妈妈的腿，一动不动，像等着妈妈把话说下去。

妈妈缓缓地讲起往事："我最早的时候，也心气儿高着呢。那么多女孩子排着队选文艺兵，一个县城就挑上了我一个，心气儿能不高么？到了北京也谁都看不上。碰见那些出了名的演员，我就想，早晚也把你们都比下去。上了"东方红"算什么？将来还得当舞星，让全国人民都记得我的长相……可谁知，爱上了个不该爱的人，真是鬼使神差啊……到头来让人骗了，部队也把我开除了。那时候到了地方剧团，跳舞对于我来说，就不光是追求了，也成了自我安慰。只有在舞台上，我才像是那个心高气傲的自己，觉得生活还有点儿奔头……节节早就看出来，我对你爸爸一直就不好吧？其实我当时根本不想结婚，也根本不喜欢你爸爸，可是一个演员要是老拖着不结婚，什么风言风语没有？现在的演员不怕这些东西，我们那时候可怕着呢，领导还会觉得你品行不好，重要的角色不让你上呢。恰好你爸爸那时候追得紧，真能为了我跟人家拍砖头，我也什么都不懂，觉得这样的人心反而好，人反而老实，稍微有那么点儿小感动，就糊里糊涂跟了他——结了婚就后悔了。但说到底还是怪我，我其实很自私的，想的就是找个能当挡箭牌、又能伺候自己的人，让我一门心思跳舞……后来果然遭报应了吧？我从来不给你爸爸面子，一天到晚挤对他、不拿正眼瞧他，把人家压抑得受不了了，跑了，哈哈。当时出了那种事儿，我真是一点也不恨你爸爸，就是觉得自己活该。作呀，这就叫作。到头来男人也没了、舞也跳不成了，好在有你，真是好在有你呀，就是从那时候起，我才好像明白了一点人生的道理……”

节节听着那些话，觉得妈妈的声音很远很远，简直是从自己的前世飘过来的。她无比留恋这声音，如同处在半梦半醒之间。

“看见你越长越大，我就想，我希望你当个什么样的女孩，将来长成什么样的女人呢？”妈妈继续说着，“我自己先得弄清楚什么才是生活里最重要的啊，要不哪儿有资格教你？钱呀利呀男人喜欢你呀，这些倒都没那么重要，后来我发现，自己最想要的其实是尊严。这词儿说着挺虚的，可其实却真是实实在在。年轻的时候能为了自己喜欢的事儿咬牙坚持，这就是尊严，岁数大了能平平淡淡地活着，不亏着谁、欠着谁，这就是尊严。我想要的尊严可没有文化人说得那么伟大，因为太伟大了咱们做不到，女人能做到自己给自己规定的那点儿尊严，就算没白活……”

看到节节睡着了似的，妈妈就停住了话，用手指轻轻梳着她的头发。而节节看起来安详、宁静，心里的感慨却一波一波地涌上来，如果不是用手捂着眼睛，泪水早已把妈妈的睡裤浸透了一片。她的脖子上感到了一滴一滴的暖意，那一定也是妈妈的眼泪。

节节很想抬起头来看看妈妈，但想了想，又算了。还是这么趴着好。她们母女已经禁受不起再一次的泪眼相见了。

part 2

过了一阵，节节去了趟成都。

女上司派她出差，分明是一颗好心、两层用意：一来节节在单位已经成了众矢之的，让她到外面散散心也好；二来公司的业务的确拓展到了西部，需要把骨干人员频繁地派过去当“拓荒牛”，新开发的市场成绩出来得快，也利于将来提拔的时候凑出一份漂亮的履历。

虽然这趟只出门十几天，节节仍然舍不得妈妈。但转念一想，钱更重要。那边的会展市场竞争不像北京这么激烈，如果上心开发，应该能拿到好几单大合同。除了日常开药和治疗的费用，节节还打算尽量多存一些，万一将来出现了什么特效疗法呢——肯定也是天价。

可到临走前两天，妈妈却嗫嚅着提出了个问题：“哎呀，你这一走，谁帮我洗澡呀？”

上厕所妈妈已经能够自理了，可洗澡对她而言还是个大工程。

节节就有点哭笑不得的感觉。她逗妈妈说：“许胜利呀。让许胜利帮你洗不就得了。”

妈妈便欠过身子来打她：“你胡说什么。老头儿也是男的。”

节节联想到了什么，便更加做出好奇的样子问妈妈：“难不成你和许胜利——好了——这么多年，就一点亲热也没有？”

“非得亲热了才叫好呀？”妈妈白了节节一眼，反倒把女儿揭穿了似的。

节节就心虚了：按照妈妈的逻辑，她自己还应该是没被男人沾过身的呢。她又想，幸亏古代的“守宫砂”之类的东西已经失传了，否则早就脸没处放了。

但毕竟这么大岁数了，也就没必要装模作样了。节节便半开玩笑地指着妈妈说：“老古板。”

“就是老古板。”妈妈撇撇嘴，脸上却浮现出少女的绯红来。

节节忽而有了新的一层感慨：这就是上一代人的爱情观和“身体观”吗？没想到妈妈和许胜利两个人能一直“坚持”着。这简直像武侠小说里的郭靖和黄蓉了——这么老的郭靖和黄蓉，比真的郭靖黄蓉更“迂”，也更不容易。她又想：自己在恋爱时的那些“事儿”，妈妈恐怕也是知道的吧。那么多的蛛丝马迹，妈妈这么心细的人怎么会看不出来？但妈妈没管，因为妈妈也理解——或试着理解下一代人。各有各的观念，谁也别看不起谁。妈妈一定是这么想的。

妈妈老说自己“学不会”做个好家长，其实已经做得很有智慧了。

于是在出差前，节节又跑了趟医院，去给妈妈请个护工。这儿的护工贵是贵点，但都是经过培训，又签过合同的，比保姆市场的放心许多。到了地方，正跟一个女人谈着价钱，她忽然瞥见身旁多了一个人。转头一看，那不是“黑白铁”吗？节节的第一反应是：不会爸爸也出什么问题了吧？但再一看，“黑白铁”的腋下也夹着一套护工穿的白制服。

想必是爸爸的服装摊生意也不好，于是便一个看摊，另一个出来找别的事情做了。节节却为这女人叹了口气：跟了她爸爸，一天好日子也没过上。不知道她还崇拜不崇拜那男人。

“黑白铁”却讪讪地凑上来，开口还是那句“小妹妹”。然后问：“找护工呀？”

“对。”节节见到这女人，总是没好气的。

“黑白铁”的眼睛垂了垂，又问：“是不是大姐——”

如果搁在过去，节节一定不会告诉“黑白铁”，妈妈出了什么事——她不想给这女人“幸灾乐祸”的机会。但现在她却想：幸灾乐祸就幸灾乐祸呗。全世界都幸灾乐祸，她和妈妈不照样还在喘气儿嘛。而且她发现，“黑白铁”眉眼间的那丝忧虑还是很真诚的。

“瘫痪了。”节节和声静气地对她说。

“黑白铁”吃了一惊：“怎么会这样？”

“已经这样了。”节节说。

“黑白铁”迟疑了一下，对节节说：“那我去吧，我伺候你妈妈好了。我也做了两年多了，别的事儿笨，伺候人倒还麻利的。”

节节便躲着她了：“算了算了。”

黑白铁的脸上，完全是一片歉意和恳求了：“让我去吧，我不要钱，要不我心里也难受。”

情形就变成了节节快步往外走，“黑白铁”在后面追了。她一边追，一边说：“我做得很好的，我不要钱……”其他的护工用奇怪的眼神看着她，嘀咕这女人的脑袋是不是也需要护理一下了。

走到门口，看跑不掉，节节才回过头来，认真地对黑白铁说：“我知道你是好意，不过我妈妈不愿意让熟人看见她现在的样子——尤其是你们。”

“黑白铁”这才明白了，慢慢走开。

好歹找了个面相老实的四川女人，节节便从另一条过道绕出了医院。然而这天晚上正要睡觉时，家里的门忽然响了。

节节开门，却看见爸爸。他在黑咕隆咚的楼道里站着，也不说话。节节便快步走出来，返身关上门，父女俩人默契地悄悄下楼，站在院儿里唯一没有瘪掉的路灯下。

“她告诉你了？”节节问。

爸爸点点头，然后掏出一根烟来抽。他抽得专心致志，两三口就下去了一多半。实在没什么好说的了吧，硬要说也只能是废话。

节节又说："不是不想让你见她。"

爸爸就点点头，表示他也明白节节的意思了。然后他就从怀里掏出一个信口袋，往节节手里塞："拿着。"

节节往后别着手："你们也不容易。"

"我们还行，上次你帮我把摊子重新开起来，多少能赚点儿了。"爸爸的声音变慢了，"而且……这点儿钱是'黑白铁'非让我送来的，是她在外面干活儿攒下来的。你原来给我那些，一时半会儿我也还不上。"

节节便沉默了会儿，然后说："那我谢谢她——你我就不谢了。"

爸爸就从后面拉过节节的手，把信口袋轻轻放进去。两人又站了会儿，他便说："那我走了，你上去照顾妈妈吧。"

节节说："好。"

爸爸又说："节节真是长大了。我最后悔的事儿，就是没能眼瞅着你长大。"

节节便哽咽了一下，没答话。爸爸就慢慢转身走了。

她还以为爸爸会突然回过头，再学一把"匪兵甲"或者别的反面人物呢，但是爸爸就这么走了。节节想：总算抛弃了那个无聊的游戏，看来爸爸也长大了。只不过爸爸长大得比正常人慢了一点，都五十多了，才摆脱幼稚的状态。有的男人就是这样。

成都那边正在办"西部博览会"，一时间蜂拥而来的外地人很多。节节到酒店放了包，立刻开始工作：指导当地分公司布置展台、拜访已经联系好的客户、观摩其他公司的业务流程……团团转了一整天，才从会场出来。这时当地人已经在大榕树下支起麻将桌，开始打牌了。整条街都是"吃碰胡"的声音，不时有人抬起头来，好奇地看一看那些穿着正装、脚步飞快的外地人，好像弄不明白他们为什么这样忙。

毕竟到了个"全民休闲"的城市，节节加了两天班，把公司交给的任务大致完成了，脑袋里的那根筋不知怎么就松了下来。既然有空就歇歇吧，已经当了好长一段日子的机器人了，她想，以后累的时候还多着呢。

这么想着，她就换了身轻便衣服，把头发在后脑勺上随便扎个辫子，溜溜达达出了门。一旦决定休息，却发现自己连放慢脚步都不会了，一不留神就超过一个，一不留神又超过一个。不小心碰到一个老太太，人家用四川话问她：“急着干啥子去？”

就连疲疲沓沓地走路，都得模仿身边的人。这也是新时代的邯郸学步。而这时候，去哪儿又成了新问题：都江堰和青城山太远，武侯祠人又多。后来还是随着几个游人走走停停，就到了一个叫“宽巷子窄巷子”的地方。

还真是一宽一窄两条巷子，巷子里全是咖啡馆和酒吧，装修得很别致，意思和北京的“后海”差不多，只不过这里更安静些。不少人就坐在路边的竹椅上，一边喝茶，一边让老师傅给挖耳朵。节节顺着宽巷子逛出去，又从窄巷子逛进来，还在一幢小洋楼前请人拍了张一次成像的照片，心里便感到松快了许多。过了一会儿，巷子里涌进一群举着小旗子、带着白帽子的旅行团，一副旅游比上班还忙碌的架势。她嫌这些人吵，便出了这片繁华的地方，走了十来分钟，进到旁边一条不知叫什么的巷子。

这里就幽静得多、也破败得多了。大部分房屋都没租给商户，还是那些几十年的老住家，人们玩牌的玩牌，做饭的做饭，仿佛告诉外来者：你们在隔壁花钱买的是安逸，我们这里不花钱过得也是安逸。而节节贴着墙根，躲着来往的小三轮，走到巷子中段，却看见一家很小、很新的咖啡馆，门脸全被漆成了绿色。这种咖啡馆，放在宽巷子窄巷子决不起眼，在这儿倒像个新鲜事物了。

正好她也渴了，便走进去，向女服务员要了杯咖啡。而对方开口问“加不加牛奶”时，却不是南方人咬着舌头的普通话，分明是地地道道的北京口音。

节节便打量那姑娘：年岁和自己差不多，一左一右扎着两条松松的辫子；脸长得清秀而娇嫩，但却没有这种面相的人常露出的稚气，眉宇间倒有一点颓废。

北京的城里姑娘，怎么会有愿意当小店服务员的，况且还是外地。节节猜，她也许是个边打工边旅游的背包客吧。现在倒是不少这样的人——口口声声说是“艰苦朴素”，其实能把时间大把大把地扔在无所事事地乱转上，已经是莫大的奢侈了。这些人的身后，多半有一个既恨铁不成钢，却又随时能给出大笔资助的富裕家庭。

但节节却又感到，这女孩多半有着和常人不同的过往。从眉眼中就能看出来：那是稚嫩与沧桑的糅合。

那女孩却也好奇地打量着节节呢。因为在公司待得长了，节节跟陌生人说话的兴趣早已被打消殆尽，这时反倒不好意思起来。她接过咖啡便小口喝起来。

没过半分钟，那女孩先找节节搭话了：“你是北京来的？”

节节既尴尬又如愿以偿地抬头：“是啊。”

“来开会？”

“是啊——你也是北京的？”

“在北京住过。”女孩淡淡地说。她一定养成了和客人闲聊的习惯，毕竟在店里坐上一整天，还是很闷的。

节节却判断对方不止是“住过”。她的口音，分明就是典型的北京孩子的腔调。那点儿“感冒味儿”在成都听来格外明显。

但她只是和对方同样淡淡地“哦”一声。

女孩眨了眨眼，却又挑起了个话题：“这店还算漂亮吧？”

“挺好挺好。”节节说，“咖啡也挺好。比星巴克不差。”

女孩“喊”一声，笑着重复：“星巴克——”那意思是“星巴克”算什么，此外还有：你只喝过星巴克呀？

这种腔调就太“北京小妞儿”了。节节想，要是早两年，她自己也会这么对待别人呢。

而女孩接下来的口吻，就分明是欣喜的了：“这店是我开的，刚开张两个月。”

节节不知哪儿来的兴致，便也用同样“北京小妞儿”的腔调回敬一句：“哟，老板呀。”

一来一去地互相“刺儿”一下，两个女孩倒真切地有了种“老乡见老乡”的感觉。于是脸上都带了笑意，话也就多了。节节问女孩：怎么想起在这地方开咖啡馆？女孩解释说：这儿租金便宜啊，而且她估计“宽巷子窄巷子”会越来越有人气，到时候规模也肯定要扩张，延伸到旁边的几条巷子；现在先占住地方，等到将来买卖自然会好起来。

节节承认，这女孩还真有点商业头脑。而且不像是那种任性地开个买卖只为了玩儿的人。

但她又问：“我是说，怎么跑到成都来做买卖了？北京这样的地方也有啊，鼓楼那边的胡同里就挺合适。”

女孩的眼睛就垂了一下：“我本来就是四川人。在北京待不下去了才跑回来的呗。”

捕捉到她眼中黯淡了一下的神色，节节便后悔说错了话。也许人家真有不愿对外人讲的隐情呢，问那么多干吗？她便重新喝起自己的咖啡来。

两人就此无话。直到节节起身要走，那女孩突然说了一句：“明儿还来啊。”

这是一句北京人的客套呢，还是郑重其事的邀请？节节低头琢磨时，忽然看到女孩裙子里露出的小腿上，有很长很长的一道疤。那疤在雪白的皮肤上粗暴地蔓延着，看起来触目惊心。

她更觉得这女孩一定有特殊的经历了。

而第二天，节节忙完会展的事，果然又去了那条巷子，推开咖啡馆的门。她不由自主地应邀而来了。

这天两人就像是早已熟悉了似的，女孩也给自己煮了杯咖啡，靠在餐台上一边喝，一边陪节节聊天。这时更发现她的右腿是有点行动不便的，取牛奶时支撑不住身体，还得左腿往前垫半步。

因为话越说越熟，不免谈起家里人。节节问女孩："你家里人在北京还是四川？"

女孩的眼睛却又暗了一下："哪儿都不在。"

节节便感到自己又说错了话，同时又害怕对方问起自己的家人。互相不知底的状态下，竟然有了同病相怜的感觉。

但女孩却没问节节家里，而是似有心又似无意地说："你是哪个学校毕业的？"

节节便告诉她："师范大学。"

她刚说完，那女孩就"啊"的一声，眼睛兴奋了起来。难不成她们是校友？节节想，这么有"特点"的女孩，怎么从没记得在学校里看到过啊。

女孩说："我也曾经——算是——那儿的学生吧。不过基本等于没念书，就回四川了。"

节节猛地预感到了什么：不会那么巧吧。她想起了自己上大学时，宿舍里那个长久空着的上铺。

"你叫什么名字？"也顾不得冒昧了，她脱口问出来。

果不其然，女孩告诉她："我叫陈晨。"

她们到底是有缘分的。只不过这缘分来得实在诡异——时隔了多少年，跨越了几千里，又经历了一个共同有关的男孩，两个人才终于见了面。节节猛地想到了李冬林，但回忆起他，却全忘了他的古怪、颓丧与脆弱，思绪只停留在了他第一次走进自己生活的那个下午。当时阳光明媚，少女节节正懒懒地在宿舍里靠着，听到李冬林在楼下用传呼机找陈晨。

也因为和他的一段过往，当陈晨问节节的名字时，她随口编了一个。

然后她等着陈晨问起李冬林。她相信她一定会问的。她相信他们的故事绝不像李冬林所敷衍的那么简单。

不出她所料，陈晨犹豫了一会儿，才装作没事人似的问："你们学校是不是有一个叫李冬林的？"

"他是不是有一辆蓝色的斯巴鲁汽车？"节节问。

“对，那是他们家人送给他的升学礼物。”陈晨好奇道，“你们认识？”

“也不算。”节节又编了个瞎话，“我那时候的男朋友跟他关系不好，打过架。他这人的脾气好像有点怪。”

而陈晨接下来的话，让她有了一种“真相大白”的震撼。陈晨说：“是啊，他得过抑郁症。”

节节目瞪口呆地想，自己那时候怎么那么傻呢，竟然一点都没有看出来。或者说，她那时实在是太小了，怎么会想到交了个抑郁症的男朋友呢？

陈晨和李冬林也许是天底下最怪异的青梅竹马：他们是在医院认识的，都是抑郁症。一般人不会想到，患这种病的孩子在城市里居然有那样多，而且得病的原因各有不同。有一类孩子的病因是这样的：父母太忙了，一天到晚见不着面，他们从小就被困在又大又空的房子里，像笼中的小兽一样望着窗外。关得久了，他们便丧失了和同龄的孩子交往的能力，胆子也变得很小，等到上学时，自然成了别人欺负的对象。越挨欺负，就越不想与人接触，长此以往，心理就定格了，也就格外容易患病。

于是他们开始为一点小事悲观、绝望，还没开始生活就觉得没必要去生活。巧的是，陈晨和李冬林一旦发病，表现方式也是同样的：就是逃学。逃了学也不出去玩，而是找一个密闭的空间，把自己关起来。他们的父母都有过这样的经历：学校打电话到单位，告知孩子不见了，于是焦头烂额地找遍半个城市，到头来却发现他们正躲在储物间或地下室里发呆呢。对付孩子的办法倒是不同，李冬林因为是男孩，很挨了他父亲几顿痛打；而陈晨则是被没收了家门钥匙，她的父母做生意时灵活得很，管教孩子却头脑简单到了极点，他们认为，只要没有了钥匙，女儿就必须待在学校里了吧。

于是陈晨再次逃学的时候，干脆跑到一个工地，钻进水泥管子里躲了一天。她告诉节节，那时候觉得自己真像一只老鼠。如花似玉的少女感到自己像老鼠，这是一种怎样的心境啊？

而李冬林是不是也受过同样的苦呢？节节想，一定是。但她当时却不知情，只是一味任性地气他，看他不顺眼，最后狠狠地伤了他。

陈晨告诉节节，等到抑郁症这个名词在中国被重视之后，她和李冬林就成了第一批进了医院的少年病人。医生建议家长们多交流，两个孩子就这么认识了。那又是一种多么奇特的一见钟情啊：他们发现世界上还有和自己一样的人。一种天然的亲近感。于是他们一起上医院的辅导课，吃药，定期向心理医生“思想汇报”。而看起来，陈晨的病情是比李冬林轻一些的，就连提出交往的小纸条，都是她递给他的。她仔细地写了自己的名字、电话、血型、通信地址、兴趣爱好，塞进了那憔悴而英俊的男孩的口袋里。

因为能主动向男生示好，陈晨甚至觉得自己的病已经好了呢。

于是他们开始偷偷见面了。那不能称作恋爱，但他们确实肩并肩坐着发呆了，偷偷溜到电影院里拉手了，好奇地接吻把嘴都亲疼了。最出格的一次，是为了共同高兴起来，两个孩子一起服用了过量的抗抑郁药物，于是像吸毒一样东倒西歪，躺在酒吧的包间里傻笑了一下午。

如果没有这次早恋，陈晨的病也许在那时真能够治好呢。但恰恰因为心里有了李冬林，才酿成了后来的大祸。

她发现李冬林并不喜欢自己。他只是因为缺乏交际能力，因此不知道怎样拒绝一个女孩罢了。这个表面上叛逆的孩子，在情感方面却是逆来顺受的。他们对于感情的期待也是完全相反的：陈晨喜欢同一类型的人，因此爱上了一个抑郁的男孩，而李冬林却渴望一个和自己相反的人，因此决不会爱上一个抑郁的女孩。

但陈晨的苦楚是压抑的，连心理医生也没看出来。这苦楚在她心里积攒着，直到治疗告一段落，两个孩子先后“光荣出院”，直到她和李冬林表面一如既往地继续约会，直到他们按照约定进了同一所大学——都没人察觉。

突然有一天，陈晨的苦楚爆发了出来。事先毫无预兆。当时她父母开着车，把“已经恢复正常”的女儿送往学校，但就在车上，陈晨突然想：去那里干什么呢？李冬林喜欢的并不是我呀。

于是她的脑袋就蒙了，理智完全丧失，心底却有一股力量正在爆裂——她绝望地怪叫着，乱抓乱打起来。

陈晨的父亲一个措手不及，方向盘打错了方向，车子迎面撞向了一辆大货车。两死一伤，死的是她父母。

然后陈晨被送进了医院，先是骨科医院，接着是精神病院。两年后，她出院，回了四川老家。

“我不知道为什么要对你说这些。”眼前的陈晨安详而平和，和她所说的自己完全不像一个人，“也许咱们的确有缘分。”

“的确有缘分。”节节对陈晨重复一遍。

而通过陈晨的故事，节节和李冬林的故事便也需要重新拼接了。他毕竟将陈晨看作一个有着共同秘密、承受同样苦痛的同路人——何止同路人啊，几乎是亲人了。但她却没有赴约，像杨絮一样消失了。这件事让李冬林慌张，他开始四处找她，却在找她的途中见到了节节。李冬林陡然发现，节节恰好是自己想要的那种“相反”的女孩，她在他眼里充满能量，就像太阳一样。因为自卑，他决不会告诉节节自己曾经患过抑郁症的事，而他对节节的感情，与其说是爱，还不如说是一种期望呢——期望这个充满声光电的女孩将他带进光亮的世界里去。

时隔多年，节节必须再次对李冬林抱歉：她让他失望了。到现在节节才明白，她那点小小的能量能救得了谁呢？

而李冬林被她伤了心之后，告诉她的最后一件事就是：他要去找陈晨。

于是节节问：“那么后来，李冬林找到你了吗？”

“他找过我？”

节节点点头。

陈晨的眼睛再次亮了一下，而后便又暗下去：“找肯定是找不到的吧。我的地址、电话全换了。”

“那么你这些年在做什么？”

陈晨很认真地回答道："治病。"

陈晨的故事终于到了结局了。从精神病院出来之后，她想做的第一件事就是自杀。这个行动在医院里就已经开始策划了，而装作配合治疗，只是为了有自由实践它。她买了足够的安眠药，准备睡一个有生以来最好的觉——但就在死之前，一个念头生了出来：她的病害死了她的父母啊，现在又要害她了。

正是这个念头让陈晨咬着牙，从必死之心中挣扎了出来。她觉得自己的父母正在什么地方看着她呢，他们希望她作为一个乐观的人活下去。而为了她父母，陈晨必须这样去做。于是她开始试各种办法：接受新的心理辅导、徒步远行、在空山的寺庙中隐居……最后，陈晨发现最有效的方法居然一点也不玄妙，就是让生活忙碌，越忙越好。于是她冻结了父母留下的全部存款，开始自己谋生。她像一个苦行僧一样工作，当过服务员、清洁工和推销员，一点一点地攒着小钱，终于靠双手开了这家咖啡馆。

此时的陈晨就是一个全新的陈晨了。节节想，自从妈妈生病，她以为自己已经是一个很坚强的人了，而其实这世上坚强的女孩还多得是呢。

进而，她想要给陈晨的故事续上一个新的结局。

她问过陈晨："你想不想再见一下李冬林呢？"

陈晨说："我只想知道他过得怎么样。"

有这句话就够了吧。节节对她点点头，然后告辞出了咖啡馆。

她径直去了邮局，买了信纸，凭着记忆写下陈晨咖啡馆的地址。自己还应该对李冬林说点什么吗？她发现，没什么可说的了。她只加上一句话：

李冬林，到这里找陈晨。

然后在信封上写上李冬林住处的地址。那个小区和门牌号她记得很清楚——毕竟在那里糊里糊涂地经历了女人的第一次痛。现在想想，竟也没什么后悔的，只是觉得既可笑，又感伤。那时候真是年轻啊。

李冬林能接到信吗？他还住不住在那个小区？也许他已经搬家了呢？

或者，他就算接到了信，会相信上面说的话吗？一封没有抬头没有落款的信，在他看来有多大的可信度呢？

将信发出去以后，节节竟然心慌起来。但她也只能静静地等待着结果。好在她在成都还有两个礼拜的停留，发的又是航空件，按照正常速度，明天就能到北京。

此后的几天，她每天都会去那条巷子，但不再到陈晨的咖啡馆里去，而是站在一个阴凉的拐角处，向那里面观望。从绿色的窗子里，能清楚地看见陈晨的侧影，她有着清秀的眉眼，还有一只小翘鼻子，看起来真是一个乐观又开朗的姑娘。陈晨静静地朝向屋门坐着，那也是等待着什么人的姿态。

一天、两天、三天过去了。陈晨的咖啡馆里一如既往。有一天，节节在小饭馆一边吃一碗担担面，一边想：自己这是发哪门子痴呀，像个看感情剧看多了的中学生。李冬林“不来”的可能性，要比“来”大多了。因为一封莫名其妙的信，就立刻千里迢迢地赶到这里，这在常人看来的确是不可思议的。而且李冬林这人不是害怕出远门吗？他可能是忧郁症和自闭症的结合体。这么想着，节节就摇头笑了笑。

然而刚笑完，节节就看到了巷子另一头的那个人影。她受了惊吓似的捂了捂胸口，赶紧低下头去。

是李冬林。节节在暗处打量着他：比原来更瘦了，皮肤也黄了，头发也不再精修细剪，而是像乱草一样到处支棱着。他已经不复是当年那个脆弱的小帅哥，变成一个落拓的男人了。毕竟已经快三十了啊。节节不知道李冬林这些年是怎么过来的，但通过直觉判断，他过得肯定不好。她想象着他把自己憋在屋里一个月不出门，想象着他酗酒，喝得满屋子都是威士忌瓶子，想象着他为了让心情“high”起来而吸食安非他命——那的确是一种抗抑郁的药物，但一旦过量，也就和吸毒差不多了。

她不惮于想象发生在李冬林身上的一切坏事，因为这样一个前提：无论如何，他已经来了。和陈晨咫尺之遥。她相信陈晨已经摆脱了抑郁症，就像书里说的一样，“涅槃新生”了。她也相信，陈晨有能力帮助那些处于相同困境的人。陈晨最该帮助也最能帮助的，毫无疑问是李冬林。

她看着李冬林背着皮包，慢慢地在巷子里挪动着脚步。他还从怀里掏出一张信纸，看了一眼。就这样，他站在了绿色的咖啡馆门前。

李冬林迟疑了一下，下意识地理了理自己的头发。那一刻，节节真怕他会突然掉头就走——她知道人往往会有这样的心理：对盼望已久、终于到来的事情产生恐惧。她的心提到了嗓子眼，仿佛李冬林正在完成一项无比艰难的任务。

只要跨过这个门槛就好了。同样年近三十的节节，突然有了在中学当拉拉队员的心情。那时要是有个男生来个飞身上篮，女生们就会"啊"的欢叫一声，喊：加油！她现在也在为李冬林加油呢。多好笑。

李冬林终于迈上了台阶，拉开门，走进了绿色的咖啡馆。在节节眼里，他那一刻简直像一个刚刚完成一次"绝杀"的篮球明星。

节节笑盈盈地站起来，离开了那条巷子。她已经无须去想象李冬林和陈晨见面的景象了。李冬林为了找陈晨而认识了自己，自己又在多年之后帮他找到了陈晨，这就够了。笑逐颜开的节节在心里想：这就是人们所说的宿命吧。人的年岁越大，就越会觉得生活是单调、无聊、毫无疑义的，但事实上，生活还是有它奇妙的地方。能感受到这种奇妙，节节觉得自己很幸运，也觉得生活仍然是值得赞美的。

她给自己灌了满满一大盆"心灵鸡汤"。过去她总觉得，电视上、书上贩卖的那些"心灵鸡汤"，其实都是"头脑砒霜"，只有一个功能，就是把人变成蠢货，但现在她发现，心灵还是需要鸡汤的。只不过不是几个"特能说的人"拍拍脑门制造出来的，而是世人自己熬出来的。

就在节节仰着一张春花似的脸，对整个世界笑的时候，电话响了。是许胜利打来的。

"我妈想我了？"她还沉浸在自己创造的小小的奇迹里呢。

许胜利却一点笑意也没有："节节，你赶紧回来。你妈的情况有点不好。"

part 3

妈妈的病情比想象中严重。本以为是脊椎的损伤压迫了神经，坚持治疗和锻炼，就能慢慢好起来，谁想到该花的钱都花了，不该花的钱也花了，非但没有一点好转，而且脊柱神经开始大片坏死。医生说，也许是以前身体负荷过度的原因。许多运动员和演员外表健康得不得了，可一旦有了伤，后果往往比正常人严重许多。

发现的时候，妈妈正坐在轮椅上看电视，许胜利在旁边给她削苹果。没想到一个苹果递过去，妈妈伸手来接，却鬼使神差地拿不住了。苹果滚到地上，妈妈的身体也歪向一边。

许胜利就看见妈妈瞪着眼睛，不停地深呼吸。上次出事，她也是这个样子，许胜利就慌了。妈妈倒还冷静：

“快送我到医院去。这半边身子也麻了。”

轮椅下不了楼梯，许胜利就把妈妈搂了起来。妈妈一边拿能动的那只手缠了他的脖子，一边却令人意外地笑笑：“情况紧急，只好抱你一下了。”

还有心思解释这种事情。许胜利还以为她是在开玩笑呢。

节节下了飞机就往医院赶。也出乎她的意料，妈妈的情绪完全不像上次瘫痪时那样绝望，反倒乐观得有些不正常了。她像聊家常一样对节节说：

“哎呀，过去我们有个老演员，就是因为胯扭得太狠了，那地方的软组织都被磨没了，骨头直接连着肉，一动就疼得浑身都是汗。这病怎么治呢？得把两边的胯骨锯掉，换成钢的。那时候我们还开她的玩笑，说出门的时候可得检查检查，别屁股上挂着两块吸铁石就上街了……光笑话人家，没想到自己现在比人家还难堪……”

然后又若有所思地说：“要是全身都瘫了可怎么办呀？就算想自杀都没能力了。”

节节被妈妈的神情吓坏了，那几天，她总怀疑妈妈正在计划自杀。有一次她出去上厕所，不知怎么就突然想象起了这样一幅场面：妈妈拿出一把早已藏好了的小刀，用尚且灵活的右手把动脉割断了。血洒了一床，把褥子都泡湿了，像在洁白的病房里开了一朵湿漉漉的梅花。

想到这儿，节节衣服都没扣好就往回跑。却看见妈妈正安详地躺在床上睡觉呢。枕边只有乌云一般的头发，并没有鲜红的梅花。但节节仍然不放心地枕头下面摸了摸，没有摸到小刀才舒了口气。

然而在某种程度上，现实却比想象都残酷。经过一轮会诊，医生找节节来商量治疗方案了。

医生用尽量平静的语气说：“按照病情的发展，也许过不了多久，就真会高位截瘫了，全身上下都动不了，可能连呼吸都得依靠机器……好在你妈妈的损伤还没有定型，有两位专家认为，还有手术治疗的可能性。如果手术成功，虽然不敢说能站起来，但控制在这次发病之前的态势，还是很有可能的……”

节节抬起头，望着医生。她在等着后面的话。中国人讲话，就爱用“但是”把意思串起来，她已经有了足够的勇气去听医生的“但是”。

“但是……”医生果然说了这个词，“因为神经的伤害太大，又是非常要害的部位，因此手术的风险很大。成功的机率目前没有确切的统计，但我们实话实说，并不高，能打五五开就不错了。后果我们必须得向你说清楚：一旦手术失败，病人会有致命的危险。如果病人和家属方面不同意，我们肯定是不敢做这么高风险的手术的……”

也就是说，如果做手术，妈妈有可能活，也有可能死。活和死的几率差不多，完全就是投硬币一般的赌博。

赌还是不赌，就得她和妈妈决定了。

按照常理，节节是不会去赌的。就算高位截瘫了，妈妈毕竟也不会死，节节在这个世界上也就还有个妈妈。她还可以照顾妈妈、心疼妈妈、跟妈妈说话。但如果手术失败了呢？妈妈就会在她的生活中永远消失了。这才是节节最怕的啊。

如果不同意手术，她甚至可以不把这个情况跟妈妈说，对医生来一句“家里真是没钱了”，就可以把这次冒险躲过去。有那么一瞬间，她真想这样说了。

然而一个念头像闪电一样从她的脑海中划过：这样想事请，是不是太自私了？妈妈是怎样一个心高气傲的人啊，她怎么会甘愿在那样一种毫无尊严的状态中结束生命呢？

以节节对妈妈的了解，她是宁可做手术的。

于是节节对医生说：“我没权利替我妈妈做决定。她的命她说了算。”

然后她回到病房，一五一十地把医生的话对妈妈讲了。她说得毫无感情色彩，她决不想让自己的语气影响妈妈。

讲完以后，妈妈深吸了口气，问她：“节节啊，你希不希望妈妈做手术？”

节节望着妈妈的脸：“身体是你的。”

妈妈便闭上了眼，像睡着了一样。那一瞬间，节节只听到床边的座钟滴答滴答地走着。

不知过了多久，妈妈睁开眼，轻描淡写地说：“我可没张海迪那么伟大，张海迪高位截瘫了还能学外语，我要高位截瘫了就真成一块废肉了——倒时候没准还得麻烦你把我掐死呢。”

明知妈妈做了一个危险的选择，节节仍然欣慰地笑了。这世界上最懂她的是妈妈，最懂妈妈的则是她。

“那咱们就做。”节节脆生生地说。

然而没过几天，妈妈却又后悔了。节节和许胜利商量着卖房子的事情，被她听到了。

其实早该想到的：这么大的手术，没个几十万，怎么下得来？没有一样器械是国产的，就连术前准备时往脊柱里注射的恢复针，都是美国进口的，一支就要两千多。这半年尽往医院跑，家里早已折腾得山穷水尽了。不卖房子还有什么辙可想？

所有看过剧团那套房子的人都嫌旧，要不就是猜到了她们家有急用，狮子大张口地往下杀价。节节又要打起精神和那些人斗智斗勇。买这种房子的也是穷人，穷人和穷人做生意，就必须一分一毫地算计。算计到双方都头疼了，便免不了吵架：

“不要斤斤计较好不好？”

“那你买别墅去吧——那种房子都不论平米卖的，最不斤斤计较了。”

好在这阵子开始传言房价还要再飞涨一轮，几个当初扬言“不买就不买”的买主又转回来，装作老大不情愿地说：“吃点亏就吃点亏吧。”节节便毫不客气地涨价。她暗想：她们家都到这个地步了，反而和炒房团站在一条战线里了。

好容易和一个买主初步谈妥了，那天节节来到医院，却看见许胜利正在走廊里抓脑袋呢。

“快劝劝你妈去。”他说，“她说什么也不想做手术了，护士给她吃药都打翻了。”

节节便走进去，看见妈妈正铁青着脸，好像和谁生了气。

“你闹什么闹？嫌我不够累是吧？”节节作势要“训”妈妈。

妈妈却一下子软了下来，说着说着眼泪也下来了：“我不能看着你没地儿住呀……我这辈子什么也没能给你留，就那么一套破房子……我要是死了你又流落街头了就太不值了……”

“你太能夸张了——怎么就流落街头了？”节节还想“逗”她一句，但看见妈妈那副样子，就说不出话来了。

妈妈还在说："早知道要卖房子，我说什么也不做手术的，这是什么手术呀，还不知道是死是活先逼着人家卖房子——"

节节却忽然抓住妈妈的手，拉直了，跟自己比一比。

"你看，你的手指头比我细，也比我长，真看不出是一天到晚在家干活儿的。"她对妈妈说。

妈妈便停住了话头，不解地看着她。

"就跟跳孔雀舞那个杨丽萍的手一样。"节节继续说，"我小时候，一天得听你说八遍你是艺术家。你不是艺术家么？怎么计较起那么破那么小的一套房子来了？我都不心疼你心疼什么呀？"

妈妈还在流着泪，却紧紧地攥了攥节节的手。她们的十只手指交错在一起，真分不清谁的是谁的了。

节节便去叫护士来，让妈妈把今天的药补上。吃了药以后，妈妈忽然又笑了：

"怎么好像你是妈妈，我是孩子一样？"

"还是当妈不划算。"节节说，"上辈子还是你欠我的多一点儿。"

手术的日期排出来了，正好是半个月之后。节节想，她以后的日子是一个人过，还是两个人过，就看那一天的了。

而这半个月，她尽力想过得"平常"。越"平常"越好。生离死别毕竟不是生活的本意，和妈妈在一起的那么多事，现在竟大部分都记不清楚了，留下的印象只有"平常"——一碗汤、一件衣服、一段有心无心的话。

这个心思，妈妈自然更是懂得的。每当节节白天过来陪她时，母女就淡淡地说话，谁也不提"手术后"会怎么样。存了一份执意，心里反倒是煎熬了。她们只聊往事。反正那些细细碎碎的往事已经足够多，对于她们来说，能够让整个儿世界都充盈起来了。

唯一的一次例外，是一天许胜利来的时候。他看见节节正歪在妈妈的枕头边上，两个人并着脑袋说话，便笑着想出去。节节却叫住了他。

“许叔叔。”这还是节节第一次这么认真地叫他呢。

许胜利站住，憨笑一下：“你们聊，你们聊。”

节节便露出小时候那种有点顽皮又有点刻薄的表情：“问你个事儿。”

许胜利有点窘似的：“问，问。”

“你还没跟我妈求过爱呢吧？”

妈妈轻轻笑了一声，许胜利倒涨了个大红脸：“这孩子，你瞎说什么，我跟你妈是——”

“千万别告诉我是同志关系。”节节过去拽拽他的手，“给你一机会。”

随后，她从床头的花瓶里揪出一朵，塞到许胜利手里才“哎呀”：“可惜不是玫瑰。这康乃馨还是你买的吧？太不够意思了。”

许胜利还愣着，妈妈便在一旁说：“这么大岁数了，还玫什么瑰呀。”

而妈妈的眼神，却像挑战似的看着许胜利了。许胜利便又笑了笑，这时的笑却浸着泪花了。他轻轻把花放进妈妈手里。节节说：“好歹拉拉手呀。”他却伸出胳膊，搂了搂节节的肩膀。

“我又有老婆孩子了。”他说。

节节捅了捅他：“说得我们跟扶贫物资似的。”但她硬把许胜利的手和妈妈的手拉到一起时，心里却想：又有一个家庭的味道了。

而就在这天晚上，又发生了一件大事。

节节在医院待到很晚，妈妈催了几次，才往家走去。房子其实已经过户了，只是跟买主说好再住些天而已，她好收拾东西。许胜利帮她又在院儿里租下了一个提琴手的一居室。

而来到院儿门口，她却不愿意进去了。没有妈妈的家，她总是适应不了。只要一安静下来，就会幻想着妈妈已经死了，她一个人守着空屋。

因为害怕那种幻想，节节干脆在马路上游荡起来。商店早已关了门，饭馆却还亮着灯，往来的车灯更是晃眼。但在这嘈杂的夜晚，她竟有了孤魂野鬼的感觉。只要白天过去，晚上就不会有人陪她了。也许半个月后，就永远没有人能陪她了。

被风一吹，节节的绝望便扩散开来。一直竭力压着的东西全泛上来了。走得腿也没劲儿了，她便歪了身子坐在马路牙子上，抱着双腿，把脸放在膝盖上，想哭又不愿意哭。

正是难过的时候，一双脚在她面前停下来。是一双蹬着崭新的皮鞋的男人的脚。

节节抬起头来，逆着灯光，看见了一张久违的脸。那不是许洋吗？

她吃了一惊，但仍然下不了决心叫那人。从下往上看，跟前的人可真高呀，而许洋在她的印象中可是又瘦又矮的。而且这人的头发梳得那么整齐，许洋可一直是一团乱草呀。

但那人却开口了："节节。"

是许洋。节节呼地站起来，和许洋对视着。他真的长高了，肩膀也变宽了。这是节节在他身上发现的又一个奇迹：人家都说男孩在二十多岁还能"蹿一蹿"，而许洋却真是一个厚积薄发的典型——过去光吃饭不长个儿，谁想到一长起来就刹不住。现在足有一米八了呢。

不光人长开了，神态也变了。那个可怜巴巴的许洋消失了许多年，回来的却是一个沉稳帅气的男人了。

就连声音都粗了许多呢。许洋盯着节节脸，迟疑了一回儿，说："我回来了。"

节节却像怕他再跑了一样，一把抓住许洋的胳膊。

好半天，她才说："小不忍，你还真是回来了。"

听到这个外号，许洋的鼻子也酸了一下。他眨眨眼，问节节："你在这儿干吗？"

节节不知道怎么回答他。后来还是许洋拉拉她的胳膊："回去吧。"

十多年前，她把许洋"捡"回了家，现在却轮到他"捡"她了。

到了楼下，节节才想起来给许胜利打电话："你快来你快来！"

许胜利还以为她又出了什么事儿呢，一边系着衣服扣子，一边急匆匆跑过来，但看见许洋之后，便愣在了原地。

许洋刚想说话，就挨了许胜利一个耳光。

然后许胜利没说话，又狠狠抽了自己一个耳光。

接着再打他儿子，接着再打他自己。如此不知多少个来回。节节听见手掌在两个男人的脸上轮流炸响，却也不敢拦住许胜利。

打着打着，许胜利却先哭了起来，他一把搂住许洋："是我对不起你——我已经不喝酒了，真的，你问节节，都多少年没喝了……"

许洋木然地站着，泪水却已流了一脸。节节看着他，恍惚地想：就连许洋也长大了。真是过去了许多年呀。

第二天早上，节节刚醒，许洋就来敲门了。开门进来，他说："带我去看看你妈妈吧。"

看来昨天许胜利都告诉他了。节节便让他在餐桌旁坐着喝牛奶，自己到卫生间去梳洗。这一洗一等，就有了异样的感觉。以前许洋在她家穷耗的时候，节节都常常当他是空气似的，随便往哪儿一撂，自己就忙自己的事情去了。而现在却全变了。她弯起两只胳膊在脑袋后边扎辫子时，竟然留意起自己的体态来了：好在腰还是那么软，轻易地向后弯出一个曲线，胳膊上也没长"拜拜肉"。她下意识地觉得有双眼睛在留意自己呢。

一路上，更觉得许洋变了个人。他还是沉默的，只不过过去是畏畏缩缩的沉默，现在就是气定神闲的沉默了。上出租车时，他用胳膊在门框上一挡，算是护着节节的头，让她先进去。这种随意而细心的礼仪，在过去的许洋身上是绝对看不到的。他的整个儿人都有了"方寸"了。

只有在妈妈面前，许洋才重新变成了个孩子。妈妈歪在床上，扫了眼许洋，问："这是谁呀？"

"阿姨，我……"

许洋还没说话，就被妈妈打断了："我不认识你。"

然后她便扭过脸去，看别的地方。节节本想说："这是许洋呀，许洋回来了。”但一想，妈妈脑袋一点问题也没有，怎么会认不出许洋呢？她是在“教训”他呢。

许洋便低了头，在床边站着。过了很长时间，妈妈才叹了口气。

许洋就说：“阿姨，我错了。”

妈妈伸过手，把许洋拉近点，声音也柔了：“你爸爸也有错，我们大家都有错的时候。”

许洋点头，又摇头。妈妈却先欢快起来：“哎呀长得这么高了，整个儿成了个大男人了。我一直担心你那么多饭都白吃了呢。”

然后就问许洋这些年在做什么。这才知道他当初虽然信誓旦旦地宣布要“画画去”，但实际却离画画越来越远了。那年从学校跑了以后，他便坐火车去了杭州，那里的美术学院旁边也有一个画家村落。一边自己画，一边在美院旁听，这么着耗了半年，钱就花得差不多了。他理想的计划是能卖出几幅画去，但真混起来才发现，哪儿有这么容易？艺术圈就是这样，出了名的一平方尺几万几十万的都有，没出头的就连饭钱也混不出来。许洋一没关系二没背景，当然属于混不出头的那种人了，一拖两拖，生计都成问题了。没办法，许洋只好去了广东。这时候就是一边打杂工，一边画画了。这期间吃苦受累自然是免不了的，有几个月的时间，就住在火车站旁边的十元店里。交十块钱，可以在木板床上睡一天，可就这十块钱，还常常凑不出来呢。因为饭都吃不饱，买纸买颜料就更别指望了。

幸亏前两年碰到了故人。当时的许洋已经完全是一副流浪汉的模样了，蹲在人力市场上等着招工，忽然有人叫他。抬头一看，竟然是早先在湖南教自己画画的那个美术老师。这人现在已经是家不小的装修公司的老板了，正带着工头过来挑人。

老师问：“你怎么搞成这个样子了？”

许洋木讷地回答：“从家里跑出来，画画来了。”

老师不免一番唏嘘：说到底还是自己种下的祸根。如果当年没把许洋引到这条道儿上，怎么会混到如此地步？又感叹这孩子实在是太痴了。当下也没多想，就把许洋领回了公司。

没想到这一领，倒是皆大欢喜。许洋刚开始在公司里打杂，没过多久就学会了装修设计。过了不久，有一单大酒店的生意，老师自己的方案都被甲方退回来了，便让许洋试试，结果酒店方面大加赞赏。那几年广东的房地产也开始疯狂起来，一个县城都要建两三家五星级酒店，抓住这个机会，公司越做越大，许洋转眼也成了他们的首席设计师了。只是因为每天桌上都压着一摞图纸，画画这事儿便不再提了。

妈妈听了许洋的讲述，却没感叹一句“出息了”，而是拍着他的手说：“这孩子真是吃苦了。”

许洋说：“哪有。总算能自己养活自己了，这就不错。”

妈妈又很幸福地弯弯眼睛，看看节节说：“我们这两个孩子都不错！”

这话倒让节节心里一荡，红了脸。过去听到人家把自己和许洋放到一块儿说，她是从来没有过这种感觉的。

看得出来，妈妈这天是故意让他们早走。到了午饭的时候，她对许洋说：“我是没法儿给你们做了。你带节节吃点儿去吧。”

然后坚持说自己昨天没睡好，要补觉。拗不过妈妈，节节只好跟着许洋出门。“去哪儿呢？”她问。这时她就不好意思叫他“小不忍”了。

许洋说：“到我那儿坐坐吧。决定回来后，我在北京租了套房子，当工作室用。”

两人就上了辆出租车。一路上，节节见许洋不说话，自己便也侧着脸，把脑袋倚在车窗上。她忽然想：许洋会不会还在记恨着自己呢？当初他可是被她“气”走的呀。

于是她便轻声问：“许洋，你走了那么多年，也想不起给家里来个信——现在怎么突然决定回来了呢？”

许洋悠悠地叹了口气说：“因为认命了呀。”

“认什么命呀？”

“认命自己是画不成画了。”许洋说，“以前总觉得自己就是画画儿的料，心里想着：在小地方业余学学，水平都不低了，如果下功夫苦练，那还能不成个大画家？可真画起来，才发现远不是那么回事。基本功还能补，才华却哪儿是靠刻苦就能补上的？许多比我更天才的人，在画家村里熬了许多年也没画出什么名堂呢。再加上后来为了糊口干了设计，钱是挣了点儿，可原先的那点儿才气就更被消耗殆尽了……”

“设计师也是艺术家呀。”看到许洋黯然神伤的样子，节节便安慰他一句。但她马上又后悔了：这话说得挺虚伪的。

许洋也不看节节，继续说道：“其实我早就想回家的，但心里就是过不了这个坎儿，觉得自己如果没变成一个画家，就没脸见我爸——还有你和你妈……日子久了，好像倒成了心理障碍似的。说实话，无非是不敢正视现实罢了。但前些天，也不知怎么，就突然想通了……人呀，该认命就得认命呀。认了命也就坦然了，觉得还是得回来。靠什么吃饭不是吃呀？家却不能不回……”

节节听着许洋缓缓地说，心里却有一丝欣慰：小时候，他就是在别人面前都沉默寡言，只有和她在一起话才多。看来现在也没变。

说着话，车就停在了东边的798艺术区里。这里本来是一个工厂，后来厂子搬走了，原来的厂房便租给了那些真真假假的艺术家，当然还有开设计公司、开画廊的人，比如许洋这样的。他们管这种房子叫“Loft”，据说是个从纽约传过来的概念。

许洋带着节节走进了一间厂房。房子的外面是粗糙的砖墙和水泥管子，里面却别有洞天：上下两层楼，下边一层是空旷的地板，墙角摆着电脑、书桌和画板；二楼大概是睡觉的地方了，一道弯曲的透明台阶盘旋上去。楼顶还开了个巨大的玻璃天窗，整幢房子说是设计室，其实还是画室的样子。

节节在下面转了一圈，情绪很好的样子：“不错不错，你真可以呀。”说着又要上楼，去参观许洋的卧室。

许洋便跟着她上了楼。但刚在楼梯上走了一半，节节却突然定住了：

她看到楼上连床也没有，地上只铺了一张“榻榻米”，而四面的墙上都挂满了画。

那些画的内容，她多年以前就看过了——都是一个女孩的肖像。那女孩留着节节小时候的齐肩短发，穿着节节小时候的裙子，舒展着节节小时候的纤细而充满能量的身体。但女孩的脸却都是模糊的。

虽然大大小小的画都用金属画框裱过，但仔细看就会发现，它们是在不同时期画出来的。最初的几幅小的，分明是当年节节硬抢过去看过的铅笔画；中间有一幅竟然是用炭笔画在一张《南方都市报》上的，恐怕是许洋在广东漂泊时的手笔；后面的几幅大的，明显就是近一年画的了，材质也不是纸了而是画布，画风也变成了浓墨重彩的“现代派”油画。

最显眼的一幅油画，其实是翻版了当年的创意：女孩迈开腿，在城市之间飞跑，在她跑过之处，满天的高楼大厦也开出大团大团艳丽的花。她如同在花之间飘过去了。

节节僵在楼梯上，竟然不知道说什么好了。她的头一阵眩晕，心却狂跳了起来。

许洋则在下面痴痴地盯着她：“画里这个人，其实就是……”

节节像害怕一样打断他：“别说。”

许洋便闭上了嘴，而节节却像脚下没力气似的，往楼梯的扶手上靠过去。

还没来得及反应，许洋的手已经扶住了她的背，他的身体也升上来，低头看着她。他把她拥在怀里了，节节想，这算不算一件好事呢？然而她的眼睛已经不由自主地闭上了。

但就在许洋的脸凑上来，嘴唇即将触到她嘴唇的一瞬间，节节却忽然回想起来：他刚才的眼神是深情的吗？毫无疑问是的，但那神情之间却有一分犹豫。仿佛有种难言的痛楚藏在他的眼底。

这个记忆让节节猛然睁开眼，推开了许洋。她完全是慌乱的，所有的动作都付诸于本能。

许洋既惊愕又不解地看着她。

节节却笑了：“许洋，你欺负我。”

“我没有。”许洋闷声辩解。

“你就是欺负我。”节节撒娇似的说。但说这句话时，她心里却包含了货真价实的悲伤。

两个人愣了愣，刚才那一瞬间的迷乱气氛却就此消散了。许洋倒先笑了笑：“吃饭去吧。看也看过了。”

节节便跟他到了艺术区里的一家意大利餐馆。现在就轮到许洋找她说话，而她却一言不发了。菜上来之后，他们便得到解脱似的闷头吃起来。

结账以后，许洋却突然想起什么似的，又把钱包拿出来，从里面掏出一张银行卡，递给节节：“密码写在上面了。房子还是别卖了。”

节节摇头：“我怎么能要你的钱？”

“怎么不能要？”说这话的时候，许洋就真的有点着急了，“从小到大，你妈妈是对我最好的人了……”

节节的心里便又痛了一下。她认真地看看许洋，把卡接过来：“我就不谢你了。”

“谢了就见外了。”许洋说。

而节节却仍然盯着许洋：“还有个事儿，能答应我么？”

“什么事儿呀？”许洋便做出一个“你要求还挺多”的神情。

“把你钱包里的照片给我看看。”节节平静地说。

许洋愣住了。其实刚才他掏卡的时候，节节已经看见了那张照片。

“看看都不行呀？谁又不会抢了你的。”她却又是一副开玩笑的口气了。

许洋便低头叹了口气，把钱包打开，递给节节。透明夹层里，放着一张他和一个年轻女孩的照片。女孩说不上漂亮，但看着却很舒服，笑得很温婉。

节节把照片拿出来，仔细看着，而许洋便在对面缓缓说道：“她是我那个老师的妹妹，也在公司里帮我们做事……她人很好的，我刚去公司的时候，总是晚上送汤给我喝……我知道她喜欢我，但却不敢挑明。直到去年，她哥哥才告诉我，其实家里早就打算让她出国了，就是为了我，她才把那边的学校推了……”

“然后你们就好上啦？”节节用欢欣鼓舞的语调说。

“好上了。”许洋点点头。

“够可以的呀你——”节节清脆地笑了，“真看不出还能有人暗恋你。”

许洋便像大男生一样挠挠后脑勺。他们的气氛又变成轻松嬉笑的了。

“小不忍啊——”节节又叫许洋的外号了，“你可得对人家好呀。”

“好，好。”许洋直视着她说。

但快离开餐馆时，许洋却又躲着节节的眼睛，没头没脑地加了一句：“她问过我，画儿上的女孩是不是她。我说不是。”

节节也不再看许洋，说：“画儿上的人嘛，谁也不是。”

过了两天，节节在医院碰到许胜利，就偷偷把他叫到走廊，把许洋给她的银行卡塞进他手里：“这些钱，还是您替许洋收着吧……我要还给他，他肯定不要。”

“没事，没事。”许胜利说，“他现在也不缺钱。”

“不是缺不缺钱的事儿，”节节说，“你知道我妈妈这个人，她不愿意亏欠别人。”

许胜利叹了口气，只好收下了。

又过了几天，妈妈做手术的日子终于来了。

之前的那个晚上，许胜利和许洋照顾她，倒比照顾病人还细心：到饭馆打了菜，看着她吃，吃完了就硬要陪她看电视，故意热热闹闹地说话。直到很晚了，估摸着节节困了，许胜利才叮嘱她立刻睡觉，然后叫上许洋走了。

节节便躺在床上，闭上眼，把脸藏在枕头里。不知过了多久，她觉得时间仿佛变成了一条河，带着她飘飘荡荡的——回过头看，河的上游仿佛有一个小女孩正牵着妈妈的手，一会儿哭一会儿笑的；往下游看，却是迷迷茫茫一片雾气。半梦半醒间，节节便用力去看那团雾，她想，如果能在那里面找到妈妈，那么她以后就不会孤单了吧？

但越是这么想，那团雾就越浓。最后发现自己竟然醒了——瞪着双眼望着天花板。

此后就再也睡不着。她便也不打算再睡，翻身起来，打开大衣柜，找出多年以前，妈妈跳《东方红》的那套演出服。红袄绿裤子，颜色早已灰暗了，在昏黄的灯光下就更显得旧。而且这套衣服还是残缺不全的呢，小时候节节和妈妈生气，把它剪破了。摸着早已不光滑的布料，节节的眼泪噼里啪啦地掉下来，她想：妈妈要是死了，所剩下的东西就只有这套破衣服了。

但她随即狠狠地摇摇头，摔得眼泪像珠子一样溅出去：干嘛老往坏了想呢？人活着不容易，何必自己咒自己？

不管以后怎么样，她毕竟有过一个妈妈。妈妈教她从女孩变成了一个女人。

等到窗外的鸟叫起来，节节早已梳洗好了。她穿上一套最喜欢的衣服，还往嘴上涂了点口红，漂漂亮亮地去医院。

在手术的最后准备过程中，节节就坐在妈妈床边，静静地笑。她已经学会了妈妈那种既平静，又有无限内涵的笑了。

护士们把手术车往外推了。节节便站起来，跟着妈妈走出去。

在走廊里，妈妈忽然从手术车垫起脑袋来，说："停停。"

护士说："有什么不舒服的吗？"

"我想再跟我女儿说句话。"妈妈对护士说。

护士就点点头，退到一边去。她们都了解这种手术的情况，病人的这种要求，一般都是满足的。

节节走过去，看见妈妈的手在床边动了动。她便把脸凑到妈妈脸庞。

妈妈倒有点不好意思地笑了："其实这事儿，真是不应该跟你说，可是不知道为什么，老觉得不告诉你也是不对的。”

“您说呀，还有什么瞒着我的？”节节笑道。

妈妈说：“也不是什么大事儿——就是当初要你的时候呀，其实我是不同意的。你也知道，我想跳舞呀，要个孩子多影响跳舞。可是你那个爸爸，他可真是个坏家伙——他这辈子都没做成过正经事情，就在歪门邪道上有聪明劲儿。他那时候觉得要是没有孩子，老婆就会跟人跑了，所以把避孕工具给破坏啦……就是避孕套，扎几个洞……明白吧？”

节节便笑着点点头。原来她是这么诞生的。

但妈妈却接着说：“一直都没敢告诉你这件事儿，就是怕你嫉恨我。不过现在一想，节节才不会呢，对吧？”

节节又点点头。

“刚怀上你的时候，我还生气，跟你爸闹。我不要这个臭孩子不要这个臭孩子——我那时候就是这么跟他喊的。不过等到肚子刚显了点儿形，感觉就变了。我想，我当妈了，不是一个人了。后来呢，跳舞没跳出个所以然，当妈这件事上倒真上了心，尤其生的又是个女儿，长得还像我，我就想，这辈子最大的成就，就是当了回妈。”

说完这些之后，妈妈就眨了眨眼，好像再没什么可说的了似的。节节脸上笑着，却再也憋不住眼泪。她大口地喘着气，大口地笑，大口地哭。

护士上来，安慰节节两句，把妈妈推走了。手术的时间已经不能再拖了。

走廊空了，只剩下节节一个人。她又哭又笑了一会儿，却忽然拿手狠狠地抹着脸，把眼泪都抹去，只留下灿若鲜花的笑容。

窗外，一朵云飘开，阳光慢慢地射进来，把她的身体笼罩在金色的光晕之中了。

这个最坚韧又最软弱、最虚荣又最善良、最稚嫩又最沧桑的小女人，便站在那里，笑着，等着迎接她的新生活了。